PATRICIA ALGE

GEHEIMNIS DER SEHNSUCHT

Roman

WILHELM HEYNE VERLAG
MÜNCHEN

HEYNE ROMANE FÜR ›SIE‹
Nr. 04/399

Originalausgabe 9/2002

Printed in France 2002
http://www.heyne.de
Umschlagillustration: Elaine Duillo/Agentur Schlück, Garbsen
Umschlaggestaltung: Nele Schütz Design, München
Satz: Satzstudio Prechtl, Passau
Druck und Bindung: Brodard & Taupin, La Flèche Cedex

ISBN 3-453-21032-8

Prolog

Schottland, im Jahre 1488

Es war ein herrlicher Sommertag in den sonst so wolkenverhangenen und regnerischen Lowlands. Die Sonne breitete sich wie ein riesiger, goldener Fächer über die sanfte Hügellandschaft des Tay-Tals aus und erhellte saftig grüne Wiesen und üppige Kornfelder. Der Himmel war klar und blau und die Luft roch angenehm nach Blumen und frisch geschnittenem Gras.

»Wer zuerst die alte Eiche erreicht, hat gewonnen!«, rief Elizabeth Drummond übermütig und beugte sich tiefer über den schlanken Hals ihrer silbernen Stute. Ihr dunkelrotes Haar wehte wie ein dichter Schleier, während sie in halsbrecherischer Geschwindigkeit über die Wiesen und Feldwege von Stobhall hinweg flog.

Allan Drummond jagte ihr in gestrecktem Galopp hinterher. »Das ist ungerecht! Du hast mich überrumpelt!«

»Dann solltest du dich besser beeilen«, rief sie zurück und der Wind trug ihr fröhliches Lachen weit über die Felder. Einige Bauern sahen von ihrer Arbeit auf und winkten der jüngsten Tochter des Earls freundlich zu. Sie liebten ihr einnehmendes, fröhliches Wesen, wie es wohl jeder tat, der Lizz näher kannte. Im Gegensatz zu ihren beiden älteren Schwestern verbrachte Lizz nämlich viel Zeit im Dorf. Sie kümmerte sich um die Kranken und Bedürftigen, spielte mit den Kindern und erzählte ihnen oft stundenlang abenteuerliche Geschichten von ihren ruhmreichen Vorfahren. Letzteres lag ihr besonders am Herzen. Da nur die wenigsten Dorfbewohner lesen konnten, empfand sie es als ihre Pflicht, ihnen die alten Legenden und Schicksale ihrer Ahnen näher zu bringen. Lizz konnte den Gedanken einfach nicht ertragen, dass das Ansehen ihrer Vorfahren in Vergessenheit geriet.

Was sie auch tat, sie tat es mit ganzem Herzen und der ihr eigenen Leidenschaft. Sie liebte die Ausritte und den Schwertkampf ebenso leidenschaftlich, wie sie die Näharbeiten und Stickabende mit ihren Schwestern hasste.

Dies war auch der Grund, weshalb Lizz gerade am Ufer des Tay entlang preschte, als ob der Teufel persönlich hinter ihr her wäre. Sie hatte zwei volle Stunden in der Folterkammer, wie sie das Nähzimmer verächtlich nannte, verbracht. Allan warf den Kopf in den Nacken und lachte aus voller Kehle. Er hatte sich gerade mitten in einer Besprechung mit dem Earl befunden, als plötzlich wütendes Geschrei aus dem oberen Stockwerk zu hören gewesen war. Wenige Minuten später hatte Margarete, die älteste der drei Töchter, blass und mit ärgerlich zusammengekniffenen Lippen die Flucht ergriffen. Lizz war ihr leichten Schrittes und mit einem triumphierenden Lächeln im Gesicht in die große Halle gefolgt. Sie hatte gesiegt – für heute zumindest. Doch Allan wusste, dass spätestens am nächsten Tag der erbitterte Kampf zwischen den Schwestern weitergehen würde. Seit vor zwei Wochen ein Bote vom königlichen Hof angekommen war, um die Einladung zu den Krönungsfeierlichkeiten von James IV. zu überbringen, war Margarete wild entschlossen, aus Lizz eine wohlerzogene junge Lady zu machen. Allans Blick glitt zu seiner Cousine, die soeben mit einem gekonnten Sprung über einen umgestürzten Baum hinweg setzte. Ihr dunkelgrünes Reitkleid flatterte lebhaft im Wind, während sie sich noch dichter über ihre Stute beugte. Himmel, ausgerechnet aus dem jungen Wildfang sollte eine gezierte, albern kichernde Lady werden. Allans Lachen verwandelte sich in ein Grinsen. Ein hartes Stück Arbeit, fürwahr. Er beneidete Margarete keineswegs um diesen Kampf, denn Lizz wehrte sich mit Händen und Füßen gegen die Lektionen in höfischen Manieren. Trotzdem war klar: Wie sehr Lizz sich gegen diesen Unterricht auch sträubte, Margarete würde sich nicht von ihrem Vorhaben abbringen lassen. Eines hatten nämlich alle Drummonds gemeinsam – sie waren unglaublich stur. Die kommenden Monate versprachen also recht kurzweilig zu werden.

»Gewonnen«, rief Lizz erfreut und zügelte Lady Lou auf der kleinen Anhöhe. Von hier aus genoss man einen herrlichen Blick über das ganze Tal. Mit funkelnden Augen und von der Anstrengung geröteten Wangen sah sie Allan entgegen. »Du wirst allmählich alt, mein Lieber«, rief sie ihm übermütig zu. »Früher hast du es mir nicht so leicht gemacht. Wo bleibt nur dein Kampfgeist?«

Mit perlendem Lachen glitt sie aus dem Sattel und umarmte schwungvoll den dicken, knorrigen Stamm der alten Eiche – wie sie es seit Kindesbeinen an tat. Sie hatte Allan einmal anvertraut, dass diese Geste ein Dank an das Leben und an ihr geliebtes Land war.

Allan stieg ebenfalls ab und schlang die Zügel seines fuchsroten Hengstes um einen niedrig hängenden Ast. »Kein Wunder, dass es mir an Kampfgeist mangelt. Deine kleinen Eskapaden lassen mich noch vor meiner Zeit altern«, scherzte er und setzte sich neben sie ins warme Gras.

»Daran sind wohl eher die anstrengenden Nächte mit Lady Lavinia schuld«, gab Lizz schelmisch grinsend zurück und klimperte in unschuldiger Manier mit den Wimpern. »Ich frage mich wirklich, was sie mit dir anstellt. Mir scheint, deine Vitalität schmilzt dahin wie Schnee in der Sonne.«

»Also wirklich, Lizz. So schlimm ist es nun auch wieder nicht. Im Übrigen gehört dieses Thema auch zu jenen, über die eine junge Lady nicht spricht«, fügte er grinsend hinzu.

Lizz seufzte theatralisch auf. »Also wieder ein Thema, bei dem ich nur hübsch aussehen und dümmlich grinsen soll.« Sie schüttelte verächtlich den Kopf. »Das Leben einer Lady muss sterbenslangweilig sein.«

»Da wir gerade dabei sind ... Du solltest dir angewöhnen, mit einem Damensattel zu reiten. Ob du es glaubst oder nicht, manche Leute finden es ungehörig, wenn eine Dame mit gespreizten Beinen auf einem Pferderücken sitzt.«

»Jetzt hör aber auf«, lachte Lizz empört und warf eine Hand voll Gras nach ihrem Cousin.

»Margarete würden bestimmt hundert Regeln einfallen, gegen die du soeben verstoßen hast.«

Lizz ließ sich mit einem glücklichen Lächeln ins warme Gras zurückfallen und streckte die Glieder weit von sich. »Tausende! Da kannst du dir sicher sein.«

Sie wusste, dass Allans Tadel nicht ernst gemeint war. Er und ihr Vater waren die einzigen Menschen, die ihr niemals irgendwelche Vorhaltungen über ihr ach so undamenhaftes Benehmen machten. Lieber ließen die beiden sie alles aus eigener Erfahrung erleben und vertrauten darauf, dass sie einsichtig genug war, um aus ihren Fehlern zu lernen. Sie hatten ihr niemals etwas verboten, selbst wenn ihr zuweilen ungestümer Drang nach Unabhängigkeit sie in Bedrängnis oder in peinliche Situationen gebracht hatte. Lizz konnte sich immer darauf verlassen, dass dann mindestens einer von ihnen zur Stelle war, um ihr den Rücken zu stärken. Und dafür liebte sie diese beiden Männer von ganzem Herzen.

»Also ...?« Lizz schirmte die Augen gegen das grelle Sonnenlicht ab und blickte zu Allan. Er war ein überaus gut aussehender junger Mann, mit dichtem rotem Haar und grünen Augen, die stets spitzbübisch funkelten. Es wunderte Lizz keineswegs, dass so viele junge Frauen bereit waren, ihm mehr als nur ihr Herz zu schenken. Dennoch lehnte Allan eine Heirat kategorisch ab. Da sein älterer Bruder sowohl den Titel als auch die Ländereien erben würde, bestand für ihn absolut kein Grund zu einem so drastischen Schritt. Lizz wusste, wie sehr er diesen Umstand schätzte, und sie beneidete ihn oft darum. Er konnte tun und lassen, was immer ihm beliebte. Ihr Herz erwärmte sich in der Gewissheit, dass sie Seelenverwandte waren. Nur Allan verstand, wie sehr sie die Einschränkungen verabscheute, die ihr durch die Geburt als Frau auferlegt worden waren.

Lizz drehte sich auf die Seite und stützte den Kopf in die Hand. »Erzählst du mir jetzt endlich, worüber sich Papa so sehr freut, dass er heute Abend ein Fest gibt? Wie ich hörte, ließ er sogar nach einem Troubadour schicken, der die Leute mit seinen Liedern erheitern soll.«

Allan nickte: »Nach dem Mittagessen kam ein fahrender Bote vorbei, der Nachrichten aus Stirling mitbrachte. Anscheinend steckt unser zukünftiger König bereits mitten in Friedensverhandlungen mit den Engländern. Nun fordert König Henry, dass James als Beweis für seine guten Absichten den Douglas-Clan von der Grenze abzieht.«

Lizz hob erstaunt eine hübsch geschwungene Augenbraue. »Kann er das verlangen? Ich meine, die elenden Douglas' haben sich doch das ganze Grenzgebiet unter den Nagel gerissen. Glaubst du wirklich, sie werden so einfach zurückweichen?«

Allan schüttelte entschieden den Kopf. »Wohl kaum. Nach allem, was der Bote erzählte, ist der alte Archibald Douglas außer sich vor Zorn gewesen. Er soll getobt haben wie ein Teufel.«

Lizzys smaragdgrüne Augen funkelten vor Genugtuung. »Na, wenigstens ist das eine gute Nachricht.«

Seit Generationen herrschte zwischen ihren Familien eine erbitterte Feindschaft, die auch vor Lizzys Herz nicht Halt machte. Bereits in ihrer Kindheit hatte ihr Vater sie gelehrt, alle Douglas' zu hassen – und sie tat es leidenschaftlich.

»Jetzt verstehe ich auch Papas Euphorie. Es geschieht diesen ungehobelten Kerlen nur recht, dass man sie endlich in ihre Schranken verweist.«

Allan kaute nachdenklich auf einem Grashalm herum.

»Du scheinst dich nicht sonderlich darüber zu freuen, Allan?«, erkundigte sich Lizz erstaunt.

Allan schüttelte den Kopf. »Nein, nicht wirklich. Egal, wie sehr wir diese Leute auch verachten: Der alte König hat gut daran getan, ihnen die Führung der Grenzpatrouille anzuvertrauen. Ihre Stärke ist legendär, besonders seit Archibalds ältester Sohn die Kontrolle übernommen hat. Seither haben die Engländer begriffen, dass sie nicht ungestraft angreifen können. Während der letzten zwei Jahre war nur selten von Überfällen zu hören.«

Lizz winkte ärgerlich ab. »Das hätten wir Drummonds mindestens ebenso gut hingekriegt. Aber nun erzähl weiter, wie hat der alte Douglas reagiert?«

Allan hob unschlüssig die Schultern. »So weit ich weiß, hat er seinen ältesten Sohn nach Stirling geschickt, um mit dem König neu zu verhandeln.«

Lizz strich sich eine dunkelrote Haarsträhne aus dem Gesicht und grinste schadenfroh. »Ich hoffe, James hat soviel Verstand bewiesen, dass er diesen Bastard in eines seiner finstersten Verliese gesperrt hat und dort verrotten lässt.«

Allan schüttelte erneut den Kopf. »Da muss ich dich enttäuschen. Er ist noch am selben Tag nach Tantallon Castle zurückgekehrt. Niemand weiß, wie sie verblieben sind.«

Lizzys Miene verdüsterte sich, und Allan beschloss, dass es an der Zeit war, das Thema zu wechseln. Lizz konnte sich ungemein in ihre Abneigung gegen die Douglas' hineinsteigern. »Genug jetzt von diesen Kerlen. Erzähl mir lieber, welche unbezahlbaren Weisheiten Margarete dir heute mit auf den Weg gegeben hat.«

Lizz zog verächtlich die Nase kraus. »Lauter Unsinn, wenn du mich fragst.« Sie setzte sich mit vor Empörung funkelnden Augen auf. »Diese schwachsinnigen Regeln kann sich eigentlich nur ein *Mann* ausgedacht haben. Stell dir mal vor … Margarete will mir doch tatsächlich weismachen, dass ich mich am Ohrläppchen zu kratzen habe, wenn es mich am Hintern juckt.« Sie schüttelte verständnislos den Kopf. »Als ob das etwas nützen würde. Ich sehe einfach nicht ein, weshalb ich mich nicht dort kratzen soll, wo es auch zwickt. Und um dieser ganzen Tortur noch die Krone aufzusetzen, hat mich dieses gemeine Weibsbild eine volle Stunde lang mit einer Gänsefeder in der Nase gekitzelt und verlangt, dass ich geräuschlos niese.«

Sie straffte den Rücken, setzte eine sehr würdevolle Miene auf und ahmte die Worte ihrer Schwester nach. »Eine anständige junge Dame würde sich niemals erdreisten, in Anwesenheit eines Gentlemans laut zu niesen. Das ist völlig inakzeptabel. Schließlich soll eine Lady durch ihre Sanftmut und Ruhe dem Manne *dienen*.«

Lizz schüttelte angewidert den Kopf. »Also wirklich! Das geht dann doch zu weit.«

Allan lachte herzhaft auf. Nun kannte er auch den Grund für das Geschrei. Er würde seinen besten Sattel darauf verwetten, dass Lizz ihrer Schwester unumwunden klar gemacht hatte, dass sie nicht einmal im Traum daran dachte, irgendeinem Mann zu *dienen*. Keinem Fremden und erst recht nicht ihrem Ehemann. Lizz vertrat nämlich die Ansicht, dass eine Ehe gleichbedeutend mit einer Partnerschaft war. Ein gegenseitiges Geben und Nehmen, das auf Respekt und Liebe gründete. Etwas anderes würde sie sich niemals gefallen lassen.

»Und, hast du es geschafft, lautlos zu niesen?«, wollte Allan mitfühlend wissen.

Lizzys Lippen verzogen sich zu einem breiten Grinsen. »Nein, kein einziges Mal.«

1

Schottland, drei Monate später

Blut sickerte über seinen Arm. Es war sein eigenes. Warm und zähflüssig floss es und rief dem ›schwarzen Ritter‹ ins Bewusstsein, dass auch Legenden sterblich waren. Seine Hand zitterte, als er einen zusammengeknüllten Stofffetzen auf die blutende Wunde an seinem Oberarm drückte und matt den Kopf schüttelte. Er war diese Legende. Der mysteriöse Held, nach dem ganz Schottland gerufen hatte, um Vergeltung an den Engländern zu üben. Ein Rächer, der Unrecht wieder gutmachte und den Leuten Mut und die Hoffnung auf gerechtere Zeiten schenkte.

Er, George Douglas, ältester Sohn des Earl of Angus, war dieser maskierte Ritter, dessen wahre Identität niemand kannte.

Das bitteres Lachen blieb ihm im Halse stecken. Ein feiner Held, fürwahr. Einer, der sich nachts vor dem Schlaf fürchtete, weil er wusste, dass seine Dämonen nur auf diesen Augenblick warteten, um ihn heimzusuchen. Sie kamen jede Nacht und quälten ihn mit grässlichen Bildern von Feuer und Schlachten. Gaukelten ihm die Todesschreie seiner Volksleute vor, bis er glaubte, sein Schädel müsse unter dieser Wucht zerplatzen.

George saß auf einem Strohballen und lehnte sich erschöpft gegen die hölzerne Stallwand. Er hatte seine Männer vorausgeschickt, während er sich wie ein gemeiner Dieb im hintersten Teil dieses Stalls versteckt hielt. Er sehnte sich nach einem Augenblick der Ruhe, und die Finsternis, die ihn hier umgab, wirkte wie Balsam auf seine gepeinigte Seele. Der Gestank von Pferdeschweiß, Leder und fauligem Stroh hing schwer in der Luft. Dennoch sog er tief den Atem ein, um die Anspannung aus seinem Körper zu vertreiben. Leider ließ sich der dumpfe Schmerz in seiner Brust nicht genauso leicht beseitigen.

Cumnock war stets ein friedliches, unbedeutendes Dorf gewesen. Die Bewohner, hauptsächlich Bauern, waren friedlich und gottesfürchtig ihrer Arbeit nachgegangen. George hatte oft auf dem Weg zur Grenze bei ihnen Halt gemacht und ihre Gastfreundschaft genossen. Viele von ihnen hatte er bereits seit Jahren gekannt. – Nun waren sie alle tot. Er war zu spät gekommen. George schloss bedauernd die Augen. Wie tollwütige Hunde war ein Trupp Engländer mitten in der Nacht ins Dorf eingefallen – sie hatten gemordet, geschändet und gebrandschatzt und ein Bild des Grauens hinterlassen.

Alles, was er und seine Männer für die Dorfbewohner noch hatten tun können, war, ihre sterblichen Überreste anständig zu begraben. George nahm nachdenklich den schwarzen Helm vom Kopf und strich sich das schweißnasse Haar aus der Stirn. Heute war er mit seinen Männern wesentlich tiefer in England eingedrungen als bisher. Es war ein Wagnis gewesen, doch kalter Zorn und Rachedurst hatten ihn so lange angetrieben, bis er die Schuldigen aufgespürt hatte.

Noch immer glaubte er das Entsetzen in den Augen seiner Feinde zu sehen, als er mit seinen Männern auf die Lichtung geritten kam. Es war ein kurzer, brutaler Kampf. Da sich der Trupp auf englischem Boden in Sicherheit wähnte, waren die Männer auf einen Angriff nicht gefasst gewesen. Ein Irrtum, den sie mit ihrem Leben bezahlten. Alle bis auf einen. George schonte bei jeder Schlacht einen einzigen Mann, damit dieser nach England zurückkehren konnte, um von der unerbittlichen Rache des ›schwarzen Ritters‹ zu berichten. Dies gehörte ebenso zu seinem Markenzeichen wie die schwarze Rüstung, die er trug.

Doch je mehr die Engländer den schwarzen Ritter zu fürchten begannen, desto mehr vertrauten die schottischen Grenzbewohner auf seine Hilfe. Ein wahrer Teufelskreis, denn die Bürde dieser Verantwortung lastete schwer auf seinen Schultern.

Plötzlich hörte George leise Schritte und seine Hand glitt automatisch zum Schwert.

»Hallo, meine Schöne«, begrüßte Lizz ihre anmutige Stute liebevoll. Lady Lou quittierte die sanften Worte mit einem zufriedenen Schnauben und ließ sich bereitwillig die samtweiche Nase streicheln.

»Du findest wohl auch keinen Schlaf, was? Ich auch nicht. Ich bin viel zu aufgeregt«, gestand Lizz fröhlich. Seit Wochen schon freute sie sich auf diese Reise und nun war es endlich so weit. Sie befanden sich auf dem Weg nach Stirling Castle. Es war das erste Mal, dass sie mit ihrer Familie eine Reise unternahm. Das erste Mal überhaupt, dass sie Stobhall Castle und das Dorf für längere Zeit verließ. Die Aussicht auf die Tage am Königshof erschien ihr wie ein herrliches Abenteuer, das nur auf sie wartete. Lizz ließ ihren Blick durch den vorderen Teil des Stalls schweifen und ein breites Lächeln hob ihre Mundwinkel. Es herrschte ein wahres Chaos. Überall lagen angerissene Strohballen kreuz und quer auf dem schmutzigen Boden herum. Sättel und Zaumzeuge hingen von den Decken und umgekippte Eimer und Mistgabeln vervollständigten das unordentliche Bild. »Wie ich sehe, ist deine Unterkunft auch nicht besser als unsere.«

Ihr Grinsen wurde noch breiter. »Du hättest Margaretes und Annabellas Reaktionen auf unsere Unterbringung sehen sollen. Als der Wirt unsere Kammer aufschloss, saß eine Maus auf dem Bett und knabberte genüsslich ein Loch in die Matratze. Margarete fiel natürlich augenblicklich in Ohnmacht, während Annabella einen regelrechten Schreikrampf bekam.«

Lady Lou wieherte leise und forderte mit leichtem Anstupsen der Nase weitere Streicheleinheiten ein.

Lizz schmiegte ihr Gesicht an den warmen Hals der Stute und kicherte leise vor sich hin. »Ich bin ernstlich versucht, diese Maus einzufangen, um sie bei Gelegenheit Margarete unter die Bettdecke zu stecken. Das wäre doch eine angemessene Vergeltung für die letzten Wochen. Findest du nicht auch?«

Ein plötzliches Geräusch ließ Lizz erschrocken zusammenfahren und sie blickte sich alarmiert im Stall um.

»Ist da jemand?« Die winzige Öllampe am Eingang des Gebäudes vermochte nur einen kleinen Teil des Raumes zu erhellen. Alles, was sich außerhalb ihrer Reichweite befand, lag im Dunkeln. Sie warf einen schnellen Blick zur Gaststube hinüber. Es war kurz nach Mitternacht und die Gäste hatten sich längst schlafen gelegt. Alles war still. Lizz schalt sich eine Närrin. Wie war sie nur auf die absurde Idee gekommen, mitten in der Nacht und allein die Sicherheit ihres Zimmers zu verlassen? In dieser Gegend konnten sich wer weiß was für Gestalten herumtreiben. Gauner und Diebe vielleicht, die im Schutz der Dunkelheit ihren Geschäften nachgingen. Allein diese Vorstellung reichte aus, um Lizz einen eisigen Schauder über den Rücken zu jagen. Wie immer hatte sie keinen Gedanken an mögliche Gefahren verschwendet. Und wie immer kam dieser Anflug von gesundem Menschenverstand reichlich spät.

Ihr Blick fiel auf eine Heugabel, die am Scheunentor lehnte. Mit dieser Waffe in der Hand fühlte sie sich gleich um einiges wohler. Trotzdem schlug ihr das Herz bis zum Hals vor Furcht. »Hallo? Wer ist da?« Ihre Sinne waren geschärft, und sie horchte mit angehaltenem

Atem; doch nebst dem leisen Schnauben der Pferde und dem gelegentlichen Scharren der Hufe war kein Laut zu vernehmen. Dennoch war sie sich sicher, dass da etwas gewesen war. Es hatte sich wie das Zerreißen von Stoff angehört.

»Tretet ins Licht. Ich weiß, dass Ihr da seid«, forderte sie mit fester Stimme. Was hätte sie darum gegeben, tatsächlich so mutig zu sein, wie ihre Worte klangen. In Wirklichkeit hoffte sie inständig, dass niemand dieser Forderung folgte. Sie würde vermutlich auf der Stelle tot umfallen vor Schreck.

Die Heugabel fest umklammert, ging sie Schritt um Schritt weiter in den Stall hinein.

Die aufgehängten Sättel und Zaumzeuge warfen groteske Schatten an die Wände und ihr Puls schlug noch schneller. Dennoch hielt sie nicht inne. Sie musste dem Geheimnis auf den Grund gehen.

Vielleicht ist es nur eine Katze, versuchte sie sich selbst zu beruhigen und horchte erneut.

Da! Plötzlich war das Geräusch direkt hinter ihr. Beinahe im selben Augenblick presste sich eine riesige Hand auf ihren Mund und erstickte ihren entsetzten Aufschrei. Ein stahlharter Arm schlang sich um ihre Taille und drückte sie mit eisernem Griff an eine stahlharte Brust. Lizz war wie gelähmt vor Furcht. Panik und Übelkeit drohten ihr den Magen umzudrehen.

»Ganz ruhig, Mädchen. Ich werde dir nichts tun«, flüsterte eine dunkle Stimme dicht an ihrem Ohr. Es klang, als käme sie geradewegs aus den Tiefen eines Sees.

Gleichzeitig erwachte Lizz aus ihrer Starre und begann sich verzweifelt zu wehren. Sie wand sich in der erbarmungslosen Umklammerung ihres Angreifers, versuchte die Heugabel gegen ihn einzusetzen, doch er klemmte diese so geschickt ein, dass sie als Waffe unbrauchbar wurde. Lizz litt Todesängste, denn sie wusste, dass niemand ihre erstickten Laute hören konnte. Niemand würde ihr zu Hilfe eilen.

Sie versuchte nach ihrem Angreifer zu treten, doch ihre Füße verfingen sich in den Unterröcken ihres Reisekleids und richteten nur geringen Schaden am Schienbein des Unbekannten an.

Die riesige Hand des Mannes presste sich noch immer gnadenlos auf ihren Mund. Großer Gott, sie bekam kaum noch Luft.

»Himmel noch mal, halte endlich still, Mädchen. Ich habe nicht vor, dir Gewalt anzutun. Ich will nur verhindern, dass du das ganze Gasthaus mit deinem Geschrei aufweckst«, flüsterte die Stimme eindringlich.

Lizz glaubte ihm kein Wort und kämpfte wild entschlossen weiter gegen ihn an. Wenn dieser Kerl sie schon umbringen wollte, würde sie es ihm zumindest nicht leicht machen. Voller Genugtuung spürte sie, wie er zusammenzuckte, als sie die Fingernägel in seinen Oberarm grub. Leider war dieser kleine Triumph nur von kurzer Dauer. Ihr Gegner fluchte verhalten und verstärkte seinen Griff so eisern, dass Lizz um ihre Rippen fürchtete. Sie kämpfte so lange gegen ihn an, bis sie sich völlig erschöpft ihrem Schicksal beugen musste. Tränen der Wut und der Hilflosigkeit brannten in ihren Augen. Wer auch immer ihr Angreifer war, gegen einen Mann mit so starken Armen vermochte sie nicht das Geringste auszurichten.

Mit einem leisen Laut der Verzweiflung gab sie schließlich auf.

Augenblicklich lockerte sich sein Griff. »Gutes Mädchen.«

Noch immer hielt er sie eng an seinen harten Körper gepresst, sodass sie jeden einzelnen seiner Muskeln durch ihr Reisekostüm hindurch spüren konnte.

»Bist du jetzt bereit, mich anzuhören?«, erkundigte er sich mit dunkler Samtstimme.

Lizz nickte ruckartig. Sie hätte alles getan, nur um endlich aus seiner Umklammerung zu entkommen. Doch er gab sie nicht frei, sondern drehte sie in seinen Armen zu sich um. Lizz zuckte erschrocken zusammen. O Gott, ihr Angreifer musste ein Riese sein. Obwohl sie die meisten Frauen auf Stobhall um Haupteslänge überragte, reichte sie diesem Mann gerade einmal bis ans Kinn. Sie versuchte, etwas von ihm abzurücken, doch sogleich verstärkte sich sein Griff wieder und Lizz glaubte ein leises Lachen zu hören. So nah an seiner Brust hörte es sich jedoch eher wie ein fernes Donnergrollen an.

»Du bist ein ziemlich lebhaftes Persönchen.«

Lizz stand vollkommen still. Noch nie war sie einem Mann so nahe gewesen. Ihre Brüste pressten sich beinahe schmerzhaft eng an seinen Oberkörper und die Hitze seiner Haut schien sich durch ihr Kleid zu brennen. Lizz schloss verwirrt die Augen, als ihr der angenehme Geruch von Sandelholz und Leder in die Nase stieg. Sie erkannte plötzlich, dass sie sich nicht nur gegen diesen Angriff, sondern auch gegen den Mann an sich so verzweifelt wehrte. Seine tiefe, raue Stimme sandte ihr seltsame Schauder über den Rücken.

»Ich werde jetzt meine Hand von deinem Mund nehmen. Versprichst du mir, nicht zu schreien?«

Lizz nickte erneut.

Sein Griff lockerte sich und er nahm zögernd die Hand fort.

Lizz schwieg. So gern sie auch um Hilfe gerufen hätte, sie unterließ es. Gott allein wusste, was dieser Kerl ihr antun würde, falls sie sich nicht an seine Regeln hielte.

»Würdet Ihr mich jetzt loslassen … bitte? Ihr tut mir weh.«

»Nur wenn du versprichst, dass du weder wegläufst noch laut um Hilfe schreist.«

Lizz zögerte kurz: »Nur wenn *Ihr* versprecht, dass Ihr keine bösen Absichten hegt.«

Er drückte sie mit einer beinahe freundschaftlichen Geste. »Ich gebe dir mein feierliches Ehrenwort.«

Das Lachen in seiner Stimme stachelte Lizzys Unmut von neuem an, und sie presste die Lippen fest aufeinander, um einen bissigen Kommentar zurückzuhalten. Dieser gemeine Schuft fand es also amüsant, sie fast zu Tode zu erschrecken.

»Gut, ich werde nicht schreien. Mein Wort darauf«, erklärte Lizz ergeben.

»Und was ist mit dem Weglaufen?«, erkundigte sich ihr Angreifer freundlich.

Sie atmete tief durch und hob stolz den Kopf. »Das kann ich nicht versprechen. Ich …« Was immer sie noch hinzufügen wollte, war vergessen, als sie ihren Blick zu seinem Gesicht hob. Er trug einen Helm, der nur die untere Gesichtshälfte erkennen ließ, und trotzdem wusste Lizz, dass sie nie zuvor einem attraktiveren und gefährlicheren Mann begegnet war. Der schwarze Helm war eine exakte Nachbildung eines Falkenkopfes, wobei der Schnabel als Nasenbeinschutz diente. Darunter erkannte sie ausgeprägte Wangenknochen und ein kräftiges Kinn. Kühnheit und Stolz, fuhr es ihr durch den Sinn. Ihr Blick glitt zu seinen Lippen und ein seltsames Frösteln ließ sie erbeben. Es war ein harter Mund; hart und unnachgiebig. Nein, von diesem Mann durfte man keine Gnade erwarten.

»Du scheinst eine Frau zu sein, die ihr Wort nicht leichtfertig verschenkt«, meinte er nun anerkennend und gab sie frei.

Sogleich wich Lizz einen Schritt vor ihm zurück.

»Nein, Sir. Ein Wort ist bindend. Egal, wem man es gibt.«

Erstmals wagte sie einen Blick auf die eindrucksvolle Gestalt ihres Angreifers.

Er war in der Tat ungewöhnlich groß und muskulös, jedoch ohne dabei plump oder ungelenk zu wirken. Vielmehr strahlte er eine maskuline Kraft aus, die sie beinahe überwältigte. Er war ganz in Schwarz gekleidet. Lizz hatte nie zuvor einen Mann in Beinkleidern gesehen. Außer Mr. Burc, ihren Burgkoch, doch der war schließlich Franzose – und absolut kein Vergleich zu diesem. Dennoch trug ihr Angreifer auch einen Plaid, den er mit einer Spange über die linke Schulter drapiert hatte. Ein Beweis, dass in seinen Adern schottisches Blut floss? Ihr Herz klopfte in einem beunruhigenden Rhythmus, und sie trat erneut einen kleinen Schritt zurück, ganz so, als könnte sie dadurch seiner männlichen Anziehungskraft entkommen.

»Ihr seid der ›schwarze Ritter‹!«, erkannte Lizz überrascht.

George verneigte sich galant. »Sehr scharfsichtig von dir. Ich gratuliere.«

Sein Hohn stachelte ihren Unmut an. »Nun, die Barden, die Eure ritterlichen Taten besingen, haben nie ein Wort darüber verlauten lassen, dass Ihr nachts unschuldigen Frauen auflauert«, beschied Lizz spitz.

Seine Lippen verzogen sich zu einem kühnen Lächeln. »Vermutlich kommt es daher, dass nur wenige Frauen dumm genug sind, sich nachts in Ställen herumzuschleichen.«

»Das hat wohl kaum etwas mit mangelnder Intelligenz zu tun«, gab Lizz empört zurück und stemmte aufgebracht die Hände in die Hüften. Sie war nämlich ausgesprochen stolz auf ihre Bildung. Sie beherrschte vier Sprachen in Wort und Schrift …

»Nein, es zeugt wohl eher von mangelndem Menschenverstand«, sinnierte der Fremde weiter.

Lizz reckte kämpferisch das Kinn. »Ach, und Ihr besitzt wohl beides im Übermaß, nicht wahr? Dann könnt Ihr mir sicher auch erklären, weshalb Ihr Euch mitten in der Nacht in diesem Stall herumtreibt und …« Ihre Stirn legte sich verwundert in Falten. »… und weshalb Ihr Eure Wunde nicht ordnungsgemäß versorgt.«

Sein Lächeln raubte ihr beinahe den Atem.

»Ich war gerade dabei, als du mich mit der Heugabel attackieren wolltest.«

»Sie diente lediglich zu meinem Schutz. Außerdem hättet Ihr auch antworten können, als ich nach Euch rief«, verteidigte sich Lizz vehement.

»Das schien mir nicht unbedingt angebracht«, erklärte er schlicht.

Vermutlich war er überzeugt, dass sie laut kreischend ins Gasthaus zurückgerannt wäre, erkannte Lizz.

»Wenn du mich jetzt entschuldigen würdest …« Er wandte sich ab und holte einen kleinen Lederbeutel aus seinem Versteck. Dann riss er sich mit einem heftigen Ruck den blutdurchtränkten Ärmel vom Hemd ab. Lizz starrte ihn wie gebannt an. Stahlharte, sehnige Muskeln unter straffer Haut traten zum Vorschein. Kein Wunder, dass sie keine Chance bei seinem Angriff gehabt hatte. Bestimmt konnte es niemand mit dieser geballten Kraft aufnehmen, fuhr es ihr durch den Kopf.

Lizz wusste, dass sie jetzt eigentlich gehen sollte. Margarete könnte ihr dafür bestimmt mindestens hundert Gründe aufzählen. Dennoch rührte Lizz sich nicht von der Stelle, sondern beobachtete fasziniert, wie der Fremde sich setzte, Verbandsstoffe aus dem Lederbeutel fischte und sich ans Säubern der Wunde machte. Er tat dies mit einer Sorgfalt, die Lizz seltsam tief berührte. Wie oft mochte er sich schon in irgendeinem stinkenden Stall versteckt haben, um seine Verletzungen zu versorgen – Wunden, die er weder für Ruhm noch für Geld, sondern für die Gerechtigkeit Schottlands in Kauf nahm? O ja, sie hatte schon viel von diesem Mann gehört. Er war ein Held. Eine Legende – und einsam, so schien es ihr.

Ohne zu überlegen, trat Lizz an ihn heran und nahm ihm sanft den Tiegel mit der Salbe aus der Hand.

George blickte erstaunt auf die junge Frau nieder, die sich schweigend neben ihn gekniet hatte und vorsichtig Salbe auf die Wundränder seiner Verletzung auftrug. Ihre fein geschnittenen Gesichtszüge spiegelten Mitgefühl und etwas, das verdächtig nach Trauer aussah, aber auch nach einer Art stilles Verstehen.

Ein eigenartiges Gefühl von Trost und Wärme erfüllte seine Brust. Er beobachtete sie eingehend, während sie mit geschickten Händen den Verband anlegte.

Sie war schön, gestand er sich ein. Ihre Haut schimmerte im trüben Stalllicht wie kostbarstes Elfenbein. Die großen, ausdrucksstarken Augen standen leicht schräg und ihre vollen, weichen Lippen wirkten auf eine erregende Weise sowohl einladend als auch unschuldig. Ihr Haar hatte sich beim Kampf gelöst und lag nun wie ein schwerer, dunkler Schleier über ihrem Rücken. Es juckte ihn in den Fingerspitzen, seine Hände in diese seidige Haarflut zu graben.

»Fertig«, verkündete Lizz und steckte den Korken wieder auf den Tiegel.

»Ich glaube nicht, dass die Wunde kauterisiert werden muss. Sie scheint mir nicht allzu tief.« Sie packte alles wieder in den Lederbeutel und reichte ihm diesen.

»Wenn Ihr mich fragt, finde ich es sowieso barbarisch, jemandem ein glühendes Eisen auf eine Wunde zu drücken ...«

»Ja, das ist es wohl«, bestätigte George mit rauer Stimme und zog Lizz mit sich hoch. Die Intensität, mit der er sie betrachtete, raubte ihr beinahe den Atem. Sie war gefangen im sanften Netz seiner dunklen Stimme – und in der Wärme seiner Berührung. Lizzys Herz schlug plötzlich wie wild. »Was ...?«

Seine Hand glitt zärtlich in ihren Nacken, und bevor sie wusste, wie ihr geschah, bedeckte er ihre Lippen mit den seinen. Im selben Augenblick erkannte George, dass der Wunsch, sie zu küssen, schon die ganze Zeit in ihm gebrannt hatte. Ja, er hatte sie vom ersten Augenblick an begehrt und nun ließ er sich von ihrem lieblichen Duft bezaubern. Rosen, kam es ihm verschwommen in den Sinn.

Lizz stand vollkommen still. Seine Berührung kam so unerwartet, dass sie sich nicht rühren konnte. Nie zuvor hatte sich ein Mann erdreistet, sie zu küssen. Nichts hatte sie je auf einen solchen Aufruhr ihrer Sinne vorbereitet. Sie spürte seinen Atem auf ihrem Gesicht, spürte die heiße Glut seiner Lippen auf ihrem Mund. Angst und Neugierde zugleich ließen sie erbeben.

George spürte diesen zarten Schauder ebenfalls und zog sie enger an sich, bis er ihre weichen Brüste unter dem Kleid zu spüren bekam. Ihre Hüften lagen an seinen Schenkeln ... George war verzaubert. Verzaubert von ihrer Nähe, von der süßen Unschuld ihres weichen Körpers. Mit Zähnen, Lippen und Zunge umschmeichelte er ihren Mund und bat um Einlass. Ihr leises Stöhnen verriet weder Empörung noch Furcht. Sie schien einfach völlig überrascht.

Lizz seufzte leise an seinen Lippen, und als wäre plötzlich der Bann gebrochen, der jede Bewegung verhinderte, klammerte sie sich wie eine Ertrinkende an seine breiten Schultern.

Georges Herz begann wild zu hämmern, als sich ihr süßer Mund, einer Rosenknospe gleich, für ihn öffnete. Ein rauer Laut entrang sich seiner Kehle und seine Zunge glitt gierig in die warme Höhle hinein. Er plünderte sie, erforschte sie, bis er glaubte, vor Verlangen den Verstand zu verlieren.

Alles um Lizz herum begann sich zu drehen, als sie seinen Kuss mit der ganzen Leidenschaft erwiderte, die ihr unschuldiges Herz verspürte. Eine leise Alarmglocke schrillte warnend in ihrem Kopf. Das war Wahnsinn. Sie musste ihm sofort Einhalt gebieten – doch sie konnte und wollte es nicht. Nie zuvor hatte sie sich so lebendig gefühlt. Die Zeit stand plötzlich still, und ihr war, als würde sie soeben eine bislang verschlossene Tür aufstoßen und dahinter ein gleißendes Licht entdecken. Eine Freiheit, wie sie sie noch nie zuvor erlebt hatte, von deren Existenz sie nicht einmal etwas geahnt hatte. Alles in ihr schien vor Freude aufzuschreien, und zum ersten Mal fühlte Lizz, wie das Leben sie bis in die kleinste Pore ihres Körpers durchströmte – pulsierend, heiß und unglaublich betörend.

Lizz war gefangen in ihrer eigenen Leidenschaft. Sie schluchzte leise auf und stellte sich auf die Zehenspitzen, um diesem Mann noch näher zu sein. Sie spürte, wie sich seine Finger in ihr Haar gruben, spürte, wie sich seine Lippen einen glühend heißen Pfad über ihren Hals und tiefer bahnten. In ihrem Bauch braute sich eine Macht zusammen, die sie nicht verstand und noch weniger bezähmen konnte. Wie mächtige, zerstörerische Strudel erfasste sie ihr Innerstes und vernichtete jeden Gedanken und jeden Funken Verstand.

George hörte sein eigenes Blut in den Ohren rauschen. Die Frau in seinen Armen reagierte mit einer Leidenschaft, die ihn verrückt machte. Er fürchtete, wahnsinnig zu werden, wenn er sich nicht bald tief in ihrem Schoß begraben konnte. Seine Küsse und Liebkosungen wurden wilder, fordernder. Er streichelte die zarte Haut ihres Brustansatzes, ließ seine Hand tiefer gleiten und umfasste eine der wohlgeformten Halbkugeln. Sogleich wuchs sie ihm begehrlich entgegen. Sie trug kein Korsett, fuhr es ihm unvermittelt durch den Kopf, eine Tatsache, die ihn verblüffte und gleichzeitig ungemein erregte.

Ein kehliger Seufzer entwich Lizzys Lippen und steigerte Georges Verlangen ins Unermessliche. Er konnte nicht länger warten. Jetzt, schrie sein gepeinigter Körper. Jetzt! Er wollte sie mit einer Inbrunst, die ihm fremd war. Die er stillen musste. In wilder Gier grub er seine Finger in das feste Fleisch ihrer Hinterbacken und presste ihren Unterleib an seinen erregten Schaft. Er wollte, dass sie das Ausmaß seiner Leidenschaft erkannte, wollte ihr zeigen, wie sehr es ihn nach ihr verlangte.

»Nein!«, keuchte Lizz plötzlich entsetzt und entwand sich seinen Armen.

Zitternd und heftig nach Atem ringend, wich sie Schritt um Schritt vor ihm zurück. »Das ... das ist Wahnsinn«, flüsterte sie zutiefst erschüttert.

George war sich sicher, noch nie etwas Schöneres gesehen zu haben als diese blutjunge Frau. Ihre Lippen schimmerten feucht und waren rot und geschwollen von seinen leidenschaftlichen Küssen. Ihre Brüste hoben und senkten sich verführerisch bei jedem heftigen Atemzug und in ihren Augen las er nackte, unverhohlene Begierde. Sie hatte Recht, dies hier war Wahnsinn.

George wollte sie wieder in seine Arme ziehen, doch sie schüttelte langsam den Kopf.

Ungläubig berührte sie mit den Fingerspitzen ihre geschwollenen Lippen.

Sie konnte einfach nicht glauben, was soeben geschehen war. Konnte nicht fassen, dass sie diesem Fremden solche Freiheiten gestattet hatte.

»Das hätte niemals geschehen dürfen ... Es ... es tut mir Leid.« Ohne eine Antwort abzuwarten, drehte sie sich um und floh in die Nacht hinaus. Sie brauchte Abstand von diesem Mann. Abstand von diesen verzehrenden Gefühlen.

George trat langsam an die Stalltür und beobachtete, wie das Mädchen im Gasthaus verschwand. Das unangenehme Gefühl eines bitteren Verlusts machte ihm mindestens ebenso schwer zu schaffen wie sein ungestilltes Verlangen. Einige Minuten verharrte er bewegungslos und wartete darauf, dass in einem der Fenster Licht anging. Doch alles blieb dunkel.

»Wir werden uns wieder sehen, Kätzchen«, versprach er leise und wünschte sich, wenigstens ihren Namen zu kennen.

Als George gerade in sein Versteck zurückkehren wollte, nahm er plötzlich eine Bewegung aus dem Augenwinkel wahr. Ein Schatten entfernte sich mit ungleichen Schritten vom Stall und verschmolz gleich darauf mit der Nacht. Das leise Schlurfen eines nachgezogenen Beines verklang beinahe zur selben Zeit.

George zog nachdenklich die Stirn in Falten. Jemand hatte sie beobachtet. Diese Erkenntnis gefiel ihm ganz und gar nicht.

2

Der riesige Saal von Stirling Castle platzte schier aus allen Nähten. Sämtliche Clane waren heute hier vertreten, um ihren neuen König anzuerkennen und ihm ihre Treue zu schwören. James IV. stand, von seinen Beratern und Bischöfen flankiert, am Kopfende des Saals auf einer erhöhten Plattform und ließ den Blick über seine Untertanen schweifen, während der Bischof mit lauter Stimme ein Gebet für den neuen Herrscher über Schottland sprach. Der König war gut aussehend und athletisch gebaut. Sein kastanienbraunes Haar fiel ihm bis auf die Schultern, und seine braunen Augen, obwohl warm und freundlich, ließen erkennen, dass man ihn nicht unterschätzen sollte. Er wirkte zwar sehr jung, doch sein ruhiger Blick verriet Intelligenz und Wachsamkeit.

Zweiteres war auch bitter nötig. Denn obwohl sich die Clane in ihre feinsten Kleider gehüllt hatten, spürte man doch unterschwellig die Feindschaft zwischen den einzelnen Clanen. Trotzdem war der Raum von einer ruhigen und würdevollen Atmosphäre erfüllt. In der Tat war es sogar so ruhig, dass Lizz vor Langeweile am liebsten laut aufgeschrieen hätte. Seit fast einer Woche waren sie nun schon auf Stirling Castle. Sie hätte sich niemals träumen lassen, dass allein eine Krönungszeremonie geschlagene drei Tage dauern konnte, von den folgenden Treueforderungen an die Clanoberhäupter ganz zu schweigen. Seit gut fünf Tagen kniete sie nun schon in Kirchenbänken oder stand sich in irgendeiner völlig überfüllten Halle die Füße in den Bauch.

So sehr sie sich auch auf die Abenteuer und Festlichkeiten bei Hofe gefreut hatte, verspürte sie nun nur noch den dringenden Wunsch, endlich wieder nach Hause zurückzukehren. Sie überlegte kurz, ob es vielleicht auffallen würde, wenn sie sich ganz langsam zum Ausgang vorarbeiten und dann verschwinden würde. Natürlich verwarf sie diesen Gedanken sogleich wieder. Ihre Eltern würden ihr ein solches Benehmen bestimmt niemals verzeihen. Also blieb ihr nichts anderes übrig, als sich mit dem Gedanken zu trösten, dass auch dieser Tag ein Ende finden würde. Endlich wurde Clan um Clan aufgerufen, um dem König die Treue zu schwören. Manche von ihnen, die sich in der Schlacht bei Sauchieburn besonders gut geschlagen hatten, erhielten sogar neue Titel und Ländereien zur Belohnung.

Unglaublich spannend. Lizz gähnte hinter vorgehaltener Hand. Sie konnte es kaum erwarten, endlich auf Lady Lous Rücken zu sitzen. Allan hatte ihr nämlich versprochen, dass er sie heute bei einem ausgedehnten Ausritt begleiten würde. Lizz tat einen tiefen Atemzug, klappte den Mund jedoch schnell wieder zu und presste die Lippen fest aufeinander. Himmel, jetzt hätte sie beinahe eine Fliege verschluckt. Das Ding war riesig. Lizz beobachtete gebannt, wie das hässliche, haarige Insekt langsam einem älteren Herrn vom Howard-Clan über den Rücken krabbelte, und fragte sich ernsthaft, welche Regeln es wohl für eine Lady zu befolgen galt, wenn sie versehentlich ein solches Tier verschluckte. Ganz geräuschlos konnte das doch bestimmt nicht vonstatten gehen. Lizz verfolgte gespannt die trägen Flugkünste der Fliege. Dieses Biest hatte es anscheinend auf sie abgesehen.

»Um Himmels willen, Elizabeth, so steh doch still«, zischte ihre Mutter und strafte sie mit einem vorwurfsvollen Blick. Lizz versuchte tapfer das lästige Insekt, das ihr gerade den Arm hoch krabbelte, zu ignorieren und spähte zu ihren älteren Schwestern hinüber. Beide verfolgten das Geschehen mit anmutiger Ruhe. Margarete schien kaum mehr zu atmen vor lauter Würde, dafür huschte jedes Mal ein kleines Lächeln über Annabellas Lippen, wenn ein junger Lord aufgerufen wurde. Lizz ahnte, dass sich ihre Schwester gedanklich mit ihrem kleinen Plan beschäftigte. Annabella hatte ihr noch vor der Abreise erklärt, dass sie nicht ohne einen Ehemann nach Stobhall Castle zurückkehren würde. Angeblich wollte sie eine Liste mit möglichen Heiratskandidaten erstellen, von der sie dann den Besten auswählen würde. Manchmal konnte Lizz ihre Schwester wirklich nur um deren Selbstbewusstsein beneiden. Annabella würde es niemals in den Sinn kommen, dass der von ihr erwählte Ehemann gar kein Interesse an ihr haben könnte.

Diese lästige Fliege entwickelte sich allmählich zu einem regelrechten Quälgeist. Lizz versuchte sie so anmutig wie möglich zu verscheuchen, doch das lästige Insekt kam immer wieder.

Plötzlich räusperte sich eine Stimme hinter ihr laut und vernehmlich. Lizz wandte sich empört um, gewillt, diesen unverschämten Kerl mit einem vernichtenden Blick in seine Schranken zu verweisen. Doch alles, was sie sah, war eine mächtige Männerbrust in schwarzem Samt. Sie musste den Kopf in den Nacken legen, nur um in ein überaus finsteres Gesicht hoch zu sehen. Stahlgraue Augen fixierten sie voller Missbilligung. Lizz schnappte hörbar nach Luft. Dieser elende Riese besaß doch tatsächlich den Nerv, den Kopf über sie zu schütteln.

Peinlich berührt und siedend vor Wut, wandte sie dem Kerl wieder den Rücken zu. Im Augenblick bestand keine Möglichkeit, sich für sein beleidigendes Räuspern zu rächen, also beschloss sie, ihn einfach zu ignorieren. Dennoch hatte seine hoch gewachsene Gestalt Erinnerungen in ihr wachgerufen, die sie besser unangetastet ließ. Der schwarze Ritter. Lizz seufzte innerlich auf, eine tiefe Traurigkeit erfasste sie. Es war sinnlos, sich Gedanken über diesen Fremden zu machen. Vermutlich würde sie ihn niemals wieder sehen, und dennoch fiel es ihr unglaublich schwer, ihn aus ihrem Herzen zu verdrängen. Sie schob ärgerlich das Kinn vor. Dieser Mistkerl hinter ihr besaß kein Recht, ihre Sehnsucht nach dem maskierten Ritter wieder neu zu entfachen.

Lizz unternahm einen weiteren Versuch, sich auf das Geschehen um sie herum zu konzentrieren. Clan um Clan wurde aufgerufen. Sie betrachtete ihren neuen König ausführlich. Böse Zungen munkelten, dass dieser junge Mann nicht ganz unbeteiligt am Tod seines Vaters war. Dennoch schien niemand sonderlich entsetzt darüber zu sein. König James III. war nicht gerade ein beliebter Herrscher gewesen. Er hatte sich wenig um sein zerstrittenes Volk gekümmert und sich ganz seinem Machthunger hingegeben. Viele Söhne und Väter waren in sinnlosen Schlachten gefallen und hatten große Lücken in den Clanen hinterlassen. Trotzdem hatte dies den alten König keineswegs davon abgehalten, sein Tun bis fast zur Besessenheit weiterzuverfolgen. Ebenso hatte es ihn kalt gelassen, dass die stetig erhöhten Steuern, mit denen er seine Schlachten finanziert hatte, seine Untertanen und Lehensmänner immer tiefer in Armut und Hunger gestürzt hatten. Vielleicht war dies auch der Grund, weshalb kaum ein Schotte ihm nachtrauerte. Etliche Clane waren der Kämpfe müde. Sie hatten mit ihren Ländereien und Burgen genügend zu tun und hofften nun, dass der neue König ihnen auch die Zeit dazu ließ.

Natürlich trifft dies nicht auf die Douglas zu, überlegte Lizz grimmig. Dieser streitlustige Clan liebte den Kampf. Schließlich war er dadurch zu Reichtum und Macht gelangt. Ihre Lippen verzogen sich zu einem kleinen, schadenfrohen Lächeln. Hoffentlich war der König unnachgiebig geblieben und hatte sie tatsächlich von der Grenze abgezogen. Sollten sie doch Schafe scheren.

In diesem Augenblick wurde eben der Clan aufgerufen und ein leises Raunen erhob sich im Saal. Als sich der Riese hinter ihr bewegte, sah Lizz ihre Chance auf Rache gekommen. Sie würde ihm einen derart missbilligenden Blick zuwerfen, den er nicht so schnell wieder vergessen würde. Was er konnte, konnte sie schließlich schon lange. Mit einer arrogant hochgezogenen Augenbraue und süffisant geschürzten Lippen drehte sie sich zu dem ungehobelten Kerl um und schüttelte missbilligend den Kopf. Beinahe im selben Augenblick spürte sie zwei kräftige Hände, die sich in erschreckender Intimität um ihre Taille schlossen. Sie wurde hochgehoben und wie eine lästige Flickenpuppe auf die Seite gestellt.

Atemlos vor Empörung und mit glühenden Wangen starrte Lizz auf den breiten Rücken dieses Rüpels, als sich dieser seinen Clansmännern anschloss und vor den König trat.

Oh, am liebsten wäre sie ihm nachgeeilt und hätte ihm vor aller Augen kräftig vors Schienbein getreten. Das wäre wohl das Mindeste, was dieses Scheusal für seine Demütigung verdiente. Plötzlich drückte jemand warnend ihren Oberarm.

»Denk erst gar nicht daran«, flüsterte Lady Drummond eindringlich.

Himmel, manchmal war es ganz schön frustrierend, wie gut ihre Mutter sie kannte. »Keine Angst, ich werde dich schon nicht blamieren, Mama«, flüsterte sie zurück und faltete sittsam die Hände vor dem Schoß. »Ich sehe würdevoll über diese Demütigung hinweg.«

Lady Drummond zog amüsiert die hübsch geschwungenen Augenbrauen hoch, während sich ihre Lippen zu einem wissenden Lächeln verzogen. »Mich kannst du nicht täuschen, Kind. Du heckst doch bestimmt schon einen kleinen Racheplan aus. In nächster

Zeit werde ich wohl ein besonderes Auge auf dich werfen müssen.«

Lizz rümpfte missmutig die Nase. Es war sogar äußerst frustrierend.

Ihr Blick glitt wieder zu den Männern, die nun vor dem König auf ein Knie sanken und den Treueschwur ablegten. Dies waren also die elenden Douglas. Ihr Vater hatte Recht. Sie waren nichts als ein ungehobelter, streitsüchtiger Haufen von Barbaren. Das zeigten schon ihre schulterlangen Haare. Heutzutage gehörte es bei den Männern durchaus zum guten Ton, den englischen Kurzhaarschnitt zu tragen – eine Tatsache, die Lizz sehr begrüßte, da er wesentlich gepflegter und zivilisierter wirkte.

Sie schnaubte abfällig. Von zivilisiert konnte bei diesem Douglas-Pack ganz bestimmt nicht die Rede sein – was dieser Riese soeben bewiesen hatte. Ja, man erzählte sich sogar, dass sie ihre Burg auf den Totenschädeln ihrer Feinde errichtet hätten. Lizzys Augen folgten jeder Bewegung des Riesen voller Verachtung und sie streifte sich energisch das Kleid glatt. Ganz so, als wollte sie seine Berührung wegwischen, die noch immer auf ihrer Haut brannte.

Als die Douglas-Leute sich wieder aufrichteten, hob der König gebieterisch die Hand. Augenblicklich verstummte das Flüstern der Versammelten.

»Es ist der Wunsch von Archibald Douglas, dem fünften Earl of Angus, dass vom heutigen Tage an sein Sohn George Douglas, sechster Earl of Berwick und nun Master of Angus, die Clanführung übernimmt.«

Lauter Jubel und Hochrufe erklangen einstimmig aus den Mündern der Clanmitglieder. Die übrigen Versammelten schwiegen betreten. Der alte Archibald Douglas war bereits ein gerissener Hund gewesen, doch zumindest konnte man seine Wutausbrüche einigermaßen einschätzen. Bei seinem Sohn traf dies nicht zu. Er konnte verteufelt aufbrausend sein, nur um im nächsten Moment mit eiskalter Entschlossenheit und Ruhe seine Gegner zu verunsichern. Sowohl seine unbarmherzige Intelligenz in Kriegslisten als auch seine Fähigkeiten im Umgang mit dem Schwert waren bereits legendär. Wehe dem, der sich diesen Mann zum Feinde machte … Nicht umsonst nannte man ihn den Unerbittlichen.

Mit stolz erhobenen Häuptern kehrten die Douglas' wieder auf ihre Plätze zurück und ließen den nächsten Clan vor den König treten.

Lizz schnaubte empört auf. Musste sich dieser gemeine Kerl unbedingt vor sie stellen?! Sie konnte überhaupt nichts mehr sehen außer seinem elend breiten Rücken. Das macht dieses Ungeheuer absichtlich, schimpfte sie in sich hinein.

Ihr Blick glitt zu ihrem Vater, der mit würdevoller Miene darauf wartete, dass sein Clan aufgerufen wurde.

William, ihr ältester und einziger Bruder, stand neben ihm und ahmte exakt dessen Mimik nach. Ein kleines, trauriges Lächeln glitt über ihr Gesicht. Sie hatte ihn heute Morgen in seinem Zimmer vor dem Spiegel ertappt, als er unzählige Male den Treueschwur geübt hatte. Er war ihr so stolz und doch so verloren erschienen. Lizz konnte einfach nicht verstehen, weshalb ihr Vater seinen einzigen Sohn so sträflich vernachlässigte. Dabei war es so offensichtlich, dass William mit allen Mitteln versuchte, sein Wohlwollen zu erregen.

Stunden später, als die Treueschwüre endlich vorbei waren, winkte der König einen seiner Lakaien herbei. Lizz drängelte sich neugierig vor und stellte sich auf die Zehenspitzen, um zu sehen, was der Diener auf einem purpurnen Samtkissen trug. James nahm einen klirrenden Gegenstand entgegen und erhob erneut die Stimme. »Als Zeichen meiner Liebe zum schottischen Volk werde ich diese Kette auf dem bloßen Leib tragen – als Zeichen der ungesühnten Schuld meines Vaters. Er hat

Euch versprochen, Schottland zu einen und Frieden zu wahren …«

Zwei Diener halfen ihm dabei, den Oberkörper zu entblößen, was ein leises Seufzen mehrerer junger Damen nach sich zog. Dann legte er sich die Kette um die Mitte, schloss sie ab und überreichte dem Schatzmeister den Schlüssel.

»Erst wenn ich den Schwur meines Vaters eingelöst habe, werde ich diese Kette wieder abnehmen.«

Obwohl viele im Saal davon überzeugt waren, dass ihr neuer König diese Kette eher als Sühne für sein eigenes Mitwirken an der Ermordung seines Vaters anlegte, erfüllten laute Jubelrufe den Saal.

3

Lizzys Räumlichkeiten befanden sich in einem anderen Teil des Flügels als jene ihrer übrigen Familie. Eigentlich war dieses Zimmer für ihre Schwester Margarete gedacht gewesen, doch diese konnte sich einfach nicht mit dem Gedanken anfreunden, allein einen Raum in diesem riesigen Schloss zu bewohnen. Lizz hingegen fand es wunderbar. So brauchte sie sich wenigstens nicht ständig zu rechtfertigen, wenn sie das Zimmer verließ.

»Hallo, ihr zwei«, begrüßte sie die beiden Schwestern, als sie deren Gemach betrat. Annabella lag bäuchlings auf dem Bett und winkte ihr kurz zu, bevor sie sich wieder in das Blatt Pergament vor ihr vertiefte. Margarete lag mit einem kühlen Tuch über den Augen im Bett und seufzte bekümmert auf. »Elizabeth, eine Lady klopft an, bevor sie einen Raum betritt.«

Lizz zog eine Grimasse: »Ich bin nicht irgendeine Lady, sondern deine Schwester, falls du das vergessen hast.« Auf solche Tadel konnte sie nun wirklich verzichten.

»Trotzdem … Anstand macht auch vor Familienmitgliedern nicht Halt. Es geht ums Prinzip«, beharrte Margarete weiter.

Annabella schüttelte stöhnend den Kopf, als sie Lizzys breites Grinsen sah. Ihre Augen funkelten geradezu vor diebischer Freude. Annabella beobachtete mit fragend hochgezogenen Augenbrauen, wie sich Lizz lautlos an ihre ahnungslose Schwester heranpirschte.

»… Ich würde sogar meinen, besonders Familienmitglieder sollten in den Genuss …« Im nächsten Moment stieß Margarete einen entsetzten Schrei aus und riss sich das Tuch von den Augen. Lizz saß quer über ihrem

Bauch und lachte übermütig. »Schimpf du nur, Gretchen. Ich hab dich trotzdem lieb.«

»Geh runter von mir, du verrücktes Ding«, murrte Margarete, doch um ihre Mundwinkel zuckte es verdächtig. »Und nenn mich nicht Gretchen, du weißt genau, dass ich es nicht leiden kann, wenn du meinen Namen verschandelst.«

»Genau so, wie du weißt, dass ich es nicht mag, wenn du mich dauernd kritisierst«, hob Lizz dagegen und drückte ihr einen schmatzenden Kuss auf die Stirn.

Margarete verdrehte die Augen gegen die Decke. »Du hast wirklich nichts als Flausen im Kopf.«

»Aus deinem Mund klingt das beinahe wie ein Kompliment, Schwesterchen«, lachte Lizz fröhlich und wandte sich an Annabella. »Kannst du mir mal behilflich sein? Allein komme ich nicht aus diesem Kleid heraus.«

»Für solche Zwecke hat man schließlich eine Zofe«, erklärte diese missmutig. Offensichtlich kam ihr die Unterbrechung äußerst ungelegen.

»Nun komm schon. Beweg deinen Hintern«, bat Lizz und stellte sich mit dem Rücken zum Bett hin. »Mary hat sich den ganzen Morgen übergeben. Ich bringe es einfach nicht fertig, sie jetzt wegen einer solchen Lappalie aufzuwecken.«

Annabella kniete sich hin und löste die Verschnürungen des Kleides. »Aber genau dafür sind Zofen da. Ich will einfach nicht verstehen, wie du dieses hochschwangere Mädchen in deine Dienste nehmen konntest.«

»Das verlange ich auch nicht von dir.«

»Stimmt es, dass du sogar die Lavendelsäckchen aus deinen Kleidertruhen entfernt hast, weil ihr von dem Duft übel wurde?«

»Ich konnte diesen intensiven Geruch sowieso nie leiden. Ich bin Mary sogar dankbar, dass sie mich auf die

Idee mit den Rosenblüten gebracht hat. Alle meine Kleider duften jetzt herrlich nach Rosen«, erklärte Lizz leichthin.

»Trotzdem finde ich, dass es ein Fehler war. Niemand stellt eine schwangere Zofe ein«, beharrte Annabella weiterhin.

Ein kleines, mitfühlendes Lächeln erhellte Lizzys Gesicht. Sie konnte sich noch gut an den Tag erinnern, als sie Mary *gefunden* hatte. Sie war auf Lady Lou ausgeritten und hatte an einem kleinen, verträumten See etwas außerhalb des Dorfes angehalten. Während sie die Stute getränkt hatte, hatte sie plötzlich eine Frau weinen gehört. Es war Mary gewesen. Sie hatte zusammengekauert an einem Baumstamm gesessen und herzzerreißend geschluchzt. Als sie ihr schließlich ihre traurige Geschichte erzählt hatte, hatte sich Lizz dazu verpflichtet gefühlt, dem Mädchen beizustehen. Mary war seit ihrer Kindheit im Hause der Howards beschäftigt gewesen. Dort hatte sie auch ihren Ehemann Jack kennen gelernt. Leider hatte dessen Vater nach seinem Tod hohe Schulden hinterlassen, und Lord Howard hatte Jack kurzerhand verkauft, um mit dem Erlös die Schulden zu begleichen. Seither hatte Mary nie wieder von ihrem Ehemann gehört. Sie wusste weder, wo er war, noch ob es ihm gut ging. Wenige Tage später hatte sie bemerkt, dass sie Jacks Kind unter dem Herzen trug. Als Lady Howard davon erfahren hatte, hatte sie Mary kurzerhand auf die Straße gesetzt. Das junge Mädchen war so verzweifelt gewesen, dass Lizz vom ersten Augenblick an eine Art Beschützerinstinkt für sie verspürt hatte.

So auch jetzt. »Ich bin mit Mary ausgesprochen zufrieden und allein das zählt. Schließlich hat mich Mama lange genug genötigt, mir endlich eine eigene Zofe zu suchen. Voilà, das habe ich getan.»

»Fertig«, verkündete Annabella und gab Lizz einen kleinen Klaps auf den Hintern.

Danach legte sie sich wieder aufs Bett und studierte das Pergament erneut. »Was hältst du von dem jungen Lord McGeorge? Ich glaube, der könnte mir durchaus gefallen.« Sie seufzte genüsslich.

»Du meinst es also tatsächlich ernst?«, erkundigte sich Lizz erstaunt, als sie die Liste der Heiratskandidaten durchlas.

»Aber natürlich! Dieser Aufenthalt hier ist die beste Möglichkeit, um mir einen passenden Ehemann auszusuchen. Schließlich sollte man so etwas Wichtiges nicht einfach dem Zufall oder gar Vater überlassen.«

»Du weißt genau, dass Papa uns niemals mit einem Mann verheiraten würde, der uns nicht zusagt«, erklärte Lizz unbehaglich. Das Thema Heirat war ihr ganz und gar nicht geheuer. Sie konnte auch absolut nicht verstehen, weshalb Annabella es plötzlich so eilig hatte, einem Mann auf Gedeih und Verderb ausgeliefert zu sein.

»Dennoch mache ich mir lieber selbst ein Bild, und ich finde, dass diese Liste eine ganz ausgezeichnete Idee ist«, erklärte Annabella mit einem selbstzufriedenen Lächeln und kritzelte einen neuen Namen auf das Blatt. »Was für ein Pech, dass dieser hübsche Riese ein Douglas ist. Er sieht einfach umwerfend aus.«

Lizz wusste im ersten Moment nicht, von wem ihre Schwester sprach, und zog fragend eine Augenbraue in die Höhe.

»Na, dieses Prachtexemplar von einem Mann. Der, der dich einfach beiseite gestellt hat.«

Lizzys Wangen röteten sich erneut bei dieser schmachvollen Erinnerung. »Dieser arrogante Kerl?« Sie war aufrichtig schockiert, dass Annabella auch nur einen Blick an diesen Douglas verschwendet hatte. Er war schließlich ein Feind!

»Aber du musst zugeben, dass er einfach umwerfend aussieht«, beharrte Annabella weiter.

Lizz rümpfte die Nase. »Für meinen Geschmack ist er eindeutig zu groß, zu dunkel und zu arrogant. Von seinen grässlichen Manieren möchte ich gar nicht erst reden …«

Annabella schien sie nicht zu hören. Ihre Augen nahmen einen verträumten Ausdruck an. »Hast du jemals einen solchen Mann gesehen?«

»Nein, und ich kann nur hoffen, dass ich ihn auch nie wieder sehen muss«, beschied Lizz streng. Sie verspürte wahrlich keine Lust, ausgerechnet über diesen Kerl zu reden.

»Kinder, könntet ihr nicht etwas leiser sein?«, stöhnte Margarete herzerweichend. »Ich versuche mich gerade etwas auszuruhen. In wenigen Stunden werden wir von Papa zum Dinner abgeholt.«

»Wovon musst du dich denn ausruhen? Wir haben doch seit unserem Eintreffen nichts anderes getan, als sinnlos herumzustehen und hübsch auszusehen«, maulte Lizz missmutig, während sie sich einen Keks in den Mund steckte. Die Erwähnung dieses Douglas hatte ihr die gute Laune schlagartig verdorben.

»Was machst du denn da?«, wollte Anabella wissen und beobachtete, wie Lizz in ihr Reitkostüm schlüpfte.

»Ich reite aus. Nachdem ich so viele Stunden in dieser stickigen Halle verbringen musste, sehne ich mich geradezu nach frischer Luft.«

»Elizabeth, du wirst doch nicht allein ausreiten?«, erkundigte sich Margarete entsetzt.

»Das wäre unschicklich, wie du weißt.«

»Ich bin ja nicht dumm. Natürlich wird Allan mich begleiten. Er wartet bestimmt schon auf mich.« Sie zögerte kurz: »Wollt ihr beiden uns vielleicht begleiten?«

Margarete schüttelte den Kopf. »Du weißt doch, dass ich mich vor Pferden fürchte.«

Annabella verneinte ebenfalls. »Ich werde mir noch einige Namen notieren.«

Lizz versuchte sich ihre Erleichterung nicht allzu deutlich anmerken zu lassen. Das Letzte, was sie jetzt wollte, war ein Ausritt im Schritttempo. Sie musste nämlich dringend Dampf ablassen.

»Na schön, wie ihr wollt. Falls Papa nach mir sucht, sagt ihm bitte, dass Allan mich heute zu Tisch begleitet.«

Mit diesen Worten schlüpfte Lizz aus dem Zimmer und eilte durch die langen Korridore des Ostflügels. Die Gänge waren nur von wenigen Fackeln in Wandhalterungen erhellt und eine seltsame Stille lag bleischwer in der Luft. Nicht einmal ihre eigenen Schritte waren zu hören, da der dicke rote Läufer diese verschlang. Anscheinend hielten sich doch viele an die auferlegte Ruhezeit. Lizz atmete erst auf, als sie den Flügel hinter sich ließ. Insgeheim hatte sie nämlich befürchtet, ihrer Mutter zu begegnen. Lizz zweifelte keinen Augenblick daran, dass sie sogleich mit einer strengen Rüge zurück auf ihr Zimmer geschickt worden wäre. Seit sie auf Stirling Castle waren, nahm es ihre Mutter mit den höfischen Sitten und Gebräuchen peinlichst genau.

Mit raschen Schritten eilte Lizz dem Ausgang zu. Endlich konnte sie aufatmen.

»Puh«, entfuhr es ihr. War sie gerade gegen eine Wand geprallt?!

»Hoppla«, bemerkte die Wand und grinste belustigt auf Lizz hinunter.

Sie erkannte ihn sofort. Natürlich. Das musste einer dieser elenden Douglas' sein. Wer sonst konnte auch so einfältig im Weg herumstehen?

Zumindest war es nicht der Riese aus dem Saal. Lizz glaubte sich zu erinnern, dass dieser hier William Douglas hieß und der jüngere Bruder des ungehobelten Klotzes war. Nun, viel kleiner war er ja auch nicht, doch mit seinem jungenhaften Lächeln wirkte er wesentlich geselliger. Sie rang sich mühsam eine Entschuldigung ab.

»Wohin denn so eilig, schönes Kind?«, erkundigte er sich galant.

Als ihr eine dicke Alkoholfahne entgegenschlug, hielt Lizz angewidert den Atem an.

»Ich habe es wirklich eilig.«

»Das habe ich am eigenen Leib gespürt.« Er grinste sie an, wobei seine Augen wohlwollend über ihren Körper strichen.

»Ihr scheint ebenfalls ausreiten zu wollen. Darf ich Euch vielleicht begleiten, Mylady?«

»Ich bin bereits mit meinem Cousin verabredet. Ich bezweifle, dass Ihr unsere Gesellschaft genießen würdet«, lehnte Lizz höchst unfreundlich ab.

»Dann werde ich Euch zumindest zu Eurem Pferd begleiten«, erwiderte er und hielt mit ihren eiligen Schritt mit.

War dieser Kerl taub oder einfach nur dumm? Wie deutlich musste sie denn noch werden?

»Das ist wirklich nicht nötig. Ich bin durchaus imstande, diese wenigen Schritte allein zu gehen«, gab sie spitz zurück, ohne ihn eines Blickes zu würdigen.

»Das glaube ich gern. Trotzdem werde ich Euch begleiten, Mylady. Nur für den Fall, dass jemand so wagemutig ist und Euren Weg kreuzen möchte. Ich werde jeden gebührend warnen, bevor es tatsächlich noch Verletzte gibt.«

Die Anspielung auf ihren Zusammenprall trieb Lizz die Röte in die Wangen.

»Ich nehme an, Ihr werdet Euch sowieso nicht von Eurem Vorhaben abbringen lassen?«

William fasste sich theatralisch ans Herz: »Wie schnell Ihr mich durchschaut habt, schönes Kind.«

Lizz schüttelte den Kopf und ging raschen Schrittes an den Wohngebäuden vorbei, durch ein kleines Tor hindurch und dann den schmalen Weg entlang, der zu den Pferdeställen führte.

»Und nennt mich nicht schönes Kind. Ich bin Lady Elizabeth Drummond und möchte auch als solche angeredet werden.« So, nun hatte sie ihn unmissverständlich in seine Schranken gewiesen, dachte Lizz stolz. Nur für den Fall, dass er noch nicht bemerkt haben sollte, dass sie Feinde waren.

Ohne Mühe hielt er mit ihr Schritt. »Schönes Kind gefällt mir wesentlich besser.«

Sein Tonfall hatte sich fast unmerklich verändert. Dennoch blieb der harte Unterton Lizz nicht verborgen. »Das Grün deines Kleides passt übrigens hervorragend zu deiner seltsamen Haarfarbe.«

Lizz versteifte sich augenblicklich. In diesem Punkt war sie überaus empfindlich. Sie wusste selbst, dass sich die Natur mit ihrer Haarfarbe einen üblen Scherz erlaubt hatte. Wie gern wäre sie ein heller Rotschopf wie ihre Schwestern oder so schwarzhaarig wie ihre Mutter. Doch ihr Haar war von einem so dunklen Rot, dass es jeder Beschreibung spottete – und sie litt darunter. Da konnten Allan und ihr Vater noch so lange behaupten, nie eine schönere Lockenpracht gesehen zu haben. Sie glaubte ihnen keine Sekunde. Schließlich waren die beiden nicht ganz unparteiisch.

Lizz reckte kampflustig ihr schmales Kinn und funkelte William Douglas böse an. »An meinem Haar ist überhaupt nichts seltsam, *Sir*. Aber falls der Anblick Euch stört, dürft Ihr Euch gern entfernen. Eure Anwesenheit ist hier sowieso nicht erwünscht.«

Himmel, war der Kerl unangenehm.

Sie erreichten den ersten Stall und Lizz sog tief den Duft von frischem Heu und Pferden ein. Sie blickte sich suchend um, doch von Allan war keine Spur zu sehen. Lizz schimpfte verhalten vor sich hin. Sie hatte sich also ganz umsonst so beeilt.

»Ich kann deinen Cousin nirgends entdecken«, meinte William nun leicht tadelnd. »Könnte es sein, dass ihr euch gar nicht hier treffen wolltet?«

Lizz furchte nachdenklich die Stirn. Es gefiel ihr ganz und gar nicht, dass nicht mal einer der Stallknecht in Sichtweite war. Anscheinend beanspruchten sie die Ruhezeit der Adeligen, um selbst eine Pause einzulegen.

Lizz sah sich erneut um. Das Letzte, was sie wollte, war, mit diesem Douglas allein zu sein. »Er wird bestimmt jeden Augenblick hier sein. Es war ausgemacht, dass wir uns bei Lady Lou treffen.«

William trat einen kleinen Schritt näher. »Bei wem?«

Lizz zeigte auf die Box hinter ihr. »Bei Lady Lou, meiner Stute.« Mit jedem Augenblick wurde ihr die Situation unangenehmer, und sie wünschte sich sehnlichst, dass dieser Douglas endlich verschwinden würde. Er hatte etwas an sich, das ihr Unbehaben einflößte. Lizz verdammte ihre eigene Dummheit. Warum hatte sie diesen Kerl nicht energischer abgewehrt?

Als er noch einen Schritt näher trat, wich sie an den Boxenrand zurück. »Es wäre mir lieber, wenn ich hier allein auf Allan warten könnte. Vielen Dank für Eure Begleitung.«

Sein anzügliches Lächeln vertiefte sich. »Ich würde es mir niemals verzeihen, wenn ich eine solche Schönheit ganz allein warten ließe. Man kann nie wissen, welche Strolche sich hier herumtreiben.« Bei diesen Worten war er noch näher getreten und hatte seine Hände links und rechts von Lizz auf die Boxenwand gestützt. Ihr Puls raste. Sie war gefangen und ahnte plötzlich, dass sie es mit anderen Strolchen wesentlich lieber aufnehmen würde als mit diesem.

Entrüstet reckte sie ihr Kinn und bedachte William mit jenem eisigen Hochmut, den sie von Margarete gelernt hatte. »Ihr geht zu weit, Mylord. Nehmt augenblicklich Eure Hände weg, sonst …«

»Ah, nun hab dich nicht so. Wir wissen doch beide, dass du mich zu einem kleinen Schäferstündchen hierher gelockt hast. Oder glaubst du im Ernst, ich würde dir die dumme Geschichte von deinem Cousin abnehmen?«

Lizz schnappte schockiert nach Luft. »Seid Ihr verrückt? Ich wollte Euch von Anfang an nicht in meiner Nähe haben. Was ich Euch auch deutlich genug gezeigt habe.«

Seine braunen Augen verengten sich zu gefährlichen Schlitzen. »Das war doch alles nur Theater.«

»Bitte geht jetzt. Sonst ...« Weiter kam sie nicht. Schon packte er sie mit beiden Händen am Kopf und presste seinen Mund brutal auf ihre Lippen. Ihr entsetzter Schrei blieb ihr in der Kehle stecken. Der üble Geschmack von schalem Wein, den er anscheinend in großen Mengen genossen hatte, raubte ihr schier den Atem. Kalte Angst drohte sie zu überwältigen. Wo blieb nur Allan? Übelkeit und Ekel schwemmten wie eine gewaltige Woge über sie hinweg, als er versuchte, seine Zunge zwischen ihre Lippen zu drängen.

»Nein«, schrie sie erneut auf, doch auch dieser Schrei wurde von seinem Mund verschluckt. Er tat ihr weh! Sein Mund war grob, und seine Finger bohrten sich schmerzhaft in ihre Wangen, um dadurch das Öffnen ihrer Lippen zu erzwingen. Tränen der Angst traten ihr in die Augen. Sie stemmte ihre Hände gegen seine breite Brust und versuchte ihn von sich zu stoßen, doch er trat keinen Millimeter zurück. Mit aller Kraft versuchte sie sich gegen diesen widerwärtigen Angriff zu verteidigen. »Allan«, schrie alles in ihr. Doch plötzlich wurde ihr bewusst, welche Konsequenzen es haben mochte, wenn ihr Cousin ihr jetzt zu Hilfe käme. Er würde diesen Bastard auf der Stelle mit seinem Schwert niederstrecken. Die Rache der Douglas' würde gewiss nicht lange auf sich warten lassen. Und der König ... Nein!

Sie musste sich selbst helfen, und zwar schnell. Plötzlich war die Angst verschwunden. Alles, was sie jetzt noch spürte, war heiße, unkontrollierbare Wut. Wie konnte dieser Widerling es wagen? Wie konnte er es wagen, sich ihr so aufzudrängen, und damit ihre ganze Familie in Gefahr bringen?

Ohne zu überlegen, schlug sie ihm die Zähne in die Unterlippe.

»Du elende Schlampe«, rief Will erzürnt und wich einen kleinen Schritt zurück. Ungläubig betastete er seine blutende Lippe. »Das wirst du mir büßen.«

Er holte mit der Hand aus, gewillt, Lizz mitten ins Gesicht zu schlagen – doch sie war schneller. Mit aller Kraft rammte sie ihm ihr Knie zwischen die Beine. Will torkelte unter heftigsten Schmerzen zurück an die gegenüberliegende Wand. Er hustete und keuchte, doch er ging nicht zu Boden, wie Lizz es sich eigentlich gewünscht hätte.

»Fass mich niemals wieder an, du Bastard«, zischte sie. Ihr Atem ging so schnell, dass sie kaum sprechen konnte. »Und jetzt verschwinde, sonst werde ich dem König persönlich Bericht erstatten.«

Sein anziehendes Gesicht verzog sich zu einer wütenden Fratze. »Du wagst es, mir zu drohen, du Miststück?!« Blitzschnell stieß er sich von der Wand ab und packte Lizz erneut.

»Will«, donnerte plötzlich eine aufgebrachte Stimme von der Stalltür her. »Verdammt noch mal, kann man dich denn keine Sekunde aus den Augen lassen?« Will zuckte wie unter einem Peitschenhieb zurück.

George Douglas' kraftvolle, dunkle Erscheinung war beeindruckend und Furcht einflößend zugleich. Er stand reglos in der Tür. Dennoch überkam Lizz das seltsame Gefühl, als wäre gerade ein brausender Sturm über sie hereingebrochen. Von diesem Mann ging eine Kraft aus, die sie nicht zu benennen vermochte. Er schien mit seiner bloßen Gegenwart alles und jeden um sich herum zu beherrschen – und er war wütend. Großer Gott, Lizz fühlte sich augenblicklich an eine entfesselte Urgewalt erinnert. Ein leises Frösteln durchfuhr sie, als sie beobachtete, wie er mit kalter Entschlossenheit näher trat. Er trug die Kleidung des Clanoberhaupts mit solcher Selbstsicherheit, als wäre er darin geboren. Der kurze, dunkelgrüne Kilt saß auf seinen Hüftknochen und enthüllte muskulöse, kräftige Schenkel. Das über die Schulter drapierte Plaid hatte er mit einer Brosche festgesteckt, auf der das uralte Emblem seines Clans prangte – das gekrönte Herz der Douglas'.

Lizz versuchte ein erneutes Schaudern zu unterdrücken.

»Weshalb bist du nicht auf dem Weg zur Grenze? Meine Männer stehen seit bald einer Stunde bereit«, forderte George zu wissen.

William straffte die Schultern. »Ich habe dir bereits heute Morgen erklärt, dass ich es vorziehe, auf Stirling Castle zu bleiben.«

»Du wirst meine Anordnung befolgen. Sattle dein Pferd«, erklärte George entschieden. Damit war die Angelegenheit für ihn erledigt. Lizz erkannte, dass dieser Mann es gewohnt war, Befehle zu erteilen. Weitere Diskussionen würde er nicht dulden.

Als sich der jüngere Bruder zum Gehen wandte, sah sie glühenden Hass in seinen Augen. Dieses Gefühl hatte nichts mit dem gerechten Zorn eines Mannes zu tun, der wusste, dass er sich einem Stärkeren beugen musste. Nein, es war ein Gefühl, das weit tiefer ging und einer uferlosen Enttäuschung entsprang.

In Lizz' Augen war das nur ein weiterer Beweis dafür, dass der Douglas-Clan ein durch und durch verkommener Haufen war. Sollten sie sich doch gegenseitig die Schädel einschlagen.

Als hätte George Douglas ihre Gedanken erraten,

blieb sein finsterer Blick voller Missbilligung an ihr hängen. »Und was dich betrifft … Teste deine Reize besser bei jemand anderem oder du wirst es bitter bereuen. Das verspreche ich dir.«

»Was?«, rief Lizz empört und ihre Augen funkelten vor Wut.

Verdammt, sie ist es tatsächlich, fuhr es George durch den Kopf. Teufel und Verdammnis. Als sie sich im großen Saal zu ihm umgedreht hatte, hatte ihn die bittere Enttäuschung wie ein Fausthieb in die Magengrube getroffen. Dennoch war er sich nicht völlig sicher gewesen. Es hätte ein boshafter Zufall sein können, dass jenes süße Geschöpf aus dem Wirtshausstall ausgerechnet einer Drummond ähnlich sah. Doch nun gab es keinen Zweifel mehr. George fühlte sich betrogen. Aus irgendeinem Grund war er davon überzeugt gewesen, dass es sich bei dem Mädchen um eine reiche Kaufmannstochter handeln musste. Er hatte sich sogar einen Plan zurechtgelegt, wie er sie wieder finden und zu seiner Geliebten nehmen konnte.

Dieser Wunsch war soeben gestorben. Das Mädchen, das nun vor ihm stand, war weder das eine, noch würde es jemals das andere sein. George fühlte sich doppelt betrogen und dieses Gefühl hinterließ einen bitteren Geschmack auf seiner Zunge.

Dieses schamlose Weib hatte doch tatsächlich Tränen in den Augen. Himmel noch mal. Sie weinte wohl, weil er sie um ein kleines Scharmützel im Stroh gebracht hatte. Wie es aussah, hegte sie eine besondere Vorliebe für Ställe. Georges Lippen verzogen sich voller Abscheu. Sollte sie sich doch ein anderes Opfer suchen.

»Du hast gehört, was ich gesagt habe.« Seine Finger umfassten grob ihr schmales Kinn und hoben es an, damit sie ihm ins Gesicht sehen musste. »Und nun wisch dir die Tränen aus dem Gesicht. Du wirst bestimmt genügend Männer hier finden, die sich nicht zu schade sind, um sich mit einer Drummond einzulassen.«

Das war zu viel. Lizzys aschfahle Wangen färbten sich tiefrot vor Zorn. »Das ist ja wohl das Letzte! Jetzt bin ich wohl auch noch schuld daran, dass Euer Bruder wie ein brünstiger Elch jedem Frauenrock hinterher hechelt.«

»Wenn man ihn dazu reizt ...«, erklärte George gefährlich sanft und bedachte sie mit einem Blick, der bis in die Tiefen ihrer Seele vorzudringen schien.

Großer Gott, wenn er sie nur losließe. Die Berührung seiner warmen Finger rief ein seltsames Prickeln in ihrem Körper hervor. Beängstigend und doch unglaublich aufregend. Lizzys Herzschlag beschleunigte sich plötzlich. Dieser Mann war gefährlich! Nicht nur seine beeindruckende Größe jagte ihr Angst ein – nein, vielmehr strahlte er eine wilde, ungezügelte Männlichkeit aus, die Lizz über die Maßen verunsicherte. Er ist ein Douglas, rief sie sich bitter in Erinnerung.

Entschieden wischte sie seine Hand weg und ihre Augen sprühten Funken. »Niederträchtiger Bastard, glaubt Ihr allen Ernstes, dieser widerwärtige Angriff war von mir gewollt? Ich würde keinen elenden Douglas anrühren, auch wenn ihr die letzten Männer auf dieser Welt wärt!«

George hob arrogant eine Augenbraue. »Das konnte ich vorhin mit eigenen Augen sehen.«

Lizzys Handfläche landete mit einem hässlichen Klatschen auf seiner Wange. Im nächsten Augenblick erstarrte sie vor Entsetzen über ihre eigene Tat und errötete heftig. Wie konnte sie nur so sehr die Beherrschung verlieren?

»Was geht hier vor?« Allan trat mit finsterer Miene zu den beiden und stellte sich schützend vor Lizz. Seine Finger umklammerten das Heft seines Schwertes. »Douglas, ich erwarte augenblicklich eine Erklärung.«

»Dann sind wir schon zwei.« Sein drohender Blick heftete sich auf Lizz und besagte deutlich, dass diese Angelegenheit noch lange nicht ausgestanden war. Dann wandte er sich ab und ging davon.

»Was war hier los, Lizz?« Allans Blick glitt zwischen Georges Rücken und ihrem fassungslosen Gesicht hin und her.

Himmel, sie empfand Schuldgefühle! Lizz wandte sich abrupt zu ihrer Stute um und erklärte entschieden: »Nichts, worüber du dich aufregen müsstest. Lass uns ausreiten.«

Allan hielt sie am Arm zurück und in seinen Augen stand aufrichtige Besorgnis.

»Hat er dir etwas angetan? Bitte sag mir die Wahrheit.«

Sie zwang sich zu einem Lächeln. »Wirklich, Allan, er hat mir nichts getan. Wir haben uns lediglich gegenseitig erklärt, dass wir einander nicht ausstehen können. Das ist alles.«

Lizz überlegte kurz, ob das Weglassen von Einzelheiten eine Lüge war, beschloss dann jedoch, dass dem nicht so war. Es würde alles nur verschlimmern, wenn sie Allan von Williams ekelhaftem Kuss erzählte. Natürlich würde er sich dazu verpflichtet fühlen, ihre Ehre zu verteidigen, und augenblicklich losstürmen, um den jüngeren Douglas zu verprügeln. Nicht auszudenken, welch peinlichen Lauf diese Angelegenheit dann nähme. Vom Skandal einmal ganz abgesehen, wäre auch der König selbst nicht gerade erfreut über solche Feindseligkeiten unter seinem Dach. Ja, Lizz war davon überzeugt, dass ihr Schweigen auf jeden Fall das Beste war.

Allan betrachtete lange ihr Gesicht, bevor er sich leicht enttäuscht von ihr abwandte. Sie hatten nur selten Geheimnisse voreinander, doch er wusste, dass Lizz manchmal unglaublich stur sein konnte – besonders wenn sie glaubte, ihre Familie dadurch zu schützen.

»Du warst noch nie besonders geschickt im Lügen. Ich weiß sehr wohl, dass du mir etwas verschweigst.«

»Allan, lass es gut sein«, bat sie leise. »Zeig mir lieber die Wälder von Stirling. Ich benötige dringend frische Luft für meine armen Lungen. Ich musste heute so lange hinter dem alten Howard stehen, dass ich beinahe an seinen Ausdünstungen erstickt wäre. Ich schwöre dir, der alte Griesgram hat heute absichtlich eine doppelte Portion Knoblauch verspeist, nur weil er wusste, dass wir alle in einem Raum eingepfercht sein würden.«

Diese Worte entlockten Allan ein kleines Lächeln. Als Lizz und er noch Kinder waren, hatten sie sich oft über das Clanoberhaupt der Howards lustig gemacht. Es war ein offenes Geheimnis, dass sich dieser übellaunige alte Mann einen Scherz daraus machte, andere Leute mit seinem grässlichen Gestank zu piesacken.

»Dann kann ich nur sagen, dass es dir recht geschieht«, verkündete Allan zufrieden und schaute sich nach einem Pferdeknecht um.

»Vergiss es, du wirst niemanden finden. Es scheint, als hätten die Knechte heute Besseres zu tun«, erklärte Lizz und begann Lady Lou selbst zu satteln. Wenige Minuten später saßen sie auf den Rücken ihrer Pferde und genossen die letzten wärmenden Sonnenstrahlen des Tages.

4

»Du keuchst wie ein altes Pferd«, flüsterte Allan grinsend, während er mit Lizz am Arm den langen, gedämpft beleuchteten Bankettsaal von Stirling Castle betrat.

Lizz warf ihm einen vorwurfsvollen Blick zu. »Was ja auch kein Wunder ist. Mary hat die Schnüre meines Korsetts so gnadenlos festgezogen, dass ich schon fürchtete, sie wolle mir jede einzelne Rippe brechen. Ich möchte wirklich wissen, welcher Folterknecht diese elenden Dinger erfunden hat. Man sollte ihn dafür auspeitschen. In diesen Dingern kann doch kein Mensch atmen.«

Allan lachte leise auf. Er wusste nur zu gut, wie sehr seine Cousine alles hasste, was sie in irgendeiner Form einengte. Die gängige Mode stellte da keine Ausnahme dar.

»Vielleicht ist es ja so gewollt. Wenn eine Frau nicht atmen kann, fällt ihr auch das viele Reden schwerer. Du weißt doch, wie sehr das arme Männervolk seine wohlverdiente Ruhe liebt.«

Dieser Kommentar brachte ihm einen scherzhaften Seitenhieb ein.

»Rede keinen Unsinn, sondern hilf mir lieber, meinen Platz zu finden. Ich hörte, es soll eine strenge Tischordnung geben.«

In diesem Augenblick trat John Drummond zu ihnen. »Ah, da seid ihr ja.«

Sein Blick wanderte voll väterlichem Stolz über seine jüngste Tochter. Er hatte ein kleines Vermögen für die neuen Kleider seiner Familie ausgegeben, und es hatte sich gelohnt. Sein kleiner Wildfang sah in dem smaragdgrünen Samtkleid einfach umwerfend aus. Auch wenn es nach seinem Geschmack etwas zu figurbetont geschneidert war. Aber Lizz hatte sich wie immer nicht reinreden lassen. Ebenso wie sie sich gegen die üppigen Stickereien gewehrt hatte, die zur Zeit so sehr in Mode waren. Als Kompromiss hatte sie sich jedoch dazu überreden lassen, zumindest den Ausschnitt und den Saum des Kleides durch feingefädelte Goldstickereien zu verzieren. In Gedanken nickte John zufrieden. Lizz besaß einen untrüglichen Sinn für schlichte Eleganz. »Sieht sie nicht einfach umwerfend aus?«

Allan verkniff sich ein ebenso stolzes Lächeln. »Ich glaube, sie ist ganz passabel.«

»Du Schuft«, lachte Lizz. »Du bist ja nur beleidigt, weil ich deine engen Kniehosen nicht genügend gewürdigt habe.« Sie schüttelte grinsend den Kopf. »Ich verstehe einfach nicht, weshalb sich ein gesunder Schotte plötzlich zu einer solchen Narretei von einem Hosenwerk hinreißen lässt.«

Allan zuckte mit den Schultern und meinte ehrlich: »Ich auch nicht, doch da es bei Hofe anscheinend üblich ist, wollte ich es einfach auch mal ausprobieren.«

»Wenn ihr endlich genug über Kleider geplaudert habt, würde ich jetzt gern meine Tochter zu Tisch begleiten«, erklärte John. »Schließlich habe ich nicht oft die Gelegenheit, meinen kleinen Wildfang so elegant zu sehen.«

Lizz errötete zart. »Also wirklich, Papa. Du tust ja gerade so, als hätte ich noch nie ein Kleid getragen.«

John zwinkerte ihr mit einem liebevollen Lächeln zu und bot ihr den Arm. »Das schon, aber heute trägst du einen Fächer bei dir, was wesentlich weiblicher wirkt als ein Schwert.«

Lizz lachte fröhlich auf. »Beklag dich nicht, Papa. Schließlich warst du es, der mir zu meinem achten Geburtstag ein Schwert geschenkt hat.«

John führte Lizz ans andere Ende des Bankettsaals und rückte ihr den Stuhl zurecht. »Natürlich war dieses Geschenk nur als Wandschmuck gedacht.«

»Lügner. Du konntest es kaum erwarten, mir die ersten Lektionen im Schwertkampf zu erteilen.«

Lizz genoss das Dinner in vollen Zügen. Annabella saß ihr gegenüber und unterhielt die ganze Tischgesellschaft mit amüsanten kleinen Geschichten. Es wurde viel gelacht, doch dies war nicht der einzige Grund, weshalb Lizz sich in Hochstimmung befand. Als sie am frühen Abend ihren Blick über die geladenen Gäste hatte schweifen lassen, war ihr ein unglaublich gut aussehender junger Mann aufgefallen, der ihr freundlich mit seinem Kelch zuprostete. Seither lächelte er oft zu ihr herüber. Lizz fühlte sich ungemein geschmeichelt. Es geschah nicht oft, dass ein so stattlicher Mann Interesse an ihr zeigte.

Viel zu bald wurden die Tische für den Ball fortgeräumt. Junge Pagen in farbenprächtigen Livreen strömten herbei, um die unzähligen Kerzen in den Kronleuchtern anzuzünden. Vor ihren Augen verwandelte sich der Bankettsaal in ein glänzendes Strahlenmeer aus goldenem Kerzenlicht. Auf des Königs Zeichen stimmten die Musiker den ersten Tanz an.

»Schau nur, Lizz«, flüsterte Annabella ihr aufgeregt zu. »James eröffnet den Ball doch tatsächlich mit Margarete.«

Mit ehrlicher Freude beobachtete Lizz, wie ihre älteste Schwester in einen anmutigen Hofknicks sank und dem König anmutig ihre Hand reichte.

»Der erste Tanz … Nach dieser Ehre wird Margarete bestimmt noch unausstehlicher sein«, flüsterte Annabella in gutmütigem Spott. Beide waren sie unglaublich stolz auf ihre untadelige Schwester. Nach wenigen Tanzschritten gesellten sich auch andere Tanzpaare auf das Parkett. Lizz war fasziniert von der Neuheit all dessen, was sich vor ihren Augen abspielte.

»Da seid ihr ja.« Allan kam mit einem freundlichen Lächeln auf sie zu. »Eure Mutter benötigt dringend eure Hilfe. John ist in wahrer Euphorie und erzählt jedem, der nicht schnell genug fliehen kann, dass Margarete das Werk seiner kraftvollen Lenden sei.«

»O nein«, lachte Lizz verschmitzt.

»Das muss ich hören«, erklärte Annabella aufgeregt.

Zu dritt bahnten sie sich einen Weg durch den Saal und Lizz bekam beinahe etwas Mitleid mit ihrer Mutter. Ihre Wangen glühten vor Scham und unterdrücktem Ärger.

»Also wirklich, Papa, wie kannst du Mama nur so in Verlegenheit bringen«, schalt sie ihn flüsternd. »Wenn du noch ein Wort über deine Lenden verlierst, schleife ich dich an den Haaren auf die Tanzfläche.«

»Du weißt genau, dass ich eher gegen einhundert Engländer kämpfe, bevor ich auch nur einen einzigen Fuß auf einen Tanzboden setze«, erklärte John mürrisch.

»Ja, ich weiß«, erklärte Lizz unumwunden. »Trotzdem wirst du es tun, wenn du Mama weiterhin in Verlegenheit bringst.«

John trat unbehaglich von einem Fuß auf den anderen. »Es gehört sich nun wirklich nicht, von seiner eigenen Tochter bedroht zu werden.«

Lizz drückte ihm lachend einen kleinen Kuss auf die Wange. »Ebenso wenig, wie in aller Öffentlichkeit über gewisse Körperteile zu reden.«

»Man wird sich doch noch freuen dürfen«, verteidigte sich John.

»Da wir diese Krise nun auch überstanden haben …«, Allan verneigte sich vor Lady Drummond und bot ihr den Arm, »… wäre es mir eine ausgesprochene Ehre, mit Euch ein Tänzchen zu wagen.«

»Soviel Galanterie darf natürlich nicht unbelohnt

bleiben«, scherzte diese erfreut und hakte sich bei Allan unter. Gleich darauf waren sie in der tanzenden Menge verschwunden.

»Da bist du dem Teufel ja noch einmal von der Schippe gesprungen«, flüsterte Lizz ihrem Vater zu. »Dein Theater war diesmal aber hart an der Grenze des Schicklichen, Papa«, tadelte sie ihn leise.

Dieser atmete erleichtert auf. »Himmel, ich war in Nöten! Eure Mutter kann manchmal unglaublich stur sein, wenn sie mit mir tanzen will.«

Annabella schaute ungläubig von ihrem Vater zu Lizz. »Jetzt sagt bloß, dieser ganze Aufstand war nur ein Ablenkungsmanöver, damit Papa nicht tanzen muss.«

Als beide grinsend nickten, verdrehte Annabella die Augen. »Ihr steckt doch immer unter einer Decke.«

Lizz ließ ihren Blick durch den Saal gleiten. Ganz in der Nähe stand dieser Douglas und unterhielt sich mit einer wunderschönen Blondine. Seine imposante Gestalt war tatsächlich nur schwer zu übersehen, doch seine ungewöhnliche Körpergröße war nicht das Einzige, was Lizzys Blick fesselte. Anscheinend waren diese Kniehosen wie ein Fieber, das wild um sich griff. Auch George Douglas trug welche. Sie waren aus schwarzem Samt und spannten sich hauteng um muskulöse Schenkel. Dazu hatte er ein ebenfalls schwarzes Wams gewählt. Das blütenweiße Hemd bildete einen faszinierenden Kontrast zu seinem tiefschwarzen Haar und seiner gebräunten Haut. Durch seine dunkle Erscheinung hob er sich deutlich von den anderen Männer im Saal ab. Lizz musste Annabella widerwillig zustimmen: Dieser George Douglas war ein unglaublich attraktiver Kerl. Sie beobachtete, wie er sich zu der zierlichen Blondine hinunterbeugte und ihr interessiert zuhörte. Himmel, er lächelte sogar und wirkte ungemein entspannt. Unglaublicherweise wirkte dieser Kerl plötzlich sehr … nun, nicht gerade sympathisch, doch zumindest etwas menschlicher. Lizz konnte kaum glauben, dass dies derselbe Rüpel war, der sie heute Nachmittag in den Stallungen so wütend gemacht hatte.

In diesem Augenblick führte er die Blondine galant auf die Tanzfläche.

»Der Teufel soll ihn holen«, schnarrte John Drummond. »Kreuzt hier mit seiner Geliebten auf, als wäre es das Normalste auf der Welt.«

Lizz wandte sich neugierig zu ihrem Vater um. »Seine Geliebte? Ich dachte, diese junge Frau sei gerade zur Witwe geworden. Lord Knight fiel doch erst vor wenigen Wochen bei der Schlacht bei Sauchieburn.« Sie beobachtete das tanzende Paar. »Isabella Knight ist ihr Name, nicht wahr?«

»Das war nicht für deine Ohren bestimmt, Mädchen«, brummte John missmutig.

»Wie du siehst, hat diese bedauernswerte Witwe ihre Freude am Leben schnell wieder gefunden«, meinte William Drummond grinsend und erntete einen finsteren Blick von seinem Vater.

»Das ist nun wirklich kein Thema für deine jüngste Schwester.«

»Aber für die etwas Ältere bestimmt«, meldete sich Annabella heiter zu Wort.

Lizz beäugte die dralle Blondine mit neuem Interesse. Welche Art Frau konnte sich wohl freiwillig mit einem so finsteren Riesen wie diesem Douglas einlassen? Isabella schien kaum älter als Lizz selbst zu sein. Sie war von fülligerem Wuchs, was ihr jedoch bemerkenswert gut stand. In ihrem hellgelben, kunstvoll bestickten Ballkleid und den hochgesteckten blonden Haaren wirkte sie wie ein Engel.

»Um Himmels willen, jemand muss dieser armen Frau sagen, dass ihre Brüste beinahe zur Gänze entblößt sind!«, hauchte Lizz entsetzt. Ihre Wangen röteten sich vor Mitleid. Isabella würde sich bestimmt in Grund und

Boden schämen, wenn sie wüsste, dass ihre Brustspitzen wie rot gefärbte Kirschen aus ihrem Mieder sprangen.

William hätte sich bei Lizzys Worten beinahe an seinem Wein verschluckt und grinste genießerisch vor sich hin. John Drummond versuchte ebenfalls das belustigte Zucken um seine Mundwinkel zu verbergen. Nur Annabella ließ es sich nicht nehmen, ihre jüngere Schwester augenblicklich aufzuklären.

»Also wirklich, Lizz, manchmal bist du schrecklich naiv. Glaubst du, Lady Isabella würde sich solche Mühe mit dem Bemalen gewisser Körperteile geben, wenn sie diese nicht absichtlich zur Schau stellen wollte?«

Lizzys Augen weiteten sich vor Schreck: »Du meinst … das war gar kein Unfall?«

Annabellas Wangen glänzten vor Aufregung. »Skandalös, nicht wahr?« Sie kicherte erfreut vor sich hin. »Es ist einfach herrlich hier. Allein mit dem Klatsch und Tratsch, den ich heute Abend bereits gehört habe, kann ich meine Freundinnen auf Stobhall Castle mindestens einen ganzen Monat lang unterhalten.« Sie klatschte vergnügt in die Hände und zwinkerte Elizabeth verschwörerisch zu. »Und ich scheine noch wesentlich mehr erzählen zu können.«

Bevor sich Lizz einen Reim auf diese Worte machen konnte, stand David Flemming vor ihr.

Lizzys Herz setzte einen Takt lang aus, nur um dann umso schneller zu schlagen.

O Gott, er war es. Der charmante Mann, der ihr bereits beim Dinner seine Aufmerksamkeit geschenkt hatte. Und er sah aus der Nähe sogar noch umwerfender aus. Dichtes kastanienbraunes Haar, blaue Augen und ein Lächeln … Lizz seufzte innerlich auf.

»Darf ich um diesen Tanz bitten?«

Als ihr Vater zustimmend nickte, schenkte sie David ein strahlendes Lächeln.

»Es wäre mir ein Vergnügen.«

Wie auf Wolken ließ sie sich von ihm auf die Tanzfläche führen und begann sich mit ihm zu der langsamen, sinnlichen Melodie zu bewegen.

»Elizabeth«, er ließ den Namen genüsslich auf der Zunge zergehen. »Der Name ist fast so schön wie Ihr selbst, Mylady.«

Lizz errötete zart bei diesem Kompliment.

»Ich befürchtete schon, ich hätte Euch für immer verloren.«

Lizzys Lächeln vertiefte sich. Auch wenn sie gewöhnlich Übertreibungen verabscheute, fand sie sie bei David überaus charmant.

»So groß ist Stirling Castle nun auch wieder nicht. Wir wären uns bestimmt wieder über den Weg gelaufen.«

Davids Griff verstärkte sich und die Eindringlichkeit seines Blickes ließ Lizz innerlich erbeben.

»Wie hätte ich denn ahnen können, dass Ihr auch auf dem Weg nach Stirling wart? Ich kannte noch nicht einmal Euren Namen.«

Nun war Lizz aufrichtig verwirrt. »Ich fürchte, ich verstehe nicht ganz …«

David bedachte sie mit einem geheimnisvollen Lächeln. »Ich hoffe doch sehr, dass es nicht zu Euren Gewohnheiten zählt, wehrlosen Männern in Ställen aufzulauern und sie mit einer Heugabel anzugreifen.«

Vor Schreck wäre Lizz beinahe mitten auf der Tanzfläche stehen geblieben. »Was sagt Ihr da?«

Davids Lächeln verblasste und er wirkte aufrichtig enttäuscht. »Ihr habt mich vergessen? Dabei ist seit unserer ersten Begegnung kaum eine Stunde vergangen, in der ich mich nicht nach Euren Lippen verzehrt habe.«

Lizzys Wangen färbten sich tiefrot. »Das ist doch nicht möglich!« Oder doch? Leise Hoffnung schlich sich in ihr Herz und ihre Hand glitt automatisch zu seinem

Oberarm. Sie brauchte eine Bestätigung. Brauchte einen handfesten Beweis.

»Die Wunde verheilt gut. Bald werde ich den Verband nicht mehr benötigen.«

»O mein Gott, Ihr seid es wirklich. Der schwarze Ritter«, flüsterte Lizz ungläubig.

David schenkte ihr erneut ein Lächeln, das ihr die Knie weich werden ließ.

»Ich hoffe, Ihr seid nicht allzu enttäuscht. Jetzt, da Ihr mein Gesicht kennt.«

Ein Paar zinngraue Augen hatte beobachtet, wie Lizz den Arm ihres Tanzpartners liebkoste. Diese Vertraulichkeit bestätigte George Douglas lediglich, was er längst ahnte – Elizabeth Drummond war ein gewöhnliches Flittchen. Das hatte er nun schon bei diversen Gelegenheiten erkannt. Die Tatsache, dass sie es noch nicht einmal für nötig hielt, ihre Verführungsversuche vor den Augen ihrer Familie zu verbergen, setzte sie nach Georges Meinung auf den Stand einer gewöhnlichen Tavernendirne herab. Tiefer Groll stieg in ihm auf. Er hatte tatsächlich für jenes Mädchen aus dem Wirtshausstall etwas empfunden. Nicht Liebe, dieses Gefühl war in seinen Augen sowieso nichts als eine romantische Erfindung von Dichtern und Barden. Vielleicht glaubten naive, hirnlose Mädchen an diese Lügen; er tat es bestimmt nicht.

Nein, das, was er empfunden hatte, war eher ein Gefühl der Dankbarkeit gewesen. Sie war ihm so unschuldig und rein erschienen … In ihren Armen war es ihm für kurze Zeit gelungen, die schwere Bürde seiner Verantwortung zu vergessen. Er schüttelte über seine eigene Dummheit den Kopf – alles Betrug.

»Du tust mir weh, George!«, klagte Isabella und blickte mit großen blauen Augen zu ihrem Tanzpartner auf. Er quetschte gerade ihre Hand.

»Du machst ein Gesicht, als würdest du am liebsten jemandem den Hals umdrehen.«

»Dann sei froh, dass es nicht deiner ist«, gab er schroff zurück und drehte sich ein letztes Mal mit ihr im Kreis. Die Musik verklang.

Lizz konnte es einfach nicht fassen. Die letzten Tage hatte sie sich mit aller Kraft darum bemüht, die Erinnerung an den ›schwarzen Ritter‹ zu verdrängen. Immer wieder hatte sie sich gesagt, dass es sinnlos war, einem Mann nachzutrauern, von dem sie weder den Namen noch das Gesicht kannte.

Dass sie nun in seinen Armen tanzte, erschien ihr wie ein Wunder.

Das Lied endete und zu Lizzys Leidwesen folgte nun ein Courante, ein beschwingter Tanz, bei dem die Paare ständig die Partner wechselten. Tief in Gedanken versunken, nahm sie die jeweiligen Wechsel kaum wahr. Doch plötzlich stand sie dem finsteren Douglas gegenüber.

Er musste ihr Zögern gespürt haben, denn sein Griff war hart und unbarmherzig. »Wage es nicht, die Tanzfläche zu verlassen.«

Mit einem Gefühl tiefer Demütigung erinnerte sich Lizz an ihr letztes Zusammentreffen. Seine hässlichen Worte hallten ihr noch immer in den Ohren.

»Es wäre mir ein Vergnügen, Euch hier stehen zu lassen«, gab sie gereizt zurück.

Allein die Vorstellung, seine Gegenwart erneut ertragen zu müssen, zerrte an ihren Nerven.

Ein boshaftes Lächeln glitt über seine Lippen. »Die Rache würde nicht lange auf sich warten lassen. Das kannst du mir glauben.«

Und das tat sie auch. Obwohl das Verschmähen eines Tanzpartners ein Privileg der Damen war, würde sich dieser Schurke ohne mit der Wimper zu zucken umdrehen und sie selbst der Schande des Stehenlassens preisgeben.

»Ihr habt die Manieren eines Wildschweins«, zischte Lizz wütend. Himmel, dieser Kerl war so arrogant und so restlos von sich selbst überzeugt, dass es ihr beinahe den Magen umdrehte.

»Aus deinem Mund kann ich das wohl als Kompliment auffassen. Du bist schließlich nur eine Drummond.«

Lizz verstand zwar nicht, was das eine mit dem anderen zu tun hatte. Eines wusste sie jedoch mit Sicherheit: Sie hasste diesen elenden Douglas! Ebenso wie sie seine Art hasste, ihren Familiennamen als Schimpfwort gegen sie einzusetzen.

»Ja, Douglas, ich bin eine Drummond und ich bin stolz darauf«, beschied sie hochmütig.

Der Tanz verlangte, dass sie sich auf Armeslänge entfernten. Als die Schrittfolge sie wieder zusammenführte, erklärte George gelassen: »Man konnte deinem Clan noch nie ein Übermaß an Intelligenz vorwerfen.«

Oh, wie gern hätte sie ihm kräftig gegen das Schienbein getreten. Sie war eine ausgemachte Närrin! Er verdiente ihre Schuldgefühle gar nicht.

Zum Glück wurde sie im nächsten Augenblick erlöst, da die Tanzpaare erneut wechselten.

5

Lizz fühlte sich auf angenehme Weise müde, als sie sich langsam durch die vielen, schwach beleuchteten Korridore auf den Weg zu ihrem Gemach begab. Alles in allem hatte sie diesen Abend wirklich genossen – abgesehen von dem unliebsamen Zusammentreffen mit diesem boshaften Douglas. Doch nach ihrem Tanz war er bald verschwunden und mit ihm ihre Wut. Nach Margaretes verbissenen Lektionen in Anstand und Sitte hatte Lizz den gesellschaftlichen Aktivitäten eher mit Bangen als mit Vorfreude entgegengesehen. Insgeheim hatte sie befürchtet, sich ernsthaft zu blamieren. Die Sorge durfte sie nun vergessen. In diesen Menschenmassen würde ein kleines Missgeschick ihrerseits wohl kaum weiter auffallen.

Endlich erreichte sie ihre Räume. Mary war gerade dabei, das Feuer neu zu schüren.

»Guten Abend, Lady Elizabeth«, lächelte sie ihr freundlich entgegen.

Lizz erwiderte den Gruß und nahm erfreut zur Kenntnis, dass die blassen Wangen des Mädchens wieder ein wenig Farbe besaßen. »Wie ich sehe, lässt dich dein Kind wieder etwas zur Ruhe kommen.«

Marys Hand glitt liebevoll über ihren gewölbten Bauch. »Ja, Mylady. Das Ausruhen hat mir gut getan, und vielen Dank für das Abendessen, dass Ihr für mich habt kommen lassen.« Sie blickte verlegen zu Boden. »Ihr solltet Euch meinetwegen keine solchen Umstände machen.«

»Unsinn«, winkte Lizz ab und setzte sich auf die Bettkante, um ihre Schuhe abzustreifen. Was für eine Wohltat. »Wir haben schließlich ein Abkommen, Mary, weißt du nicht mehr? Du gehst mir zur Hand, und ich sorge dafür, dass es dir und deinem Kind an nichts fehlt. Das ist nur gerecht, und nun könntest du mir helfen, endlich aus diesem Kleid herauszukommen. Die Fischbeingräten des Korsetts bringen mich noch um.«

Kurze Zeit später kehrte Mary in die Dienstbotenunterkünfte zurück. Lizz lag bereits im Bett und kuschelte sich genüsslich unter die weichen Decken. Sie war schrecklich müde, dennoch kreisten all ihre Gedanken nur um einen Mann.

»David Flemming«, flüsterte sie leise vor sich hin und ihr Herz machte einen freudigen Satz. Noch immer konnte sie ihr Glück nicht fassen. Oh, wie gut er doch aussah und wie unglaublich charmant er war ... Ganz im Gegensatz zu diesem elenden Douglas.

Sie zog nachdenklich die Stirn in Falten. In ihrer Erinnerung war ihr der schwarze Ritter wesentlich größer erschienen – das Haar dunkler und die Stimme volltönender ... Schon wieder diese Zweifel! Sie war wirklich unglaublich dumm. Weshalb konnte sie sich nicht einfach darüber freuen, dass sie ihn wieder gefunden hatte? Weshalb all diese Bedenken?

Sie zog sich ärgerlich die Decke bis ans Kinn hoch. »Vermutlich liegt es nur an meiner Müdigkeit«, flüsterte sie entschieden. Es wäre ihr wesentlich besser gedient, wenn sie nun schlafen würde. Schließlich wollte sie David am nächsten Morgen nicht mit dunklen Augenringen begegnen.

Was war das denn? Das laute Poltern und Schieben kam aus dem Nebenzimmer.

Die Männerstimmen waren gerade laut genug, um sie zu stören, jedoch nicht so laut, dass sie einzelne Worte verstehen konnte.

»Eine Frechheit, so etwas«, schimpfte Lizz und drückte sich das Kissen auf die Ohren. Der Lärm dauerte an und zerrte an ihren Nerven. An Schlaf war jedenfalls nicht mehr zu denken. Sie war hellwach, verärgert und unglaublich genervt.

Margarete würde natürlich verlangen, dass eine wohlerzogene Dame diese Belästigung stillschweigend ertrug. Lizz hingegen verspürte überhaupt keine Lust dazu. Sie sah einfach nicht ein, weshalb sie unter der Unverschämtheit eines anderen leiden sollte. Etwas knallte gegen die Wand und fiel scheppernd zu Boden.

»Das reicht!«, zischte sie und setzte sich wütend im Bett auf. Sie überlegte kurz, ob sie den Haushofmeister rufen sollte, damit dieser für Ruhe sorgte, entschied sich jedoch dagegen. Sie verspürte nicht die geringste Lust, nochmals durch diese kalten Korridore zu marschieren. Am besten war es wohl, Gleiches mit Gleichem zu vergelten. Lizz war mit diesem Entschluss mehr als zufrieden. Gegen die Wand zu klopfen würde sie die geringste Anstrengung kosten.

Als der Lärm nach einigen Minuten kein bisschen nachließ, hämmerte sie wütend mit einem Reitstiefel gegen die Wand über ihrem Bett.

Augenblicklich trat Stille ein.

»Die Botschaft ist anscheinend angekommen«, nickte Lizz zufrieden und legte sich stolz wieder hin. Hoffentlich schämte sich ihr Nebenan auch gebührend. Sie seufzte genüsslich und nahm sich vor, gleich morgen früh herauszufinden, wer das Zimmer neben ihr bewohnte. Einige böse Blicke wären wohl nicht ganz fehl am Platze.

Im nächsten Moment fiel sie beinahe vor Schreck aus dem Bett, denn ein sehr viel lauteres Pochen dröhnte nun von der anderen Seite der Wand herüber.

»Jetzt reicht es aber endgültig«, rief Lizz und sprang wütend aus dem Bett. Es war eine Sache, aus Unachtsamkeit jemandem den Schlaf zu rauben – eine ganz andere jedoch, wenn es mit purer Absicht geschah. Sie warf sich den Morgenrock über, schlüpfte in ihre Pantoffeln und marschierte aus dem Zimmer. Dieser elende Kerl verdiente eine Lektion, und Lizz war gerade wütend genug, um ihm eine zu erteilen, die er so bald nicht wieder vergessen würde.

Wenige Sekunden später hämmerte sie mit aller Kraft gegen die Nachbartür. Es überraschte sie keineswegs, dass sofort geöffnet wurde. Erstaunt war sie nur, als sie ausgerechnet George Douglas gegenüberstand.

»Douglas … das hätte ich mir eigentlich denken können«, fauchte sie ihn an. »Habt Ihr eigentlich eine Ahnung, wie spät es ist? Bei diesem elenden Krach kann kein vernünftiger Mensch schlafen!«

Georges Blick war bereits beim Öffnen der Tür finster gewesen, als er nun jedoch die aufgebrachte Xanthippe vor sich erkannte, konnte man seinen Gesichtsausdruck nur noch als mörderisch bezeichnen.

»Du hast mir gerade noch gefehlt«, knurrte er und trat einen Schritt aus dem Zimmer heraus. »Falls du auf ein kleines Stelldichein hoffst, bist du bei mir an der falschen Adresse.« Seine zinngrauen Augen wanderten beleidigend langsam über ihren unzulänglich bekleideten Körper, als begutachtete er sie nach seinen ganz persönlichen Maßstäben. Augenscheinlich fand er sie in jeder Hinsicht mangelhaft. »Da verzichte ich doch lieber.«

Lizzys Wangen röteten sich vor Empörung und heißem Zorn. Dieser Stich hatte gesessen. Sie besaß selbst einen Spiegel und wusste nur zu gut, dass sie keine betörende Schönheit war. Das berechtigte diesen gemeinen Hund jedoch nicht dazu, es ihr auch noch unter die Nase zu reiben. Ihr Blick fiel auf seine gebräunte Brust, die unter seinem offen stehenden Hemd deutlich zu sehen war. Himmel, die harten Muskelstränge unter seiner glatten Haut wirkten wie eine Rüstung aus Stahl. Die Ärmel hatte er hochgekrempelt und so waren auch seine muskulösen Unterarme entblößt. Einen kurzen

Augenblick bezweifelte Lizz, dass ihr barsches Vorgehen wirklich klug gewesen war. Der Kerl sah reichlich angriffslustig aus. Doch dann siegte ihre Vernunft. Er würde es wohl kaum wagen, sie in einem voll bewohnten Flügel tätlich anzugreifen. Außerdem war sie noch immer wütend, und sie dachte gar nicht daran, klein beizugeben, nur weil er ihr unverschämt kam.

»Glaubt Ihr vielleicht, mir macht es Spaß, Euer hässliches Gesicht schon wieder sehen zu müssen? Ich bin lediglich hier, um für Ruhe zu sorgen, und das wisst Ihr ganz genau. Bei diesem Lärm weckt Ihr noch den ganzen Flügel auf.«

George lehnte sich etwas vor und schaute den Korridor entlang. »Ach wirklich? Mir scheint, du bist die Einzige, die sich mal wieder beschweren muss.«

»Ich bin auch die Einzige, die das Pech hat, direkt neben Euch zu schlafen«, beschied sie wütend. Dieser Kerl wollte sich ganz offensichtlich nicht wie ein zivilisierter Mensch benehmen.

Ihre Aufmerksamkeit wurde auf eine andere Stimme im hinteren Teil des Raumes gelenkt, wo ein Mann in einem Sessel lungerte und andauernd etwas dazwischen rief. Sie hatte den Kerl noch nie gesehen, doch den Clanfarben seines Kilts nach zu urteilen handelte es sich um einen weiteren Douglas. Mit seinem schwarzen Haar und den bernsteinfarbenen Augen wirkte er ungewöhnlich attraktiv.

Er erhob sich wankend und kam auf sie zu. »He, George, vergiss nicht, dem Mädchen den Nachttopf mitzugeben.« Er drängte sich an ihm vorbei. »Bring bald einen neuen, ja? Ich muss nämlich schon wieder.«

Fassungslos starrte Lizz den Topf an, den der unverschämte Kerl ihr mit einem betrunkenen Grinsen entgegenstreckte.

George besaß zumindest den Anstand, unter dem Missgeschick seines Freundes leicht zu erröten.

»Rob, sie ist kein Dienstmädchen.«

»Aber da sie schon mal da ist …«, beharrte dieser weiter und hielt ihr den Topf noch dichter unter die Nase.

Was zu viel war, war zu viel! »Wenn Ihr dieses Ding nicht augenblicklich außer Riechweite bringt, schwöre ich bei Gott, dass ich Euch darin ertränke«, fauchte Lizz heiser vor Empörung. »Das ist ja wohl das Letzte. Nicht einmal von einem verkommenen Douglas sollte man eine solche Frechheit erwarten müssen.«

Endlich schien der Sturzbetrunkene seinen hässlichen Fehler zu bemerken. Sein Kopf verschwand blitzschnell zwischen den Schultern und er schlich sich in die Sicherheit des Zimmers zurück. »Au verdammt …«, war das Einzige, was Lizz noch hören konnte.

Sie zitterte am ganzen Körper vor Wut. »Und was Euch betrifft, Douglas«, funkelte sie George mit blitzenden Augen an. Sie kämpfte um ihre Selbstbeherrschung.

Das heftige Verlangen traf George vollkommen unvorbereitet. Teufel und Verdammnis, dieses Mädchen verkörperte Feuer und Eis zugleich! Eine überaus gefährliche Kombination, wie ihm schlagartig bewusst wurde. Der Gürtel ihres Morgenrocks hatte sich gelöst und gab nun den Blick auf ein züchtig hochgeschlossenes, weißes Nachthemd frei. Bei jedem heftigen Atemzug spannte sich der Stoff verführerisch über ihren Brüsten. Georges Mund war plötzlich wie ausgetrocknet. Er musste sie loswerden – und zwar schnell.

»Schluss jetzt«, entschied er schroff und trat einen Schritt auf sie zu.

Lizz war gezwungen zurückzutreten, dennoch reckte sie tapfer das Kinn in die Höhe. »Glaubt bloß nicht, Ihr könnt mir mit Euren rüpelhaften Manieren Angst einjagen.«

»Ich sagte: Schluss jetzt. Ich bin zu müde, um mir noch länger deine Moralpredigten anzuhören.«

Er wollte sie Schritt um Schritt in ihr Zimmer zurückdrängen. Als Lizz jedoch seine Absicht erkannte, blieb sie wie angewurzelt stehen und funkelte ihn aus trotzig sprühenden Augen an. Mit einer wütenden Handbewegung warf sie sich das offene Haar in den Rücken. »Sagte ich nicht bereits, dass Ihr Euch Eure Einschüchterungsversuche sparen könnt? Ihr seid vielleicht größer als ich …«

Zum Teufel noch mal, seine Lenden rührten sich erneut, als er auf das fauchende Geschöpf vor sich nieder blickte. So viel Kampfgeist kannte er sonst nur vom Schlachtfeld her. Mutige Krieger zitterten vor seinem Zorn, doch dieses Mädchen begegnete ihm mit einem solchen Trotz, dass er unwillkürlich den Drang verspürte, sie zu unterwerfen.

»Ich bin auch wesentlich stärker als du«, verkündete er grimmig. Im nächsten Moment warf er sie sich wie einen Kartoffelsack über die Schulter und trug sie in ihr Zimmer zurück.

Lizz erstarrte vor Entsetzen. Bevor sie sich zu wehren vermochte, warf er sie auch schon wortlos aufs Bett und verabschiedete sich mit einem zufriedenen Nicken.

Lizz hörte, wie er seine Schlafzimmertür zuzog. Dann war alles still. Sie beeilte sich damit, ihre eigene Tür zu verriegeln, und lehnte sich mit geschlossenen Augen gegen das Holz. Ihr Herz hämmerte wie wild. Er hatte ihr Angst gemacht, ohne Zweifel. Er war plötzlich so wütend gewesen … Niemals hätte sie gedacht, dass er sie tatsächlich anrühren würde.

Lizz fühlte sich tief beschämt, dass sie der Situation plötzlich nicht mehr gewachsen gewesen war. Ihr Blick fiel auf die Wand über ihrem Bett. Dafür würde er büßen.

»Ich hoffe, du hast das Mädchen zu Tode erschreckt«, erklang Robert Douglas' betrunkene Stimme aus den Tiefen seines Sessels. Er rieb sich mit den Fingern über das kantige Kinn, als hätte er gerade einen derben Kinnhaken eingesteckt. »Himmel, wenn dieses Weib einmal loslegt, glaubst du, die Todesfee höchst persönlich will dich holen.«

George bedachte seinen Cousin zweiten Grades mit einem belustigten Blick. Dieser war zwar um einiges älter als George, doch durch sein heiteres Gemüt und sein meist spitzbübisches Grinsen wirkte er um Jahre jünger. Seit Kindesbeinen an standen sie sich so nah wie Brüder, eine Verbindung, die zwischen George und seinem leiblichen Bruder William seit Jahren zerbrochen war. George schätzte Roberts Loyalität und das unumstößliche Wissen, dass er sich vollkommen auf seinen Freund verlassen konnte. Viele Male hatten sie sich in Schlachten gegenseitig den Rücken freigehalten.

»Du kannst nur hoffen, dass du ihr nicht wieder begegnest. Ich garantiere dir, den Anblick deines Nachtgeschirrs wird sie so schnell nicht vergessen.«

Robert stöhnte verhalten auf. »Man wird sich doch mal irren dürfen.«

Er bedachte seinen halb leeren Weinkelch voller Verachtung. »Du hättest wirklich eingreifen können. Die Lady sah aus, als würde sie ihre Drohung glatt wahr machen. Kein sehr ehrenhafter Tod, wenn du mich fragst.«

George grinste und setzte sich in den anderen Sessel neben dem Kamin. »Sie besitzt unbestritten ein gewisses Feuer.«

Robert bedachte ihn mit einem nachdenklichen Blick: »Lass besser die Finger von ihr. Sie kann dich nicht leiden.«

»Das ist mir schon aufgefallen«, bestätigte George, füllte seinen Weinkelch erneut und lehnte sich zurück. Leider besaß sie auch einen unglaublich verführerischen Körper. Als er sie zuvor auf ihrem Bett abgeladen hatte, hatte es seiner ganzen Selbstbeherrschung bedurft, um ihr nicht nachzuspringen. George verlagerte unbehaglich sein Gewicht im Sessel, um den unerwünschten Druck zwischen seinen Beinen zu lindern. Ihr Nachthemd war bis über die Knie hochgerutscht und hatte einen verführerischen Blick auf schlanke, feste Waden enthüllt …

Gewaltsam zwang er dieses Bild hinweg und räusperte sich vernehmlich.

»Aber nun zurück zum eigentlichen Thema. Was ist wirklich geschehen? Wenn du deine Stimme etwas dämpfst, werden wir vermutlich von weiteren unerwünschten Störungen verschont bleiben.«

Roberts Gesichtszüge verfinsterten sich. »Wie gesagt, ich habe mich an deine Anordnung gehalten und William die Führung des Trupps überlassen. Keine zwanzig Meilen vor der Grenze gab er mir das Kommando und verschwand. Er meinte noch, wir sollten uns gefälligst selbst um die Engländer kümmern.« Robert schüttelte verächtlich den Kopf. »Ich versuchte ihn zurückzuholen …«

»Ich weiß, dass dich keine Schuld trifft, Rob. Ich hätte eigentlich wissen müssen, dass sich mein geschätzter Bruder nicht an meine Befehle hält«, erwiderte George kühl. Sein Gesicht zeigte keinerlei Regung.

»Jetzt wissen wir, dass er nach Tantallon Castle geritten ist, um von Lachlan Geld zu verlangen«, fuhr Robert fort.

»William sollte bekannt sein, dass Lachlan das Familienvermögen lediglich verwaltet. Er besitzt keinerlei Befugnis, Auszahlungen zu leisten.«

Robert nickte. »Vermutlich glaubte William mit seiner Geschichte durchzukommen. Er hat Lachlan versichert, er käme in deinem Auftrag.« Robert schwieg eine Weile. Diese Unterhaltung war ihm sichtlich unangenehm. »Wir fanden Lachlan bewusstlos in der Kammer liegen. Die Goldtruhe war leer.«

George nickte erneut. »Bestehen Zweifel daran, dass William der Täter ist?«

Robert schüttelte den Kopf. »Nein, keine. Es gibt genügend Zeugen.«

»Ich nehme an, du hast sie alle zum Schweigen verpflichtet?«

Robert nickte widerwillig. »George, wie lange willst du Williams Taten noch vor deinem Vater verbergen? Der Kerl muss endlich für sein niederträchtiges Verhalten zur Verantwortung gezogen werden. Oder hast du bereits vergessen, was er vor drei Jahren getan hat?«

Nein, George hatte es nicht vergessen. Wie konnte er auch? Schließlich war er heute noch damit beschäftigt, das Vermögen der Douglas' wieder aufzubauen. Als er und sein Vater nach beinahe einem Jahr vom Krieg gegen Frankreich heimgekehrt waren, war es William bereits gelungen, mehr als die Hälfte des Familienvermögens zu verlieren. Es hatte Wochen gedauert, bis George dahinter gekommen war, dass sein Bruder dem Glücksspiel verfallen war. Die Schulden, die er hinterlassen hatte, waren immens gewesen. George hatte sie alle aus eigener Tasche beglichen, damit sein Vater nichts merkte. Auch hatte er sich gezwungen gesehen, seinem Bruder die Mittel zu kürzen. Seither gab es immer wieder Streitigkeiten zwischen ihnen. Dennoch brachte George es nicht über sich, William bei seinem Vater anzuschwärzen. Es hatte einmal eine Zeit gegeben, in der sich die Brüder wirklich nahe gestanden hatten.

»Ich werde mich darum kümmern«, erklärte George erneut.

Zur selben Zeit stieg David Flemming in einem anderen Teil des Flügels die Treppe zu seinen Räumen hinauf. Er war zufrieden, nein, mehr als nur zufrieden. Das selbstgefällige Lächeln schien sich im Lauf des Abends in seine makellosen Gesichtzüge gebrannt zu haben. Zur Feier des Tages hatte er sich gerade ein kleines Scharmützel mit einem Dienstmädchen gegönnt. Die Erregung ließ ihn erneut erschaudern. Das kleine Biest hatte sich gegen ihn gewehrt. Er liebte es, wenn sie ihn anflehten und darum bettelten, dass er sie gehen ließ. Es erregte ihn. Diese Dienstmädchen waren doch allesamt Dirnen. Sie sollten sich glücklich schätzen, wenn ein Adeliger sich dazu herabließ, seinen kostbaren Samen in ihre Leiber zu spritzen. David rieb sich wollüstig über die Lenden. Die Kleine von vorhin war gut gewesen. Zumindest nachdem er ihr die Tränen mit der Faust aus dem Gesicht gewischt hatte. Ihre weinerlichen Schmerzensschreie waren ihm wie ein Aphrodisiakum zu Kopf gestiegen. Sie hatten ihm ein Gefühl der Macht verliehen. Er liebte es, andere Menschen zu beherrschen. David überlegte sich gerade, ob er das bewusstlose Mädchen vielleicht in seine Kammer tragen sollte, um sich die ganze Nacht an ihr zu erfreuen, als ihn plötzlich jemand am Arm packte und in einen dunklen Nebengang zog.

»Hat sie dir die Geschichte abgekauft?«

»Großer Gott, müsst Ihr mich so erschrecken?«, keuchte David atemlos. Es war unmöglich, in dieser Finsternis mehr als nur die Umrisse seines Auftraggebers zu erkennen.

»Hat Sie dir geglaubt?«, forderte die Stimme erneut ungeduldig zu wissen. Wie immer war sie durch ein vorgehaltenes Taschentuch unkenntlich gemacht.

David hätte zu gern gewusst, um wen es sich bei diesem Unbekannten handelte. Der spürbar tiefe Hass seines Auftraggebers hielt ihn jedoch davon ab, hinter dessen Geheimnis zu kommen. Erpressung war zwar ein überaus lukratives Geschäft, nützte jedoch wenig, wenn man nicht lange genug lebte, um das Geld auch auszugeben.

»Natürlich hat die kleine Drummond mir geglaubt. Ich kann überaus überzeugend sein«, erklärte David und versuchte kläglich, seine Angst durch Überheblichkeit zu überspielen.

»Das ist gut. Als Nächstes musst du das Vertrauen dieser kleinen Schlampe gewinnen. Mach ihr den Hof.«

»Ich frage mich wirklich, was Euch an dieser Heirat liegen könnte«, erklärte David.

Im gleichen Augenblick sah er etwas aufblitzen. Gleich darauf presste sich der kalte Stahl eines Dolches an seine Kehle.

»Das hat dich nicht zu kümmern. Halte dich an meine Befehle«, zischte die Stimme kalt. »Entweder du spielst mit oder man wird deinen Leichnam aus dem Fluss fischen.«

»Schon gut, schon gut«, keuchte David atemlos. Kalter Angstschweiß glänzte auf seiner Stirn. Es bestand in der Tat kein Zweifel, dass der Besitzer der Stimme seine Drohung wahr machen würde. »Ich werde ihr den Hof machen. Glaubt mir, es wird keine Schwierigkeiten geben. Elizabeth Drummond frisst mir jetzt schon aus der Hand. Sie wird Gott auf Knien danken, wenn ich sie um ihre Hand bitte.«

Die Klinge verschwand und David fühlte einen vollen Geldbeutel in seine Hand sinken.

6

Stirling Castle war hoch oben auf einem mächtigen Basaltfelsen erbaut worden und ermöglichte einen herrlichen Blick über das ganze Tal. Fröhliches Lachen erfüllte die angenehm warme Herbstluft. Die Hofgesellschaft hatte sich gleich nach dem Frühstück zu verschiedenen Spielen auf den terrassenähnlich angelegten Grasflächen versammelt. George Douglas stand als Einziger auf der riesigen Veranda und beobachtete das Geschehen zu seinen Füßen. Er konnte solcherlei Vergnügungen nichts abgewinnen. Er war ein Mann der Tat, und es passte ihm ganz und gar nicht, dass er gezwungen war, seine Zeit hier zu vertrödeln.

Er ließ seinen Blick ins Tal hinunter schweifen und genoss den Anblick der reifen Kornfelder und der saftig grünen Wiesen. Die Ernte versprach dieses Jahr endlich wieder einmal genügend abzuwerfen, damit die Pächter und Leibeigenen in den kalten Wintermonaten nicht darben mussten. George nahm dies mit einem wohlwollenden Nicken zur Kenntnis, denn auch seine eigenen Felder standen kurz vor dem Einbringen der Ernte. Die letzten zwei Winter waren unglaublich hart gewesen. Oft hatte er kaum gewusst, wie er die hungrigen Menschenschlangen vor seinen Toren hatte sättigen sollen. Etliche Male war er sogar gezwungen gewesen, in England einzufallen, um dort Getreide und Fleisch zu erbeuten. Obwohl er unter gewöhnlichen Umständen kaum einen Gedanken an seine englischen Opfer verschwendete, war er alles andere als stolz auf diese Diebeszüge. Es war eine Sache, ob man seine Feinde im offenen Kampf tötete, eine ganz andere jedoch, ob man sie jämmerlich verhungern ließ. George hatte getan, was getan werden musste, und er dankte Gott dafür, dass ihm dieses Jahr wenigstens diese Sorgen erspart blieben. Sein Blick glitt weiter zum Forth, der sich weit unten träge durch das Tal schlängelte. Sein Wasser schimmerte wie reinstes Silber im hellen Sonnenlicht. In der Ferne erhoben sich die purpurfarbenen Hügelketten des Hochlands. »Die Wächter Schottlands«, wie seine Mutter ihre geliebte Heimat gern genannt hatte. Es war immer ihr brennendster Wunsch gewesen, noch einmal in ihrem Leben die Highlands zu durchstreifen. Leider war ihr dies nicht mehr vergönnt gewesen. Vor bald vier Jahren hatte eine unbekannte Krankheit ihr alle Kräfte geraubt. Sie war einfach immer weniger geworden, bis sie schließlich sogar zum Atmen zu schwach gewesen war. George zwang sich, die schrecklichen Erinnerungen an ihren qualvollen Tod beiseite zu drängen. Er hatte im Augenblick wahrlich genug Kummer mit den Lebenden. Damit meinte er keineswegs seinen Bruder oder die Engländer ... George widmete seine Aufmerksamkeit wieder der fröhlich lachenden Meute.

Eines musste man dem jungen König wirklich lassen: Er verstand es ausgezeichnet, seine Gäste zu unterhalten. Es gab Kricket- und Federball-Turniere, Geschicklichkeitsspiele für Männer und selbst ein Bogenschießstand für Frauen war etwas abseits errichtet worden. Genau dort erblickte George auch sein neuestes Problem. Elizabeth Drummond.

In ein leuchtend gelbes Sommerkleid gehüllt, lieferte sie sich gerade einen Wettstreit mit einer ihrer Schwestern und wirkte dabei äußerst vergnügt. Seltsamerweise wunderte es George keineswegs, sie ausgerechnet beim Bogenschießen zu entdecken. Schließlich konnte man von einer so streitlustigen Person kaum erwarten, dass sie sich mit etwas so Banalem wie Kricket abgab. Sein Blick blieb an ihrer schlanken Gestalt haften und eine steile Falte bildete sich auf seiner Stirn. Was war es nur?

Was hatte diese Frau an sich, dass er vergangene Nacht urplötzlich ein so verzehrendes Verlangen nach ihr verspürt hatte? Zugegeben, sie war ganz ansehnlich, gestand er sich widerwillig ein. Besonders ihre dunkelrote Haarflut hatte ihn vom ersten Augenblick an fasziniert. Nie zuvor hatte er eine so exquisite Masse gesehen – Haar von der Farbe dunklen Rotweins. Ungebeten stiegen die Erinnerungen an ihr erstes Zusammentreffen wieder in ihm auf. Unglaublich weich und lebendig hatten sich diese schweren Locken zwischen seinen Fingern angefühlt, und erst dieser süße Mund … George schüttelte verärgert den Kopf. Solche Gedanken brachten ihn auch nicht weiter. Außerdem hatte er von genügend Frauenlippen gekostet, um zu wissen, dass manche davon ihm länger im Gedächtnis blieben als andere. Zum Teufel noch mal, dieses Mädchen war noch nicht einmal eine auffallende Schönheit. Er konnte auf der Stelle mindestens zwanzig Frauen aufzählen, die wesentlich mehr nach seinem Geschmack waren. Nein, es war etwas anderes, das sein Verlangen nach ihr auslöste. Etwas, das er nicht genau benennen konnte, und doch wusste er, dass sie es besaß.

Vielleicht lag es an ihrem ungezügelten Temperament? Die abgebrühtesten Krieger wichen vor seinem Zorn zurück, sie hingegen bot ihm jedes Mal die Stirn. George war sich sicher, sie würde auch in Zukunft keiner Auseinandersetzung mit ihm aus dem Weg gehen. Roberts Worte kamen ihm wieder in den Sinn. *Sie kann dich nicht leiden.* Vielleicht lag genau hier der Hund begraben. Seit George mit dreizehn Lenzen zum ersten Mal die Freuden des anderen Geschlechts genossen hatte, wusste er um seine Wirkung auf Frauen. Sie lagen ihm zu Füßen. Ob Lady oder Magd, ihre Augen fingen alle begehrlich an zu glänzen, sobald sie seiner ansichtig wurden. George wusste darum und genoss diesen Vorteil auch mit Vergnügen. Lizz hingegen konnte ihn ganz offensichtlich nicht ausstehen. Ein kleines, kühnes Lächeln hob seine Mundwinkel an. Allein seine Gegenwart genügte, um sie Gift und Galle speien zu lassen. Dies war eine vollkommen neue Erfahrung für ihn, und wenn sie nicht ausgerechnet eine Drummond gewesen wäre, hätte er sich versucht gesehen, ihren Widerstand zu brechen – einzig und allein, um den Krieger in ihm zum Sieg zu führen.

Ihr helles Lachen wehte über den Rasen zu ihm herüber und er presste ärgerlich die Lippen aufeinander. Ganz egal, was es auch war, er war wild entschlossen, hinter ihr Geheimnis zu kommen. Schließlich konnte man nur gegen ein Übel ankämpfen, wenn man genau wusste, worum es sich dabei handelte.

George atmete tief ein. Sie hatte einfach nicht das Recht, ihm ständig durch den Kopf zu geistern. Er beobachtete, wie ihr vor Lachen immer wieder der Pfeil aus den Fingern glitt.

»Typisch Frau«, brummte er verächtlich und schlenderte ebenfalls in den Garten hinunter.

»Ich glaube, ich versuche mich lieber in einer anderen Beschäftigung«, erklärte Annabella lachend und reichte ihren Bogen einem Lakai. »Vielleicht sollte ich mal den Männern beim Axtwerfen zuschauen. Das könnte doch sehr interessant werden. Was meint ihr? Hättet ihr nicht auch Lust, den männlichen Geschöpfen bei ihren kleinen Machtkämpfen zuzusehen?«

Lizz grinste sie diebisch an. »Damit du ganz nebenbei deine Liste vervollständigen kannst?«

Annabella nickte lachend. »Es kann nie schaden, wenn man sich einen Gewinner aussucht.«

»Ich werde mich hierin noch ein wenig üben«, erklärte Lizz und schaute zu Margarete hinüber, die genüsslich auf einer kleinen Decke im Gras saß und das Geschehen um sich herum beobachtete.

»Margarete, was meinst du zu Annabellas Vorschlag?«

»O nein, ich verabscheue Äxte. Ich werde lieber dir noch etwas Gesellschaft leisten.«

Annabella zuckte gleichmütig mit einer zierlichen Schulter und machte sich auf den Weg. »Ganz wie ihr wollt.«

Lizz wandte sich dem Lakaien zu und bat: »Würdest du die Schießscheibe bitte um zwanzig Schritte nach hinten versetzen?« Sie fand diese lächerlich geringe Distanz geradezu empörend. Wo blieb da die Herausforderung, wenn man sich kaum richtig strecken musste, um den Pfeil von Hand in die Mitte zu drücken?

Als sich der Junge entfernte, um ihrer Aufforderung nachzukommen, schüttelte Margarete missbilligend den Kopf.

»Muss das wirklich sein? Ich finde es nicht unbedingt wünschenswert, wenn die anderen Leute sehen, dass du im Bogenschießen geübt bist. Man könnte deine diesbezügliche Neigung missverstehen.«

»Ach ja? Und was sollte daran falsch zu verstehen sein?«, wollte Lizz leicht beleidigt wissen.

Margarete schürzte die Lippen. »Zum Beispiel, dass du eine Waffe den Gepflogenheiten einer jungen Dame vorziehst.«

»Damit kann ich leben«, entschied Lizz leichthin und nahm einen neuen Pfeil aus dem Köcher. »Schließlich ist es die Wahrheit.«

»Diese Äußerung wirft ein ziemlich schlechtes Licht auf dich, Elizabeth«, erklärte Margarete mit einem leisen Seufzer der Resignation.

In der Tat handelte es sich sogar um einen ziemlich mächtigen Schatten, der da auf sie fiel – ein beweglicher noch dazu. Lizz blickte verwirrt hoch und hätte am liebsten laut aufgestöhnt. »Douglas, Ihr schon wieder.«

George lehnte sich mit vor der Brust verschränkten

Armen an einen nahen Baum. »Was hast du denn mit diesem Spielzeug vor?«

Sie errötete heftig, als sie an seine Unverfrorenheit der vergangenen Nacht dachte. Musste dieser Kerl ihr denn immer wieder die gute Laune verderben? »Wonach sieht es denn aus, Douglas?«

George neigte nachdenklich den Kopf zur Seite. »Da bin ich mir nicht so sicher. Man könnte beinahe meinen, du willst diesen armen, wehrlosen Pfeil erwürgen.«

Erst jetzt bemerkte sie, dass sie besagten Pfeil so fest umklammert hielt, dass ihre Knöchel weiß hervortraten. Mit wütend zusammengepressten Lippen spannte sie den Bogen, ließ ihn jedoch wieder sinken und funkelte George missmutig an.

»Ist es denn wirklich nötig, dass Ihr ausgerechnet hier herumsteht? Es gibt doch bestimmt auch noch andere Leute, die Ihr mit Eurer spitzen Zunge beleidigen könnt?!«

»Elizabeth!«, keuchte Margarete entsetzt und kam rasch auf die Beine. »Dein Benehmen lässt arg zu wünschen übrig.«

»Dem muss ich leider beipflichten«, gestand George betrübt und sein unverschämtes Grinsen stachelte Lizzys Unwillen nur noch mehr an.

Ach ja – und wie ein Kartoffelsack über die Schulter geworfen zu werden ist wohl die feine schottische Art, dachte Lizz wütend. Wie konnte Margarete es wagen, ihr ausgerechnet jetzt eine Lektion in guten Manieren zu erteilen?

»Bitte entschuldigt das unangebrachte Benehmen meiner Schwester, Mylord. Sie meint es bestimmt nicht so. Es ist nur … ich meine … Sie ist nur leicht übermüdet …«

Lizz warf ihrer Schwester einen so mörderischen Blick zu, dass George beinahe laut aufgelacht hätte. Die Ältere konnte ja nicht ahnen, dass sie gerade mitten ins

Schwarze getroffen hatte. Georges Grinsen wurde noch breiter, als er sah, wie Lizz schuldbewusst errötete. Sie hatte es sich gestern Nacht nämlich nicht nehmen lassen, ihm seine anfängliche Ruhestörung mit gleicher Münze zurückzuzahlen. Bis in die frühen Morgenstunden hatte sie ihn mit ihrem Gepoltere wach gehalten. In der Tat war er heute Morgen ebenso müde wieder aufgewacht, wie er schließlich eingeschlafen war. Absurderweise störte es ihn noch nicht einmal. Vielmehr fand er es äußerst amüsant, dass dieses Weibsbild so rachsüchtig sein konnte.

»Hör auf, Margarete!«, fuhr Lizz ihre Schwester böse an. »Natürlich meine ich jedes einzige Wort genau so, wie ich es sage. Im Übrigen brauchst du dich nicht für mich zu entschuldigen und schon gar nicht bei *dem* da. Er ist nur ein Douglas.«

»Elizabeth, du benimmst dich unmöglich«, schalt Margarete sie entsetzt und eilte raschen Schrittes davon. Bestimmt rennt sie gleich zu Mama, um ihr ernstlich ans Herz zu legen, mehr auf meine Erziehung zu achten, dachte Lizz wütend und warf George erneut einen mörderischen Blick zu.

»Seid Ihr jetzt zufrieden?«

»Du solltest dir wirklich an deiner Schwester ein Beispiel nehmen. Sie scheint eine sehr wohlerzogene junge Lady zu sein.«

Wohlerzogen und sterbenslangweilig, fügte Lizz in Gedanken hinzu. Sogleich nagte das schlechte Gewissen an ihr. Sie liebte ihre Schwester. Lizz wusste selbst nicht, weshalb sich sein Tadel wie heiße Nadelstiche in ihrer Haut anfühlte. Schließlich hörte sie diesen Vorwurf fast täglich.

»Verschwindet lieber, bevor ich Euch das ganze Ausmaß meiner mangelnden Manieren zeige«, fuhr sie ihn wütend an. Sie hob erneut den Bogen, fest entschlossen, diesen Rüpel nicht länger zu beachten. Dennoch konnte sie sich einen letzten bissigen Kommentar nicht verkneifen: »Ihr solltet Euch besser aus meinem Schussfeld fern halten. Sonst könnte sich mein Pfeil *versehentlich* in Eurem Hinterteil wieder finden.«

»Ich hoffe doch sehr, du würdest es dir nicht nehmen lassen, dich rührend um meine Wunde zu kümmern«, stichelte er weiter. Es bereitete ihm ein geradezu teuflisches Vergnügen, sie zu reizen.

Lizz schnaubte wenig damenhaft. »Ziemlich unwahrscheinlich. Viel eher würde ich dem ersten einen zweiten Pfeil folgen lassen.« Himmel, wie sie seine Überheblichkeit hasste.

George stieß sich geschmeidig vom Baumstamm ab und stellte sich neben Lizz. »Ich möchte wetten, du triffst nicht einmal diese riesige Schießscheibe.«

Lizz lächelte ihn siegessicher an. »Diese Wette verliert Ihr.«

Sie zielte, schoss … mitten ins Schwarze.

Sie warf ihm einen triumphierenden Seitenblick zu. »Ihr habt verloren.«

George hob anerkennend eine Augenbraue und nickte bedächtig. »Vermutlich Anfängerglück.«

»Pah. Seht Ihr den abgestorbenen Ast dort oben?«

George blickte in die Baumkrone hoch und nickte erneut.

Lizz zielte, schoss … weit daneben.

»Mist.« Wütend warf sie den Bogen hin und schritt hoch erhobenen Hauptes davon.

Hinter sich hörte sie ein tiefes Lachen.

7

An diesem Abend ging Lizz George Douglas so gut wie möglich aus dem Weg, was nicht weiter schwierig war, da er nur kurz zum Abendessen erschien und sich gleich danach zurückzog. Lizz schämte sich entsetzlich für ihr Verhalten. Aber schließlich war er selbst schuld. Weshalb musste er sie auch immer so erzürnen? Eigentlich war sie durchaus eine friedliebende Frau. Doch bei diesem Douglas bedurfte es nur eines Wortes, und sie verspürte augenblicklich den dringenden Impuls, ihn vors Schienbein zu treten. Allmählich bekam sie wirklich den Eindruck, dass er sie mit voller Absicht reizte.

»Wenn das nur gut geht«, flüsterte ihre Mutter besorgt.

Lizzy folgte ihrem Blick und sah Allan und ihren Bruder, wie sie ein hitziges Gespräch mit zwei Douglas-Männern führten. Von Sekunde zu Sekunde traten immer mehr Clanmitglieder zu ihnen und verstärkten die beiden Fronten.

»Das wird dem König aber gar nicht gefallen«, stimmte Lizz zu und raffte ihr dunkelblaues Ballkleid, um sich den Streithähne zu nähern. Sie kannte sich in politischen Fragen zwar nicht allzu gut aus, dennoch kamen ihr die drohenden Worte des Königs in den Sinn. Dies hier war eine Feier zu seinen Ehren und jede Störung dieser Feierlichkeiten würde er als persönliche Beleidigung empfinden – und dementsprechend bestrafen.

»Wo ist Papa? Er sollte diesen Streit unbedingt schlichten, bevor er eskaliert.«

Lady Drummond schüttelte betrübt den Kopf »John würde diese Angelegenheit nur verschlimmern. Du weißt ja selbst, dass sein Hass auf die Douglas' geradezu an Besessenheit grenzt.«

Natürlich wusste sie das. Dennoch war ihr Vater klug genug, um den König nicht vorsätzlich zu erzürnen. Er würde die angespannte Situation bestimmt bereinigen. Lizz stellte sich auf die Zehenspitzen, konnte ihren Vater jedoch nirgends entdecken. »Jemand muss doch etwas tun«, erklärte Lizz entschieden und setzte sich erneut in Bewegung.

Ihre Mutter hielt sie energisch am Arm zurück. »Aber bestimmt nicht du, Kind.«

Lizz versuchte sich aus ihrem Griff zu befreien. »Diese Dummköpfe werden gleich eine riesige Schlägerei anzetteln.«

Lady Drummond seufzte betrübt auf. »Schon geschehen.«

»Bitte seht mich nicht an, Mylord. Kein Mann hat mich jemals nackt gesehen.« Isabella Keith verbarg ihren wohlgeformten Körper hinter einem Hauch von durchschimmernder Seide und gab sich sehr scheu. George lag längst vollkommen entkleidet im Bett und bemühte sich mannhaft um Geduld.

Seine derzeitige Mätresse liebte dieses Spiel der unschuldigen Jungfrau. Ihn hingegen langweilte es inzwischen unermesslich. Schließlich hatte er sie schon so oft in seinem Bett gehabt, dass dieses gezierte Theater wirklich lächerlich war.

»Komm her, Mädchen«, forderte George mit rauer Stimme und klopfte einladend neben sich auf die Matratze.

Isabellas Herzschlag beschleunigte sich und eine sengende Hitze breitete sich in ihrem Unterleib aus. Allein der Anblick, wie George nackt auf dem Bett lag und sie begehrlich betrachtete, ließ sie vor Lust erbeben. Sie verzehrte sich nach seinem kraftstrotzenden Körper.

Dies war auch der Grund, weshalb sie ihm hierher nach Stirling Castle gefolgt war. Sie brauchte ihn, um das schwelende Feuer in ihrem Leib zu zähmen. Kein anderer Mann verstand es besser, sie in solchem Umfang zu befriedigen wie er. Diese Muskeln. Diese sehnige Kraft. Vom ersten Augenblick an hatte seine düstere Anziehungskraft sie gefesselt.

Isabella leckte sich über die Lippen, als sie die Augen genüsslich über seinen Körper gleiten ließ, von der breiten Brust über den flachen Bauch bis hinab zu seinem harten Gemächt. Isabella schluckte schwer. Wie die stolze Waffe eines Ritters ragte die pralle Lanze aus dem Dickicht seines schwarzen Schamhaars.

»Lass mich nicht länger warten, Isabella«, verlangte George.

»Ich … ich kann nicht, Mylord. Ihr könntet denken, ich würde mich jedem hingeben.«

Was nicht allzu weit von der Wahrheit entfernt lag. Isabella war ein unglaublich lüsternes Ding. Ihr verstorbener Mann konnte seinem Schöpfer danken, dass er ihn zu sich geholt hatte. Kein gewöhnlicher Mann konnte es ertragen, wenn seine Frau ihn ständig betrog.

»Nun komm schon. Ich bin ganz ausgehungert«, versuchte er sie zu locken. »Ich werde dir auch jeden Wunsch erfüllen.«

Isabellas Wangen röteten sich vor Verlangen und sie leckte sich aufreizend über die Lippen. »Wirklich jeden?«

George besann sich eines Besseren. Bei ihr musste man vorsichtig sein. »Jeden, den ich verantworten kann.«

Sogleich schob Isabella schmollend die Unterlippe vor. »Du schränkst schon wieder ein. Das gefällt mir nicht.«

Das war ihm herzlich egal. Ihm gefiel dieses dämliche Rühr-mich-nicht-an-Spiel ebenso wenig. Seine Geduld war am Ende. Erbost stieß er den Atem aus. »Und mir gefällt die Vorstellung nicht, dass eine Frau es sich wünscht, geschlagen zu werden.«

Er erhob sich vom Bett und kam mit entschlossenen Schritten auf sie zu.

»Was hast du vor, George?«

Wortlos zog er sie in seine Arme und verschloss ihren Mund mit einem harten Kuss. Im nächsten Moment hob er sie hoch und drang mit einem einzigen, kraftvollen Stoß tief in sie ein. Ihr erstauntes Keuchen verwandelte sich innerhalb von Sekunden in heftiges Stöhnen. »Oh, George ... So hast du mich noch nie genommen«, keuchte sie und schlang die Beine um seine Mitte, während er wieder und wieder in sie hinein stieß.

George lachte dunkel auf. »Es scheint dir aber zu gefallen, oder?«

Isabella warf den Kopf in den Nacken. »O ja. Ja!« Als sie den berstenden Gipfel ihrer Leidenschaft erreichte, schrie sie befreit auf.

Zwei Stunden später lag George mit hinter dem Kopf verschränkten Armen im Bett und starrte nachdenklich zur Decke. Obwohl er Isabella mehrere Male hintereinander genommen hatte, fühlte er anstelle der angenehm trägen Befriedigung nur Unzufriedenheit und düstere Leere.

George war sich sicher, dass Ersteres daher rührte, dass er zur Untätigkeit verdammt war. Er besaß ein ausgesprochen unruhiges Naturell, welches ihm immer wieder zusetzte, wenn er zu lange am selben Ort verweilte. Natürlich konnte es auch am Verschwinden seines Bruders liegen. Noch immer war keine Spur von ihm zu finden. Er machte sich zwar keine allzu großen Sorgen deshalb, schließlich tauchte William spätestens dann wieder auf, wenn ihm das gestohlene Geld ausging. Dennoch zog er es vor, wenn er wusste, wo sich sein Bruder aufhielt. Auch zerbrach er sich den Kopf darüber, wie er mit ihm verfahren sollte. Rob hatte Recht. So konnte es nicht weitergehen. Er musste William endlich Einhalt gebieten, bevor er dem Clan ernstlichen Schaden zufügte.

Doch all diese Sorgen hatten nichts mit jener dunklen, schmerzlichen Leere in seiner Brust zu tun. Den ganzen Abend hindurch quälte sie ihn schon und er fand einfach keine Erklärung dafür.

George rieb sich mit der Hand übers Gesicht und wandte den Kopf Isabella zu. Sie schlief bereits tief und fest, wobei sie leise, schmatzende Geräusche von sich gab.

Anfangs hatte ihn dies noch amüsiert, doch heute schürte es nur seinen Groll.

Nachdenklich wickelte er sich eine ihrer blonden Locken um den Finger und roch daran. Ihr schweres Parfüm stach unangenehm in seiner Nase. George konnte einfach nicht verstehen, weshalb Frauen sich in diesem Zeug badeten. Der Körper einer Frau roch doch von Natur aus köstlich. Irrsinnigerweise musste er dabei an Lizz denken. Als sie sich damals bei den Treueschwüren an ihm vorbeigedrängelt hatte, hatte er den schwachen Duft von Rosen wahrgenommen. Sehr dezent und überaus angenehm. Er betrachtete die goldene Haarsträhne um seinen Finger erneut und wünschte sich plötzlich, es wäre eine dieser dunkelroten Locken, die ihm andauernd durch den Kopf geisterten.

»Teufel und Verdammnis«, fluchte er im nächsten Augenblick und setzte sich abrupt auf. Was sollte dieser bodenlose Unsinn? Die kleine Kratzbürste war so ziemlich das letzte Weibsbild, das er in seinem Bett wollte. Sein Blick glitt vorwurfsvoll zu der schlafenden Frau neben ihm. Anscheinend brauchte er eine neue Bettgenossin. Dass er ausgerechnet in dieser Situation an die fauchende Wildkatze dachte, konnte nur bedeuten, dass er sich mit der jungen Witwe bereits langweilte.

George atmete beinahe auf, als es an der Tür klopfte. Er schwang seine langen, muskulösen Beine aus dem Bett und öffnete nackt, wie er war, die Tür.

»Was?«

Ein junger Page riss vor Verblüffung die Augen weit auf, als er den bronzenen Riesen in der Tür erblickte. Seine Augen bekamen sogleich einen verträumten Glanz und er leckte sich träge die Lippen. »Mylord, ich komme im Auftrag ...«

Georges Gesicht verzog sich vor Verachtung. »Falls du deine Augen behalten willst, richte sie in mein Gesicht. Und jetzt sag, was du zu sagen hast.«

Der Page erkannte sofort seinen Fehler und seufzte innerlich auf. Es wäre auch zu schön gewesen. »Seine Majestät schickt mich. Ihr sollt unverzüglich in seinem Audienzsaal erscheinen.«

Georges Augen nahmen die Farbe stürmischer See an und seine Lippen bildeten einen grimmigen Strich. Er hasste Autorität – zumindest wenn er sie nicht selbst ausübte –, und er konnte es überhaupt nicht leiden, wenn man ihm Befehle erteilte. »Unverzüglich im Audienzsaal erscheinen? Waren das seine Worte?«

»Exakt, Mylord. Der König scheint sehr verstimmt. Er ließ auch Euren Vater rufen.«

»Nun gut, ich komme.«

George schloss die Tür wieder und zog sich an – wobei er sich absichtlich viel Zeit ließ. Er war kein Mann, den man im Laufschritt zu sich bestellte.

Als er gewaschen, rasiert und in seinen engen Kniehosen prächtig anzusehen den Vorraum zum Audienzsaal erreichte, warteten bereits John Drummond mit seinem Sohn und einige seiner Männer vor den riesigen, vergoldeten Flügeltüren. Als George die zugeschwollenen Augen und aufgeplatzten Lippen der Männer sah, brauchte er kein Hellseher zu sein, um den Grund für diese Audienz zu erkennen.

Herannahende Schritte verkündeten, das nun die Douglas kamen. Ihre Gesichter sahen nicht viel besser aus als die der Drummonds.

»Teufel und Verdammnis«, schnauzte Archibald Douglas und funkelte seinen ältesten Sohn vorwurfsvoll an. »Kannst du deine Männer nicht unter Kontrolle halten, George? Du solltest dich um deine Männer kümmern und nicht herumhuren, wie es dir gerade gefällt.«

Georges Lippen verzogen sich zu einem kühnen Lächeln. »Und wo warst du, Vater, als die Schlägerei ausbrach?«

Archibald grinste breit und klopfte seinem Sohn väterlich auf die Schulter. »Das geht dich verflucht noch mal nichts an.«

»Wie wahr«, gab George ihm Recht. Es war ein offenes Geheimnis, dass der alte Earl leidenschaftlich für die bildhübsche Lady Janet Kennedy entflammt war. Was augenscheinlich auf Gegenseitigkeit beruhte.

»Es ist nun deine Sache, dich um diese Meute zu kümmern«, gab der Earl schroff zurück und deutete auf die Männer, die ihm gefolgt waren.

Die harten, abgebrühten Douglas-Männer blickten jetzt reichlich verlegen drein, als George seinen missbilligenden Blick über jeden Einzelnen von ihnen gleiten ließ.

»Ihr meldet euch morgen früh bei mir.«

Das streitlustige Funkeln in Archibald Douglas' Augen verhieß nichts Gutes. »Du bist nun ihr Anführer. Also sorge gefälligst dafür, dass sie sich das nächste Mal mit richtigen Männern schlagen und nicht mit solchen Memmen. Wir haben schließlich einen Ruf zu verlieren.«

Die Drummonds johlten und schimpften über diese neuerliche Beleidigung in den unflätigsten Worten.

Plötzlich flogen die hohen Flügeltüren auf und ein sehr wütender König trat heraus.

»Ruhe! Das reicht. Jeder, der noch ein Wort sagt, verbringt die Nacht im Kerker.« Ein Blick in die zerschundenen Gesichter genügte, und er ließ seinem Zorn freien Lauf, bevor er die Männer fortjagte. George konnte deutlich ihr einstimmiges Aufatmen hören, als sie sich eilenden Schrittes entfernten. Er selbst, sein Vater, John Drummond und dessen einziger Sohn William wurden in den Audienzsaal befohlen.

Die mächtigen Türen schlossen sich hinter ihnen, während James auf die vier Stühle deutete. »Setzt euch.«

Er setzte sich schweigend auf den Thron. Normalerweise vermied er dies und gesellte sich lieber unter das Volk. Doch diesmal erschien es ihm ratsam zu zeigen, wer hier das Sagen hatte. Er wartete geduldig, bis sich alle setzten und beobachtete, wie sich die älteren Clanoberhäupter völlig ignorierten. Die beiden jüngeren verhielten sich ruhig, doch während William sich desinteressiert seine Fingernägel besah, beobachtete George Douglas ihn mit kühler Intelligenz. James konnte Archibald nur dazu beglückwünschen, dass er seinem Sohn die Befehlsgewalt des Clans überließ. Eine kluge Entscheidung.

Weinkelche wurden gereicht, doch die Alten wiesen sie zurück. Keiner wollte mit dem Feind trinken.

James explodierte. »Verdammt, ich verlange nicht, dass ihr euch innig liebt! – sondern dass ihr euch endlich etwas zusammenreißt. Schottland hat genügend Probleme, auch ohne dass sich die wichtigsten Clane gegenseitig die Schädel einschlagen.«

Nun erhielt er endlich die Aufmerksamkeit, die er wollte und fuhr in einem gemäßigterem Ton weiter. »Wenn wir Henrys Intrigen und Überfällen standhalten wollen, brauchen wir ein geeinigtes Schottland. Ich werde es nicht länger dulden, dass sich meine Clane gegenseitig schwächen. Sollte mir noch einmal zu Ohren kommen, dass sich eure Clane einen öffentlichen Faustkampf liefern, werde ich persönlich für Recht und Ordnung sorgen. Und das ist ein Versprechen Eures Königs.«

Keiner der anwesenden Lords war sonderlich eingeschüchtert, sie hatten die Warnung jedoch verstanden.

8

Am nächsten Tag standen ein Ausflug zu Pferd und ein glamouröses Picknick auf dem Plan. Die Gesellschaft versammelte sich gegen Mittag im Hof und wartete, bis James ihnen voranritt. Als sich der Tross langsam in Bewegung setzte, winkte Lizz Margarete zum Abschied zu. Da ihre älteste Schwester die Angst vor Pferden nicht überwinden konnte, würde sie mit einer Kutsche nachkommen. So ritt Lizz im Kreise ihrer übrigen Familie und amüsierte sich köstlich. Der Weg führte über weite Wiesen, durch Wälder und an den Ufern des Forth entlang. Stirling war einfach herrlich und sie genoss die wunderschöne Landschaft in vollen Zügen.

Als die Männer ihr Thema auf den Kampf und die Geschäfte verlegten, wurde es Annabella bald zu langweilig. »Komm, Schwesterchen, wir suchen uns unterhaltsamere Reisegefährten.«

Lizz konnte dem nur beipflichten und hielt verstohlen nach David Flemming Ausschau. Ihr Herz machte einen freudigen Satz, als sie ihn ausgerechnet bei Annabellas derzeitigem Spitzenkandidaten entdeckte.

»Sieh nur, dort ist ja Lord Graham«, erklärte sie mit einem leisen Lachen. »Bestimmt möchtest du seine Reitkünste besser in Augenschein nehmen. Schließlich könnte es recht peinlich sein, einen Mann zu heiraten, der ständig vom Pferderücken fällt.«

Annabella lachte herzlich auf. »Du täuschst mich nicht, Lizz. Du selbst kannst es doch kaum erwarten, dich einer ganz bestimmten Person anzuschließen.«

Lizz errötete sanft, konnte sich ein kleines Lächeln jedoch nicht verkneifen. »Ist das so offensichtlich?«

»Nur wenn man eingeweiht ist«, beruhigte Annabella sie liebevoll. »Aber du hast Recht. Es könnte nicht schaden, wenn ich mir Lord Graham etwas näher anschaue.«

Annabella gab ihrem Pferd die Sporen und galoppierte davon. »Komm, Lizz, wir pirschen uns an.«

»Das nennst du anpirschen?«, lachte diese und folgte ihrer Schwester.

Annabella lenkte ihr Pferd neben Lord Graham. »Meine Herren, dürfen wir uns Euch vielleicht anschließen? Der Weg ist gefährlich, und wir benötigen dringend zwei starke Männer, die uns ihren Schutz bieten.«

Mit Freuden boten beide ihre Dienste an. Lizz war zum ersten Mal um Worte verlegen, als sie nun so dicht neben David ritt. Ihr Herz pochte so laut, dass sie beinahe befürchtete, er könnte es hören. Sogar ihre Handflächen wurden feucht vor Aufregung. David hingegen schien diese Hemmungen nicht zu verspüren. Er beugte sich nah zu ihr herüber und flüsterte vertraulich: »Ich habe dich gestern auf dem Ball vermisst, meine Liebe. Dabei konnte ich es kaum erwarten, dich endlich wieder in den Armen zu halten.«

Lizz errötete vor Freude. »Leider war ich damit beschäftigt, Papas Männer zu versorgen. Du hast bestimmt von dem kleinen Zwischenfall mit den Douglas' gehört. Es gab etliche aufgeplatzte Lippen und blaue Augen, die verarztet werden mussten.«

David nickte und schenkte ihr ein betörendes Lächeln. »Die Glücklichen. Ich kann mich nur zu gut an deine sanften Hände erinnern. Vielleicht sollte ich mich ebenfalls auf einen Faustkampf einlassen. Würdest du mich dann auch wieder pflegen, Elizabeth?«

Lizz schüttelte lachend den Kopf: »Ein Tanz mit dir ist mir dann doch lieber.«

Da George die Jagd mehr als alles andere auf Stirling genoss, war er nun bitter enttäuscht. Eigentlich war für den heutigen Tag eine Rotwildjagd geplant gewesen, doch da das Weibervolk James seit Tagen mit diesem elenden Picknick in den Ohren lag, hatte er schließlich nachgegeben. George hätte seinen Schwertarm darauf verwettet, dass dies James' Strafe für den kleinen Faustkampf von gestern war. Nun waren sie gezwungen, im Schritttempo durch die Wälder zu ziehen und das aufgeregte Gackern der Frauen über sich ergehen zu lassen. Besonders Isabellas Gezeter zerrte an seinen Nerven. Sie wusste nichts Besseres, als ihn mit den mangelnden Fähigkeiten ihrer Zofe zu plagen. Himmel, glaubte dieses Weibsbild wirklich, dass ihn die Farbe ihrer Schuhe oder die Breite ihrer Haarbänder interessierten? Als sie ihn dann auch noch bat, ihr beim Absteigen zu helfen, damit sie sich ein Kissen auf den ach so harten Sattel legen konnte, wurde es ihm endgültig zuviel.

Kurzerhand gab er seinem Hengst die Sporen und ritt nun neben seinem Vater. Leider erwies sich auch dies als ein Fehler, denn Archibald Douglas hatte nur Augen für seine hinreißende Begleiterin Janet Kennedy.

Das perlende Lachen einer Frau ließ George aufschauen. Augenblicklich verfinsterte sich seine Miene und seine zinngrauen Augen verdunkelten sich voller Verachtung. Die kleine Drummond ritt keine fünf Meter vor ihm, natürlich umgeben von jungen Männern, die sie mit ihren Blicken verschlangen und um ihre Aufmerksamkeit buhlten. George beobachtete, wie immer mehr von diesen Gecken sich der kleinen Truppe anschlossen, und fragte sich kurz, wie viele von ihnen wohl bereits einen Platz in ihrem Bett gefunden hatten. Es konnte ihm zwar egal sein, dennoch genügte allein dieser Gedanke, um seine Stimmung drastisch zu verschlechtern.

Sein düsterer Blick glitt über ihre schlanke Gestalt. Das indigoblaue Reitkostüm schmiegte sich eng an ihren Körper und betonte ihre sanft geschwungenen

Hüften. Dazu trug sie ein neckisch kurzes Jäckchen im Uniformstil, das mit demselben Rosenmuster bestickt war wie ihr goldgewirktes Haarnetz, mit dem sie ihre schweren dunkelroten Locken bändigte. George beobachtete Lizz eingehend. Sie fühlte sich augenscheinlich ausgesprochen wohl in der Schar von Bewunderern. Trotzdem schien sie ihr nächstes Opfer bereits auserkoren zu haben, denn sie unterhielt sich hauptsächlich mit dem jungen Flemming. Eine ausgesprochen dumme Wahl. George verzog verächtlich die Lippen. Dieser eingebildete Schnösel konnte ihr doch gar nichts bieten.

Das Picknick entwickelte sich bald zu einem rauschenden Fest. Decken waren ausgebreitet worden und riesige Körbe mit Fleischpasteten, Hühnchen, Obst und anderen Köstlichkeiten wurden verteilt. Selbst ein kleines Orchester hatte den Weg zu ihnen gefunden.

Es wurde gelacht und gesungen. Einige spielten sogar blinde Kuh, was Lizz im ersten Moment mit Freude vernahm, doch nachdem sie einige Zeit zugesehen hatte, war ihr der Spaß daran gründlich vergangen. Bisher hatte sie immer angenommen, es wäre ein Spiel für Kinder. Doch hier am Hofe waren die Regeln sichtlich abgeändert worden. Dieses Blindekuhspiel war schlicht und einfach ein Vorwand für die Männer, um mit den Frauen schmusen und die intimsten Stellen ihrer Körper ungestraft berühren zu können. Wobei sie natürlich vorgaben, keine Ahnung von der wahren Identität ihres Opfers zu haben. Lizzy beobachtete gerade, wie Lord Howland mit verbundenen Augen gierig nach einer vollbusigen jungen Frau grapschte. Allein das Zusehen war Lizz schon peinlich.

Sie atmete tief ein und schüttelte den Kopf über sich selbst. Seit David wegen dringender Geschäfte nach Stirling zurückgerufen worden war, konnte sie sich einfach nicht mehr an diesem Picknick freuen. Zu allem

Überfluss wurden Davids Freunde immer aufdringlicher. Sie belagerten Lizz regelrecht und ließen sie keinen Augenblick allein. Anfangs hatte sie sich von ihren Aufmerksamkeiten unglaublich geschmeichelt gefühlt, doch nun zerrten diese Kerle schrecklich an ihren Nerven.

Um Davids willen zwang sie sich zur Geduld.

Dennoch wäre sie Margarete beinahe vor Erleichterung um den Hals gefallen, als diese einen kleinen Spaziergang unter Schwestern vorschlug. Arm in Arm gingen sie am Ufer des Forth entlang und ließen die übrigen Gäste hinter sich.

»Ah, ist diese Ruhe nicht herrlich?«, seufzte Lizz leise und genoss das gleichmäßige Plätschern des Wassers.

»Ich mache mir Sorgen um dich, Elizabeth«, gestand Margarete vorsichtig.

Lizz warf ihr einen erstaunten Blick zu. »Um mich? Weshalb denn? Ich gebe mir doch alle Mühe, keine deiner Regeln zu vergessen.« Das tat sie wirklich! Leider meist dann, wenn sie gerade eine gebrochen hatte.

Margarete wirkte sehr ernst, als sie den Kopf schüttelte. »Das ist es nicht.«

»Was könnte es dann sein?«

»Die jungen Lords, die ständig um dich herumscharwenzeln, bereiten mir Sorge. Der gute Ruf einer Dame ist eine sehr heikle Angelegenheit.«

»Ach *die* meinst du«, lachte Lizz erleichtert auf. Nach Margaretes bedrücktem Gesichtsausdruck zu urteilen war sie schon auf das Schlimmste gefasst gewesen. »Lästig, nicht wahr? Aber da kann ich dich beruhigen. Sie leisten mir lediglich aus einer Gefälligkeit heraus Gesellschaft.« Sie lächelte verträumt vor sich hin. »David wurde nämlich kurzfristig nach Stirling Castle zurückberufen, und ich vermute, er hat seine Freunde darum gebeten. Ist er nicht unglaublich charmant?«

Margarete sah ihre jüngste Schwester ungläubig an.

Welch ein himmelschreiender Unsinn. »Glaubst du wirklich?«

Lizz nickte entschieden. »Natürlich. Ein anderer Grund fällt mir beim besten Willen nicht ein.«

Margarete dafür umso mehr. Lizz schien nicht einmal zu bemerken, wie verbissen die jungen Lords seit Tagen um ihre Aufmerksamkeit buhlten. Was ganz bestimmt nichts mit einer Gefälligkeit zu tun hatte. Ganz im Gegenteil. Mit ihrer natürlichen Anmut und ihrem ungekünstelten Charme hatte Lizz nicht nur die Herzen der rechtschaffenen Lords erobert. Es gab leider auch andere, die sich keinen Deut um den guten Ruf eines Mädchens scherten. Hauptsache, sie kamen zum Ziel.

»Nimm dich trotzdem vor ihnen in Acht, Elizabeth. Gerüchte sind schnell im Umlauf.«

Lizz seufzte auf. »Ich weiß. Ich werde mich vorsehen.«

Plötzlich breitete sich ein Lächeln auf Margaretes Gesicht aus. »Und jetzt erzähl mir von deinem David. Du scheinst dich ja sehr für Lord Flemming zu interessieren.«

Lizz errötete sanft. »Ist das so offensichtlich?«

»Du konntest dich noch nie sonderlich gut verstellen. Sag mir, findest du ihn nur nett oder steckt da vielleicht doch mehr dahinter?«

Lizz bückte sich nach einem Stein. »Ich glaube, es ist mehr.«

Sie biss sich verschmitzt auf die Unterlippe, bevor sie die Arme weit ausstreckte und gestand: »Ich liebe ihn. Oh, wenn ich nur an den Tag zurückdenke, an dem wir uns zum ersten Mal begegnet sind, bekomme ich richtiggehend Herzklopfen.«

Margarete freute sich aufrichtig für ihre Schwester. »Und er scheint das Gleiche für dich zu empfinden. Er lässt keine Möglichkeit aus, um dir nahe zu sein.«

Lizz warf den Stein in den Fluss. »Sieht er nicht einfach himmlisch aus?« Sie hielt kurz inne. »Glaubst du, Papa wäre mit dieser Verbindung einverstanden?«

Sie errötete bis zu den Zehenspitzen. »Ich meine, falls David um meine Hand anhalten würde?« Margarete lachte ob der plötzlichen Verlegenheit ihrer Schwester leise auf.

»Ich weiß zwar nicht, ob die Flemmings eine vermögende Familie sind, doch sicher wird unser Vater deinem Glück nicht im Wege stehen. Bestimmt heißt er deinen David mit offenen Armen willkommen, wenn du mit ihm glücklich bist.«

»Da hast du Recht«, gestand Lizz erleichtert.

Sie setzten sich auf einen kleinen Felsen am Ufer und plauderten gemütlich miteinander. Die Zeit plätscherte dahin, und als ihnen der Gesprächsstoff ausging, hing jede ihren Träumen nach. Lizzys Traum verwandelte sich jedoch bald in einen wahren Albtraum. Immer wieder schwirrte ihr dieser elende Douglas durch den Sinn. Es war wirklich äußerst ärgerlich. Je angestrengter sie versuchte, an David zu denken, desto hartnäckiger drängte sich ihr George Douglas' Gesicht auf. Diese verwirrend zinngrauen Augen …

Seine Blicke vorhin waren ihr nicht entgangen – finster und voller Verachtung, wann immer sich ihre Augen zufällig trafen. Wenn er sich jedoch unbeobachtet geglaubt hatte, waren sie meist nachdenklich auf sie gerichtet gewesen. Nicht dass sie ihm sonderliche Aufmerksamkeit geschenkt hätte … Natürlich würde ihr dies nicht im Traum einfallen. Aber die Art, wie er abseits und ganz allein unter einem Baum gesessen hatte, hatte sie irgendwie berührt. Konnte es möglich sein, dass sich dieser Mann einsam fühlte?

Lizz rief sich sogleich energisch zur Ordnung. Sollte er doch. Von ihr aus durfte er sich hundeelend fühlen!

Plötzlich hörte Lizz das Knacken eines Astes und schreckte hoch. Niemand war zu sehen. Vielleicht war es nur ein Erdhörnchen gewesen. Dennoch blickte sie sich weiter um und horchte angestrengt in den Wald hinein.

»Es ist wohl besser, wir machen uns auf den Rückweg«, erklärte sie Margarete betont unbeschwert. Sie wollte ihre Schwester nicht beunruhigen. Sie hatten sich unbemerkt viel zu weit von den anderen Gästen entfernt. Falls sich hier jemand im Verborgenen hielt, konnte es nicht schaden, den Anschluss an die Gruppe zu suchen.

Erneut hörte sie ein Knacken. Diesmal wesentlich näher!

»Geht weg!«, erklang die wütende Stimme eines Jungen.

»Was war das?«, erkundigte sich Margarete erschrocken und richtete sich kerzengerade auf.

»Ich bin mir nicht sicher«, gestand Lizz leise. Plötzlich sah sie einen kleinen Knaben durch das Unterholz laufen.

»Großer Gott«, rief sie im nächsten Augenblick und glaubte, ihr Herz müsse stehen bleiben. Das Kind wurde von einem Wolf verfolgt!

»Komm hierher, Junge«, rief sie ohne zu zögern und beobachtete mit Entsetzen, wie der Bursche einen Haken schlug und direkt auf sie zurannte. Schwer atmend erreichte er die kleine Lichtung. Beinahe im selben Moment schlich sich das graue, zottige Tier ganz langsam aus dem Wald heraus. Lizz stieß einen erstickten Schrei aus. Mein Gott, war dieses Biest riesig. Ein tiefes Knurren drang aus seiner Kehle und jagte ihr eine Gänsehaut über den Rücken.

»Um Himmels willen«, keuchte Margarete und hielt sich ängstlich am Arm ihrer Schwester fest.

Lizzys Herz hämmerte wie wild. Sollte sie es wagen und um Hilfe schreien oder würde dieses Ungeheuer dann sofort angreifen?

»Da ist noch einer«, rief Margarete panisch, als ein zweites Tier aus dem Dickicht trat.

»Schnell, Junge, komm zu mir«, befahl Lizz und duckte sich langsam nach einem dicken, knorrigen Ast. Dieser war zwar nicht die beste Waffe, doch vielleicht würde es ihr damit gelingen, die Biester für eine Weile fern zu halten.

»Nun komm schon«, wiederholte sie nervös, als sich der Junge nicht von der Stelle rührte.

»Warum?«

»Weil ich es sage«, zischte sie zurück.

Als der Bursche endlich auf sie zukam, setzten sich auch die beiden Biester in Bewegung. Sie würden das Kind gleich in Stücke reißen! Ohne zu zögern sprang Lizz vor und ließ den Ast surrend durch die Luft sausen. »Verschwindet, ihr hässlichen Biester.«

Augenblicklich besaß sie die ungeteilte Aufmerksamkeit der Tiere. Aus grüngelben Augen starrten sie sie an und ein gefährliches Knurren drang erneut aus ihren Kehlen.

»So wirst du sie bestimmt nicht verjagen«, ließ sich der Junge direkt neben ihr vernehmen. Der kleine Kerl hatte vielleicht Nerven. War das arme Kind so verängstigt, dass es gar nicht begriff, in welcher Gefahr sie alle drei schwebten?

Lizz konnte nicht umhin, den tapferen Jungen zu bewundern. Er mochte kaum mehr als sechs oder sieben Lenze zählen, doch in seinen großen grauen Augen war keine Spur von Furcht zu lesen. Sie hingegen starb fast vor Angst.

»O Elizabeth, was sollen wir nur tun?«, jammerte Margarete weinerlich.

Die Tiere kamen langsam und mit geduckten Köpfen näher.

»Schnell, steigt in den Fluss«, befahl Lizz. »Diese Biester werden euch nicht ins Wasser folgen.«

»Ich mag aber nicht.«

War dieser Junge vielleicht schwachsinnig? Auch wenn Lizz gerade noch seinen Mut bewundert hatte, so hätte sie ihm jetzt liebend gern die Leviten gelesen.

»Marsch in den Fluss«, fuhr sie ihn streng an.

Das leise Aufspritzen von Wasser verriet ihr, dass er endlich gehorchte.

Nun war sie selbst an der Reihe. Ganz langsam, ohne die Tiere aus den Augen zu lassen, trat sie Schritt um Schritt rückwärts ins eisige Wasser. O Gott, war das kalt. Ihre Beine wurden fast augenblicklich taub.

Margarete schluchzte hilflos hinter ihr. »Sie werden uns fressen.«

Lizz warf einen raschen Blick über ihre Schultern und sah das wachsbleiche Gesicht ihrer Schwester. »Wage es ja nicht, jetzt in Ohnmacht zu fallen. Ich habe wirklich nicht die Zeit, dich aus dem Wasser zu fischen.«

Sie packte den Jungen am Kragen und zog ihn ebenfalls tiefer ins Wasser.

»Mir ist kalt«, murrte dieser verdrießlich.

Lizz sah, dass er bereits bis zum Bauch im Wasser stand. »Steig auf meinen Rücken.«

Er tat es ohne Widerrede. Nun sah sich Lizz einem neuen Problem ausgesetzt. Ihr Kleid hatte sich mit Wasser vollgesogen und der schwere Stoff drohte sie mit der starken Strömung mitzuziehen. Sie stemmte sich mit aller Kraft dagegen und sah erleichtert, dass die Tiere ihnen nicht folgten. Sie standen noch immer unschlüssig am Ufer, machten lange Hälse und schnupperten ihnen entgegen – doch sie folgten ihnen nicht. Leider schwand auch Lizzys Hoffnung, dass sie verschwinden würden. Stattdessen machten sie es sich am Ufer gemütlich und warteten.

»So tu doch etwas«, bat Margarete und ihre Zähne schlugen unkontrolliert aufeinander vor Kälte.

Lizz suchte fieberhaft nach einer Lösung, doch der

plötzliche Geruch von geräuchertem Fleisch irritierte sie ungemein. Vielleicht verlor sie ja den Verstand? Sie schätzte die Entfernung zum anderen Ufer ab. Zu weit. Auch Hilferufe würden vermutlich nicht viel nutzen, da sie sich ein gutes Stück von den anderen entfernt hatten.

Plötzlich gewahrte sie eine Bewegung im Wald. Im nächsten Augenblick trat George Douglas auf die Lichtung und schaute sie fragend an. Lizz hätte beinahe geweint vor Erleichterung. Sollten diese Biester doch ihn fressen.

»Ist es nicht etwas zu kalt für ein kleines Bad?«, erkundigte er sich freundlich.

Sie hielt noch immer krampfhaft den Ast umklammert und deutete nun damit auf die beiden Ungeheuer.

»Blitz! Donner! Zu mir!«

Lizz glaubte ihren Augen und Ohren nicht trauen zu können, als die beiden zottigen Ungetüme lammfromm an die Seite dieses Teufels trotteten.

»Archie, komm aus dem Wasser«, befahl George. »Und ihr kommt besser auch heraus, bevor ihr euch noch den Tod holt.«

Der Junge glitt von Lizzys Rücken und warf ihr einen strafenden Blick zu. »Sie hat mich gezwungen.«

Lizz und Margarete wateten ebenfalls ans Ufer zurück.

»Ich verstehe nicht … Diese Wölfe haben den Jungen durch den Wald gehetzt. Sie wollten ihn töten«, erklärte Lizz verständnislos.

»Lügnerin«, gab der Junge erbost zurück. »Sie wollten mein Brot fressen.«

Fassungslos starrte Lizz auf das zur Hälfte aufgegessene belegte Fleischbrot in seiner Hand. Sie fühlte sich wie der dümmste Mensch auf Gottes weiter Erde.

Georges Blick glitt zwischen Lizz und dem kleinen Archie hin und her. Allmählich begriff er, was hier vor sich gegangen war.

»Weshalb hast du ihr nicht gesagt, dass Blitz und Donner deine Hunde sind?«, herrschte er den Jungen an.

»Sie hat nicht gefragt«, schmollte dieser.

Mit einem herzerweichenden Stöhnen sank Margarete in Ohnmacht.

Lizzys Verwirrung wandelte sich mit einem Schlag in heißen, alles verzehrenden Zorn. Wie durch einen roten Schleier hindurch nahm sie wahr, dass George den schlaffen Körper ihrer Schwester aufhob und wegtrug.

»Douglas!«, schrie alles in ihr. Sollte sich doch die Hölle auftun und jeden Einzelnen von diesen Bastarden bei lebendigem Leib verschlingen.

»Das glaube ich einfach nicht«, schrie sie schrill und ging wie eine Furie auf George los. »Du gemeiner, niederträchtiger Bastard. Wir haben uns fast zu Tode gefürchtet …«

George lehnte seine leichte Last sorgfältig an einen Felsen und achtete gar nicht auf Lizz, die seinen Rücken mit wütenden Schlägen traktierte. Erst als er den schlaffen Körper zu seiner Zufriedenheit hingelegt hatte, erhob er sich wieder und wandte sich der fauchenden Wildkatze zu. »Wolltest du mir etwas mitteilen?«

Es kostete ihn seine gesamte Selbstbeherrschung, um nicht laut zu lachen, als er sah, wie sie atemlos vor Empörung nach Luft rang. Mühelos hielt er Lizzys Handgelenke mit seiner Rechten fest.

»Bastard«, fauchte sie.

»Du wiederholst dich.«

Archie stand mit geweiteten Augen etwas abseits und kaute versonnen an seinem Brot. »Wirst du sie jetzt auch schlagen?«

»Sollte ich es denn tun?«

»Ich habe nasse Füße.« Dies sollte wohl ein klares Ja bedeuten.

»Du undankbares kleines Biest«, schnauzte Lizz ihn an.

»Geh zu Nan zurück. Sie wird sich um dich kümmern, damit du dich nicht erkältest«, befahl George und wandte sich wieder Lizz zu.

»Ich möchte aber zusehen, wie du die da bestrafst«, protestierte der Junge.

Georgs Blick verdüsterte sich warnend, als seine zinngrauen Augen das schmutzige Gesicht des Jungen musterten. »Wir beide sprechen uns später, Archie. Du weißt ganz genau, dass du dich nicht ohne Aufsicht herumtreiben darfst.«

Der Junge warf Lizz einen bitterbösen Blick zu. Anscheinend hielt er sie für die Schuldige.

In diesem Augenblick kam Margarete stöhnend wieder zu sich – flankiert von Blitz und Donner.

Sie stieß einen leisen Schrei aus und drohte erneut in eine Ohnmacht zu fallen. »Himmel noch mal«, fauchte Lizz zornig und riss sich aus Georges Griff los.

»Verschwindet, ihr elenden Biester.« Sie scheuchte die riesigen Tiere wie Hühner von ihrer Schwester weg.

»Margarete, steh auf! Jetzt ist wirklich nicht die richtige Zeit, um sinnlos in Ohnmacht zu fallen.«

»Mir ist so kalt«, stöhnte ihre Schwester kläglich.

Lizz erging es ähnlich. Aber sie würde sich lieber die Zunge abbeißen, als dies vor dem elenden Douglas einzugestehen.

»Dafür kannst du dich bei der Douglas-Brut bedanken«, schnappte sie stattdessen wütend und half Margarete auf die Beine.

»Er war es nicht, der mich ins Wasser gedrängt hat«, gab Margarete zu bedenken.

»Ich wollte dich retten«, setzte Lizz dagegen.

»Eine feine Rettung. Ich werde mir bestimmt den Tod holen.«

Lizz warf die Arme in die Luft. »Ausgezeichnet! Bin

ich heute eigentlich an allem Elend auf dieser Welt allein schuld?«

Douglas tätschelte liebevoll Donners mächtigen Kopf. »Lass mich raten. Du bist heute bestimmt wieder etwas übermüdet?«

Als Lizzys Kopf zu ihm herumzuckte und er den mörderischen Ausdruck in ihren Augen sah, lachte er lauthals. Dieses Mädchen war einfach zu köstlich in ihrem Zorn.

»O Gott, wie ich dich hasse, Douglas.«

Margarete versteifte sich. »Elizabeth ...!«

Lizz packte ihre Schwester am Arm und zog sie mit sich fort. »Ein Wort und ich werfe dich zurück in den Fluss.«

Selbst aus der Ferne konnte sie noch das verhasste Lachen von George Douglas hören.

9

»Das Schicksal muss sich heute wirklich gegen mich verschworen haben«, maulte Lizz leise vor sich hin, als ausgerechnet George Douglas beim Dinner neben ihr Platz nahm. Einen Augenblick lang war sie ernstlich versucht, Kopfschmerzen vorzutäuschen, um seiner Gegenwart zu entfliehen. Doch dann siegte ihr Stolz. Sollte *er* doch verschwinden. Schließlich war sie vor ihm hier gewesen.

»Na, Kätzchen, heute Abend schon unschuldige Hündchen in die Flucht geschlagen?«

Dieser gemeine Kerl spielte doch tatsächlich auf seine hässlichen Biester an! Er verlor wirklich keine Zeit, um sogleich einen neuen Streit vom Zaun zu brechen. Aber was konnte man von einem Douglas schon erwarten? Dass er galanterweise über ihre abgrundtiefe Blamage hinwegsah? Wie lächerlich!

Sie schenkte ihm ein strahlendes Lächeln: »Verschwendet nicht Euren Atem, Douglas. Ich habe nicht vor, mich heute noch einmal mit Euch herumzuärgern.«

»Wie schade, ich wäre gerade in der richtigen Stimmung«, erklärte George herausfordernd.

Lizz zuckte gleichmütig mit ihren zierlichen Schultern. »Euer Problem, nicht wahr?« Danach ignorierte sie ihn zu seinem Verdruss vollkommen und unterhielt sich angeregt mit ihren anderen Tischpartnern.

Lizz verstand sich mit Lady Damaris Kennedy auf Anhieb. Sie war eine wunderschöne junge Frau mit feurigem Haar und dem lieblichsten Lächeln, das Lizz je gesehen hatte. Auch Lord Keith, der ihr gegenüber saß, war äußerst charmant, wenngleich nicht sehr gesprächig. Zum Ausgleich dessen erwies sich Lord

Donald als umso redseliger. Alles in allem war es eigentlich eine ganz angenehme Tischrunde. Abgesehen von einem natürlich, doch da er sich ruhig verhielt, gelang es Lizz nach und nach, sich zu entspannen. Da Lord Keith das Picknick am Nachmittag versäumt hatte, bestand er darauf, alle Einzelheiten zu erfahren.

George nahm an diesem Gespräch nur am Rande teil. Vielmehr beobachtete er verächtlich, wie Lord Keiths Blick immer wieder lüstern in den Ausschnitt der kleinen Kratzbürste glitt. Seine Laune bewegte sich auf den absoluten Tiefpunkt zu. Nicht, dass es ihn irgendwie störte, was der Kerl tat, aber es störte ihn, dass sie nichts dagegen unternahm. Außerdem zerrte es an seinen Nerven, dass sie ständig um ihn herum blickte, nur um mit diesem verdammten Flemming liebäugeln zu können. Das konnte sie gefälligst auf später verschieben. Jetzt war er hier, und George war kein Mann, der sich ungestraft ignorieren ließ. Er nahm einen großen Schluck Wein und stellte seinen Kelch wieder in Position. So konnte er sie nämlich im Spiegelbild des polierten Kelches beobachten.

Im Gegensatz zu ihr gelang es ihm nicht einmal ansatzweise, sie zu ignorieren. Jedes einzelne Wort aus ihrem Mund reizte seinen Zorn aufs Neue. George verstand selbst nicht, weshalb er so feindselig auf sie reagierte. Eigentlich lag es viel mehr in seiner Natur, das schöne Geschlecht mit seinem Charme zu umgarnen. Schließlich waren die Douglas' nicht nur für ihre Kampfeslust berüchtigt. Diesem Weib gelang es jedoch ständig, seine übelsten Seiten zum Vorschein zu bringen. Zu seiner eigenen Beschämung musste er sich eingestehen, dass es ihm sogar ungemein gefiel, mit dieser Lady Nadelstiche auszutauschen. Es belebte ihn geradezu. Umso ärgerlicher war es, dass sie heute Abend keine Lust dazu verspürte, erneut die Schwerter mit ihm zu kreuzen.

George langweilte sich – und das war allein ihre Schuld.

»Habt Ihr schon gehört, dass die Zigeuner auf dem Weg nach Stirling sind?«, erkundigte sich Damaris erfreut. »Anscheinend haben sie gestern Kilsyth verlassen und werden in ungefähr zwei Tagen hier sein.«

»Wie wundervoll!«, rief Lizz begeistert. »Ich wollte schon immer einen tanzenden Bären sehen.«

»Man sollte meinen, die zwei *Wölfe* von heute Nachmittag würden Euch vorerst genügen«, warf George ätzend ein.

»Wölfe«, keuchte Lord Donald entsetzt. »Ich hoffe doch sehr, dass Ihr sie nur aus der Ferne beobachten musstet.«

Lizzys Augen schleuderten Blitze, als sie sich an George wandte und mit einem zuckersüßen Lächeln erklärte: »Lord Douglas beliebt zu scherzen. Es war lediglich ein kleines Missverständnis.«

»Ein überaus kaltes«, bestätigte er boshaft.

Als ein harter Tritt sein Schienbein traf, war seine Laune plötzlich wieder bestens.

»Wie meint Ihr das, Mylord?«, wollte Damaris von ihm wissen.

»Nichts weiter«, antwortete Lizz rasch und warf ihm einen warnenden Blick zu.

»Wie gesagt, es war ein Missverständnis. Ich habe Lord Douglas' Hunde versehentlich für Wölfe gehalten und mich so sehr erschreckt, dass ich beinahe in den Fluss gefallen wäre.«

»Oh, Ihr Ärmste«, hauchte Damaris mitfühlend.

»Ja, nicht wahr«, äffte George nach und heuchelte Mitleid. »Dabei sehen meine Wolfshunde aus, als könnten sie kein Wässerchen trüben.«

Als ein neuerlicher Tritt ihn traf, war George vorbereitet. Blitzschnell packte er Lizzys Fuß und hielt ihn fest. Sie wäre vor Schreck beinahe unter den Tisch gefallen.

»Lasst das, Douglas«, zischte sie ihn aus dem Mundwinkel an, ohne ihm auch nur einen Blick zu gönnen.

»Was meint Ihr, bitte?«, fragte er mit Unschuldsmiene und hielt ihren Fuß umfangen.

Lizz errötete so heftig, dass ihr beinahe übel wurde. O Gott, wenn jetzt jemand zufällig unter den Tisch schaute, wäre ihr guter Ruf keinen Pfifferling mehr wert. Sie versuchte verzweifelt, ihren Fuß aus seinem Griff zu befreien, doch es half nichts und sie wurde immer nervöser.

»Ist Euch nicht wohl, Lady Elizabeth?«, erkundigte sich Damaris besorgt. »Ihr wirkt etwas aufgewühlt.«

Lizz zwang sich zu einem Lächeln. »Danke, mir fehlt nichts. Aber gewisse Zusammentreffen von heute würde ich liebend gern vergessen.«

Während die anderen Tischgenossen die Wolfshunde meinten, dachte Lizz dabei eher an ein zweibeiniges Ungeheuer. Im letzten Augenblick konnte sie einen entsetzten Aufschrei unterdrücken. Dieser Mistkerl massierte ihr gerade die Wade! Was musste sie sich denn noch von diesem Kerl bieten lassen?

Ihre Finger glitten nervös über die scharfen Zinken der Gabel und plötzlich trat ein kleines Lächeln auf ihre Lippen.

»Was glaubt Ihr, wird auch eine Hellseherin unter den Zigeunern sein? Ich fände es unglaublich interessant, etwas mehr über die Zukunft zu erfahren«, erkundigte sie sich bei Damaris. Ihre Hand glitt unbemerkt unter den Tisch – die Gabel ebenfalls.

Genau in dem Moment, als sie zustach, begann George wüst zu husten.

Ihr Fuß war frei!

»Habt Ihr Euch erkältet, Lord Douglas?«, erkundigte sie sich nun ihrerseits mit Unschuldsmiene. Doch anstelle seines schmerzverzerrten Gesichts sah sie, wie er gegen einen Lachanfall ankämpfte. Lizz knallte wütend die Gabel zurück auf den Tisch. Oh, dieses Ungeheuer!

»Ein heißer Whisky wirkt da Wunder«, prophezeite Lord Keith ernst.

George wartete, bis sich das Gespräch wieder vertiefte, bevor er sich leise an Lizz wandte. »Wie ich sehe, hast du deine Krallen neu gewetzt.«

Sie wischte die Gabelspitzen mit ihrer Serviette ab, als hätte sich Schmutz darin verfangen. »Das ist nicht nötig. Für einen Douglas reicht es noch allemal.«

George bekam diese Worte prompt in den falschen Hals und seine gute Laune wandelte sich mit einem Schlag in tiefen Groll. Dieses kleine Miststück prahlte auch noch mit ihren Eroberungen.

»Nur weil du dich meinem Bruder in die Arme geworfen hast, heißt das noch lange nicht, dass es auch bei mir funktioniert«, knurrte er leise.

Lizz sah ihn aufrichtig entsetzt an. »Wie kommt Ihr auf die absurde Idee, dass mir daran etwas liegen könnte?«

Zu entsetzt, fand George. »Ich bin eben ein Menschenkenner.«

Seine Überheblichkeit kannte wirklich keine Grenzen. »Ein miserabler, wie mir scheint«, gab sie ihm zur Antwort und widmete sich dem köstlich duftenden Wildbraten, der soeben aufgetragen wurde.

»Ich weiß gar nicht, weshalb ich mich überhaupt mit Euch herumärgere, Douglas. Ich möchte Euch bitten, allfällige Gespräche mit mir zu unterlassen.«

Ihre Gleichgültigkeit ging ihm langsam auf die Nerven. »Das klang ja beinahe wie eine Lady. Wie schade, dass wir beide es besser wissen.«

Lizz versteifte sich ob dieser bodenlosen Gemeinheit.

»Vielleicht solltest du wirklich mehr Zeit mit deiner

wohlerzogenen Schwester verbringen. Zumindest um den Anschein von Anstand und Sitte zu wahren.«

Lizzy zwang sich, den Weinkelch loszulassen, bevor sie diesem grässlichen Mann den Inhalt ins Gesicht schüttete.

»Ihr wisst nicht das Geringste über mich, Douglas.«

George prostete ihr spöttisch zu. »Ich habe dich schon in den Armen so vieler verschiedener Männer gesehen, dass ich weit mehr über dich weiß, als dir lieb sein dürfte.«

Woher nahm er nur all diese Lügen? Durfte man jetzt nicht einmal mehr mit einem Mann tanzen, ohne gleich dafür verdammt zu werden?

»Trinkt doch noch ein Schlückchen, bekanntlich vermag Alkohol nur einem gesunden Gehirn zu schaden. Eures ist demnach nicht in Gefahr.«

Lizz hatte endgültig genug von diesem grässlichen Menschen. Sie ignorierte ihn für die restliche Zeit des Dinners, was all ihre Konzentration benötigte.

Sie entdeckte Allan, der ungewöhnlich angespannt wirkte und sie nicht aus den Augen ließ. Ihre Wangen röteten sich beschämt. Vermutlich hatte er die Feindseligkeiten zwischen ihr und diesem Douglas mitbekommen und war nun besorgt, sie könnte eine unangenehme Szene heraufbeschwören.

Ein wenig gekränkt wegen seines mangelnden Vertrauens, schenkte sie ihm ein beruhigendes Lächeln. Sie konnte sich durchaus gebührend benehmen, wenn sie es wirklich darauf anlegte.

Das Abendessen zog sich unendlich lange dahin und die angespannte Atmosphäre schien beinahe greifbar. Endlich erkannte Lizz auch den wahren Grund und schaute sich verwirrt an der langen Tafel um. Obwohl es eigentlich üblich war, dass neben jedem Mann eine Frau als Tischnachbar saß, war heute Abend mancherorts darauf verzichtet worden. Und nicht nur dies. Es war ein ungeschriebenes Gesetz, dass man verfeindete Clane so weit wie möglich auseinander setzte, um unnötige Spannungen zu vermeiden, doch neben jedem finster dreinblickenden Drummond saß heute ein ebenso finster dreinblickender Douglas. Was hatte das zu bedeuten? Sie spähte neugierig zum König hinüber, doch auch er schien dieses Essen nicht richtig genießen zu können. Seine warnenden Blicke glitten vom einen zum anderen.

Endlich wurde die Tafel aufgehoben und die Tische für den Ball fortgeräumt. Das allgemeine Aufatmen war nicht zu überhören und das Gesicht des Königs spiegelte deutlich seinen Unmut.

Auch für Lizz endete endlich die Tortur von George Douglas' Gegenwart und sie gesellte sich zu ihrer Familie. Margarete glänzte durch ihre Abwesenheit. Sie hatte sich gleich nach der Rückkehr vom Picknick ins Bett begeben, um einer möglichen Erkältung vorzubeugen. Dieser Umstand konnte Lizz nur recht sein. Margaretes ständige Vorwürfe bezüglich des unfreiwilligen Bades und ihre schmollenden Blicke waren ihr ganz schön auf die Nerven gegangen. Doch all diese düsteren Gedanken waren vergessen, als Lizz endlich wieder in Davids Armen über das Parkett schwebte.

»Ich bin untröstlich, dass ich dich heute Nachmittag verlassen musste«, flüsterte er mit belegter Stimme und blickte ihr tief in die Augen. »Ich hoffe, du konntest das Picknick trotzdem genießen?«

Lizz schenkte ihm ein kleines Lächeln und gestand ehrlich: »Leider gab es einen Zwischenfall mit diesem Douglas, der mir die Freude daran ziemlich verdorben hat.«

Davids Griff in ihrem Rücken verstärkte sich, als ob er sie vor allem Unheil beschützen wollte. »Was hat er getan? Ist er dir zu nahe getreten? Wenn er dich in irgendeiner unziemlichen Weise belästigt hat, werde ich auf der Stelle Genugtuung von ihm fordern.«

Lizzys Herz schmolz dahin, und bevor sie es noch verhindern konnte, rutschte ihr die Frage heraus: »Würdest du das tatsächlich für mich tun?«

»Für dich würde ich den funkelndsten Stern vom Himmel pflücken, meine Liebste«, hauchte er und bedachte sie mit einem sinnlichen Lächeln.

Die Musik endete so abrupt, dass sich alle Tanzenden verwirrt umsahen. Plötzlich stürmten fünf Männer in den Farben der Douglas' quer durch den Raum. Die Menge teilte sich wie ein Meer vor den staubbedeckten Männern, die sich einen Weg zu ihrem Clanherrn bahnten.

Roberts Gesicht wirkte müde und ausgezehrt, dennoch funkelten seine Augen vor Wut, als er George Bericht erstattete. »Die Engländer sind in Canonbie eingefallen und haben das Dorf dem Erdboden gleichgemacht.«

Ein heftiges Raunen erfüllte den Saal und verbreitete die üblen Neuigkeiten bis in den hintersten Winkel.

»Wo waren meine Männer, als das geschah?«, forderte George zu wissen.

»Wir waren unterwegs nach Longtown. Jan war als Späher unterwegs und hat Feuer aus dieser Richtung gemeldet.«

»Zum Teufel mit den verdammten Engländern. Sie glauben, sie können mit uns Katz und Maus spielen.«

Der König trat zu ihnen. »Henry?«

George nickte düster, und James erkannte, dass dieser kurz vor einer Explosion stand. »Auf ein Wort, Lord Douglas. In meinen Arbeitsräumen.«

Mit diesen Worten verließ James den Saal in dem Wissen, dass George ihm folgen würde.

»Was ist geschehen?«, verlangte er zu wissen, kaum hatten sich die mächtigen Flügeltüren hinter ihnen geschlossen. George wies auf Robert, der ihnen gefolgt war, und ließ ihn das Geschehene erklären.

»Ich breche sofort auf, um mir ein eigenes Bild von dem entstandenen Schaden zu machen und das Maß an Vergeltung festzulegen«, entschied George finster und verwandelte sich vor den Augen seines Königs in einen unerbittlichen Kriegsherrn.

James nickte zustimmend. »Tut das, und zwar in aller Härte. Henry soll am eigenen Leib erfahren, was es bedeutet, ein Dorf in Schutt und Asche anzutreffen.«

Georges Gesicht glich einer versteinerten Maske. Er war kein Mann, dessen Rache lange auf sich warten ließ. ›Schlag auf Schlag‹ stand als Leitspruch in seinem Familienwappen und er hatte sich ein Leben lang daran gehalten. Dafür war er bekannt und gefürchtet. Dennoch wurde sein Vorgehen stets von Verstand und nicht von Aggressivität geleitet.

»Bei allem Respekt, mein König. Wir sind Krieger und keine Schlächter, die sich an wehrlosen Dorfbewohnern vergreifen.«

»Henry muss in seine Schranken gewiesen werden«, bestand James wütend und sein tiefer Abscheu gegen den englischen König stand ihm deutlich ins Gesicht geschrieben. George empfand beinahe Mitleid mit diesem jungen Mann. Er wusste, dass James die Hände gebunden waren. Er durfte noch nicht einmal Vergeltung üben. Ansonsten würden die Friedensverhandlungen im Keim erstickt werden.

Erneut nickte George und ein verschlagenes Lächeln umspielte seine Lippen.

»Henry wird bluten, mein König. Das verspreche ich Euch. Wie wir alle wissen, verehrt er nichts mehr als sein Gold, und genau dort werden wir ihn empfindlich treffen.«

»Was habt Ihr vor, Douglas?«, wollte James wissen.

George schüttelte knapp den Kopf: »Genaues weiß

ich erst vor Ort. In Anbetracht der Umstände ist es sowieso besser, Ihr wisst nichts von meinem Plan. Henry ist ein gerissener Hund. Er würde sofort wittern, wenn Ihr Bescheid wüsstet.«

James nickte bedächtig. »Aber vergesst nicht, George Douglas darf nicht mit der Vergeltung des schwarzen Ritters in Verbindung gebracht werden.«

»Das wird nicht geschehen«, erwiderte George gelassen.

»Nun, dann bleibt mir wohl nichts anderes übrig, als ungeduldig auf die Gerüchte über die erneuten Heldentaten eben jenes Ritters zu warten.«

George verbeugte sich knapp und schritt mit Robert an seiner Seite davon.

In seinen eigenen Räumen angekommen, wies er seinen treuen Kammerdiener Ben an, nach Mitternacht jede Stunde in den Dienertrakt hinunterzugehen, um etwas zu essen oder Wein für zwei Personen zu holen. Somit konnte Ben bei der Dienerschaft den Eindruck erwecken, dass sein Herr bereits zurückgekehrt war und nun einen amüsanten Abend mit einer Unbekannten verbrachte. Das sollte genügen, um die Gerüchteküche am Brodeln zu halten und George ein stichfestes Alibi für die frühen Morgenstunden zu verschaffen.

Zufrieden mit seinem kleinen Täuschungsmanöver wandte sich George an seinen Cousin. »Gibt es tote Engländer in Canonbie?«

Roberts Brust schwoll an vor Stolz. »Die gibt es. Jeder, der dumm genug war, um einem Schwert der Douglas' zu begegnen.«

»Das ist gut. Es ist bereits genügend Blut vergossen worden.«

»Was hast du vor?«

»Wie ich bereits sagte: Wir werden Henry dort treffen, wo es ihm wehtut.«

»Bei seinem Gold?«, erkundigte sich Robert erstaunt.

»Genau, mein Freund«, grinste George breit, holte seinen Falkenhelm und seinen schwarzen Umhang aus einem Versteck und verstaute alles in einem Lederbeutel.

»Und wie willst du ihn dazu bringen?«

Ein kaltes Lächeln zog Georges Mundwinkel nach oben. »Das wirst du schon sehen. Machen wir uns auf den Weg.«

10

Zur selben Zeit bot David Lizz den Arm und flüsterte: »Würdest du mir die Ehre erweisen und mich bei einem kleinen Spaziergang auf die Terrasse begleiten?«

Lizz ließ sich bereitwillig von ihm durch die offen stehenden Türen nach draußen führen und sog tief die frische Luft ein. Der Qualm der vielen hundert Kerzen im Ballsaal reichte aus, um dem stärksten Krieger die Tränen in die Augen zu treiben.

»Du brauchst dich nicht zu entschuldigen, David. Ich weiß, dass es Zeit für dich ist zu gehen«, erklärte Lizz leise. Stolz und Furcht verdunkelten ihre smaragdgrünen Augen, als sie tapfer hinzufügte: »Die Menschen in Canonbie brauchen nun ihren Helden.«

David stutzte nur einen Herzschlag lang, bevor er sich gekonnt in seine Rolle fügte. Seine tiefblauen Augen glänzten vor Bedauern, als er auf Lizz hinunterblickte. »Ich wusste vom ersten Augenblick an, dass du etwas ganz Besonderes bist. Nie zuvor ist mir eine Frau begegnet, die so viel Mut und Charakter besitzt wie du ...«

Seine Hand streichelte sanft über ihre Wange und Lizzys Pulsschlag beschleunigte sich. Mit jeder Faser ihres Körpers hoffte sie, dass er sie endlich küssen würde. Sie fürchtete sich so sehr davor, ihn in den Kampf ziehen zu lassen, fürchtete sich davor, ihn am Ende niemals wieder zu sehen ... Urplötzlich verspürte Lizz den unbändigen Wunsch, von seinen starken Armen umfangen zu werden. Sie wollte seine Wärme spüren, wollte, dass er ihr die Angst um ihn nahm und ihr versprach, gesund zu ihr zurückzukehren.

David zog sie mit sich fort, damit sie außerhalb der

Hörweite der anderen Pärchen waren. »Ich weiß, dass ich kein Recht dazu habe, Elizabeth, besonders nicht in einem solch ungewissen Augenblick des Abschieds. Dennoch muss ich dir mein Herz öffnen.« Er hielt kurz inne, um seine nächsten Worte richtig wirken zu lassen. »Wer weiß, ob ich jemals wieder die Möglichkeit dazu finde.«

»Sag das nicht, David«, bat Lizz betroffen.

»Als Krieger kann man sich niemals sicher sein, eine zweite Gelegenheit zu bekommen. Das ist unser Schicksal. Deshalb möchte ich …«

Er zog Lizz eng an seine Brust. »Elizabeth, bitte gestatte mir, dir den Hof zu machen. Seit ich dich zum ersten Mal gesehen habe, ist mein Herz für dich entbrannt. Allein der Gedanke, dass du auf mich warten könntest, gibt mir die Kraft, jeden Kampf zu gewinnen. Nur um dich wieder in meine Arme zu schließen. Bitte sag ja … du würdest mich zum glücklichsten Mann auf Gottes weiter Erde machen … lass mich dich umwerben.«

Er sah sie mit solch leidenschaftlich flammendem Blick an, dass Lizzys Mund sich plötzlich ganz trocken anfühlte. Niemals hätte sie ein so eindringliches Liebesgeständnis erwartet. Niemals hätte sie auch nur zu hoffen gewagt, dass er jene Gefühle für sie empfand, die auch ihr Herz bewegten. Lizz fühlte sich wie in einem wunderschönen Traum. Er liebte sie.

Sie schenkte ihm ein strahlendes Lächeln. »Ich könnte mir nichts Schöneres vorstellen.«

Er zog sie in seine Arme. »Dann wirst du auf mich warten?«

Sein glühender Blick ließ Lizz erzittern. »Ich werde für deine gesunde Heimkehr beten«, flüsterte sie atemlos.

Ihr Herz raste, als er sich unendlich langsam vorbeugte und ihre willigen Lippen mit seinem Mund bedeckte.

Sie erstarrte augenblicklich. Was war das denn? Dieser nasse Angriff hatte entschieden nichts mit den sinnlichen Küssen gemein, bei deren Erinnerung sie sich nachts ruhelos in ihrem Bett hin und her gewälzt hatte. Feucht und unangenehm träge versuchte er seine dicke Zunge in ihren Mund zu schieben. Die bodenlose Enttäuschung traf sie wie ein harter Schlag ins Gesicht. Verzweifelt versuchte sie den Anflug von Ekel zu unterdrücken, der sich gefährlich auf ihren Magen auszudehnen schien. Das waren wirklich nicht die Gefühle, nach denen sie sich gesehnt hatte.

Beinahe hätte sie aufgeatmet, als er seine Lippen von den ihren löste und sie mit einer seltsamen Mischung aus Triumph und Begehren bedachte.

»Ah, deine Lippen schmecken noch süßer als in meinen Träumen.«

Lizz brachte ein zittriges Lächeln zustande. Leider konnte sie nicht das Gleiche von ihm behaupten. Viel mehr fühlte sie sich an eine Nacktschnecke erinnert.

»Nun muss ich dich aber verlassen, meine Liebste. Meine Männer warten bereits. Wir dürfen diese englischen Bastarde nicht ungestraft davonkommen lassen.«

Er hauchte ihr einen züchtigen Kuss auf die Stirn. »Ich werde bald zurückkehren, dann werden wir beenden, was wir hier begonnen haben.«

Lizz nickte benommen, auch wenn sie nicht genau verstand, was er mit diesen rätselhaften Worten meinte.

Sie versuchte noch immer ihre Enttäuschung zu verarbeiten und starrte auf seinen Rücken, als er im Inneren des Ballsaals verschwand. Ohne sich dessen bewusst zu sein, wischte sie sich mit dem Handrücken über die Lippen.

David befand sich in bester Laune, als er die Stufen zu seinen Räumen hinauf ging. Er bedauerte zwar, dass er nun gezwungen war, sich die ganze Nacht in seinem

Zimmer aufzuhalten, doch dies war wohl der Preis, den man bezahlen musste, wenn man sich als Schottlands beliebtester Held ausgab. Ein kaltes Lächeln lag auf seinen Lippen. Wenn er ehrlich war, schmeichelte es ihm ungemein, die offene Bewunderung in Lizz' Augen zu lesen. Ein ganz neues Gefühl für ihn. Angst und Abscheu kannte er von den Gesichtern der Frauen, für die er sich jeweils interessierte, doch noch nie hatte man ihn für einen Helden gehalten. Beinahe freute er sich auf diese Heirat. Die kleine Drummond war zwar keine Schönheit, doch die Bezahlung seines Auftraggebers und ihre eigene Mitgift würden diesen Makel mehr als nur aufwiegen. Falls sie ihm dennoch irgendwann auf die Nerven ging, gab es genügend Mittel und Wege, um sie zu beseitigen.

Als Lizz den Saal wieder betrat, entdeckte sie ihre Mutter in Gesellschaft von Lord Hamilton. Sie standen etwas abseits und schienen sich über irgendetwas zu streiten; erstaunlich, wenn man bedachte, dass ihre Mutter sich niemals in der Öffentlichkeit zu einer unziemlichen Gefühlsregung hinreißen ließ. Lord Hamilton redete ununterbrochen auf sie ein. Als sie energisch den Kopf schüttelte, fiel ihr Blick auf Lizz. Ohne sich zu verabschieden, wandte sie Lord Hamilton den Rücken zu und trat an Lizzys Seite.

»Wo warst du bloß? Ich musste bereits an die zehn tanzwütige Gentlemen vertrösten, da ich dich nirgends finden konnte.«

»Entschuldige bitte, Mama«, erwiderte Lizz mechanisch. Sie fing den unversöhnlichen Blick von Lord Hamilton auf, der noch immer ihrer Mutter nachstarrte.

»Du scheinst den alten Hamilton aber sehr verärgert zu haben«, bemerkte Lizz mit verwirrt gefurchter Stirn.

Lady Drummond zuckte jedoch nur gleichmütig mit

den Schultern. »Nicht zum ersten Mal. Der Kerl weiß einfach nicht, wann es an der Zeit ist aufzugeben.«

»Was wollte er denn?«

»Einen Tanz mit mir«, erklärte sie schlicht, doch an den ärgerlich zusammengepressten Lippen erkannte Lizz, dass mehr dahinter stecken musste.

»Weshalb hast du ihm einen solchen verwehrt?«, wollte Lizz neugierig wissen.

»Weil ich wahrlich keine Lust dazu habe. Aber nun zu dir. Wo warst du nur?« Plötzlich bildete sich eine steile Falte auf Lady Drummonds Stirn und ihre Augen nahmen einen besorgten Ausdruck an.

»Du bist ja ganz blass, Kind. Ist etwas geschehen?«

Lizz schüttelte den Kopf, um gleich darauf wieder zu nicken. »Lord Flemming hat mich gebeten, mit ihm einen kleinen Spaziergang an der frischen Luft zu machen.«

»Du bist doch nicht etwa allein mit ihm hinausgegangen«, fragte Lady Drummond schockiert.

»Als ob man in diesem Schloss irgendwo allein sein könnte.«

»Was hat er denn gewollt?« Der seltsam bedrückte Gesichtsausdruck ihrer jüngsten Tochter irritierte sie. »Ich hoffe doch sehr, er hat sich als Gentleman erwiesen.«

Lizz nickte ruckartig. »Er … er hat sich mir erklärt und mich um meine Erlaubnis gebeten, damit er mir den Hof machen darf.«

Lady Drummond klatschte begeistert in die Hände. »Das ist ja wunderbar, mein Täubchen. Ich freue mich so für dich.« Sie hielt etwas verwirrt inne. »Im Gegensatz zu dir, wie mir scheint. Ich dachte, du bist in ihn verliebt? Stimmt etwas nicht?«

Lizz schüttelte rasch den Kopf. »Natürlich bin ich überglücklich. Ich glaube, ich bin nur ein wenig durcheinander.«

Ihre Mutter lächelte verständnisvoll. »Dazu hast du auch allen Grund, mein Kind. Schließlich ist es dein erster Heiratsantrag. Du bist wirklich schrecklich blass, Liebes. Geh früh schlafen, morgen ist auch noch ein Tag.«

11

Lizz lag zwischen den Kissen in ihrem Bett und starrte ärgerlich zur Decke hoch. Der Schlaf wollte sich partout nicht einstellen. Sie war schrecklich aufgewühlt und das bittere Gefühl der Enttäuschung verwirrte und ärgerte sie zugleich. Wie konnte sie sich nur so dumm benehmen? Was sollten all diese Zweifel? In ihrer Empörung über diesen missratenen Kuss war sie sogar so weit gegangen, sich zu fragen, ob David und der schwarze Ritter nicht doch verschiedene Personen waren. Welch ein Unsinn. Sie wusste doch genau, dass David zu dieser Stunde unterwegs nach Canonbie war, um den Überfall zu vergelten. Lizzys gefurchte Stirn glättete sich. Natürlich. Das musste es sein! David war mit seinen Gedanken vermutlich bereits bei den Engländern gewesen. Deshalb war sein Kuss auch so gefühllos ausgefallen. Ja, das musste der Grund sein, entschied Lizz erleichtert. Beim nächsten Mal würde sie darauf achten, dass er nicht abgelenkt war. Als sich erneut leise Zweifel meldeten, starrte Lizz wütend zur Wand über ihrem Bett.

Das war ja wieder einmal typisch. Gerade jetzt, wo sie so begierig darauf war, sich mit diesem Douglas zu streiten, dachte dieser natürlich nicht im Traum daran, ihr den Gefallen zu tun.

Sie wälzte sich im Bett von einer Seite auf die andere. Ihr Körper brannte und eine unbekannte Sehnsucht tief in ihr ließ den Schlaf in immer weitere Ferne rücken.

Weder ihr Geist noch ihr Körper fanden sich bereit, die Erinnerung an den ersten Kuss in den Armen des schwarzen Ritters endlich zu tilgen. Der dunkle, melodiöse Klang seiner flüsternden Stimme blieb ihr ebenso gegenwärtig wie die fordernde Leidenschaft seiner Lippen. In seinen starken Armen war ihr junger Körper zu neuem Leben erwacht.

Lizz stöhnte hörbar auf. »Es hat doch keinen Sinn.«

Sie hatte keine Ahnung, wie spät es war, als sie sich wieder erhob, ihr Kleid überstreifte und ihr Gemach verließ. Sie benötigte dringend frische Luft, um ihre Gedanken neu zu ordnen.

Lizz wagte es nicht, den Hauptkorridor zu nehmen, da sie keinesfalls entdeckt werden wollte. Deshalb hielt sie Ausschau nach einem der verborgenen Dienstbotenaufgänge, von denen Mary ihr berichtet hatte. Einer musste sich hier ganz in der Nähe befinden. Lizz schob den roten Samtvorhang beiseite. Dahinter verbarg sich eine dunkle Nische. Als sie die schmale Türe gefunden hatte, stieg sie vorsichtig die steilen Stufen hinunter. Nach wenigen Metern bereute sie ihren Entschluss bereits. Falls sie geglaubt hatte, die endlosen Korridore im Gästeflügel wären bereits verwirrend, so fand sie sich jetzt in einem wahren Labyrinth von steilen Stiegen, engen Gängen und schmalen Pforten wieder. Der unangenehme Geruch nach feuchtem Gestein und abgestandener Luft wurde immer schneidender, je weiter sie sich vorwagte. Gerade als sie um die nächste Ecke biegen wollte, öffnete sich eine Tür. Lizz wich rasch in den Schatten zurück und horchte auf, als sie das verzweifelte Schluchzen einer Frau vernahm, die aus der Kammer trat. Ein älterer Diener legte ihr beruhigend den Arm um die Schultern. Auch sein Gesicht war gezeichnet von Schmerz und Hoffnungslosigkeit. »Du weißt doch, dass wir nichts dagegen unternehmen können.«

»Aber sie ist unsere Tochter!«, schluchzte die Frau. »Wie kann Gott nur so grausam sein und zulassen, dass unser eigen Fleisch und Blut solche Qualen durchleiden muss?«

»Nicht Gott hat unsere Amelie vergewaltigt, sondern

einer dieser blaublütigen reichen Bastarde von oben«, erklärte der Mann voller Pein.

»Er hat sie so schlimm verletzt, dass sie wohl niemals eigene Kinder haben wird. Wie soll ich ihr das nur erklären?«, schluchzte die Mutter untröstlich. »Kinder waren doch immer Amelies sehnlichster Wunsch.«

Die beiden entfernten sich mit schleppenden Schritten und Lizz erhaschte einen Blick in die Kammer, bevor sich die Tür von innen schloss. Tränen des Mitleids füllten ihre Augen, als sie ein zierliches, blasses Mädchen auf einem Strohsack erblickte. Der reglose Körper war von einem Laken verhüllt und die weit aufgerissenen Augen blickten starr und teilnahmslos zur Decke. Ihr junges Gesicht war von hässlichen Blutergüssen entstellt, die von brutalen Schlägen zeugten. Nur das leise Wimmern verriet, dass noch Leben in diesem geschundenen Körper steckte.

Lizz hielt sich die Hand vor den Mund, um einen entsetzten Aufschrei zu unterdrücken. Was für eine Bestie konnte diesem Mädchen solches Leid zugefügt haben?

Sie war nicht so naiv zu glauben, dass dies ein Einzelfall war. Auch in Stobhall Castle hatten früher solche Übergriffe auf die wehrlosen Dienstmägde stattgefunden. Deshalb vermied sie es auch aufs Peinlichste, ihren Gästen junge Mädchen als Bedienstete zu schicken, sondern zog es vor, ihnen ältliche Mägde oder gar männliche Diener zur Seite zu stellen.

Tief berührt von dem eben Erlebten huschte Lizz weiter durch die engen Gänge, bis sie endlich eine schmale Pforte zum Garten fand.

Lizz atmete erleichtert auf. Sie hatte einen Ausgang in die Gartenanlagen gefunden, die sich unweit der Ställe befanden. Einen Augenblick lang zögerte sie. Sie konnte nur hoffen, dass niemand sie entdeckte. Es war ihr mit Sicherheit nicht gestattet, nachts und zudem allein in den Gärten herumzuspazieren. Dennoch wollte sie nicht kehrtmachen. Sie hob den Blick gegen den Nachthimmel. Bis zum Vollmond dauerte es gewiss noch eine Woche, und das blasse Licht der Sterne reichte kaum aus, um mehr als schemenhafte Umrisse zu erkennen. Lizz straffte entschieden die Schultern und trat aus dem Schatten der Mauer in den Garten hinaus. Gemächlich machte sie sich auf den Weg zu den Ställen.

Die kühle Brise wirkte wie Balsam auf ihr erhitztes Gemüt. Sie machte sich ernstliche Sorgen um ihren Verstand. Weshalb war es ihr nicht möglich, Davids Küsse ebenso zu genießen wie die des schwarzen Ritters? Es war doch ein und derselbe Mann – dieselben Lippen, die sie berührten. Lizz schalt sich selbst eine Närrin und versuchte sich einzureden, dass sich die Küsse des schwarzen Ritters nur deshalb aufregender und prickelnder angefühlt hatten, weil er so geheimnisvoll gewesen war. Es war der Zauber des Augenblicks gewesen, der in ihr diese leidenschaftliche Reaktion hervorgerufen hatte. Die Plötzlichkeit dieser neuen Empfindungen, die sie in seinen Armen hatte erbeben lassen … Sie allein traf auch die Schuld an ihrer Enttäuschung. Sie hatte ihre Erwartungen ganz einfach zu hoch gesetzt. So hoch, dass kein sterblicher Mann ihnen gerecht werden konnte. Auch David Flemming nicht – und schließlich liebte sie ihn von ganzem Herzen. Sie hatte sich am ersten Abend in jenem Stall in ihn verliebt. Vielleicht war dies auch der Grund, weshalb es sie heute Nacht erneut in einen Stall zog. Sie versuchte verzweifelt, jene herrlichen Gefühle wieder hervorzulocken.

Leise schlüpfte sie durch den schmalen Spalt der offen stehenden Tür in den Pferdestall. Ein junger Bursche schlief sitzend und mit hängendem Kopf auf einem Schemel und schnarchte in beeindruckender Lautstärke. Links von ihm erhellte eine dicke Kerze auf einem aufgestellten Fass den Raum. Lizz versuchte sich an ihm vorbeizuschleichen, doch schon beim ersten Schritt fuhr der Junge hoch.

»Mylady?« Er sah sie schlaftrunken an. »Kann ich Euch behilflich sein?«

Falls er sich wunderte, was eine junge Lady mitten in der Nacht in einem Stall zu suchen hatte, ließ er es sich nicht anmerken.

Lizz schenkte ihm ein verlegenes Lächeln. »Nein, danke. Ich wollte nur noch einmal nach meiner Stute sehen. Sie war heute reichlich nervös.«

»Heute Abend sind alle ganz ruhig«, versicherte der Bursche eifrig.

»Das glaube ich dir. Hast du vielleicht noch eine zweite Kerze, damit ich mich selbst davon überzeugen kann?«

Er nickte leicht beleidigt und kramte eine kleine Laterne hervor. »Hier, bitte.«

Lizz bedankte sich, lehnte seine Begleitung jedoch entschieden ab. Gemütlichen Schrittes leuchtete sie jede Box auf der Suche nach Lady Lou ab. Dabei machte sie einen großen Bogen um einen kleinen Hund, der vollauf damit beschäftigt war, sich hingebungsvoll zu kratzen.

»Ich hasse Flöhe«, murmelte sie angewidert und ging eilig weiter. Kein Wunder, dass es hier so ruhig war, die meisten Pferdeboxen standen leer. Auch der massige schwarze Hengst von George Douglas fehlte. Das erklärte wohl, weshalb Lizz keine Geräusche aus dem Nebenzimmer vernommen hatte.

Sie beneidete die Männer, die nach Lust und Laune kommen und gehen konnten; eine Freiheit, die man den Frauen natürlich verbot. Lizz wollte gerade weitergehen, als ein kleines grünes Stück Stoff ihre Neugier weckte. Vermutlich wäre es ihr nicht weiter aufgefallen, wenn man sich nicht offensichtlich Mühe gegeben hätte, es dort zu verstecken. Es lag unter einigen Decken verborgen und nur ein Zipfelchen lugte heraus. Lizzy zog es vorsichtig hervor. Es war ein grün-blauer Plaid mit einer silbernen Spange: dem Herzen der Douglas.

»Soso, dieser elende Douglas zieht es also vor, unerkannt die Gasthöfe unsicher zu machen«, murmelte Lizz leise vor sich hin. Ein boshaftes Grinsen breitete sich auf ihrem Gesicht aus. Margarete wäre bestimmt entsetzt über diesen kleinen Rachefeldzug. Doch das war ihr einerlei. Schließlich war es nicht die Wade ihrer Schwester gewesen, die dieser unverschämte Kerl beim Dinner massiert hatte. Sie errötete erneut bis zu den Zehenspitzen. Dieser Mistkerl verdiente nichts Besseres. Lizz schürzte die Lippen und drehte sich mit dem Plaid in der Hand zu dem kleinen Hund um, der sich noch immer kratzte.

»Ach, mein Kleiner. Sag bloß, du wirst von lästigen Flöhen geplagt.« Ihr Grinsen konnte nur mehr als teuflisch bezeichnet werden. »Komm her, Hündchen, ich werde dir einige davon abnehmen.«

Der sanften Stimme folgend, trottete der Hund an ihre Seite. Lizzy rieb ihm mit kräftigen Bewegungen den Plaid über den Rücken. Sollte sich der elende Douglas doch mit den Flöhen herumärgern.

Der Morgen graute bereits, als George mit seinen Männern nach Stirling Castle zurückkehrte. Er war erschöpft, und da er sich im kalten Flusswasser den Ruß und das Blut der heutigen Nacht abgewaschen hatte, fror er erbärmlich. Müde strich er sich das feuchte Haar aus dem Gesicht. Alles, wonach er sich jetzt noch sehnte, waren die warmen Arme einer willigen Frau und ein paar Stunden Schlaf. Der Schaden in Canonbie war nicht halb so schwerwiegend gewesen, wie sie zuerst gedacht hatten. Einige abgebrannte Häuser und niedergetrampelte Felder, doch tote Schotten waren kaum zu beklagen. Seine Männer hatten gute Arbeit geleistet.

Gemeinsam ritten sie zu den Ställen und übergaben ihre Pferde den Stallknechten.

Georges Blick glitt unbewusst zu dem beleuchteten Fenster im zweiten Stockwerk. Nur in ein weißes Nachthemd und ein wollenes Schultertuch gehüllt, stand eine junge Frau wartend dort oben. Dunkles, hüftlanges Haar umrahmte ihre schlanke Gestalt wie eine Wolke. Lizz …

George blieb mitten im Hof stehen und schaute zu ihr hinauf. Er vermochte es nicht, seine Augen von ihr abzuwenden. Nach all dem Gräuel und dem Blutvergießen der letzten Stunden erschien sie ihm wie ein zauberhaftes ätherisches Wesen. Hatte sie auf ihn gewartet? George war nicht so dumm, dies tatsächlich zu glauben, und doch … Der Gedanke barg einen sanften Trost in sich.

Ihre Blicke kreuzten sich und hielten sich sekundenlang fest. George konnte nicht anders, er begann plötzlich zu lächeln, als eine sonderbare Wärme sich in seiner Brust ausbreitete »Was für ein neugieriges kleines Weibsbild du doch bist, Kätzchen.«

»Hast du vor, hier Wurzeln zu schlagen Mann?«, murrte Robert missmutig, während er sich den Plaid überwarf, den er im Stall versteckt hatte, und den übrigen Männern ins Schloss folgte.

Als George erneut zum Fenster hinaufsah, war das Licht erloschen. Den seltsamen Stich der Enttäuschung konnte er sich selbst nicht erklären.

Er rieb sich müde über das Gesicht, während er die Stufen zu Isabellas Gemach hochstieg. Als er jedoch vor ihrer Tür stand, hielt er plötzlich inne. Eigentlich verspürte er keinerlei Lust auf sie. Weder auf ihren üppigen Körper noch auf ihre absurden Spielchen. Wenn er ehrlich war, schien sie ihm in letzter Zeit sowieso entschieden an Reiz verloren zu haben. Irgendwie war sie … verblasst. George zog nachdenklich die

Stirn in Falten. Er konnte es beim besten Willen nicht anders ausdrücken. Ihr Haar war so hellblond, die Haut fast durchschimmernd vor Blässe ... George wandte sich kopfschüttelnd ab und ging in sein eigenes Gemach.

12

Eine kaum enden wollende Karawane von bunt bemalten Planwagen, dressierten Hunden, Ponys und Artisten strömte durch die Burgtore von Stirling Castle und versetzte die Hofgesellschaft in helle Freude. Die Zigeuner waren da! Innerhalb weniger Minuten hatten sie ihre Stände im Hof aufgebaut und hielten ihre Waren feil.

Die Lebensfreude und die Begeisterung der Zigeuner waren ansteckend und berauschend zugleich. Sie hatten ihre eigene Musik, deren feurige Rhythmen und Tanzschritte wahrhaft erotisierend und äußerst aufregend wirkten. Wann immer die Zigeuner auftraten, war garantiert, dass die Luft vor Erregung und Gelächter vibrierte.

Auf Stobhall Castle waren Zigeuner leider nie willkommen gewesen, da Lizzys Vater sie allesamt als Langfinger und Halsabschneider verdammte. So brannten Lizz und Annabella nun geradezu darauf, dieses *verbotene* Volk näher in Augenschein zu nehmen.

»Komm, Lizz, ich möchte unbedingt bei der Wahrsagerin vorbeischauen«, rief Annabella entzückt und eilte, so schnell es die Schicklichkeit erlaubte, durch die Menge. Lizz folgte ihr lachend und ihre Wangen röteten sich vor Aufregung. Sie waren die Ersten, die Old Pegs Wohnwagen aufsuchten. Die alte, faltige Wahrsagerin winkte die beiden Mädchen mürrisch herein, und während Annabella sich rasch an den kleinen Tisch mit der Kristallkugel setzte, um sich die Zukunft deuten zu lassen, sah sich Lizz in dieser seltsamen kleinen Welt um. Die Wände waren in dramatischem Rot und Schwarz bemalt, und von der Decke hingen getrocknete Gräser und Kräuter herab, die eigenartig durchdringende Düfte verströmten. In den hölzernen Regalen standen Flaschen, Schüsseln und Kästchen mit seltsamen Pulvern, Flüssigkeiten oder getrockneten Körperteilen von Tieren.

»Lizz, hast du gehört, ich werde bald meinen Traummann finden und ihn heiraten. Sein Name beginnt mit einem W, ist das nicht aufregend? Wir werden fünf Kinder haben! Fantastisch, nicht wahr?«

Lizz nickte lächelnd. Sie hielt nicht viel von Wahrsagerei. Meist bekam man sowieso nur das zu hören, was man hören wollte. Liebe, Glück und ein langes Leben. Vermutlich war sie einfach zu nüchtern, um an solchen Hokuspokus zu glauben.

»Ihr seid dran, Lady«, schnarrte Old Peg und starrte sie aus schwarzen, durchdringenden Augen an.

Lizz schüttelte den Kopf. »Ich weiß nicht. Vielleicht möchte ich meine Zukunft doch lieber im Verborgenen halten.«

»Ach komm schon, Lizz«, drängelte Annabella. »Es ist so aufregend! Lass uns sehen, wer von uns zuerst einen Ehemann ergattert.«

Noch vor wenigen Tagen hätte Lizz ihre Schwester ausgelacht und erklärt, dass sie es damit wahrlich nicht eilig hatte. Doch die Umstände hatten sich geändert. Nun hatte sie David kennen gelernt.

»Na schön«, gab sie sich geschlagen und setzte sich Old Peg gegenüber an das Tischchen. Geduldig wartete sie darauf, dass diese einen ernsten Blick in die Kristallkugel tat und mit düsteren Ausrufen begann. Old Peg tat jedoch nichts dergleichen. Sie griff wortlos nach Lizzys linker Hand und vertiefte sich in die vielen kleinen Linien. Danach nahm sie einen Stapel seltsam bemalter Karten und legte diese vor sich auf den Tisch. Das anhaltende Schweigen zerrte plötzlich an Lizzys Nerven.

»Die Zukunft scheint ja nicht gerade rosig auszusehen«, versuchte sie Old Peg zum Reden zu bringen.

»Es ist dein Stolz, der dir im Weg steht«, begann die alte Frau ernst. »Fehlgeleitet wird er dir großes Leid bringen.«

»Das hört sich aber gar nicht gut an«, ließ sich Annabella bedrückt vernehmen.

Old Peg zeigte mit einem krummen Finger auf die erste Karte. »Der schwarze Reiter wird deinen Weg erneut kreuzen. Ihm gehört dein Herz, doch du liebst den Falschen.«

»Ach«, sagte Lizz, verwirrt darüber, dass sich der schwarze Reiter so leicht in den schwarzen Ritter abwandeln ließ.

Old Peg starrte ihr eindringlich in die Augen. »Hüte dich vor der Vergangenheit eines Nahestehenden. Dort wurde die üble Saat gesät, die nun heranwuchert und Früchte trägt.«

Das klang ja beängstigend. Lizz schalt sich jedoch sogleich eine Närrin. Old Peg wollte ihr nur eine Lektion erteilen. Vermutlich hatte die alte Frau bemerkt, dass sie nicht an diesen Schwachsinn glaubte, und nun versuchte sie ihr mit diesen düsteren Prophezeiungen Angst einzujagen.

»Werde ich denn wenigstens heiraten, bevor diese üble Saat mein Leben zerstört?«

»Also wirklich, Lizz«, schalt Annabella sie leise.

Old Peg erhob sich mit düsterem Blick. »Genieß die Zeit auf Stirling Castle. Noch vor Ablauf dieser Woche wirst du einem Ehemann verpflichtet sein.«

Das war ja allerhand!

Lizz legte der alten Frau eine Münze in die Hand und verließ kopfschüttelnd den Wagen. Welch ein Unsinn! Ihre Zukunft konnte unmöglich von irgendwelchen albernen Pappkarten beeinflusst werden.

Annabella eilte ihr mit besorgtem Blick nach. »Mach

dir keine Gedanken, Lizz. Vielleicht ist ja David derjenige, den du noch diese Woche heiratest.«

Lizz lachte leise auf. »Du glaubst diesen Schwachsinn doch nicht wirklich, oder?«

Als Annabella betreten schwieg, hakte sich Lizz bei ihr unter und erklärte heiter: »Überleg doch mal. Niemand kann innerhalb von nur fünf Tagen heiraten. Allein das kirchliche Aufgebot dauert mindestens drei volle Wochen.«

»Wenn du meinst ...«

»Na komm, Schwesterchen, genießen wir doch einfach den Nachmittag.«

Annabella nickte und fand bald wieder zu ihrer übersprudelnden Freude zurück. Sie war im Geheimen entzückt von den überaus attraktiven, braungebrannten Zigeunermännern. Verträumt schlenderte sie mit Lizz durch die Massen und ließ sich bereitwillig vom Strom mitreißen.

Während die Männer sich interessiert die verschiedenen Messer ansahen, zog es die Damenwelt eher zu den kleinen Ständen, die auf der anderen Seite aufgebaut worden waren. Dort gab es eine Fülle von Haarbändern, Schmuck, farbenfrohen Schals und kleinen Parfumfläschchen zu bestaunen.

Annabella ließ es sich natürlich nicht nehmen, gleich ein paar Dinge zu erstehen. Lizz wartete etwas abseits und sah sich um. Ihr Blick wurde von einer jungen, bildschönen Frau angezogen, die auf der kleinen Plattform ihres Planwagens stand. Wie alle Zigeunerfrauen trug sie eine blütenweiße Bauernbluse und einen weiten roten Rock. Ihre langen schwarzen Haare hatte sie mit einem bunten Band zurückgebunden, was ihre stolzen Gesichtszüge deutlich hervorhob.

Lizz war sich sicher, noch nie eine schönere Frau gesehen zu haben. In all diesem Trubel barg ihre Reglosigkeit beinahe etwas Mystisches. Die junge Frau strahlte eine sonderbare Schwermut aus, die Lizz ungewöhnlich tief berührte. Sie war so ernst, beinahe andächtig. Sie stand einfach reglos da und blickte zu den Baumkronen hinauf. Ganz so, als erwarte sie irgendein für alle anderen unsichtbares Zeichen.

»Sieh doch, Lizz, ist dieses Blau nicht einfach herrlich?«, rief Annabella erfreut und zeigte stolz ihr soeben erstandenes Schultertuch.

Als Lizz den Kauf gebührend bewundert hatte, schaute sie wieder zu der jungen Zigeunerin hinüber. Die kleine Plattform war leer.

Lizz summte eine fröhliche Melodie vor sich hin, die sie bei den Zigeunern gehört hatte, und genoss die Ruhe, die sie in dem langen Korridor willkommen hieß. Sie freute sich ungemein auf den heutigen Abend. James hatte versprochen, dass er sich etwas ganz Besonderes einfallen lassen würde.

Lizz war kaum zehn Schritte von ihrer Tür entfernt, als sie plötzlich mitten im Schritt verharrte. Was war denn das gewesen? Sie blickte sich verwirrt um, doch der Korridor war menschenleer. Nur die Fackeln in den Wandhalterungen warfen züngelndes, warmes Licht an die mit Wandteppichen verkleideten Wände. Da war es wieder. Ein leises, verzweifeltes Schluchzen. Es kam aus einiger Entfernung.

»Bitte, Mylord, so lasst mich doch gehen«, flehte eine weinerliche Frauenstimme.

»Ich werde dich Demut lehren, Dirne. Dein Körper ist voller Sünde. Schenk ihn mir und du wirst erlöst werden«, drohte eine Männerstimme.

Im selben Moment begriff Lizz, was hier vor sich ging, und blinde Wut stieg in ihr hoch. Amelies geschundener Körper tauchte wie eine Warnung vor ihrem geistigen Auge auf und sie verfluchte die elende Lüsternheit aller Männer. Einer dieser blaublütigen reichen Bastarde von oben, wie Amelies Vater den Adel bezeichnete, versuchte also seine Macht an einem hilflosen Mädchen zu missbrauchen. Tiefer Groll und Scham erfassten Lizz. In ihren Augen war der Adel dazu verpflichtet, seinen Untergebenen beizustehen und sie zu beschützen. Und genau das würde sie auch tun.

Ein erneutes Schluchzen erklang, gefolgt von einem hässlichen Geräusch, das von einer derben Ohrfeige zeugte.

»Lass das, du Bastard«, rief Lizz wütend, hob die Röcke und eilte dem Geräusch entgegen. Wild entschlossen, diesem Wüstling eine Strafpredigt zu halten, die er so bald nicht wieder vergessen würde, riss sie einen roten Vorhang nach dem anderen beiseite.

»Zeig dich, du Feigling«, rief sie und ihre Angst wuchs mit jeder Sekunde, die verstrich. Sie musste dem Mädchen helfen! Wenn sie nun zu spät käme …

Keine zehn Schritte vor sich entdeckte Lizz eine ruckartige Bewegung hinter einem der Vorhänge. Kaltes Entsetzen erfasste sie, als sie ein leises Röcheln vernahm, ganz so, als versuchte jemand verzweifelt, nach Atem zu ringen.

Ohne nachzudenken, riss Lizz den besagten Vorhang bei Seite. »Lass augenblicklich das Mädchen in …«

Weiter kam sie nicht. Beinahe im selben Moment spürte sie etwas Hartes gegen ihre Brust schlagen. Ihr wurde ein so harter Stoß versetzt, dass sie quer durch den Korridor an die gegenüberliegende Wand prallte. Ein Schrei gellte auf, und durch den dichten Nebel des gleißenden Schmerzes erkannte Lizz, dass es ihr eigener war. Dann wurde es dunkel und sie sank bewusstlos zu Boden.

13

George verharrte mitten im Schritt. Gelähmt vor Entsetzen musste er mit ansehen, wie ein zierlicher Frauenkörper mit voller Wucht gegen die harte Mauer prallte. Angst und Schmerz mischten sich in ihrem erstickten Schrei, bevor sie in einer Wolke aus gelbem Samt zu Boden sank. Die darauf folgende Stille ließ ihm das Blut in den Adern gefrieren.

»Was, zum Teufel …« Mit langen Schritten eilte er zu der reglosen Gestalt und kniete neben ihr nieder. Vorsichtig drehte er die bewusstlose Frau auf den Rücken und mit einem Mal fühlte er einen kalten Klumpen in seiner Magengrube.

»Lizz?!«

Sie rührte sich nicht.

»Die Lady wollte mir zu Hilfe kommen«, schluchzte ein junges Mädchen verzweifelt und trat mit angstgeweiteten Augen aus der dunklen Nische hervor. »Sie wollte mir doch nur helfen …«

George registrierte die roten Würgemale um den schlanken Hals der Magd und nickte schweigend.

»Ist sie … Um Himmels willen, die Lady ist doch nicht …« Reines Entsetzen sprach aus ihrem kalkweißen Gesicht.

»Sie ist bewusstlos«, beruhigte George sie finster. »Anscheinend hat sie mehr Glück als Verstand. Hilf mir, sie in meine Räume zu bringen,« befahl er dem Dienstmädchen und hob Lizz vorsichtig auf seine Arme. Sie war erschreckend blass.

Das Mädchen eilte ihm voran und hielt die Tür auf.

»Was ist denn das?«, wollte Robert Douglas erstaunt wissen, als er die bewusstlose Frau in Georges Armen erblickte. Er erhob sich gelassen und trat neugierig näher. »Seit wann musst du deine Frauen niederschlagen, um sie in dein Bett zu bekommen?«

George legte Lizz behutsam auf sein breites Bett. »Das ist jetzt wirklich nicht der richtige Augenblick für dumme Scherze, Rob«, warnte er ihn mit verschlossener Miene.

Er wagte es nicht, seinen Freund anzusehen, da er sich nicht sicher war, was dieser in seinen Augen lesen würde.

»Ist das nicht die kleine Nervensäge von nebenan?«, fragte Rob mit ärgerlich umwölkter Stirn. Er hatte ihr die Drohung mit dem Nachttopf noch immer nicht verziehen. »Was ist geschehen? Hat ihre eigene boshafte Zunge sie das Bewusstsein gekostet?«

Ein Muskel zuckte in Georges Wange. »Jemand hat sie niedergeschlagen.«

Roberts Lippen verzogen sich zu einem spöttischen Lächeln. »Kein Wunder. Eine solche Furie hat bestimmt nicht viele Freunde.«

»Das ist nicht wahr!«, entfuhr es dem Dienstmädchen aufgebracht. »Lady Drummond ist immer sehr freundlich zu uns Bediensteten und sie ist äußerst großzügig. Sie hat sogar nach einem Arzt für Amelie geschickt und auch mir wollte sie helfen!«

George hatte die junge Magd ganz vergessen. Sie war sehr schlank, mit großen braunen Augen und rotem Haar. »Wie heißt du, Mädchen?«

»Bess, Mylord. Ich heiße Bess.«

»Gib mir die Waschschüssel und einen Lappen, Bess, und dann erzähl mir, wer diese Amelie ist und was sich zugetragen hat.«

Froh darüber, dass sie sich endlich nützlich machen konnte, kam Bess seiner Aufforderung umgehend nach. Sie erklärte ihm, was Amelie zugestoßen war.

»Wenn Lady Drummond nicht eingegriffen hätte …«

Unfähig, den Satz zu vollenden, schüttelte sie verzweifelt den Kopf.

Georges Besorgnis wuchs mit jeder Minute, die verstrich. Weshalb kam Lizz nicht endlich zu sich? »Rob, geh und hol einen Arzt. Sie ist schon zu lange bewusstlos. Vielleicht ist es doch schlimmer, als ich vorerst annahm.«

Da George Lizz nicht aus den Augen ließ, entging ihm der beunruhigte Blick seines Freundes.

»Ich glaube, ich habe McGregor im Kartenzimmer gesehen …«

Georges Kopf zuckte zu ihm herum. »Bist du verrückt? Dem Kerl würde ich nicht einmal eines meiner Rinder anvertrauen. Hol Holester, der versteht wenigstens etwas von seinem Handwerk.«

»Wie du meinst.«

Als Robert das Zimmer verließ, wandte sich George wieder an das Dienstmädchen. »Weißt du, wer dich angegriffen hat?«

»Nein, Mylord. Ich konnte ihn nicht erkennen. Es war zu dunkel.«

George nickte nachdenklich. Das half ihm auch nicht weiter. »Und Amelie?«

Erneut schüttelte Bess den Kopf. »Sie hat seither kein einziges Wort mehr gesprochen.« Sie dachte nach. »Aber der Mann hat etwas sehr Seltsames gesagt. Er meinte, bald würde er die Saat des Teufels ausmerzen und endlich Frieden finden. Es klang jedoch nicht so, als ob er mich damit meinte.«

Georges Lippen pressten sich zu einem grimmigen Strich zusammen. Es gab nur einen, der solche Reden schwang – McDerrel. Verdammt, deshalb konnte er diesen Bastard in ganz Berwick nirgends aufspüren. Der Kerl hatte sich also nach Stirling verkrochen. *Diesmal wirst du mir nicht entkommen, falscher Priester,* schwor sich George in Gedanken.

Zu Bess gewandt, meinte er: »In Ordnung. Du kannst jetzt gehen.«

Als sie endlich allein waren, blickte George auf Lizz hinunter. Er vermochte sich beim besten Willen nicht gegen den leisen Groll auf sie zu wehren. Wie konnte sie nur so unvorsichtig sein? Dachte sie denn überhaupt nicht an ihre eigene Sicherheit? George tastete sorgfältig ihren Körper nach eventuellen Verletzungen ab, konnte jedoch keine finden. Die weichen Rundungen unter seinen Fingern ließen seine Lenden fast augenblicklich schwer vor Verlangen werden und sein Gesicht verfinsterte sich noch mehr. Dies war wohl kaum der richtige Zeitpunkt für solche Gefühle.

Er zwang seine Gedanken in andere Bahnen. Ihr zukünftiger Ehemann tat ihm jetzt schon Leid. Dieses Weibsbild vor dem eigenen Mut zu beschützen würde wohl jeden Mann innerhalb kürzester Zeit in den Alkohol treiben.

»Du dummes Ding«, flüsterte er leise und strich zärtlich eine dunkelrote Locke aus Lizzys Stirn. Er sah, dass seine Hand zitterte. Es war wirklich ein verdammt seltsames Gefühl, sich um jemanden zu sorgen – und das tat er, wie er ungläubig feststellte. Die Hilflosigkeit und das schmerzliche Bangen, die mit diesem Gefühl einher gingen, verwirrten und ärgerten ihn gleichermaßen. Seit seine Mutter gestorben war, hatte er nicht mehr so empfunden. Die Tatsache, dass ausgerechnet dieses Drummond-Mädchen solche Regungen in ihm hervorrief, gefiel ihm ganz und gar nicht.

Warum kam sie nicht endlich zu sich? Seine Beunruhigung wuchs mit jeder Sekunde, die er auf ihr blasses Gesicht hinunterblickte. Er konnte nur hoffen, dass sie keine inneren Verletzungen davongetragen hatte. Sie wirkte so unglaublich zerbrechlich, dass es ihm die Brust zusammenschnürte.

Endlich! Er spürte, dass sie sich sachte bewegte. Lizz

stöhnte leise auf, dann hoben sich flatternd ihre Lider. Smaragdgrüne Augen mit kleinen Goldpünktchen schauten verwirrt zu ihm auf.

»Was …« Sie befeuchtete sich die trockenen Lippen. »Was ist geschehen?«

Georges Erleichterung war so gewaltig, dass er mit der Antwort zögerte, bis er sich seiner Stimme wieder sicher war.

»Ganz ruhig, Kätzchen. Du bist in Sicherheit.«

»Sicherheit?« Lizz zog verwirrt die Stirn in Falten, doch dann schwemmte die Erinnerung über sie hinweg und sie riss entsetzt die Augen auf.

»Jemand hat mich gegen die Wand gestoßen!«

George hätte beinahe Mitleid mit ihr empfunden, wäre da nicht plötzlich dieser unbändige Groll in ihm entbrannt. Seine eben noch verspürte Erleichterung verwandelte sich schlagartig in Ärger. »Ja, jemand hat dich gestoßen. Aber nur, weil du mal wieder die Heldin spielen musstest.«

Sie hatte kein Recht dazu, ihm einen solchen Schrecken einzujagen. Er packte sie bei den Schultern und schüttelte sie leicht. »Hast du auch nur einen einzigen Gedanken daran verschwendet, in welche Gefahr du dich begibst, wenn du einen Vergewaltiger entlarven willst? Du kannst von Glück reden, dass du überhaupt noch atmest.«

In ihren Schläfen dröhnte und pochte es so stark, dass sie ein neuerliches Stöhnen nicht unterdrücken konnte. »Hör auf, mich zu schütteln, du Idiot. Mein Kopf fühlt sich an, als hätte mir jemand mit einem Hammer eins übergezogen.«

Er ließ sie augenblicklich los. Die Tatsache, dass sie ihn duzte, bewies ihm, dass sie noch immer nicht ganz bei sich war. Ansonsten tat sie dies nur, wenn sie besonders wütend auf ihn war. »Das geschieht dir verdammt recht. Vielleicht bringst du dich dann beim nächsten

Mal nicht so hirnlos in eine derart gefährliche Situation«, hielt George deutlich milder dagegen.

»Ach Unsinn«, beschied Lizz. Seine Wut verwirrte und ärgerte sie gleichermaßen. Woher nahm er sich das Recht, ihr eine Moralpredigt zu halten?

»Ich war nicht wirklich in Gefahr, schließlich muss dieser Unmensch ein Adeliger gewesen sein.«

Die Unsinnigkeit ihrer Worte fiel ihr im selben Moment auf, als sie in Georges entsetztes Gesicht aufblickte. Sie errötete vor Verlegenheit.

»Na schön. Du hast Recht, Douglas«, gestand sie kleinlaut. »Ich habe leichtsinnig gehandelt. Leider gehört es nicht gerade zu meinen Stärken, lange über mögliche Folgen nachzudenken, wenn ich jemanden in Gefahr wähne.«

Dieses Eingeständnis verblüffte George ungemein und stimmte ihn milder.

»Das ist mir bereits aufgefallen.«

»Wie geht es dem Mädchen? Ist sie wohlauf?«

»Sie ist mit einem Schrecken davongekommen.« Es war höchst wahrscheinlich, dass Lizz mit ihrem beherzten Eingreifen der jungen Magd sogar das Leben gerettet hatte. Natürlich hütete er sich davor, ihr dies zu offenbaren. Ansonsten käme sie noch auf die absurde Idee, solche Dummheiten zu wiederholen.

Plötzlich riss Lizz die Augen auf und starrte ihn so vorwurfsvoll an, dass er beinahe gelacht hätte. Ganz offensichtlich war sie nun wieder bei vollem Bewusstsein.

»Was, um alles in der Welt, habt *Ihr* hier verloren Douglas?«

»Ich wohne hier, wenn es dir recht ist.«

Lizz schaute sich verwirrt in dem fremden Raum um. Das Zimmer war wesentlich größer als ihres und die Ausstattung durch und durch männlich. Der ganze Raum war in Rot gehalten und mit schwarzen, klobigen

Möbeln ausgestattet. Schwerter und Streitäxte hingen neben einem riesigen Wandteppich, der eine wüste Kampfszene wiedergab.

»O mein Gott«, entfuhr es ihr unwillkürlich und sie setzte sich kerzengerade auf.

»Seid Ihr nicht ganz bei Trost? Wie konntet Ihr mich hierher bringen?«

»Wäre es dir lieber, ich hätte dich im Korridor liegen lassen?«, erkundigte er sich frostig.

Nur zu deutlich wurde sich Lizz bewusst, dass sie mit diesem Mann – einem Douglas – allein in seinem Gemach war. Und nicht nur das, sie lag sogar in *seinem Bett!*

O Gott, sie musste sich den Kopf wirklich arg gestoßen haben. Wo blieb nur ihr Verstand? Wenn irgendjemand sie hier finden würde … Panik stieg in ihr auf. Sie mochte gar nicht an den grässlichen Skandal denken, der unweigerlich folgen würde.

»Meine Räume liegen gleich nebenan, falls Ihr das vergessen habt! Wäre es wirklich zuviel verlangt gewesen, wenn Ihr mich dorthin gebracht hättet?«

Sie musste fort von hier!

Lizz erhob sich mit solcher Hektik, dass sich ihre Füße im Saum des Kleides verfingen und sie beinahe vom Bett gefallen wäre. Ein stählerner Arm schlang sich um ihre Mitte und bewahrte sie vor dem Fall.

»Was, zum Teufel, hast du jetzt schon wieder vor?«, forderte George zu wissen, als er sie sachte auf die Füße stellte.

»Was wohl? Ich versuche von meinem Ruf zu retten, was noch zu retten ist«, erwiderte Lizz hitzig und funkelte ihn vorwurfsvoll an. »Oder wollt Ihr einen Skandal heraufbeschwören?«

Das heiße Verlangen ergriff George wie ein Fieber und seine langen, kräftigen Finger verstärkten ihren Druck um Lizzys schlanke Taille.

Sie versuchte sich aus seinem Griff zu befreien. Ihre plötzliche Atemlosigkeit verwirrte sie. Die Nähe dieses Mannes weckte all ihre Sinne und ängstigte sie zugleich. Seine Hände schienen ihr Fleisch zu versengen, schienen sie für alle Zeit als die Seine zu brandmarken. Die Intensität dieses Gefühls jagte ihr einen unglaublichen Schrecken ein.

»Nimm deine Hände von mir, Douglas!«

»Der Arzt wird jeden Moment hier sein«, erwiderte er mit ungewollt heiserer Stimme. Das Gefühl, sie wieder in den Armen zu halten, war nahezu überwältigend. Getrieben von einer Sehnsucht, die ihm bislang unbekannt gewesen war, zog er sie langsam immer näher an sich.

»Ich brauche keinen Arzt«, versicherte Lizz rasch. Ihr Herz raste wie wild. Sie stemmte ihre Hände flach gegen seine Brust und versuchte so Abstand zu wahren. Doch das war ein Fehler! Seine warme Haut brannte sich durch sein Leinenhemd in ihre Handflächen und verursachte ein seltsames Prickeln. Mit ihrem Bauch schien plötzlich etwas ganz und gar nicht zu stimmen. Ihr war, als hätte sich dort ein Schwarm von Schmetterlingen in die Lüfte erhoben und schlüge nun wilde Kapriolen.

»Du wirst trotzdem auf ihn warten«, erwiderte er mit einem sinnlichen Lächeln.

Mit erschreckender Sanftheit glitt seine raue, schwielige Hand zu ihrem schlanken Hals, bevor er sie in ihren Nacken wandern ließ. Seine Finger gruben sich Besitz ergreifend in die Fülle ihres geschmeidigen Haars.

Als George ihr leises Erbeben wahrnahm, schoss sein Blut heiß durch seine Adern und erfüllte ihn mit einem so quälenden Verlangen, dass er sich am liebsten tief in ihr verloren hätte. Bei allem, was ihm heilig war, das hatte er nicht gewollt. Er hatte beabsichtigt, sie für den Schrecken, den sie ihm bereitet hatte, zu bestrafen, sie mit seiner Nähe zu demütigen, da er wusste, wie sehr ihr diese zuwider war. Niemals hätte er jedoch mit dieser geradezu schmerzlichen Zärtlichkeit gerechnet, die ihn bei seiner Berührung zu überwältigen drohte.

Auch Lizz spürte die Veränderung, die in ihm vorging, und erkannte voller Entsetzen, dass er beabsichtigte, sie zu küssen. Sie spürte seine plötzliche Anspannung, nahm die schwere Sinnlichkeit seiner Lippen wahr, die unaufhaltsam näher kamen.

Der spöttische Glanz war aus seinen Augen verschwunden, und nun betrachtete er sie mit einer glühenden Intensität, die sie zwar nicht verstand, auf die ihr junger Körper jedoch augenblicklich reagierte.

Lizz fuhr sich nervös mit der Zungenspitze über die trockenen Lippen.

»Nein«, keuchte sie atemlos. »Das wirst du nicht wagen.«

»Wollen wir wetten?«

Im nächsten Moment pressten sich seine Lippen heiß und hungrig auf ihren Mund. Er hatte beabsichtigt, sie zärtlich und sanft zu küssen, um sie nicht zu verschrecken … Doch sobald er ihre weichen Lippen berührte, brach sich etwas in seinem Innersten bahn. Seine Arme schlangen sich wie von selbst um sie und er presste ihren weichen, biegsamen Körper eng an den seinen. Er spürte die Wärme ihrer Haut durch seine Kleider, spürte, wie sich ihre herrlich festen Halbkugeln bei jedem heftigen Atemzug verführerisch an seiner Brust rieben. Ihr zarter Duft berauschte ihn. Rosen … kam es ihm verschwommen in den Sinn und ein kehliger Laut drang aus seinem Mund. Mit sanfter Gewalt neckte und umschmeichelte er ihre Lippen, bis sie ihm mit einem leisen Seufzer endlich Einlass gewährte. George stöhnte rau auf, als er seine Zunge in ihre warme Mundhöhle gleiten ließ. So süß, so unglaublich verführerisch.

Georges Kuss hatte eine verheerende Wirkung auf

Lizzys Sinne. »Nein«, schrie alles in ihr. Sie durfte nichts fühlen. Nicht bei ihm. Bei David, aber nicht bei ihm. Sie durfte sich dieser sinnlichen Macht nicht ergeben … Verrat! Sie versuchte sich von ihm zu lösen, versuchte ihren Kopf zur Seite zu drehen, damit er ihre Lippen nicht mehr erreichen konnte. Doch ihr Körper weigerte sich. Sie konnte sich nicht bewegen, konnte dem fordernden Druck seiner Lippen nicht widerstehen.

O Gott, das durfte nicht sein, schrie ihr Verstand, doch ihre Zunge folgte längst dem erotischen Tanz. Heiße Wellen strömten durch ihren Körper und schienen sich in ihrem Unterleib zu einem gewaltigen Sturm zusammenzuballen. Hitze, Wahnsinn … Lizz vermochte sich gegen diese Übermacht an Gefühlen nicht zu wehren.

George spürte, wie Lizz in seinen Armen erbebte, wie sich ihre feingliedrigen Finger in sein Hemd krallten. Sie erwiderte seinen Kuss mit beinahe verzweifeltem Ungestüm.

Seine Hände glitten in schmerzlicher Sehnsucht über ihre feuchten Wangen zu ihrem schlanken Hals … Feucht?

Es dauerte eine Weile, bis diese vernichtende Erkenntnis den Nebel seiner Leidenschaft durchbrach. Die Frau in seinen Armen weinte! Entsetzt ließ er von ihr ab und starrte vollkommen verstört in ihr liebliches Gesicht. In ihren Augen las er dieselbe Lust, dasselbe Begehren, das auch seinen Körper quälte; und doch zeugten die feuchten Spuren auf ihren Wangen von stummen Tränen.

»Kätzchen?«, flüsterte er rau und fühlte sich, als hätte er gerade einen Tritt in die Magengrube bekommen.

Endlich gelang es Lizz, sich aus dem sinnlichen Netz seiner Berührungen zu lösen, und sie wich wie unter einem Schlag vor ihm zurück. Erneut füllten Tränen ihre Augen.

»Wie … wie konntest du mir das antun?« Anklage und Schmerz sprachen aus ihrem Gesicht. Wilde Schuldgefühle nagten an ihr. Sie hatte David verraten, indem sie in den Armen ihres Feindes Gefühle erlebt hatte, die sie nur bei ihm haben dürfte. Was war sie nur für ein Unmensch? Sie liebte den einen und erwiderte die Leidenschaft eines anderen.

»Wie konntest du nur?«, flüsterte sie vollkommen verstört.

Instinktiv streckte George die Hände nach ihr aus. Er wollte sie trösten, wollte sie in seine Arme schließen und ihr all den Kummer nehmen.

Mit einem leisen Aufschluchzen machte Lizz auf dem Absatz kehrt und floh aus seinem Zimmer.

Sie war fort!

George stand noch immer mitten im Raum und starrte völlig verwirrt auf die Tür, die ganz langsam ins Schloss fiel. *Wie konntest du mir das antun!*, hallten ihre Worte in seinem Kopf nach.

Er wusste es nicht. Bei allem, was ihm heilig war, er wusste es wirklich nicht. Das unerträgliche Gefühl der Unzulänglichkeit drohte ihn plötzlich zu erdrücken.

14

Die Überraschung, die James für diesen Abend versprochen hatte, fand im Garten statt. Tische standen in einem großen Halbkreis auf der riesigen Wiese und bogen sich unter der schweren Last des üppigen Festmahls. Da der laue Wind sich bei zunehmender Dunkelheit beachtlich abkühlte, stellten Lakaien große Kohlenkessel ringsherum auf, die eine herrliche Wärme ausstrahlten und der Festlichkeit eine romantische Atmosphäre verliehen. Der süße Duft der Rosenbeete unterstrich diese noch. Während die Hofgesellschaft sich an ihren Speisen labte, führten Zigeuner im Inneren des Halbkreises ihre akrobatischen Kunststücke vor. Unter lautem Beifall sprangen dressierte Hunde durch brennende Reifen, Jongleure wirbelten gefährlich aussehende Dolche durch die Luft. Ja, selbst einen tanzenden Bären gab es zu bestaunen. Lizz wäre zu jedem anderen Zeitpunkt völlig außer sich gewesen vor Begeisterung. Doch nicht heute. Bei Tisch schien keines der Gerichte ihren Appetit wecken zu können und auch die Darbietung der Zigeuner nahm sie nur am Rande wahr. Himmel, diese Schuldgefühle. Sie brannten sich wie glühende Speere in ihre Eingeweide. Lizz warf verstohlen einen Blick auf ihren Vater, der ihr über Eck gegenüber saß. Er genoss die künstlerischen Beiträge der Zigeuner in vollen Zügen und lachte lauthals auf, als ein kleiner Hund sich standhaft weigerte, erneut durch das Flammenmeer zu springen.

Lizz senkte beschämt den Blick. Ihr Vater wäre entsetzlich enttäuscht von ihr, wenn er wüsste, was sich heute zwischen ihr und seinem Erzfeind zugetragen hatte. Dieses Wissen schmerzte sie unerträglich und überwog sogar ihr schlechtes Gewissen David gegenüber. Natürlich wusste Lizz, dass weder diese nagenden Schuldgefühle noch die Selbstvorwürfe irgendjemandem etwas nutzten, am wenigsten ihr selbst. Dennoch empfand sie sie auf zerstörerische Weise als ihre gerechte Strafe. Sie hätte sich stärker wehren müssen. Niemals hätte sie diesen Kuss und vor allem diese Gefühle zulassen dürfen. Niemals. Ganz egal, wie geübt dieser Douglas in seinen Verführungskünsten auch war! Sie hätte ihm widerstehen müssen. Unter gesenkten Wimpern hervor beobachtete sie ihn verstohlen. Er saß auf der anderen Seite des Halbkreises, umgeben von seinen Clanbrüdern, und ließ sich gerade von einem Lakaien den Weinkelch füllen. Isabella Knight saß zu seiner Linken. Lizz fiel auf, dass George anscheinend eine besondere Vorliebe für schwarze Kleidung hegte. Ein blütenweißes Seidenhemd bildete auch heute einen herrlichen Kontrast zu seiner gebräunten Haut und dem blauschwarzen Haar. Der lodernde Schein der Fackeln tauchte sein kantiges Gesicht in mysteriöse Flächen aus Schatten und Licht. Ihr Blick blieb an seinen sinnlichen Lippen hängen, die sich zu einem schmalen Strich zusammenpressten. So grimmig und doch so unglaublich verführerisch .... Das angenehme Prickeln breitete sich schmelzend warm in ihrem Körper aus. Beinahe glaubte sie, seine Lippen noch immer auf den ihren spüren zu können. Warm und fordernd und unglaublich aufregend. Ihr Herzschlag beschleunigte sich, als sie sich an seine warmen Hände erinnerte, die so zärtlich über ihren Hals geglitten und sie so fest an seinen harten Körper gepresst hatten.

Lizz zuckte innerlich wie unter einem Peitschenhieb zusammen, als sie bemerkte, welche Wege ihre Gedanken einschlugen. Himmel, war sie denn vollkommen verrückt geworden? Georges Kuss war das Letzte, woran sie sich erinnern wollte, und seit wann nannte sie diesen Douglas in Gedanken eigentlich bei seinem Vornamen?! In diesem Moment wurden ihre Augen von einer schmalen, feingliedrigen Frauenhand auf seinem Unterarm angezogen. Die Hand gehörte Isabella. Der bohrende Stich traf Lizz vollkommen unvorbereitet mitten ins Herz. Himmel, das wurde ja immer schlimmer.

Als sie aufschaute, begegnete sie Georges nachdenklichem Blick und erstarrte.

Er studierte sie, als wäre sie ein fremdartiges Wesen, das er nicht genau einzuordnen verstand.

»Lizz, ist mit dir alles in Ordnung?«, flüsterte Allan besorgt und musterte sie von der Seite her. »Du scheinst mir heute ziemlich verkrampft. Gefällt dir die Darbietung nicht?«

Darbietung? Welche Darbietung? Ach so, die Zigeuner. Wütend über sich selbst zwang Lizz sich zu einem kleinen Lächeln. »Ich fürchte, mit meiner Konzentration ist es heute nicht weit her.«

Er grinste breit und zog seine Augenbrauen viel sagend hoch. »Das hat nicht zufällig etwas mit einem gewissen David Flemming zu tun?«

Wenn es doch nur so wäre. Ihre Wangen röteten sich vor Verlegenheit.

Mit einem Mal verstummte die Musik und ein attraktiver Zigeuner trat in die Mitte des Halbkreises. Mit tiefer, melodiöser Stimme verkündete er nun den Höhepunkt des Programms. Als er sich zurückzog, erklangen die lieblich hohen Töne einer Hirtenflöte. Eine in einen Mantel gehüllte Frau trat mit einer Fackel in der Hand in die Mitte der Tische. Bis auf die nackten Füße und die schlanken Waden war sie vollkommen verhüllt.

Während die Flöte einer einsamen Melodie nachhing, gesellten sich leise, helle Glockenklänge hinzu und die Frau begann sich in langsamen, fließenden Bewegungen zu wiegen. Die Szenerie barg etwas Mystisches und zog die Zuschauer tief in ihren Bann. Ein lauter Trommelschlag ertönte, und die verhüllte Gestalt ließ die Fackel fallen, als hätte sie sich erschrocken. Sogleich lief das Feuer in einem großen Kreis um die Frau herum und schloss sie ein. Kniehoch loderte das Feuer um sie herum auf und alle hielten gespannt den Atem an. Die Musik setzte wieder ein und der Mantel sank zu Boden. Lizz erkannte das Mädchen sofort. Es war die stolze Schönheit, die sie bereits am Nachmittag gesehen hatte. Auch jetzt spiegelten ihre ebenmäßigen Züge jene stille Trauer. Sie bewegte sich in fließender Harmonie, erst langsam die Hüften wiegend, dann mit den Händen um sich greifend, als wollte sie ihren Liebsten zu sich in den Feuerkreis ziehen. Ihre Bewegungen waren Anmut und Sehnsucht zugleich, doch dann wurden sie leidenschaftlicher und wilder. Ihr schwarzes, offenes Haar wirbelte um ihren Körper herum, während sie sich im Kreis drehte. Die Musik schwoll zu einem unglaublichen Crescendo an, und die Zigeunerin drehte sich immer schneller, bis sie die Arme über den Kopf warf und urplötzlich in einer Stichflamme verschwand. Im selben Augenblick verstummte auch die Musik. Zurück blieb nur ein dichter, blauer Nebel.

Es war totenstill im königlichen Garten. Als sich der Rauch langsam verzog, saß eine große Eule im Feuerkreis, blickte mit ihren stechenden Augen in die Runde und erhob sich lautlos in den Nachthimmel hinauf.

Die Stille dauerte an. Nur nach und nach erholten sich die Gäste und begannen lauthals zu jubeln und zu applaudieren.

Der Abend schritt voran und die Hofgesellschaft verteilte sich auf die verschiedenen Attraktionen der Zigeuner. Lizz achtete sorgfältig darauf, dass sie sich nie am selben Ort wie George Douglas aufhielt. Ihr war aufgefallen, dass er sie oft beobachtete und mit verkniffenem Gesicht vor sich hin brütete. *Ich habe dich schon in den Armen so vieler verschiedener Männer gesehen,* fielen ihr seine verletzenden Worte wieder ein. Mein Gott, wenn er sie wegen der harmlosen Tänze schon verachtet hatte, was sollte er jetzt wohl von ihr denken? Lizz sagte sich zwar immer wieder, dass es ihr vollkommen gleichgültig sein konnte, was dieser schreckliche Kerl von ihr hielt – doch leider sah die Wahrheit ganz anders aus. Es war vollkommen absurd, doch sie wollte nicht, dass er sie für liederlich hielt. Lizz schüttelte ärgerlich den Kopf. Sie dachte entschieden zu oft an diesen Kerl.

Annabella schien die Freude an diesem Fest vergangen zu sein. Denn je mehr Met und Wein in den Kehlen der Männer versickerte, desto derber und anzüglicher wurden ihre Ausrufe. Selbst Lizz musste sich ständig gegen aufdringlich grapschende Hände zur Wehr setzen, ein Umstand, der ihr vollkommen fremd war und der sie zunehmend verärgerte. Besonders der alte Lord Howard schien seine schmutzigen Hände nicht von ihr lassen zu können. Zu betrunken zwar, um sich noch gerade halten zu können, trafen seine gichtgekrümmten Finger doch stets zielsicher ihr Hinterteil. Lizz reagierte jedes Mal mit einer Gänsehaut. Dieser alte Lustmolch!

»Lizz, ich glaube, es wird Zeit, dass wir uns zurückziehen. Wenn mich nur noch ein einziger Kerl in den Hintern zwickt, ziehe ich meine Schuhe aus und schlag ihn damit tot. Das schwöre ich dir!«, stieß Annabella aufgebracht hervor.

Lizz nickte und sah sich auf der Wiese um: »Ich verstehe, was du meinst. Aber ich muss unbedingt noch mit Allan sprechen. Du hast ihn nicht zufällig gesehen?«

»Vorhin stand er noch dort drüben …« Sie zeigte auf eine kleine Menschenmenge, die sich um eine Schießscheibe versammelt hatte. Ein Messerwerfer führte dort gefährliche Kunststücke vor. Eine wunderschöne Zigeunerin war an die Scheibe gebunden und zuckte mit keiner Wimper, als die Messer in kurzer Folge dicht um ihren Körper herum einschlugen. Der Beifall der Zuschauer war ohrenbetäubend.

Lizz beäugte skeptisch die Männer. »Ich glaube, ich verschiebe das Gespräch doch lieber auf morgen.«

»Na, dann nichts wie weg hier«, flüsterte Annabella und setzte sich in Bewegung. Sie hatten die Menge bereits hinter sich gelassen, als Lizz plötzlich mitten im Schritt inne hielt.

»Bindet den Knaben an die Scheibe«, rief William, ihr Bruder, gerade lautstark. Lachen und Grölen erstickten die ängstlichen Schreie des kleinen Jungen.

Annabella und Lizz verfolgten ungläubig, wie zwei Männer vom Gordon-Clan einen sich wild wehrenden Jungen an die hölzerne Scheibe banden.

»Das wird William nicht wagen«, keuchte Annabella entsetzt.

Lizz wusste es leider besser. Ihr Bruder war bereits im nüchternen Zustand unberechenbar, doch betrunken stellte er tatsächlich eine Gefahr dar – und betrunken war er, kein Zweifel.

Selbst aus der Ferne erkannte Lizz, dass es zweier Männer bedurfte, um ihn auf den Beinen zu halten. Ihr Blick fiel auf den kleinen Zigeunerjungen. Seine Augen waren weit aufgerissen vor Angst.

»Komm.« Entschlossen kämpfte Lizz sich durch die feigen Männer, die eine Art Kette bildeten und es den Zigeunern unmöglich machten, dem Kind zu Hilfe zu eilen.

»William, hör auf mit diesem Schwachsinn, bevor jemand zu Schaden kommt«, rief sie wütend, als sie ihren Bruder beinahe erreicht hatte. Dieser überhörte sie jedoch geflissentlich. Angefeuert durch die Rufe der Umstehenden, dachte sein benebeltes Gehirn gar nicht daran, sein Unterfangen abzubrechen. Einer der Gordons wollte Lizz aufhalten. Sie duckte sich jedoch flink unter seinem Arm hindurch. William holte mit dem

Messer aus, um es durch die Luft zu schleudern. Genau in dem Moment trat Lizz ins Schussfeld – blind für die Gefahr. Allans Reaktion kam instinktiv und schnell. Mit einem einzigen Hieb schlug er William das Messer aus der Hand. Das Wurfgeschoss wirbelte dennoch durch die Luft, prallte jedoch ohne großen Schaden anzurichten an Lizzys Röcken ab.

William lag ausgestreckt am Boden und blinzelte verwirrt, während die Umstehenden erleichtert den angehaltenen Atem ausstießen.

»Teufel und all seine Gehilfen, was soll das, Lizz?«, rief er zornig, als ihm aufging, was soeben geschehen war.

Lizz warf ihm einen vernichtenden Blick zu. »Das könnte ich dich fragen! Warum lässt *du* dich nicht an diese Scheibe binden und die Mutter dieses Kindes zeigt dir ihre Kunstfertigkeit im Messerwerfen?«

Ringsherum brachen die Männer in schallendes Gelächter aus. Sie zogen William damit auf, dass er in Lizz wohl seinen Meister gefunden hätte, und machten sich lustig über ihn. Lizz gewahrte weder die tiefe Demütigung noch den Zorn in Williams Augen. Alles, was sie sah, war George Douglas, der sich mit finsterer Miene einen Weg durch die Meute bahnte. Sein Blick war starr auf sie gerichtet. Unglaublicherweise erleichterte es sie, dass er nicht zu diesen gewissenlosen Narren gehörte, die ihren Bruder angefeuert hatten.

Sie wandte sich dem völlig verängstigten Jungen zu und schenkte ihm ein beruhigendes Lächeln. »Es wird dir nichts geschehen, mein Junge.«

Sie band ihn los. »Geh, lauf zu deiner Mama.«

Das ließ er sich nicht zweimal sagen.

Verblüfft sah Lizz, wie er auf die stolze Zigeunerin zulief. Diese nahm den Jungen beschützend in die Arme, während er sich zitternd an sie klammerte und sein Gesicht in ihrer Halsbeuge verbarg. Die Zigeunerin schenkte Lizz ein dankbares Lächeln, nickte ihr zu und ging davon.

Auch Lizz machte sich wieder auf den Weg, als plötzlich jemand ihren Ellbogen festhielt.

»Der Stolz eines jungen Mannes ist eine heikle Angelegenheit«, erklärte George leise und bedachte sie mit einem sonderbaren Blick.

Lizz entzog ihm ihren Arm und strich sich betrübt eine widerspenstige Locke aus der Stirn. »Das Seelenheil dieses kleinen Jungen ebenfalls. Kein Kind sollte jemals solche Hilflosigkeit und Angst erfahren müssen.«

Sie verabschiedete sich mit einem knappen Kopfnicken.

Da sie Annabella nirgends ausfindig machen konnte, beschloss sie, allein in den Saal zurückzukehren. Gedankenverloren schlenderte sie über die große Wiese auf die lange Marmortreppe zu, die zum Ballsaal hinaufführte. Der süße Duft von Jasmin und Rosen erfüllte die Luft, als sie die gepflegten Gärten passierte, die vom sanften Mondschein in ein silbernes Licht getaucht wurden. Als sie gerade an einer mannshohen Buchsbaumhecke vorbei ging, löste sich plötzlich ein Schatten daraus. Lizz verharrte erschrocken, doch dann hüpfte ihr Herz vor Freude.

»David, du bist zurück!«

»Das bin ich«, erwiderte er mit einem kleinen Lächeln und öffnete die Arme.

Ohne zu zögern folgte Lizz dieser Einladung und warf sich ihm an die Brust. Ihre Erleichterung war so gewaltig, dass sie am ganzen Körper zitterte. *Jetzt wird alles gut,* schwor sie sich. David würde sie vor diesem Douglas und den beängstigenden Gefühlen, die dieser in ihr wachrief, beschützen. Sie hatte sich ja so sehr nach Davids starken Armen gesehnt. Nach dieser allumfassenden Sicherheit, die sie nur bei ihm fand. Genau wie damals im Wirtshausstall. Er würde ihr beweisen, dass nur seine Küsse ihr Herz in Flammen zu setzen vermochten.

Was sie nicht ahnen konnte, war, dass eben dieser Douglas keine zehn Schritte hinter ihr stand und ihr ungebührliches Verhalten beobachtete. Seine grauen Augen blitzten wie gefährlicher, zweischneidiger Stahl und sein Gesicht war eine Maske des Zorns.

Hure, dröhnte es in seinem Kopf, und seine Hände ballten sich so fest zu Fäusten, dass seine Knöchel weiß hervortraten. Verdammt, er hatte geahnt, dass sie sich nicht gerade durch Keuschheit auszeichnete. Schließlich war er nicht so überheblich zu glauben, dass sie nur in seinen Armen erbebte. Dazu besaß sie einfach zu viel leidenschaftliches Feuer. Dass er ihre zügellosen Ausschweifungen jedoch mit eigenen Augen sehen musste, war beinahe mehr, als er ertragen konnte. George schalt sich einen verfluchten Narren. Er war ihr heute Abend gefolgt, um sich bei ihr für sein ungebührliches Verhalten vom Nachmittag zu entschuldigen. Er konnte ihre Tränen einfach nicht vergessen. Seit Stunden schon plagten ihn ihretwegen Gewissensbisse. Er war tatsächlich ein Narr.

Unfähig, noch länger mit anzusehen, wie Lizz sich schamlos in den Armen dieses Taugenichts räkelte, wandte er sich ab und verschwand in der Nacht.

»Was für eine stürmische Begrüßung«, meinte David lächelnd und drückte sie sanft.

»Ich habe mir ja solche Sorgen um dich gemacht«, gestand Lizz ehrlich und schaute zu ihm auf. »Weshalb hat deine Rückkehr denn so lange gedauert? Die Gerüchte über deine Rache an den Engländern sind bereits gestern bei uns eingetroffen.«

Wie ein Lauffeuer hatte sich herumgesprochen, dass die Rache des schwarzen Ritters ganz England erschüttert hatte. Man sagte, Henry sei am Morgen nach dem schändlichen Überfall auf Canonbie mit einem Präsent überrascht worden, das ihm die Zornesröte ins Gesicht getrieben habe. Der schwarze Ritter hatte ihm ein Fuhrwerk mit den getöteten Leibern der englischen Krieger geschickt – allerdings ohne deren Köpfe. Dazu hatte der König ein Schreiben erhalten, in dem der schwarze Ritter ihm seine besten Grüße und eine enorm hohe Lösegeldforderung zukommen ließ. Obwohl der Gedanke Lizz nicht gerade behagte, dass der Mann, den sie liebte, Leuten kaltblütig die Köpfe abtrennte, musste sie ihm doch ihre Anerkennung zollen. Es war ein überaus gerissener Schachzug gewesen. Engländer waren mindestens ebenso abergläubisch wie Schotten. Sie glaubten, dass die Seelen der Verstorbenen nur Frieden finden konnten, wenn Kopf und Rumpf gemeinsam dem Erdreich übergeben wurden. Falls sich Henry also weigern sollte, das Lösegeld für die fehlenden Köpfe zu bezahlen, schaffte er sich erbitterte Feinde in den eigenen Reihen. Einen solchen Verstoß gegen die Kirche würde ihm niemand verzeihen. Als Lizzys Vater davon gehört hatte, hatte er sich vor Begeisterung auf die Schenkel geschlagen und verkündet: »Henry wird blutenden Herzens bezahlen. Dieser Bastard wird es sich beim nächsten Mal zweimal überlegen, ob es sich wirklich lohnt, die schottische Grenze zu überqueren, wenn er jedes Mal für den Wiederaufbau der zerstörten Dörfer selbst aufkommen muss.«

»Ich kam so schnell zurück, wie ich konnte«, erklärte David sanft und drückte ihr einen Kuss auf die Stirn. »Ah, wie sehr habe ich dich vermisst, meine Liebste. Keine Minute ist vergangen, ohne dass ich in Gedanken bei dir gewesen bin.«

Lizz errötete vor Freude über dieses unerwartete Kompliment. »Wirklich?«

Er nickte lächelnd, doch plötzlich wirkte sein Gesicht

ausgesprochen ernst. Seine Augen fixierten Lizz mit solcher Intensität, dass sie unweigerlich den Atem anhielt. Sie war sich sicher, dass er sie gleich küssen würde, hoffte es von ganzem Herzen, damit er ihre nagenden Schuldgefühle und ihre Ängste gänzlich ausräumen konnte. Stattdessen sank David vor ihr auf ein Knie und fasste nach ihrer Hand. Leidenschaftlich presste er seine Lippen in ihre Handfläche. Lizzys Herz hämmerte plötzlich wie wild. »Elizabeth, ich kann meine Gefühle nicht länger leugnen«, stieß er leidenschaftlich hervor. »Ich liebe dich seit unserer ersten Begegnung. Jede Nacht liege ich wach und sehne mich nach deiner Nähe. Ich weiß, ich versprach, dir den Hof zu machen. Dich in den nächsten drei Monaten so heißblütig zu umwerben, wie es dir auch zusteht, doch ich kann nicht länger warten. Werde meine Frau, Elizabeth. Lass mich diese Qualen der Einsamkeit nicht länger erleiden.«

Unfähig, sich zu bewegen oder auch nur einen klaren Gedanken zu fassen, starrte Lizz in sein hübsches Gesicht. David war alles, was sie sich jemals erträumt hatte. Er war mutig und selbstlos, wie sein Doppelleben als schwarzer Ritter nur allzu deutlich bewies. Intelligent und entschlossen, wenn er seine Vorhaben verwirklichte, und unglaublich zärtlich und liebevoll, wenn er sie in den Armen hielt – und er verzehrte sich nach ihr. Lizzys Augen füllten sich mit Tränen des Glücks. Er war ihr schwarzer Ritter. Ja, David wollte ebenso mit ihr zusammen sein, wie sie es sich wünschte, jubelte ihr Herz.

»Sag ja, meine Liebste, und ich werde gleich morgen früh deinen Vater um deine Hand bitten. Die ganze Welt soll erfahren, dass wir zusammengehören.«

Lizz biss sich auf die Unterlippe, um einen Schluchzer zu unterdrücken, der ihre Kehle zu verbrennen drohte. Sie konnte nicht reden, konnte ihm ihr Herz nicht öffnen, um ihm zu sagen, wie sehr auch sie ihn liebte. Deshalb nickte sie, ein seliges Lächeln auf den Lippen.

Das war alles, was David brauchte, und er riss sie erfreut in seine Arme. »Dann soll es so geschehen, Liebste.«

»Lizz! Lizz, wo bist du?«, rief plötzlich jemand von der anderen Seite der Hecke her. Es war Annabella und in ihrer Stimme schwang aufrichtige Sorge.

David gab Lizz mit tiefem Bedauern frei und trat einige Schritte zurück. »Bald werden wir uns nicht mehr verstecken müssen, meine Liebste. Bald gehörst du mir.« Er verbeugte sich galant. »Schlaf wohl, Elizabeth.«

Dann war er fort.

»Lizz!«

»Ja doch«, zischte Lizz genervt. Musste Annabella unbedingt in einem so wichtigen Augenblick dazwischen funken? »Ich bin hier.«

»Weshalb antwortest du dann nicht?«, fragte Annabella ärgerlich und kam um die Hecke herum. »Ich suche dich schon die ganze Zeit. Du musst sofort mitkommen.«

Als Lizz die hektische Röte und die Sorge im Gesicht ihrer Schwester sah, war ihre Wut augenblicklich verschwunden.

»Ist etwas geschehen? Ist etwas mit Papa?«

Annabella schüttelte den Kopf und zog Lizz an der Hand auf die Wiese zurück.

»William stiftet Unfrieden. Er ist so betrunken, dass er sich mit jedem anlegt.«

Lizz beschleunigte ebenfalls ihre Schritte. Himmel, manchmal konnte ihr Bruder wirklich eine Plage sein. Er wusste doch selbst, dass James eine erneute Schlägerei unter Androhung von Strafe verboten hatte.

»Weshalb hast du nicht nach Papa gesucht? William würde es nicht wagen, ihm zuwider zu handeln.«

»Ich konnte ihn nirgends finden. Allan ist zwar bei

William, doch ich glaube nicht, dass er ihn lange zurückhalten kann. Unser betrunkener Bruder hat sich nämlich in den Kopf gesetzt, heute Nacht einem Douglas die Nase blutig zu schlagen.«

»O nein«, stöhnte Lizz ärgerlich.

Bereits aus der Ferne hörte sie die üblen Beschimpfungen und klatschenden Geräusche von Fäusten, die auf Körper eindroschen. Die Schlägerei war bereits in vollem Gange.

»Wir kommen zu spät«, keuchte Lizz entsetzt und blieb stehen.

»Dieser Narr«, zischte Annabella.

Hilflos mussten sie mit ansehen, wie der Kreis der Beteiligten immer größer wurde. Immer mehr Drummonds und Douglas' kamen hinzu, um ihren Parteien den Rücken zu stärken.

Noch bevor die Soldaten des Königs eingreifen konnten, gab es keinen Mann von beiden Clans, der nicht ein blaues Auge, eine aufgeplatzte Lippe oder eine geschwollene Hand gehabt hätte.

»Das wird ein Nachspiel haben«, flüsterte Lizz betrübt.

15

»Verflucht sei Eure verdammte Arroganz, Archibald Douglas. Dies war keine Bitte, sondern ein Befehl Eures Königs«, tobte James und schritt aufgebracht in dem prunkvollen Audienzzimmer auf und ab. Diesmal hatte er sich dafür entschieden, die Clanoberhäupter einzeln zu sich zu zitieren. Augenscheinlich hatte seine letzte Warnung nicht gefruchtet. Er hielt inne und verschränkte seine Hände hinter dem Rücken. »Oder muss ich Euch daran erinnern, dass Ihr mir vor wenigen Tagen den Treueid geschworen habt?«

Wenig beeindruckt von dem Wutausbruch des Königs, lehnte sich Archibald Douglas entspannt in seinem Sessel zurück. »Das ist nicht nötig.«

Sein Blick fixierte den Herrscher über Schottland und ein zynisches Grinsen lag auf seinen Lippen. »Ich frage mich jedoch, weshalb Ihr damit ausgerechnet zu mir kommt. Wie Ihr wisst, ist George nicht nur mein ältester Sohn, sondern auch das Clanoberhaupt. Könnte es sein, dass Ihr von mir Hilfe erwartet?« Archibald Douglas musterte die acht Soldaten, die im Hintergrund nur auf ein Zeichen ihres Königs warteten, um einzugreifen.

Sein Grinsen verriet väterlichen Stolz. Nach dem Befehl, seine Truppen vom Grenzgebiet abzuziehen, war George auf direktem Weg nach Stirling Castle geritten, um mit dem König zu reden. Es war ein offenes Geheimnis, dass George damals so sehr in Wut geraten war, dass es sechs bewaffneter Soldaten bedurft hatte, um ihn ruhig zu stellen. Anscheinend hatte auch James dieses Treffen nicht vergessen.

»Ihr seid nach Argyll Douglas der Clanälteste. Da Argyll es anscheinend vorzieht, irgendwelche verdammten Bären zu jagen, anstatt mir die Treue zu schwören, liegt das Machtwort nun an Euch«, beschied James wütend.

»In der Tat. Dann rate ich Euch, noch einige Soldaten mehr kommen zu lassen. Mein Sohn heißt eine solche Heirat gewiss ebenso herzlich willkommen wie das Seil des Henkers.«

»Archibald, Ihr wisst, wie sehr eine Eheschließung gute Beziehungen festigt. Nur das Eheband vermag es, dort Frieden zu stiften, wo es sonst nichts als Feindseligkeiten gibt.«

Archibald war drauf und dran, dem König zu raten, seine Heiratspläne für George zu vergessen und stattdessen seinen zweitgeborenen Sohn William dafür in Betracht zu ziehen. Er besann sich jedoch darauf, wie dringend der Clan Erben brauchte, um den Fortbestand des Geschlechts zu sichern. George zählte bereits dreißig Lenze und hatte bis anhin noch keinerlei Anstalten gemacht, seinen diesbezüglichen Pflichten nachzukommen. Es mochte vielleicht egoistisch sein, doch Archibald wünschte sich endlich Enkelkinder.

»Nun, ich werde sehen, was ich tun kann. Schließlich wäre es nicht gerade gerecht, wenn wir das edelste Blut Schottlands für uns behielten, wo doch diese Drummonds einige Tropfen davon gut gebrauchen könnten.«

James nickte zufrieden.

»Eure Majestät, Lord Douglas ist soeben eingetroffen«, verkündete ein livrierter Page von der Tür her.

»Das wurde auch langsam Zeit. Führ ihn sofort herein.«

George trat gemäßigten Schrittes seinem König entgegen. »Ihr habt nach mir geschickt?«

»Bereits vor einer Stunde«, erklärte James genervt.

Mit nur einem Blick hatte George sowohl seinen Vater als auch die Soldaten wahrgenommen, und das Prickeln in seinem Nacken verriet, dass Gefahr im Anzug war.

Dennoch wartete er geduldig, bis James sich ihm zuwandte.

»Folgt mir«, befahl dieser und öffnete eine unsichtbare Tür in der Wand. Dahinter lag ein zweites Audienzzimmer, etwas kleiner, doch nicht minder prunkvoll eingerichtet. Auf dem riesigen Mahagonitisch stand eine architektonische Miniaturform von Stirling Castle.

»Kommt näher, Douglas. Ich möchte Euch etwas zeigen.«

George übte sich in Geduld. Er wusste, dass der König sich sehr für Architektur interessierte. Leider teilte er diese Leidenschaft nicht im Geringsten.

»Seht Ihr diesen Anbau?«, wollte James wissen.

George nickte. »Ich habe gehört, dass Ihr im Begriff seid, eine neue Halle bauen zu lassen.«

James nickte bedächtig. »Es wird keine gewöhnliche Halle werden, sondern ein Symbol für ein geeinigtes Schottland. Mein Traum eines vereinigten Volkes wird sich in dieser Halle widerspiegeln.« Er bedeutete George näher zu treten und nahm vorsichtig das Dach der Miniatur ab.

»Seht Ihr diese Stichbalkendecke?«

Als George erneut nickte, diesmal jedoch wesentlich gelangweilter, erklärte James: »Es sind exakt sechsundneunzig Stück – genau so viele, wie es alte Clane in Schottland gibt. Jeder Balken stützt den anderen und gewährt so die Sicherheit, dass das Dach nicht einstürzt. Eine Einheit.«

Er bedachte George mit einem durchdringenden Blick. »Ich dulde es nicht, dass dieses Dach einstürzt, nur weil sich einige Balken bekämpfen.«

»Gehe ich recht in der Annahme, dass mein Clan soeben mit einem Dachbalken verglichen wurde?«, erkundigte sich George freundlich. Er war auf der Hut.

»In der Tat, und er ist mindestens ebenso wurmzerfressen wie jener der Drummonds«, bestätigte James.

Das Bild, das diese Worte hervorrief, war wenig schmeichelhaft.

»Wie dem auch sei … Ich werde diese beiden Balken aneinander ketten, damit sie wieder eine starke Einheit ergeben.«

»Ihr sprecht von Heirat?«, fuhr George auf und starrte den König ungläubig an. Sogleich strömten die bewaffneten Soldaten ins Zimmer.

»So ist es. Ihr werdet eine der drei Töchter von John Drummond ehelichen.«

James beobachtete sorgfältig Georges Gesicht. Dieser ließ jedoch keinerlei Gefühle erkennen. Kalt und unnahbar starrte er den König an.

James nickte anerkennend. »Wie ich sehe, habt Ihr Euren Zorn heute besser unter Kontrolle.«

»Welche der Töchter?«

Gewöhnlich wurden die Mädchen dem Alter nach verheiratet, doch James tat sich diesmal ausgesprochen schwer damit. Er sträubte sich dagegen, die zarte Margarete diesem finsteren Riesen zur Frau zu geben.

»Ich habe an Lady Annabella gedacht. Sie ist im besten Alter und bei guter Gesundheit. Ich bin mir sicher, sie wird Euch starke Erben schenken.«

George trat mit hinter dem Rücken verschränkten Händen ans geöffnete Fenster und blickte in den nächtlichen Garten hinunter. Zigeunermusik und Gelächter drangen an sein Ohr. Das Fest war wieder in vollem Gange.

Unfassbar, ging es George durch den Kopf. Allein der Gedanke an eine erzwungene Heirat müsste ihn völlig aus der Fassung bringen – doch er tat es nicht. Nicht einmal die Tatsache, dass es sich um eine Drummond handelte, ließ ihn bitteren Groll empfinden. Vielmehr war es, als würde das Schicksal jenen unausweichlichen Lauf nehmen, den es bereits vor Wochen angekündigt hatte. Genauer gesagt, den es in einem bestimmten

Wirtshausstall genommen hatte. Georges Blick glitt über die Wiese zu den Buchsbaumhecken und er presste die Lippen zu einem grimmigen Strich zusammen. Sie hatte sich diesem Flemming an den Hals geworfen – sich in seine Arme geschmiegt und ihm bereitwillig ihre Lippen dargeboten. Heißer Zorn stieg in ihm auf, als er sich an den Anblick erinnerte. Zum Teufel, es hatte ihn seine ganze Selbstbeherrschung gekostet, um diesen Kerl nicht augenblicklich zu Brei zu schlagen. Georges Körper versteifte sich erneut. Eifersucht! Das ungewöhnliche Stechen in seiner Brust ärgerte ihn. Niemals hätte er geglaubt, solcher Gefühle überhaupt fähig zu sein. Zumindest nicht wegen einer Frau. Für einen prächtigen Hengst oder ein schönes Schwert konnte er sich über die Maßen begeistern, aber für eine Frau? Er verstand es beim besten Willen nicht und doch konnte er seine Eifersucht nicht leugnen.

James ließ George nicht aus den Augen. Himmel, diese kalte Gelassenheit war beinahe noch beängstigender als einer seiner Wutausbrüche.

»Wie ich hörte, ist Lady Annabellas Mitgift ziemlich beachtlich«, versuchte er dem Clanoberhaupt die Angelegenheit schmackhafter zu machen.

George wandte sich vom Fenster ab und begegnete dem König mit entschlossenem Blick. »Ich will Lizz.«

»Damit wird John nicht einverstanden sein«, mischte sich Archibald Douglas ein. Es war ein offenes Geheimnis, dass John seine jüngste Tochter vergötterte. Es würde ihm das alte Herz brechen, wenn er ausgerechnet sie an seinen ärgsten Feind verlöre.

Georges entschlossener Blick wanderte von seinem Vater zu James. »Lizz oder keine. Ihr habt die Wahl.«

Ohne ein weiteres Wort verließ er den Raum.

Ehrlich verwirrt schaute James ihm nach. »Ich hätte mit mehr Widerstand gerechnet.«

Archibalds Gesicht zeigte deutliche Sorge. »Ihr kennt

meinen Sohn nicht, James. Solange er brüllt und tobt, lässt er zumindest noch mit sich reden. Wenn er jedoch diese kalte Schweigsamkeit an den Tag legt, dann wird es wirklich gefährlich.«

»John Drummond wird sich mit Händen und Füßen gegen diese Heirat wehren«, gab James zu bedenken.

Archibald Douglas nickte. »Was also werdet Ihr tun?«

16

Das energische Klopfen an der Tür entlockte George ein kleines Lächeln. Es war bereits nach Mitternacht. Eigentlich hätte er früher mit ihrem Besuch gerechnet. Ohne jede Eile legte er die Schreibfeder hin, schloss sorgfältig das Tintenfässchen und erhob sich aus den Tiefen seines Sessels.

»Oh, Lord Douglas, es ist etwas ganz Schreckliches geschehen«, verkündete Lizz aufgebracht, als George die Türe öffnete. Ihr Gesicht war aschfahl und in ihren smaragdgrünen Augen spiegelte sich das pure Entsetzen. Ohne auf eine Einladung zu warten, rauschte sie in sein Gemach.

»Ihr müsst sofort mit mir zum König mitkommen, um die Angelegenheit zu klären.«

George schloss die Tür wieder und lehnte sich mit vor der Brust verschränkten Armen dagegen. »Und was soll ich klären?«

Lizz stand mitten im Raum und knetete nervös die Finger. Sie wirkte wie ein Reh auf der Flucht und ihre Wangen röteten sich vor Verlegenheit.

»Ein Missverständnis. Ein ganz schreckliches Missverständnis«, rief sie und fuchtelte wild mit den Armen. »Mein Vater ist so verärgert über eine Heirat zwischen den Drummonds und den Douglas', dass er sich fast bis zur Bewusstlosigkeit betrunken hat.«

»Der Glückliche«, meinte George zynisch.

»Nun gaukelt ihm sein Verstand vor, dass Ihr *mich* zu Eurer Frau wollt. Was natürlich völlig absurd ist, da wir beide uns nicht ausstehen können.«

»Tatsächlich?«

O Gott, wie konnte dieser Kerl nur so ruhig bleiben,

wenn doch das Unglück wie ein Damoklesschwert über ihren Köpfen schwebte. »Versteht Ihr denn nicht, er hat Margarete und mich einfach verwechselt. Aber das Schlimmste ist, er hat bereits einen Boten mit dieser Antwort zum König gesandt.«

Sie sah sich hektisch im Zimmer um, schnappte sich seine schwarze Weste und drückte sie ihm an die Brust. »Zieht Euch an, Douglas. Wir dürfen keine Zeit verlieren. Wir müssen augenblicklich zu James gehen, bevor …«

»Ich will deine älteste Schwester nicht heiraten«, erklärte George leichthin und warf die Weste zurück aufs Bett.

Seine Worte brachten Lizz kurzfristig aus der Fassung. »Ihr wollt nicht …?«

Er schüttelte den Kopf. »Nein.«

Jetzt war sie erst recht verwirrt. »Aber ich dachte … ich meine, Ihr habt doch stets ihre gute Erziehung bewundert …«

George stieß sich geschmeidig von der Tür ab und trat zum Kamin, um sich ein Glas Cognac einzuschenken.

»Deine Schwester wäre mir nur eine Last. In Tantallon Castle herrschen raue Sitten. Ich kann keine Frau an meiner Seite dulden, die wegen jeder Kleinigkeit in Ohnmacht fällt.«

»Oh, das liegt nur daran, dass sie ihr Korsett zu eng schnü …« Lizz verstummte mitten im Satz und errötete bis zum Haaransatz. Das war nun wirklich kein Thema für fremde Ohren. »Vergesst es.«

Sie räusperte sich leise. »Dann fand die Verwechslung eben mit Annabella statt. Wie dem auch sei, wir müssen sofort zum König.« Sie wollte die Sache ganz schnell bereinigen, denn ein überaus dumpfes Gefühl warnte sie davor, dass hier etwas ganz und gar nicht so lief, wie es sollte.

George schüttelte bedächtig den Kopf. »Es fand überhaupt keine Verwechslung statt. *Du* wirst meine Frau.«

»Nein«, entfuhr es Lizz augenblicklich. Sie war aufrichtig entsetzt. »Das kann nicht Euer Ernst sein. Wir haben uns vom ersten Augenblick an gehasst!«

Mit nicht geringer Genugtuung beobachtete er, wie sich ihr Gesicht vor Widerwillen verzog. Verrückterweise bescherte ihm dieser Anblick eine teuflische Befriedigung. Die Tatsache, dass sie diesem Flemming all das bot, was sie ihm so verächtlich vorenthielt, machte ihm schwer zu schaffen. Doch das würde sich jetzt ändern, schwor er sich. Von nun an war er der Einzige, der ihre Lippen kosten durfte. Der Einzige, der sich an ihrem weichen Körper erfreuen durfte. Das Wissen, dass es vor ihm andere gegeben hatte, trieb ihm heiße Stachel ins Fleisch. Um seinetwillen konnte er nur hoffen, dass er eines Tages in der Lage sein würde, darüber hinwegzusehen.

Lizz warf einen anklagenden Blick auf das Cognacglas, das er soeben auf dem Kaminsims abstellte. »Seid Ihr vielleicht ebenfalls betrunken?«

Ein kleines spöttisches Lächeln verzog seine Lippen. Dies waren nicht unbedingt die Worte, die man von einer jungen Braut erwartete.

»Ich wünschte, ich wäre es. Aber der Abend ist jung. Ich werde mein Bestes tun, um es noch zu werden.«

Lizz winkte ungeduldig ab, was ihm verdeutlichen sollte, dass es ihr herzlich egal war, was er in dieser Angelegenheit unternahm. Ihre Sorge galt dem anderen Thema.

»Nein, nein und nochmals nein«, schimpfte sie vor sich hin, während sie nachdenklich im Zimmer auf und ab ging. Unbeabsichtigt präsentierte sie ihm dabei ihr aufgeschnürtes Rückenteil. Mary war ihr gerade beim Ausziehen behilflich gewesen, als ihr Vater ins Zimmer geschwankt war, um sie von der bevorstehenden Hochzeit in Kenntnis zu setzen. Er war außer sich gewesen vor Kummer.

Georges Lippen verzogen sich zu einem amüsierten Lächeln. Zuerst hatte er geglaubt, sie wollte ihn mit dieser unzulänglichen Garderobe verführen, doch ihre Bewegungen waren weder sinnlich noch sonderlich aufreizend gemeint. Im Gegenteil, gestand er sich selbst ein, diese Frau schäumte geradezu vor Widerwillen und Wut.

George entspannte sich und genoss den verbotenen Blick auf ein hauchdünnes Unterleibchen.

»Ich verstehe das nicht«, zischte Lizz anklagend. »Weshalb ausgerechnet ich? Und Ihr werft meinem Clan einen Mangel an Intelligenz vor.«

Sie ging zum Kamin, langte nach Georges Glas und nahm einen tiefen Schluck.

Im nächsten Augenblick begann sie wüst zu husten und zu keuchen. »Das ist gar kein Wein«, rief sie anklagend.

»Das habe ich auch nicht behauptet«, erklärte er freundlich.

»Was ist mit Annabella? Sie hat mir selbst gesagt, dass sie einer Heirat mit Euch nicht sonderlich abgeneigt wäre«, versuchte Lizzy ihm zu bedenken zu geben. Ihre Finger krallten sich in die Polsterlehne des Sessels vor ihr.

Ein spöttisches Lächeln huschte über seine Lippen. »Sag bloß, ich stehe auch auf ihrer Liste.«

Lizz zuckte innerlich zusammen. Das war ja wieder einmal typisch. Annabella konnte noch nicht einmal ihr eigenes Geheimnis für sich behalten.

George verschränkte die Arme auf dem Rücken und blickte auf Lizz hinunter. Obgleich ihre Wut ihn anfangs amüsiert hatte, begann sie ihn nun zunehmend zu verärgern.

»Falls dein Vater also keine weitere Tochter vorzuweisen hat, werde ich mich wohl mit dir begnügen müssen.«

Diese Gemeinheit verschlug Lizz die Sprache und verdeutlichte ihr auf brutale Weise, wie wenig er von ihr hielt. Oh Gott, er verabscheute sie ebenso tief wie sie ihn. Unter der Wucht dieser Erkenntnis drohten ihr fast die Knie nachzugeben. Sie wollte keine lieblose Ehe – wollte nicht Tag für Tag Ausflüchte erfinden müssen, um ihrem Ehemann aus dem Weg gehen zu können. Ihr Herz wurde schwer wie Blei. Doch genau so würde es sein, wenn sie diesen Mann heiraten musste. Sie las es deutlich in seinen Augen: kalt und unnachgiebig. Am liebsten hätte sie wild um sich geschlagen vor Wut und Hilflosigkeit. Allein ihr Stolz bewahrte sie davor, nicht augenblicklich in Tränen auszubrechen. Wie konnte er es wagen, sie vor eine so schreckliche Zukunft zu stellen? Lizz verspürte plötzlich das dringende Bedürfnis, diesem Scheusal etwas an den Kopf zu werfen, damit er wieder zur Vernunft käme. Er würde sich also mit ihr begnügen …

Lizz reckte tapfer ihr Kinn vor und hielt seinem eindringlichen Blick stand. Niemals würde sie ihm zeigen, wie sehr er sie gerade verletzt hatte.

»Du scheinst aber eine Kleinigkeit zu übersehen, Douglas.«

»Und die wäre?«

»Ich habe nicht vor, mich mit dir zu begnügen. Heute Abend hat David Flemming um meine Hand angehalten und ich habe seinen Antrag mit Freuden angenommen.«

Seine Züge verhärteten sich. »Das wird euch beiden wenig nutzen. Meine Entscheidung ist gefallen.«

Lizz stampfte wütend mit dem Fuß auf. »Zur Hölle mit dir, Douglas! Du bist nicht Gott! Du kannst nicht einfach in mein Leben einfallen und mir alles nehmen, was mir lieb und teuer ist!«

Nun war auch George wütend. Verdammt noch mal, er würde bestimmt keinen so üblen Ehemann abgeben. Weshalb konnte sie diese Heirat nicht einfach akzeptieren? Jede andere Frau würde sich auch in ihr Schicksal fügen. Warum musste ausgerechnet diese hier so verdammt stur sein?

»Ich werde vielleicht zu dieser Farce von einer Heirat gezwungen, doch die Wahl der Braut übernehme ich selbst.«

»Eine feine Wahl«, schnaubte Lizz spöttisch. »Dann solltest du keine Frau wählen, die einen anderen Mann liebt, Douglas. Denn ich schwöre dir, ich werde einen Weg finden, um mit David zusammen sein zu können.«

George packte sie grob bei den Oberarmen und zog sie so nah zu sich heran, dass sich ihre Nasenspitzen beinahe berührten. Sein Gesicht war rot vor Zorn, als er warnend zischte: »Daran solltest du nicht einmal denken, Weib. Wenn mir auch nur das kleinste Gerücht zu Ohren kommt, dass du in seiner Nähe gesehen wurdest, werdet ihr beide meine Rache spüren. Niemand legt ungestraft Hand an das, was mir gehört. Hörst du mich?«

»Laut und deutlich.« Lizz befreite sich aus seinem Griff, trat jedoch keinen Millimeter vor dem zornschnaubenden Riesen zurück, sondern hob stolz den Kopf. »Mein Gott, Douglas! Was soll eigentlich dieser ganze Unsinn? Du willst mich doch gar nicht zur Frau!« Mit diesen Worten rauschte sie aus der Tür und knallte sie wütend hinter sich zu.

George stieß geräuschvoll den Atem aus. Er hasste es, wenn sie auf so dramatische Weise aus dem Raum stürmte. Ein zweiter Knall folgte, und er wusste, dass sie nun in ihrem Zimmer angelangt war.

So, so, dieses kleine Biest glaubte also, in diesen Flemming verliebt zu sein. Himmel, sie sollte ihm eigentlich dafür danken, dass er sie vor diesem mittellosen, schmächtigen Feigling bewahrte.

George schüttelte leise den Kopf und rieb sich mit der Hand übers Gesicht. Er fühlte sich plötzlich sehr müde. Sein Blick fiel auf die Wand, hinter der sich Lizzys Räume befanden. Wie von einer fremden Macht angezogen, ging er darauf zu und spreizte die Hände auf dem kalten Stein. Leises Schluchzen drang zu ihm herüber. Nicht Zorn oder Theater waren herauszuhören, sondern tiefe Verzweiflung und Schmerz. Ein dicker Kloß bildete sich in seiner Magengrube. Sie weinte – seinetwegen. Diese traurige Erkenntnis erfüllte seine mächtige Brust mit einem dumpfen Schmerz.

Du willst mich doch gar nicht zur Frau. Ihre Worte. Auf einmal empfand George eine verzehrende Einsamkeit.

»Du irrst dich, Kätzchen«, flüsterte er leise und lehnte mit geschlossenen Augen die Stirn an die Wand. Ja, das tat sie. Denn ihre Worte entsprachen nur zur Hälfte der Wahrheit. Es stimmte, dass er nicht die zornige Frau wollte, die ihn mit Verachtung strafte, doch er sehnte sich beinahe schmerzlich nach dem liebevollen und zärtlichen Mädchen aus dem Wirtshausstall. Er war es müde, sich ständig hart und unverwundbar zu geben. Und er war es so unendlich müde, sich immer allein gegen die grässlichen Eindrücke zu wehren, auf die er in den verwüsteten Dörfern traf.

George atmete tief durch. In ihren Augen hatte er damals ein stilles Verstehen gelesen. Einen warmen Trost, den er niemals zu finden erhofft hatte. Ja, in ihren Armen hatte er Frieden gefunden. War dieses bisschen Glück denn wirklich so selbstsüchtig von ihm?

George wandte sich von der Wand ab. Aber vielleicht hatte sie Recht. Vielleicht machte er mit dieser Heirat tatsächlich einen Fehler. Was war, wenn es dieses Mädchen gar nicht mehr gab?

17

»Trinken wir auf das zukünftige Brautpaar. Mögen viele kräftige Erben aus dieser Ehe hervorgehen, um das Band zwischen den Douglas' und Drummonds zu festigen«, verkündete der König beim Frühstück feierlich und hob seinen Kelch. »Es ist mir eine Freude, die Hochzeit in nur zwei Tagen hier auf Stirling Castle auszurichten.«

Die ganze Gesellschaft war so verblüfft, dass sie sich nur zögernd erhoben, um ebenfalls auf das *glückliche* Brautpaar zu trinken. Murmeln und Flüstern erhoben sich an den Tischen und die neugierigen, teils mitleidigen Blicke zerrten schrecklich an Lizzys wunden Nervenenden. Es war entsetzlich. Mit im Schoß verkrampften Fingern und kerzengeradem Rücken saß sie neben George Douglas und fühlte sich hundeelend. Er tat es wirklich! Noch immer weigerte sich ihr Herz, dies zu akzeptieren. Dieser Bastard zerstörte doch tatsächlich ihr Glück mit David und wirkte dabei so entspannt, dass sie ihn am liebsten auf der Stelle erwürgt hätte.

Davids Gesicht spiegelte Wut und Unglauben, als sie ihn verstohlen anschaute. O Gott, er hätte es nicht auf diese Weise erfahren dürfen. Sie hatte es ihm selbst erklären wollen. Ihm sagen wollen, dass sie nur ihn liebte und dass sie bestimmt einen Weg finden würden, um diesem Schrecken ein Ende zu bereiten.

Wie es schien, wollte der König jedoch keine Zeit verlieren. In zwei Tagen! Plötzlich fielen ihr Old Pegs Worte wieder ein. *Noch vor Ablauf dieser Woche wirst du einem Ehemann verpflichtet sein.* Das durfte doch nicht wahr sein! Was sollte sie nur tun?

Ihr Herz fühlte sich schwer wie Blei an. Sie wagte es

nicht, zu ihrem Vater zu blicken. Sie wollte den Kummer in seinem geliebten Gesicht nicht sehen, denn dann wäre es endgültig um ihre Selbstbeherrschung geschehen.

James erhob erneut die Stimme. »Leider habe ich Euch aber auch noch eine schlechte Nachricht mitzuteilen.«

Lizz hätte beinahe aufgelacht. Was konnte wohl schlimmer sein als diese Hochzeit?

»Heute Morgen erhielt ich einen Brief vom englischen König. Wir haben wohl alle vom letzten Racheakt des schwarzen Ritters gehört.«

Lizz horchte augenblicklich auf.

»Wie Ihr Euch denken könnt, schäumt Henry vor Wut.« An James' zufriedenem Lächeln erkannte man seine tiefe Genugtuung.

»Jetzt fordert er die sofortige Auslieferung des schwarzen Ritters.«

»Nein«, entfuhr es Lizz entsetzt. Im nächsten Moment hielt sie sich die Hand vor den Mund und schaute den König entgeistert an. Er bedachte sie mit einem seltsamen Blick, auf den ein aufrichtig erfreutes Lächeln folgte.

Auch andere Proteste wurden laut und James erhob erneut die Hand. »Wartet doch! Da niemand die wahre Identität des schwarzen Ritters kennt, wird dies natürlich nicht möglich sein. Um die Friedensverträge nicht zu gefährden, bin ich jedoch gezwungen, ein Kopfgeld auf ihn auszusetzen.«

»Ihr wollt ihn ächten?«, riefen einige empört.

James nickte. »Fünftausend Pfund für denjenigen, der zur Festname verhilft.«

James blickte warnend in die Runde. »Und lebenslangen Kerker für denjenigen, der es wagt, den schwarzen Ritter zu verraten.«

Die Atmosphäre lockerte sich sogleich ein wenig auf.

Vereinzelt wurde sogar anerkennend gelacht. »Sehr gerissen!«

Lizz starrte beunruhigt auf ihren unberührten Frühstücksteller. Auf den ersten Blick hatte James einen wunderbaren Weg gefunden, Henrys Aufforderung nachzukommen, ohne den schwarzen Ritter dabei ernstlich in Gefahr zu bringen. Bei näherem Hinsehen erkannte sie jedoch, dass der Schein trog. Viele Adelige besaßen Land sowohl auf schottischem als auch auf englischem Boden. Falls einer von ihnen also auf die Idee käme, den schwarzen Ritter auszuliefern, würde er es bestimmt bei den Engländern tun. Was wollte James dagegen unternehmen?

Lizz wagte erst nach einigen Minuten in Davids Richtung zu sehen, da sie auf keinen Fall den Verdacht auf ihn lenken wollte.

Er wirkte schrecklich nervös und ließ sie nicht aus den Augen. Sein Misstrauen versetzte ihr einen dumpfen Stich. Glaubte er vielleicht, sie würde ihn verraten?

Wenige Stunden später war David vollkommen am Ende mit seinen Nerven. Schweißtropfen glitzerten auf seiner Stirn. Er war in Gefahr! Verdammt noch mal, die ganze Situation war außer Kontrolle geraten. Alles schien ihm wie Sand durch die Finger zu gleiten. Die Rolle des schwarzen Ritters zu spielen war ja ganz amüsant gewesen, doch er hätte sich niemals träumen lassen, dass er dadurch tatsächlich in Gefahr geraten könnte. Er zerrte nervös an seinem Kragen. Lizz musste verschwinden, bevor sie ihn verraten konnte!

David hielt im Schritt inne und spähte den Korridor entlang. Verdammt noch mal, wo blieb nur sein Auftraggeber? Seit dem Frühstück wartete er nun schon auf sein Erscheinen. David war zu feige, um sich mit solchen Gefahren allein auseinander zu setzen. Er brauchte Anweisungen!

Da … Endlich! Eine behandschuhte Hand winkte ihn hinter einen der Vorhänge. David eilte in das Versteck und verfluchte seinen Auftraggeber für diese alberne Geheimnistuerei. Dennoch fühlte er auch unermessliche Erleichterung.

»Ich warte schon seit Stunden«, erklärte er beleidigt. »Wisst Ihr eigentlich, in welcher Gefahr ich mich befinde?«

»Du hast jämmerlich versagt«, zischte die Stimme durch das vorgehaltene Taschentuch hindurch. »Diese Heirat darf unter keinen Umständen zustande kommen.«

Die Hochzeit kümmerte David keinen Deut! Hier stand schließlich sein Leben auf dem Spiel. »Ihr wisst genau, dass mich keine Schuld trifft«, verteidigte er sich. »Niemand kann sich gegen den Willen des Königs stellen. Elizabeths Heirat mit diesem Douglas ist unumgänglich.«

»Unsinn, nur Feiglinge geben so schnell auf«, fuhr die Stimme auf. Der unbändige Hass war beinahe greifbar. »Wenn man will, gibt es immer einen Weg. Oder bist du plötzlich von einem Geldsegen heimgesucht worden, der es dir erlaubt, auf die riesige Mitgift zu verzichten?«

»Verdammt, Ihr kennt meine finanzielle Not nur zu gut. Natürlich brauche ich das Geld.«

»Na eben, und ich versichere dir, John Drummond wird die Mitgift mit Freuden verdoppeln, wenn du seine Lieblingstochter vor diesem Douglas bewahrst.«

David horchte auf. »Und wie soll ich das bewerkstelligen? Ich glaube kaum, dass John Drummond mir bei einer heimlichen Heirat beistehen würde.«

Der Unbekannte lachte innerlich auf. Die Gier war mit Abstand seine Lieblingssünde. Auf sie war immer Verlass. Er war noch immer ganz außer sich vor Freude über die neuen Möglichkeiten, die sich heute für ihn auftaten. Gott der Herr wies ihm den Weg, um die Brut des Satans zu vernichten. Auch John Drummond würde leiden. Ein Leben lang – dafür würde er schon sorgen. Zuerst musste er jedoch diesen erbärmlichen Feigling loswerden.

»Das nicht, doch John wird dich mit offenen Armen empfangen, wenn du beweisen kannst, dass du bereits seit längerem mit seiner Tochter verheiratet bist.«

Davids Stirn legte sich in tiefe Falten. War der Kerl verrückt? »Das verstehe ich nicht.«

»Ganz einfach. Flieh mit der kleinen Drummond nach Gretna Green. Dort findest du eine bekannte Schmiede, in der durchgebrannte Liebespaare innerhalb von wenigen Minuten verheiratet sind.«

David spürte, wie der Auftraggeber ihm einen schweren Beutel mit Goldstücken in die Hand drückte. »Gib dieses Gold dem Priester. Er weiß Bescheid. Er wird Eure Heiratsurkunde mit dem Datum von vor einer Woche versehen.«

»Wofür soll das gut sein?«

»Gebrauch deinen Verstand, du Narr! Die Ehe zwischen Douglas und Drummond wurde heute angekündigt. Sollte sich jedoch herausstellen, dass die kleine Drummond bereits verheiratet ist, sind diese Pläne natürlich hinfällig.«

»Der König wird darüber nicht sonderlich erfreut sein«, gab David zu bedenken. Doch die Aussicht, dass all seine Probleme auf so einfache Art aus der Welt geschafft werden konnten, gefiel ihm außerordentlich.

»Das ist sein Problem, nicht deines.«

»Was ist, wenn die kleine Drummond nicht mitspielt? Der Zorn des Königs könnte sich schließlich auch auf ihre Familie richten.«

»Mach dir darüber keine Sorgen.« Die nächsten Worte spie er ihm förmlich entgegen. »Eine Frau, die liebt, nimmt auf *niemanden* Rücksicht, um ihre Ziele zu erreichen. Ihr Geist ist so sündig wie ihr lüsternes Fleisch.«

Das klang eigentlich ganz logisch.

»Ich bin mir sicher, dir fällt etwas ein, falls sie sich wider Erwarten doch weigern sollte.«

»Und was?«, fragte David gedehnt.

»Ich habe von dem Dienstmädchen gehört, dieser Amelie. Mir scheint, du kannst recht überzeugend sein, wenn du willst.« Er ließ ein kaltes Lachen hören. »Du bist genau der Ehemann, den ich mir für die kleine Drummond wünsche.«

Davids Lippen verzogen sich zu einem überheblichen Lächeln. »Nun, die Magd hat sich all meinen Wünschen gebeugt. In Ordnung. Wann soll ich mit Elizabeth nach Gretna Green aufbrechen?«

»Noch diese Nacht.«

Der Unbekannte schaute David nach und ein teuflisches Grinsen verzog seine Lippen. Er war wirklich ein Meister der List. David bog um eine Ecke und verschwand aus seinem Blickfeld.

Welch ein Einfaltspinsel! Er hatte ihm die Geschichte doch tatsächlich abgekauft. Es gab gar keinen Priester, der in Gretna Green auf die beiden wartete. Weshalb auch? Schließlich würde der König die Ehe schlicht und einfach als ungültig erklären. Wem also sollte damit geholfen sein? Nein, er verfolgte einen ganz anderen Plan – und George der Unerbittliche kam ihm dabei gerade recht.

18

Lizz war unglaublich wütend. Sie hatte den König um eine Audienz gebeten, um ihm zu erklären, dass sie bereits verlobt war und demzufolge diesen Douglas nicht heiraten konnte. Ja, sie war sogar so weit gegangen und hatte ihm eine Heirat per Handschlag vorgeschlagen. Das war in Schottland eine durchaus anerkannte Art zu heiraten – und vollkommen verbindlich. Jedoch war sie nur auf ein Jahr begrenzt. Sollte sich nach dieser Zeitspanne herausstellen, dass die Verbindung unglücklich gewählt war und keine Erben unterwegs waren, konnten die Eheleute einfach wieder ihrer Wege ziehen. Damit hätte Lizz leben können. David würde gewiss auf sie warten.

Doch der König hatte ihr nur zugelächelt und gemeint, dass sie ihm eines Tages dankbar für seine Unnachgiebigkeit sein würde.

Dankbar! Man stelle sich das mal vor. War das schottische Reich eigentlich voll von Narren? Bis ans Ende ihrer Tage würde sie diesen Douglas hassen. Nein, nicht nur ihn, sondern die ganze elende Männerwelt. Wie konnten sie es sich anmaßen, einfach über ihr Leben zu verfügen? Ihre Meinung zählte keinen Deut. Und was war mit ihrem Herzen? Lizz hätte wild um sich schlagen können vor ohnmächtiger Wut und Frustration. Niemand interessierte sich dafür, dass sie David Flemming liebte.

Nein, das kümmerte niemanden. Sie war nichts als eine Spielfigur, die man nach Belieben hin und her schob. Eine Spielfigur, mit der man sich begnügte. Oh, dieses Wort brannte ihr noch immer unter den Fingernägeln.

»Aua!«

»Ich bitte um Vergebung, Lady Drummond, aber wenn Ihr nicht ruhig steht, werden wir Euer Hochzeitskleid niemals bis morgen fertig bringen.«

Die boshafte Schneiderin gab noch nicht einmal vor, dass es ihr Leid tat, Lizz mit der Nadel gepiekst zu haben.

»Das soll mir nur recht sein«, fauchte Lizz wütend.

»Lasst uns allein«, befahl John Drummond. Er war unbemerkt eingetreten.

Sein zorniger Gesichtsausdruck hätte sogar die pflichtbewussteste Schneiderin in die Flucht geschlagen.

Als sie allein waren, stieg Lizz von ihrem Schemel herunter. Sogleich streifte sie sich das verhasste Hochzeitskleid von den Schultern und ließ es achtlos zu Boden gleiten.

Nur in ihrer Leibwäsche stand sie da und ihre Kehle brannte von den unvergossenen Tränen.

»Ach, mein kleiner Wildfang, wie gern würde ich dir diese Hochzeit ersparen.«

Lizz nickte und versuchte die Tränen zurückzuhalten. »Ich weiß, Papa.«

Ihr Vater schien in den letzten beiden Tagen um Jahre gealtert zu sein. Seine Augen blickten sie flehend an. Als er das zitternde Kinn seiner Lieblingstochter sah, glaubte er, sein altes Herz müsse vor Kummer zerbersten.

»Komm her, Mädchen.« Er breitete die Arme aus und Lizz stürzte ohne zu zögern an seine breite Brust. Seit er denken konnte, war sie mit ihren Sorgen und Ängsten stets zu ihm gekommen. Seine Kehle wurde plötzlich eng. Bei wem würde sie nun Trost finden?

Er vergrub seine Nase in ihrem seidigen Haar. »Ich werde dich schrecklich vermissen, mein kleiner Wildfang.«

Lizz zuckte unwillkürlich zusammen, als es an der Tür klopfte. Allan hatte ihr vor wenigen Minuten mitgeteilt, dass George Douglas sie heute zum Ball begleiten würde – auf Wunsch des Königs. Seither fühlte sie sich wie ein aufgeschrecktes Huhn.

Mit zitternden Fingern strich sie das Kleid glatt, während ihr das Herz bis zum Hals schlug und sie verzweifelt um Fassung rang. Wenn sie nur nicht so schrecklich nervös wäre! Sie hatte sich fest vorgenommen, ihm mit derselben kalten Gelassenheit zu begegnen, die auch er an den Tag legte. Leider war es eine Sache, solche Entschlüsse in der Sicherheit ihres Zimmers zu fassen, eine ganz andere jedoch, sie Auge in Auge mit dem Feind auch durchzuführen.

Es klopfte erneut, diesmal heftiger.

Lizz holte tief Atem und verbarg ihre Nervosität hinter einem ärgerlichen Gesichtsausdruck.

Sie riss die Tür auf und wollte ihm gerade erklären, dass er die Tür nicht gleich einzuschlagen brauchte … Doch die Worte blieben ihr im Halse stecken. Mein Gott, weshalb musste dieser Kerl nur so unverschämt gut aussehen? Es wäre wesentlich einfacher, kalte Gelassenheit vorzutäuschen, wenn er ein hässlicher, kleiner Wicht wäre. George Douglas war jedoch alles andere. Hoch gewachsen, muskulös und mit einem dunkelgrünen Samtanzug angetan, stand er vor ihr. Die dunkle Kleidung und sein schwarzes Haar verliehen ihm eine Verwegenheit, die von seinen kantigen Gesichtszügen noch unterstrichen wurde. Großer Gott, dieser Kerl war wirklich schön wie die Sünde.

Auch George benötigte einen Augenblick, um sich von seiner Verblüffung zu erholen. Heute Morgen war Lizz ihm so blass und traurig erschienen, dass er den ganzen Tag über von seinem schlechten Gewissen geplagt worden war. Er wusste selbst nicht, was er erwartet hatte. Vielleicht ein graues Mauerblümchen mit hängendem Kopf und verweinten Augen!? Er hätte es wirklich besser wissen müssen. Sein Kätzchen war keine Frau, die sich so leicht in die Knie zwingen ließ. Leiser Stolz erfüllte seine Brust, als sie nun in einem Traum aus dunkelblauer Seide vor ihm stand. Das üppige, dunkelrote Haar zu einer kunstvoll geflochtenen Krone hochgesteckt und den Kopf stolz erhoben, wirkte sie so würdevoll wie eine Königin. Bei allem, was ihm heilig war, sie hatte niemals schöner ausgesehen.

Seine Sorgen waren also ganz umsonst gewesen. George atmete erleichtert auf.

»Du siehst bezaubernd aus, Kätzchen«, meinte er mit einem gewinnenden Lächeln und betrachtete sie ungeniert von oben bis unten. Ja, sie sah einfach wundervoll aus – und sie gehörte ihm! Er empfand plötzlich ein ungeheures Hochgefühl.

Lizz errötete sanft. Ein Kompliment aus seinem Munde war nun wirklich das Letzte, was sie erwartet hatte.

»Vielen Dank, Mylord.« Sie suchte verzweifelt nach einer geistreichen Entgegnung, doch ihr wollte partout nichts einfallen. »Du siehst auch sehr … angenehm aus.«

Sein dunkles Lachen sandte ihr prickelnde Schauder über den Rücken. »Dieses Kompliment muss dich viel Kraft gekostet haben«, erwiderte er mit einem amüsierten Grinsen. »Ich werde es in Ehren halten.« Seine zinngrauen Augen glitten genüsslich über ihren Körper.

Bei allem, was ihr heilig war … Unter seinem Blick fühlte sie sich beinahe schön – ein aufregendes und belebendes Gefühl.

»Für unser nächstes Zusammentreffen lerne ich einige Komplimente auswendig, damit ich dich nicht mehr enttäusche«, gab Lizz mit einem verschmitzten Lächeln zurück.

George deutete eine knappe Verbeugung an. »Wie

nett, dass du dich um mein männliches Selbstwertgefühl sorgst.«

Himmel, dieser Mann war schon gefährlich, wenn er wütend war. Wenn er jedoch seinen Charme spielen ließ, erwies sich seine Anziehungskraft geradezu als überwältigend.

»Wir sollten jetzt hinuntergehen«, erklärte Lizz verlegen und reichte ihm die Hand, damit er sie führen konnte.

»Warte. Es fehlt noch etwas.«

Lizz blickte verwirrt zu ihm auf, und George fürchtete, in diesen smaragdgrünen Seen zu ertrinken, wenn er sich nicht vorsah. Er reichte ihr eine kleine Schmuckschatulle. Lizz, völlig verblüfft über diese Geste, beäugte das Kästchen mit einem gewissen Argwohn. »Was ist das?«

George verschränkte die Hände hinter dem Rücken. »Unter den gegebenen Umständen ist ein Verlobungsgeschenk wohl angebracht.«

»Oh«, murmelte Lizz leise. Sie hob den Deckel an und ihr stockte der Atem. Auf schwarzem Samt glitzerte ein rubinbesetztes Goldcollier mit einer wunderschönen Rose in der Mitte. Jedes Blatt war kunstvoll mit kleinen, funkelnden Rubinen und Diamanten besetzt. Lizz schluckte den Kloß in ihrem Hals hinunter und strich ganz vorsichtig mit den Fingerspitzen über das herrliche Geschmeide.

»Es ist wunderschön«, hauchte sie leise. »Ich liebe Rosen.«

Die beinahe zärtliche Wärme, die sich in Georges Brust ausbreitete, verunsicherte ihn und plötzlich fühlte er sich ausgesprochen unbehaglich. Er hatte dieses Schmuckstück bereits vor Tagen erstanden. Aus irgendeinem Grund, dem er lieber nicht genauer nachging, war nur diese eine Rose infrage gekommen.

»Leg es an, damit wir gehen können.«

Lizz blickte sich unsicher um. »Ich werde es morgen tragen.«

Ihre Weigerung versetzte ihm einen dumpfen Stich und Ärger keimte in ihm auf. »Nein, du wirst es heute Abend tragen. Ich werde mir nicht nachsagen lassen, dass ich meiner Braut gegenüber geizig wäre«, erklärte er unfreundlicher als gewollt.

Lizzys Wangen röteten sich vor Verlegenheit und Ärger. »Verdammt, Douglas, du wirst mir nicht sagen, was ich zu tun habe! Meine Zofe hat sich bereits zurückgezogen, also werde ich diesen Schmuck erst morgen umlegen.«

Das trotzig vorgeschobene Kinn reizte George augenblicklich, das Wilde in ihr zu zähmen. Ein kühnes Lächeln hob seine Mundwinkel an. »Wenn das so ist, werde ich dir natürlich meine uneingeschränkten Dienste anbieten.«

Ohne auf Lizzys Einwände zu achten, schob er sie in ihr Zimmer zurück, nahm das Collier aus dem Kästchen und drehte Lizz, sodass sie mit dem Rücken zu ihm stand.

Sie erkannte, dass eine weitere Weigerung ihrerseits die Angelegenheit nur unnötig hinauszögern würde. George Douglas war kein Mann, der sich von einem Vorhaben abbringen ließ, ganz egal, worum es dabei ging.

»Also wirklich, Douglas, manchmal bist du unglaublich stur«, erklärte Lizz mürrisch und begegnete seinem eindringlichen Blick im Spiegel des Frisiertisches.

»Zweifellos wird mir diese Eigenschaft bei dir noch zugute kommen. Du bist auch nicht gerade ein Ausbund an Sanftmütigkeit und Demut.«

Unglaublicherweise hörte sie keinen Tadel aus diesen Worten. Vielmehr klang es beinahe nach einem Kompliment!

Der Kerl verblüffte sie immer wieder. Ihr Puls raste

plötzlich wie wild, als sie im Spiegel beobachtete, wie er ihr das Collier umlegte und es im Nacken schloss. Die Wärme seiner Finger und die zarten Berührungen jagten ihr prickelnde Schauer über den Rücken. Entsetzt spürte sie, wie sich ihre Brustspitzen hart gegen das Mieder pressten. Großer Gott, nicht schon wieder! Sie durfte nichts bei seinen Berührungen empfinden. Abscheu und Wut, ja, doch bestimmt nicht diese schmelzende Wärme, die sich wie ein Fieber in ihrem Körper ausbreitete. Lizz hielt bestürzt den Atem an. Er war zu nah! Sie konnte seinen Atem auf ihren bloßen Schultern spüren. Sie fühlte die Hitze seines mächtigen Körpers so intensiv, als würde er sie in seinen Armen halten. Sie musste seiner elektrisierenden Nähe entfliehen, bevor sie seiner Anziehungskraft erneut erlag.

George schien ihren inneren Kampf zu spüren und hielt sie an den nackten Schultern zurück. Im selben Augenblick erkannte er seinen Fehler. Samtig weich fühlte sich ihre zarte Haut unter seinen Händen an und verwandelte das Gefühl köstlicher Schwere in seinen Lenden in einen dumpfen Schmerz. Er war hingerissen vom Anblick ihres schlanken, sanft gebogenen Halses. So verletzlich und doch so unglaublich verführerisch. Ihre Blicke trafen sich im Spiegel und verwoben sich fest ineinander.

»Wir sollten jetzt wirklich zum Ball gehen. Bestimmt erwartet man uns bereits«, erklärte Lizz mit verräterisch kurzatmiger Stimme.

»Sollen sie doch warten«, entgegnete George mit einer Stimme wie rauer Samt.

Lizz hielt angespannt den Atem an, als sie sah, wie er langsam den Kopf senkte und seine weichen Lippen sanft auf die empfindliche Stelle in ihrem Nacken presste. Keinen Moment ließ er sie dabei aus den Augen.

Lizz schnappte hörbar nach Luft, und George sah, wie sich die feinen Härchen in ihrem Nacken aufrichteten. Es war unglaublich, mit welcher Heftigkeit diese Frau auf seine Berührungen reagierte. Georges Manneskraft schwoll unter dieser Erkenntnis schmerzhaft an und sein Verlangen wuchs mit jedem Herzschlag.

»Wunderschön«, hauchte er rau an ihrem Hals und ließ seine Lippen aufreizend langsam über ihre empfindsame Halsbeuge zu den Schultern gleiten.

»Nicht«, flüsterte Lizz atemlos und erbebte unter seinen kundigen Liebkosungen. Seine Lippen schienen ihre Haut zu versengen.

»Gefällt es dir nicht, Kätzchen?«, erkundigte er sich seidenweich und seine Stimme klang wie das Schnurren einer Bergkatze.

»Nein, natürlich nicht«, log sie prompt und erschauderte erneut, als er sachte an ihrem Ohrläppchen zu knappern begann.

Sein leises, dunkles Lachen sandte ihr heiße Blitze durch den Körper und sie schloss verwirrt die Augen.

»Lügnerin«, erklärte George freundlich. »Sieh dich an, Kätzchen.«

Ihre Blicke trafen sich erneut im Spiegel und George legte seine Hände auf ihre sanft geschwungenen Hüften. »Siehst du, wie du bei meiner kleinsten Berührung erbebst?«

»Das ist nur, weil solche Unverschämtheiten neu für mich sind. Das wird sich bestimmt bald legen«, verteidigte sie sich. Leider ließen seine Liebkosungen ihren Protest eher schwach klingen.

George lachte erneut leise auf. Himmel, wenn er es nicht besser wüsste, wäre er durchaus versucht, an ihre Jungfräulichkeit zu glauben.

»Nein, Kätzchen, dein Körper ist für die Liebe wie geschaffen.« Seine langen, kräftigen Finger bahnten sich seitlich den Weg über ihre Rippen und glitten quälend langsam nach vorn, um ihre herrlich runden Brüste zu umfangen.

Lizz keuchte erstaunt auf. Hitze und Feuer schienen all ihre Sinne wie eine gewaltige Explosion zu erschüttern.

»Siehst du, wie sie mir entgegenwachsen?«

»Nein, das ist nicht wahr«, rief Lizz. Verzweifelt versuchte sie sich aus dem sinnlichen Netz ihrer eigenen Begierde zu befreien. Nie zuvor hatte sie ihren Körper so intensiv gespürt wie in diesem Augenblick. Ihr Blut verwandelte sich in flüssige Lava und ein beinahe schmerzliches Sehnen erfasste ihren Unterleib.

»Wehr dich nicht dagegen, Kätzchen«, stöhnte George rau an ihrem Ohr, während er ihre anschwellenden Brüste durch das Kleid hindurch liebkoste, bis sie sich willenlos an seine breite Brust sinken ließ.

Der Anblick ihres gemeinsamen Spiegelbilds brachte George beinahe um den Verstand. Sie war so unglaublich verführerisch, wie sie sich mit dem Rücken an seinen gepeinigten Körper schmiegte. Mit geschlossenen Augen und leicht geöffneten Lippen gab sie sich seinen Liebkosungen hin und wirkte dabei so sinnlich, dass Georges Schaft vor Erwartung unerträglich heiß zu pulsieren begann. Du musst aufhören!, meldete sich sein Verstand. Lizz hatte Recht. Sie wurden von mehreren hundert Leuten unten im Ballsaal erwartet – einschließlich des Königs. Doch er konnte nicht. Alles in ihm verlangte nach Lizz. Er wollte sie berühren, wollte sie schmecken und jeden Zentimeter ihres herrlichen Körpers erkunden. Großer Gott, er wollte sie mit einer Inbrunst, die ihm fremd war. George zitterte vor Verlangen und seine Berührungen wurden kühner. Seine Hände glitten tiefer und tiefer.

Entsetzt erkannte Lizz, dass sich seine Fingerspitzen zum intimsten Zentrum ihrer Weiblichkeit vorarbeiteten.

»Douglas«, rief sie erschrocken.

»Schsch, entspann dich, Kätzchen. Es wird dir gefallen«, flüsterte er rau und knabberte verführerisch an ihrem empfindsamen Ohrläppchen.

Unnachgiebig und mit kreisenden Bewegungen tastete er sich immer weiter vor.

Lizz krallte ihre Finger in seine Hände, nicht wissend, ob sie ihn nun zurückhalten oder seine Hände auf ihrem sündigen Weg begleiten wollte.

Sie erschauderte hilflos in seinen Armen und ihr Unterleib verspannte sich vor schmerzlichem Verlangen. Großer Gott, sie wünschte sich sogar, dass er sie dort berührte. Nur um diese flammende Sehnsucht in ihrem Leib zu stillen. Sie verharrte in atemloser Erwartung.

Nichts geschah. Georges Hände waren plötzlich verschwunden.

Erst jetzt hörte sie das Donnern von Fäusten an ihrer Zimmertür.

»Lizz! Lizz, bist du da?«, rief Allan besorgt.

»Großer Gott«, keuchte sie entsetzt und errötete bis zu den Haarwurzeln.

»Ich … ich komme gleich«, rief sie zurück und strich hektisch ihre Röcke glatt.

Ihr Körper schmerzte vor Erregung, und auch wenn sie Allan für diese Unterbrechung von Herzen dankte, gab es einen winzigen Teil in ihr, der vor Enttäuschung am liebsten geschrien hätte.

Ihr Blick suchte nach George, der sich mit beiden Händen schwer auf den Kaminsims abstützte und mit geschlossenen Augen tief ein und aus atmete. Lizz zog besorgt die Augenbrauen zusammen. Es schien ihm gar nicht gut zu gehen.

»Lizz, mach endlich die verdammte Tür auf«, forderte Allan erneut und klopfte lautstark gegen das Holz.

»Wie soll ich ihm das bloß erklären?«, zischte sie George vorwurfsvoll an.

Dieser stieß sich vom Kaminsims ab und knurrte: »Lange Erklärungen erübrigen sich wohl.«

»Aber er wird denken, dass wir ...« Lizz errötete erneut bis über beide Ohren.

»Wir sind bereits so gut wie verheiratet. Niemand wird sich also den Mund über uns zerreißen«, beschied George streng und schritt zur Tür.

Sein frostiges Benehmen kränkte Lizz über die Maßen. Wie konnte er nur so beherrscht sein, während sie unter einem wahren Wechselbad der Gefühle litt?

George riss die Tür auf.

Allans Gesicht verwandelte sich augenblicklich in eine Maske der Feindseligkeit, als er den finsteren Riesen vor sich in der Tür aufragen sah. »Was hat das zu bedeuten, Douglas? Wo ist Lizz?«

Lizz schlüpfte rasch unter Georges Arm hindurch und stellte sich zwischen die beiden Männer. »Ich bin hier, Allan.«

»Hat er dir etwas angetan? Bist du verletzt?«, wollte Allan wissen. Sein Gesicht war bei ihrem Anblick wesentlich weicher geworden.

George verschränkte die Arme vor der Brust, und seine grauen Augen funkelten wie frisch geschliffener Stahl, als er kalt entgegnete: »Ich habe sie nur mit einer neunschwänzigen Katze ausgepeitscht. Es geht ihr also den Umständen entsprechend.« Zum Teufel mit diesem Bastard, am liebsten hätte er den Kerl in Fetzen gerissen. Georges Innereien krampften sich vor ungestilltem Verlangen schmerzlich zusammen, dennoch ließ er sich nichts anmerken. Sein Gesicht wirkte vollkommen teilnahmslos.

»Lass diesen Unsinn, Douglas«, fuhr Lizz ihn ärgerlich an und wandte sich an ihren Cousin, der drauf und dran war, George an den Kragen zu gehen.

»Douglas war so freundlich und hat mir beim Anlegen des Geschmeides geholfen«, erklärte sie Allan hastig und zeigte auf das Rosencollier um ihren Hals. »Es ist ein Verlobungsgeschenk.« Ihre vor Verlegenheit geröteten Wangen verdeutlichten ihm jedoch, dass wesentlich mehr dahinter steckte.

»Wie nett von ihm«, meinte er ätzend. »Das erklärt aber nicht seine Anwesenheit in deinen Räumen.« Sein zorniger Blick glitt erneut zu George. »Verdammt, Douglas, ich erwarte eine Erklärung.«

Nun reichte es George endgültig. Großer Gott, er hatte genug damit zu tun, seinen gepeinigten Körper zu beruhigen. Auf irgendwelche absurden Vorwürfe konnte er jetzt beileibe verzichten.

»Lizz ist mit mir verlobt. Also fällt sie von nun an in meine Verantwortung. Was ich mit ihr tue oder nicht, hat dich nicht mehr zu kümmern. Ist das klar?«, fuhr er Allan grob an. Dessen Körper spannte sich an vor Wut, dennoch schwieg er, da er den Wahrheitsgehalt dieser Worte erkannte.

Ganz im Gegensatz zu Lizz. »Ich bin keiner deiner hässlichen Hunde, Douglas. Ich bestimme immer noch selbst über mein Leben«, fuhr sie auf und stemmte empört die Hände in die Hüften. »Und ich allein übernehme auch die Verantwortung für mein Handeln.«

Dass sie ihn ausgerechnet jetzt reizte, sprach nicht gerade für ihre Intelligenz. Er fixierte Lizz mit einem so durchdringenden Blick, dass sie unweigerlich einen Schritt näher an Allans Seite trat.

»Bist du fertig?«, erkundigte er sich unfreundlich. »Wir werden nämlich erwartet.«

19

Fröhliche Musik und Gelächter erfüllten den Ballsaal von Stirling Castle und schwollen beachtlich an, je später der Abend wurde. Hunderte von Kerzen flackerten sanft in den riesigen Kronleuchtern und spiegelten sich in den farbenprächtigen, mit Pailletten und Edelsteinen bestückten Gewänder der vergnügten Gäste wider. Pausenlos schlängelten sich Lakaien mit Tabletts voller Weinkelche oder kleinen Imbissen durch die Menge. Andere Bedienstete schlossen gerade die hohen Flügeltüren, die ins Freie führten. Das Wetter hatte sich gewandelt und brachte nun kalte, feuchte Luft mit sich.

Es war bereits kurz vor Mitternacht. Robert schlenderte gemächlich durch die schwatzenden Gäste auf George zu. »Wo ist denn deine liebenswürdige Braut? Hat sie dir mit ihrem boshaften Mundwerk so sehr zugesetzt, dass du sie eilends in ein Kloster geschickt hast?«, erkundigte er sich zynisch, während er nach Lizz Ausschau hielt. »Damit würdest du mir einen echten Freundschaftsdienst erweisen.«

Die abfälligen Worte ärgerten George völlig unerwartet. »Gib Acht, was du sagst, Rob. Du sprichst von meiner Frau.«

»Zukünftigen Frau«, verbesserte dieser und überhörte den warnenden Unterton seines Freundes geflissentlich. »Wenn du mich fragst, wärst du mit einer der anderen Schwestern besser beraten gewesen. Sie scheinen mir um einiges gefügiger zu sein.«

»Ich frage dich aber nicht«, zischte George mürrisch.

»Weißt du eigentlich, dass ihr Vater sie ›Wildfang‹ nennt?« Robert hob viel sagend die Augenbrauen. »Nicht gerade ein Name, den man einem zurückhaltenden und duldsamen Mädchen gibt. Findest du nicht auch?«

»Ein elendes Duckmäuschen ist das Letzte, was ich um mich haben will. Und jetzt Schluss damit. Ich habe deine Umstimmungsversuche satt.« Jetzt war er wirklich wütend und seine grauen Augen verdunkelten sich gefährlich. »Lizz wird meine Frau. Finde dich endlich damit ab.«

»Mensch, George, beruhige dich. Das war doch nur ein Scherz«, beschwichtigte Robert ihn, erstaunt über diese heftige Reaktion.

Georges Groll verschwand eben so schnell, wie er gekommen war. »Du besitzt wirklich ein goldenes Händchen, dir ständig den falschen Zeitpunkt für deine Sprüche auszusuchen.«

Robert grinste breit und zuckte lässig mit den Schultern. »Bedauerlich, doch leider nicht zu ändern. Aber jetzt mal im Ernst. Irgendwie will mir der Gedanke einfach nicht gefallen, dass ich mich nun Tag für Tag vor Nachttöpfen zu fürchten habe.«

Georges Mundwinkel hoben sich spöttisch. »Dann solltest du ernsthaft über eine Entschuldigung nachdenken. Ich bin mir ziemlich sicher, dass Lizz unglaublich nachtragend sein kann.«

»Und das freut dich auch noch? Ein feiner Kamerad bist du, George. Du könntest zumindest versuchen, deinen Stolz auf sie etwas zu verberg …« Er hielt mitten im Satz inne, als es ihm plötzlich wie Schuppen von den Augen fiel.

»Bei Gott, du hast gar nichts gegen diese erzwungene Heirat einzuwenden. Stimmt es, mein Freund? Du empfindest tatsächlich etwas für dieses Mädchen!?«

Georges Stirn umwölkte sich. Er wusste beim besten Willen nicht, was er darauf antworten sollte. Seine Augen wanderten automatisch zu Lizz, die am anderen Ende des Ballsaals im Kreise ihrer Familie stand. Natürlich fühlte er sich zu ihr hingezogen. Schließlich war sie eine Frau und er ein Mann. Auch schätzte er ihre Aufrichtigkeit. Sie sagte stets, was sie dachte. Obwohl ihre Offenheit manchmal regelrecht niederschmetternd wirkte, respektierte er diesen Charakterzug ungemein. Er war ein Mann, der Lügen und Halbwahrheiten nur schwer verzeihen konnte. Ehrlichkeit war ihm sehr wichtig. Ein leises Gefühl von Stolz schlich sich in sein Herz. Und sie besaß Mut. Er kannte keine andere Frau, die sich allein gegen zwei Wölfe gestellt hätte, um das Leben eines fremden Jungen zu retten. Woher hätte sie denn wissen sollen, dass der kleine Archie mit den beiden Wolfshunden aufgewachsen war? Sie hatte sich für den Zigeunerjungen und das Dienstmädchen eingesetzt, ohne dabei auch nur eine Sekunde über ihre eigene Sicherheit nachzudenken. Zugegeben, dieser letzte Aspekt bereitete ihm einiges Kopfzerbrechen. In Zukunft würde er bestimmt alle Hände voll damit zu tun haben, sie vor ihrer eigenen Kühnheit zu beschützen.

»Wo ist sie eigentlich?«, unterbrach Robert seine Gedankengänge. »Sollte sie nicht an deiner Seite weilen? Soweit ich weiß, wird das vom Hofzeremoniell verlangt.«

»Du solltest wissen, dass ich mich nur selten an Regeln halte«, erwiderte George schlicht. »Ich habe Lizz zu ihrer Familie begleitet. Morgen wird sie nur wenig Zeit mit ihnen finden. Und da wir bereits am Tag darauf nach Tantallon Castle aufbrechen, halte ich es für angebracht, dass sie den letzten Abend mit den Ihren verbringt.«

Robert bedachte ihn mit einem sonderbaren Blick. »Sei vorsichtig, mein Freund. Wenn du ihr dein Herz öffnest, wirst du verwundbar.«

»Rede keinen Unsinn«, fuhr George ihn grob an. »Du solltest wissen, dass ich weder ein Herz habe noch irgendwelche zarten Gefühle hege. Mein Handeln ist auf Zweckdienlichkeit ausgerichtet. Sonst nichts.«

Ja, das war wohl der Eindruck, den George von sich selbst hatte. Robert hingegen kannte seinen Freund und Clansherrn weit besser. Dieses Mädchen hatte es ihm ganz offensichtlich angetan. George konnte es vielleicht vor sich selbst leugnen, doch ihn hielt er nicht zum Narren. Robert hatte die ehrliche Sorge in seinen Augen gesehen, als er die bewusstlose Lizz ins Zimmer getragen hatte.

»Sei trotzdem auf der Hut. Sie ist eine Drummond.«

»Gibt es eigentlich Neuigkeiten von McDerrel?«, wechselte George das Thema.

»Nein, der falsche Priester ist nirgends auffindbar. Der Beschreibung der Dienstboten nach muss es sich aber tatsächlich um diesen Kerl handeln.«

»Lass die Kapelle rund um die Uhr überwachen. Religiöse Fanatiker wie er können sich nur schwer von heiligem Boden fern halten.«

Er schwieg einen Augenblick, bevor er fragte: »Ist Archie noch immer im Gasthof?«

Robert schüttelte den Kopf. »Nein, sie sind bereits aufgebrochen. Keine Angst, der Junge ist in Sicherheit. Fünf deiner besten Männer begleiten ihn nach Tantallon Castle.«

Zur selben Zeit stand Lizz im Kreise ihrer Familie und unterdrückte tapfer die Tränen. Sie versuchte verzweifelt, nicht daran zu denken, dass dies hier ihr letzter Abend allein mit ihnen war. Vom morgigen Tag an konnte George Douglas darüber bestimmen, wann oder ob überhaupt sie ihre Familie sehen durfte.

Das Herz sank ihr von Minute zu Minute immer tiefer. Sie hatte sich noch nicht einmal von den Dienstboten auf Stobhall Castle verabschieden können. Wie sehr würde sie die vertrauten Gesichter vermissen.

Ihr Blick glitt immer wieder zu George, der sich am anderen Ende des Saals mit seinem Freund unterhielt. Die seltsame Wärme, die sie jedes Mal bei seinem Anblick verspürte, beängstigte sie wirklich. *Das ist nur Dankbarkeit*, versuchte sie sich einzureden. Sie hatten den halben Abend beisammen verbracht und Seite an Seite die Glückwünsche der Gäste entgegengenommen – ausgesprochen würdevoll, wie Margarete ihr augenzwinkernd versichert hatte. Bis Lord Hamilton mit einem überaus freundlichen Lächeln auf den Lippen und boshaft funkelnden Augen an sie herangetreten war. »Hoffentlich habt Ihr Euch schon von Eurer Familie verabschiedet. Es wird vermutlich Monate dauern, bis Ihr sie wieder seht.«

Die Wahrheit dieser Worte hatte Lizz bis in ihr Innerstes erschüttert. Obwohl sie sich danach verzweifelt darum bemüht hatte, ihre Fassung zu wahren, hatte George dennoch ihren Kummer gespürt. Wenige Minuten später hatte er sie zu ihrer Familie geführt und sich mit einem knappen Nicken verabschiedet. Er hatte sich zurückgezogen und ihr einige Stunden allein im Kreise ihrer Familie geschenkt. Dieses Wissen erfüllte ihr Herz mit tiefer Dankbarkeit und einem leisen Gefühl des Trostes …

»Möchtest du nicht tanzen?«, erkundigte sich Annabella.

»Nein. Seit meine Verlobung bekannt gegeben wurde, traut sich keiner der Männer mehr, mich aufzufordern. Sie scheinen alle einen großen Bogen um mich zu machen«, erklärte Lizz leichthin.

»Alles Feiglinge«, schnaubte ihr Vater und warf vernichtende Blicke in die Runde.

»Eigentlich ist es mir ganz recht so«, log Lizz. Leider entsprach dies nicht ganz der Wahrheit. Sie wünschte sich sehnlichst, mit David zu reden. Sie wollte ihm versichern, dass sie dieser Heirat niemals zugestimmt hatte, und ihm erklären, dass sie auch weiterhin nur ihn lieben würde. Ein Tanz bot die einzige Möglichkeit dazu, doch er kam nicht. Seit dem Frühstück hatte sie ihn nicht mehr gesehen.

Ihr Blick fiel auf ihre Mutter. »Was ist denn dort los?«

Sie beobachtete, wie Lord Hamilton unnachgiebig nach der Hand ihrer Mutter fischte, um sie auf die Tanzfläche zu ziehen. Diese hingegen entzog sie ihm immer wieder mit zorngeröteten Wangen.

John Drummond fluchte lästerlich vor sich hin. »Zum Teufel mit diesem Bastard.«

»Was ist denn?«, erkundigte sich Lizz neugierig, doch ihr Vater bahnte sich bereits einen Weg durch die herumstehenden Leute und hielt auf seine Frau zu.

Lizz wandte sich an Margarete. »Weißt du, worum es da geht?«

»Nein, nicht mit Sicherheit«, gestand diese nachdenklich. »Ich weiß nur, dass er irgendetwas mit Mamas Entführung zu tun hatte. Ich glaube, sein Bruder war damals hinter ihrer Mitgift her oder so ähnlich.«

»Davon weiß ich ja gar nichts«, flüsterte Lizz erstaunt.

»Mama spricht nicht gern davon. Über die näheren Umstände ist mir auch nichts bekannt. Ich weiß nur, dass sie damals bereits mit Papa verlobt war und er sie zurückgeholt hat.«

»Wie romantisch«, seufzte Annabella leise.

»Unsinn«, beschied Margarete streng. »Es gab einen schrecklichen Skandal um diese Geschichte. Soweit ich weiß, hat er sie auch nach der Hochzeit weiter belästigt.«

Sie beobachteten, wie ihr Vater Besitz ergreifend den Arm um die Schultern seiner Frau legte und sich drohend vor Lord Hamilton aufbaute.

»Lady Drummond«, räusperte sich ein kleiner Bursche in der Uniform eines Lakaien neben Lizz.

»Ja?«

»Ihr seid Lady Elizabeth Drummond?«

Als sie nickte, überreichte er ihr ein kleines Briefchen. Gleich darauf war er verschwunden.

»Was ist das denn?« Lizz faltete das Schriftstück auseinander und überflog die wenigen Zeilen.

Liebste Elizabeth!

Ich muss dich dringend sprechen.
Wir treffen uns am Fuße der Marmortreppe im Garten.
Bitte komm!

DF

David Flemming. Lizzys Herz raste plötzlich wie wild und sie biss sich unsicher auf die Unterlippe. Himmel, das war ihr aber gar nicht recht. Es wäre wesentlich unverfänglicher, wenn sie sich mitten unter den Ballgästen befänden, um sich zu unterhalten. Aber solche Heimlichkeiten? Sie hasste Intrigen. Lizz fühlte sich hin und her gerissen zwischen dem Pflichtgefühl George gegenüber und ihrer Liebe zu David. Was sollte sie nur tun? Sie faltete das Briefchen nervös in immer kleinere Teile und Furcht stieg in ihr auf. Einerseits wollte sie Georges freundliche Geste nicht mit Verrat vergelten – und das war es, sowohl in ihren als gewiss auch in seinen Augen –, andererseits gab es so viel, was sie David noch sagen musste. Leiser Groll stieg in ihr auf. David hätte sie nicht vor eine so folgenschwere Wahl stellen dürfen. Das war einfach nicht gerecht. Mit jeder Sekunde, in der sie mit ihrem Gewissen rang, wurde sie nervöser. David wartete bestimmt schon ungeduldig auf ihr Erscheinen. Ihr Blick glitt zu George, der sich gerade mit dem König unterhielt. Nicht auszudenken, wenn er diese Zeilen in die Finger bekäme.

Lizz kaute erneut auf ihrer Unterlippe. Vielleicht war

der Zeitpunkt nicht schlecht. Ihre kurze Abwesenheit würde George nicht weiter auffallen ... Sie könnte rasch zur Treppe laufen, um David zurück in den Ballsaal zu bitten. Bestimmt würden sie hier einige Minuten Zeit finden, in denen sie sich ungestört unterhalten konnten.

Sie entschied, dass es wohl am sichersten war, durch die Bibliothek auf die Veranda zu gelangen. Zu dieser Zeit würde sich bestimmt niemand dort aufhalten. Mit klopfendem Herzen und so unauffällig wie möglich schlich sie sich aus dem Saal. Großer Gott, sie fühlte sich ganz elend vor Schuldgefühlen.

Zu ihrer ungemeinen Erleichterung begegnete ihr niemand. Eilig schlüpfte sie durch die Terrassentür in die Nacht hinaus. Himmel, war das kalt. Der Wind hatte unglaublich aufgefrischt.

»Elizabeth, hierher«, raunte David angespannt, als er ihre dunklen Umrisse erkannte. Er trat hinter dem Rosenbusch hervor und winkte ihr zu.

Völlig außer Atem gelangte Lizz bei ihm an. »David, ich ...«

Weiter kam sie nicht, denn er riss sie heftig in seine Arme und presste sie so fest an seinen Körper, dass sie einen leisen Laut des Schmerzes ausstieß.

»Ich habe mich ja so sehr nach dir gesehnt, Liebste«, hauchte er und drückte ihr feuchte Küsse auf Stirn und Wange.

Lizz versuchte sich aus seinem Griff zu befreien. Sie liebte ihn zwar von ganzem Herzen, doch tief in ihr wusste sie, dass sie seine Berührungen nicht zulassen durfte.

Sie konnte und wollte Georges Vertrauen nicht so schändlich missbrauchen.

»Jetzt wird alles gut«, erklärte David leidenschaftlich.

»Las mich bitte los, David. Ich muss gleich wieder hinein, bevor man mich vermisst. Ich bin nur hier ...«

»Aber nein, Liebste«, unterbrach er sie und zwinkerte ihr verschwörerisch zu. »Bis man dich vermisst, sind wir längst auf dem Weg nach Gretna Green.«

Lizz befreite sich aus seinen Armen und schaute verwirrt zu ihm auf. »Gretna Green? Was sollen wir denn da?«

David drückte ihr einen selbstgefälligen Kuss auf die Lippen. »Heiraten natürlich! Ich werde dich doch nicht diesem Bastard überlassen. Wir gehören zusammen, Liebste. Das weißt du doch.«

Lizz war so verwirrt, dass sie nur nicken konnte. Natürlich gehörten sie zusammen. Sie liebte diesen Mann. Doch plötzlich erkannte sie die Gefahr mit all ihren Folgen und schüttelte energisch den Kopf. »Wir können nicht heiraten, David. Obwohl ich mir nichts sehnlicher wünsche. Es ist unmöglich.«

»Natürlich ist es möglich«, beschied er aufgebracht und griff im selben Moment nach ihr, in dem sie vor ihm zurückwich. Das grässliche Geräusch zerreißenden Stoffes ließ Lizz vor Schreck erstarren. Ungläubig betrachtete sie den zur Hälfte abgerissenen Ärmel ihres Kleides. »Um Himmels willen, das hat mir gerade noch gefehlt. So kann ich unmöglich zurück auf den Ball gehen«, keuchte sie entsetzt und die Angst griff mit gierigen Fingern nach ihr.

»Siehst du, Liebes, das ist ein Zeichen. Das Schicksal weist dir den Weg.«

»Nein, David. Das ist kein Zeichen, sondern ein ganz dummes Missgeschick. Ich wurde George Douglas vom König höchstpersönlich versprochen und ...«

»Na und? Meinen Antrag hast du zuerst angenommen ...«

Seine Haltung war mit einem Mal sehr frostig und Lizz konnte seine Wut beinahe körperlich spüren. Es tat ihr so unsäglich Leid, dass sie ihm solchen Kummer bereiten musste.

»David, ich bin nur hier, um dir Lebewohl zu sagen.«

Plötzlich packte er nach ihrem Handgelenk. »Vorsicht, da kommt jemand!«

Lizzys Herz klopfte so laut, dass sie schon befürchtete, man könnte es bis in den Ballsaal hören. Bitte, lieber Gott, lass es nicht George sein. Mit angehaltenem Atem spähte sie zur Veranda hinauf. »Ich sehe aber niemanden.«

»Vertrau mir«, zischte er leise und zog Lizz mit sich fort. Es war so dunkel, dass sie kaum den Boden unter ihren Füßen erkennen konnte. Sie stolperte, doch David hielt nicht inne. Erbarmungslos zerrte er sie immer weiter fort vom Schloss.

»David, du tust mir weh«, keuchte sie leise und versuchte mit seinen langen Schritten mitzuhalten. Ihr Handgelenk brannte wie Feuer unter seinem unnachgiebigen Griff.

»Dann lauf schneller.«

Lizzys Angst steigerte sich in regelrechte Panik. David wirkte so entschlossen … Wie konnte sie ihn nur von diesem unseligen Vorhaben abbringen?

»So warte doch! Niemand ist uns gefolgt. Ich möchte jetzt sofort zu den Gästen zurückkehren..«

Als er urplötzlich stehen blieb, prallte sie hart gegen seinen Rücken.

Gottlob. Endlich kam er zur Vernunft. »Wir können uns auf dem Ball weiter unterhalten. Mein Wegbleiben ist bestimmt schon einigen aufgefallen und …«

Sie hielt mitten im Satz inne.

Vor ihnen standen zwei gesattelte Pferde.

»Teufel und Verdammnis über dieses scheinheilige Weibsbild«, stieß George wütend hervor, als er den Brief erneut las. Ein Muskel zuckte gefährlich in seinen Wangen und seine grauen Augen verdunkelten sich vor Zorn.

Allan sah ihn erstaunt an. Vor wenigen Minuten war

George Douglas an ihn herangetreten und hatte sich nach Lizzys Aufenthalt erkundigt. Da er sie jedoch ebenfalls nirgends entdecken konnte, hatten sie sich gemeinsam auf die Suche nach ihr begeben. Bis ein Diener zu ihnen kam und George eine eilige Nachricht überbrachte. Seither kochte dieser vor Zorn.

»Was ist denn geschehen?«

George reichte ihm den Brief und verließ mit ausholenden Schritten den Ballsaal.

Allan überflog rasch die wenigen Zeilen.

Falls Ihr Eure Braut sucht, Douglas:
Sie ist mit David Flemming auf dem Weg nach Gretna Green.
Hochachtungsvoll
Ein Freund

»Großer Gott«, stöhnte Allan entsetzt und eilte dem zornigen Riesen nach. Er fand George, als dieser gerade die Treppe herunter kam, die zu Lizzys Zimmer führte. Anscheinend hatte er sich zuerst versichert, ob sie nicht doch schon im Bett lag.

»Ich werde Euch begleiten«, beschied Allan ernst.

Georges Kopf zuckte wütend zu ihm herum: »Halte dich fern von mir, Drummond. Im Augenblick traue ich mir selbst nicht über den Weg.«

Zu allem Übel brachte Allan ihm sogar großes Verständnis entgegen. »Wo sollen wir jetzt mit der Suche beginnen?«

»Du suchst im Schloss. Ich sehe mich in den Ställen um«, knurrte Douglas.

»Wartet«, hielt Allan ihn zurück. Aufrichtige Sorge stand in sein junges Gesicht geschrieben. »Versprecht mir, dass Ihr Lizz zuerst anhört, bevor Ihr sie bestraft. Ich kenne sie. Lizz würde niemals wissentlich jemanden hintergehen.«

Georges Nasenflügel blähten sich vor Zorn.

»Ich glaube einfach nicht, dass sie durchgebrannt ist«, erklärte Allan energisch.

»Ich habe sie auch nicht für so dumm gehalten«, knurrte George, und es war ihm deutlich anzusehen, dass er nicht weit davon entfernt war, einen Mord zu begehen.

»Es muss sich um ein Missverständnis handeln«, beharrte Allan und wandte sich ab, um mit der Suche zu beginnen.

George schlug den Weg Richtung Bibliothek ein. Wie gern würde er das glauben, doch ihre Worte hallten ihm wieder und wieder durch den Kopf. *Ich werde einen Weg finden, um mit David zusammen zu sein.* Er hätte diese Warnung ernst nehmen sollen. Aber bei allem, was ihm heilig war, er hätte niemals damit gerechnet, dass sie eine solche Dummheit begehen könnte. Schließlich hatte er ihr deutlich genug erklärt, dass sie es bitter bereuen würde, falls sie ihn hinterginge. George fluchte lästerlich vor sich hin. Er würde ihr einen gewaltigen Strich durch die Rechnung machen. Wenn sie glaubte, damit durchzukommen, war sie eine verdammte Närrin. George Douglas wurde nicht umsonst ›der Unerbittliche‹ genannt. Er würde sie zurückholen, und wenn er sie um den ganzen Erdball jagen musste. Falls er sie dabei zur Witwe machte, umso besser. Lizz gehörte ihm!

Georges lodernder Zorn wurde nur noch von seiner bitteren Enttäuschung übertroffen. Der Teufel sollte sie holen. Und er hatte ihre Ehrlichkeit gepriesen! Lizz war zwar oft ziemlich schwierig, manchmal sogar nervtötend, doch an ihrer Aufrichtigkeit hatte er tatsächlich nie gezweifelt. Welch ein Narr er doch war, wie konnte er nur einem so durchtriebenen Weibsbild vertrauen? Georges Zähne malten vor Zorn.

»Steig auf das elende Pferd«, fuhr David Lizz aufgebracht an. Er stand kurz davor, ihr eine Tracht Prügel zu verabreichen.

»Hör mir doch endlich zu, David«, bat Lizz erneut. Allmählich war sie wirklich am Ende ihrer Geduld. Er zeigte sich vollkommen unzugänglich für ihre Argumente.

»Nein, jetzt hörst du mir zu, Elizabeth. In Gretna Green wartet ein Priester auf uns. Es ist alles so eingerichtet, dass unsere Heiratsurkunde auf letzte Woche datiert ist … Ich habe wirklich an alles gedacht.«

»Nicht ganz«, ließ sich George mit vor Zorn zitternder Stimme vernehmen, als er aus dem Schatten eines mannshohen Rosenbusches trat.

»Douglas«, entfuhr es Lizz entsetzt und ihr Gesicht verlor sämtliche Farbe. Plötzliche Übelkeit schwemmte wie eine gewaltige Woge über sie hinweg. Großer Gott, er wirkte wie ein düsterer Racheengel. Herabgestiegen, um sie alle zu vernichten. Wie war er nur so schnell dahinter gekommen?

Georges glühender Blick fiel auf Lizz. »Geh auf dein Zimmer und warte dort auf mich«, befahl er durch zusammengepresste Zähne.

»Bitte, Douglas, ich kann alles erklären«, versicherte sie ihm rasch und trat einen Schritt auf ihn zu.

»Verdammt noch mal, geh mir aus den Augen, Weib, bevor ich gegen meine eigenen Prinzipien verstoße und dich windelweich prügle!«, brüllte er.

Lizz zuckte unter seinem Zorn zusammen und wünschte sich tatsächlich nichts mehr, als vor ihm zu fliehen. Nicht vor seiner Wut, sondern vor dem Schmerz und der Enttäuschung, die sie in seinen Augen las. Dennoch brachte sie es nicht über sich. »Ich kann nicht«, gestand sie tapfer. Sie war sich nicht sicher, um welchen der beiden Männer sie sich mehr sorgte. »Nicht, so lange du nicht die Wahrheit kennst.«

Georges Blick verriet brennenden Hass, als er David mit kalter Entschlossenheit fixierte. Seine zinngrauen Augen wirkten nun beinahe schwarz und dort stand ein deutliches Urteil geschrieben – Davids Todesurteil!

»Die gesattelten Pferde und euch beide hier zu finden ist für mich Wahrheit genug. Mehr brauche ich nicht zu wissen.«

»Das ist ungerecht«, rief Lizz entsetzt und trat schützend zwischen die beiden Männer. Himmel, weshalb verteidigte David sich nicht endlich? Sie fand es äußerst befremdlich, dass dieser wie zur Salzsäule erstarrt dastand. Ihr Herz klopfte wild gegen ihre Rippen vor Angst, als George sie grob bei den Schultern packte und sie wie eine Flickenpuppe schüttelte. »Sprich du nicht von Ungerechtigkeit. Verdammt, Weib, du kannst von Glück reden, dass ich deine Weigerung gehört habe. Wenn du auch nur einen Funken Verstand in deinem Schädel hast, gehorchst du jetzt meinem Befehl und gehst mir aus den Augen. Dein offener Widerstand macht alles nur noch schlimmer!«

Lizz fühlte sich hundeelend in ihrer Haut. Sie raffte die Röcke und rannte mit Tränen in den Augen davon.

»Und nun zu dir.«

Georges flinke Bewegung kam vollkommen unerwartet. Mit einer Hand umfasste er David an der Kehle, schnitt ihm die Luftzufuhr ab und hob ihn vom Boden. David trat um sich, wand sich, schlug mit den Fäusten durch die Luft und rang keuchend nach Atem. Doch Georges Griff blieb unnachgiebig. Davids hilfloses Röcheln bereitete ihm eine perverse Genugtuung.

»Niemand legt ungestraft Hand an das, was mir gehört, du jämmerlicher Bastard.«

Als David ein letztes Mal schnaufte und seine Gliedmaßen sich schließlich nicht mehr rührten, stieß George einen leisen Fluch aus und warf ihn zu Boden wie verfaultes Aas.

»Du hast ihn umgebracht«, rief Lizz kreidebleich vor Entsetzen. Ihre keuchenden Atemzüge verrieten, dass sie zurückgerannt war. Sie starrte fassungslos auf die reglose Gestalt im Gras und begann am ganzen Körper zu zittern. Dass sie ausgerechnet jetzt diese alles umfassende Enttäuschung bei Davids Anblick verspürte, traf sie wie ein harter Schlag mitten ins Gesicht. Er hatte sich nicht gewehrt! Sie hatte es nur zu deutlich erkennen können, als sie ihn hilflos wie ein Fisch am Haken an Douglas' ausgestrecktem Arm hatte zappeln sehen. Nein, David war nicht der heldenhafte Krieger, der des Nachts durch die Wälder streifte und den Engländern das Fürchten lehrte. Ihr Magen zog sich vor bitterer Enttäuschung zusammen, als sie endlich erkannte, was ihr Herz schon lange wusste: David war ein Hochstapler!

Er hatte sie benutzt und betrogen. Die tiefe Qual über diesen schändlichen Verrat wühlte ihr Innerstes so schmerzlich auf, dass sie es nicht länger ertragen konnte.

»Du hast ihn umgebracht«, schrie sie George gepeinigt an. Er hatte ihre Illusionen, ihre Liebe zum schwarzen Ritter mit einem einzigen Schlag zerstört. »Du Ungeheuer.«

George biss die Zähne zusammen, als er die tiefe Pein in ihren weit aufgerissenen Augen sah. »Unsinn. Er ist nur bewusstlos«, knurrte er wütend. Aber bei allem, was ihm heilig war, er besaß jedes Recht dazu, diesen Flemming auf der Stelle zu erschlagen. Nicht einmal der König würde Einwände dagegen erheben.

»Was, zum Teufel, hast du hier noch zu suchen?«, erkundigte er sich kalt. »Habe ich mich vorhin nicht deutlich genug ausgedrückt?« Er trat einen Schritt auf sie zu und sah, wie sie ängstlich vor ihm zurückwich. Verdammt noch mal, das fehlte ihm gerade noch. Anscheinend hatte sie alles mit angesehen. Ein Blick in ihr blasses Gesicht sagte ihm, dass sie unter Schock stand, und

George fühlte sich seltsam schuldig. Er wollte nicht, dass sie sich vor ihm fürchtete.

David gab einen leisen Laut von sich und Lizz wäre beinahe in Tränen ausgebrochen. Ihr ganzes Wesen war erfüllt von diesem bitteren Schmerz des Verrats. Sie wollte an Davids Seite stürzen, um ihm ins Gesicht zu schreien, dass sie sein Spiel durchschaut hatte. Wollte ihm mit Händen und Füßen zeigen, wie sehr sie ihn dafür verachtete. Er hatte mit ihrer Liebe gespielt und nichts als ein verwüstetes Schlachtfeld in ihrem Herzen hinterlassen.

Georges warnende Stimme hielt sie jedoch zurück.

»Treib es nicht zu weit, Lizz. Dein Liebhaber kann von Glück reden, dass er noch am Leben ist. Solltest du ihn jedoch noch einmal berühren, dann bring ich ihn um.«

Das hast du doch bereits getan, schrie alles in ihr und Tränen füllten ihre Augen. Sie waren Ausdruck des tiefen Schmerzes und der brennenden Leere, die nun ihr Innerstes erfüllten. Irrsinnigerweise gab sie ihm allein die Schuld daran. Er hatte alles zerstört!

Wie eine Furie ging sie auf George los und hämmerte wie von Sinnen mit den Fäusten auf seine harte Brust ein. »Du gemeiner Bastard. Du hast alles zerstört! Wie konntest du nur?« Ein nicht enden wollender Strom von Tränen lief über ihre Wangen und sie schluchzte gepeinigt auf. »Ich hasse dich, Douglas … Ich hasse dich!«

Ohne Anstrengung fing George ihre Handgelenke auf und hielt sie fest. »Sieh mich an. Du sollst mich ansehen, verdammt!«

Lizz gehorchte zögernd.

Georges Brust zog sich zusammen, als er die silbernen Spuren auf ihren Wangen sah. Ihre Augen waren ein einziger Quell des Kummers. Erneut stieg bitterer Groll in ihm auf. Dieser jämmerliche Waschlappen war es nicht wert, dass sie ihm nachweinte.

»Ich habe dir heute gestattet, dich nach Belieben zu äußern, da die Umstände dich aus der Fassung gebracht haben«, begann er zähneknirschend. »Aber ich warne dich, du solltest lieber lernen, wann du dein vorlautes Mundwerk zu zügeln hast. Kein Mann würde es wagen, so mit mir zu reden. Und auch von dir werde ich solche Worte in Zukunft nicht mehr dulden.«

Er meinte es ernst. Seine dichten, schwarzen Augenbrauen hatten sich zu einem Stirnrunzeln zusammengezogen und sein Mund wirkte schmal und grimmig.

»Du hältst noch immer an dieser absurden Heirat fest?«, wollte Lizz ungläubig wissen. »Nach allem, was heute Abend geschehen ist?«

Georges Augen verengten sich zu zwei gefährlichen Schlitzen. War es das, was sie beabsichtigt hatte? Hatte sie diese Flucht nach Gretna Green vielleicht nur inszeniert, damit er genug von ihr bekam und sich für eine ihrer Schwestern entschied?

»Es ändert sich nichts. Der heutige Abend hat mir lediglich gezeigt, dass du es nicht wert bist, mein Vertrauen zu bekommen. Ich werde mich daran erinnern.«

Lizz reckte kämpferisch das Kinn vor, doch die flammende Röte auf ihren Wangen verriet, dass seine Worte sie tief verletzt hatten.

»Ich will aber nicht heiraten. Niemanden«, rief sie verzweifelt.

»Glaube mir, eine Ehe mit dir ist auch nicht gerade die Erfüllung meiner Träume«, schlug George brutal zurück. »Du bist nichts weiter als eine hinterlistige, boshafte kleine Göre. Wir werden heiraten, Lizz. Finde dich endlich damit ab!« Angewidert ließ er ihre Handgelenke los. »Wie unsere Ehe verlaufen wird, hängt jedoch ganz von deinem Benehmen ab.«

»Was soll das heißen?«

George deutete mit dem Kopf von ihrem zerrissenen Kleid auf den am Boden liegenden David. »Wenn du dich wie ein billiges Flittchen benehmen willst, werde ich dich auch wie eines behandeln. Bringst du mir jedoch den angemessenen Respekt und die Loyalität entgegen, die ich erwarte, wirst du ein angenehmes Leben führen.«

»Das ist ja wohl die Höhe«, schnappte Lizz empört und setzte zu einer Schimpftirade an, als sie eine vertraute Stimme hinter sich hörte.

»Halt den Mund, Lizz.« Allan trat mit bedrücktem Gesicht zu den beiden. »Ich werde dafür sorgen, dass sie in ihrem Gemach bleibt«, erklärte er düster, ohne sie dabei anzusehen.

»Tu das«, entgegnete George eisig.

Ein Gefühl der Enttäuschung stieg in Lizz auf. Wurde sie heute eigentlich von jedem verraten, den sie liebte? »Du schlägst dich auf seine Seite?«

Allan nickte und schaute sie sonderbar an. »Wie jeder anständige Mann es tun würde. Diesmal bist du zu weit gegangen, Lizz.«

20

Das fröhliche Vogelgezwitscher klang wie Hohn in Lizzys Ohren. Der Morgen graute bereits, während sie sich noch immer hellwach in ihrem Bett wälzte. Sie hatte kein Auge zugetan. War es wirklich möglich? Vor wenigen Tagen noch hatte sie ein glückliches und sorgenfreies Leben geführt. Und was war ihr nun geblieben? Sie stand vor einem riesigen Scherbenhaufen all dessen, was sie jemals zu wissen geglaubt hatte. Ihre Liebe zu David – nichts als Betrug. Ihr tiefer Hass, gegen alles was sich Douglas nannte – bedeutungslos. Lizz fühlte sich, als hätte man ihr plötzlich den Boden unter den Füßen weggezogen.

»Lerne ihn zu lieben«, war der sanfte Ratschlag ihrer Mutter gewesen. Natürlich waren ihre Worte tröstlich gemeint, doch allein bei diesem Gedanken stieg erneut Panik in Lizz auf. Wie sollte sie jemals einen Douglas lieben können? So lange sie zurückdenken konnte, brachte sie diesem Clan nichts als Verachtung und Abscheu entgegen. Sie hatte nie etwas anderes gelernt. Und nun bat sogar ihr Vater sie, dass sie das Beste aus dieser Ehe machte.

Aber wie? Nach diesem Abend würde George ihr nur noch Hass entgegen bringen. In den langen Stunden der Nacht war ihr nach und nach bewusst geworden, wie unglaublich großmütig er sich ihr gegenüber gezeigt hatte. Jeder andere Mann hätte sie unweigerlich dem Skandal ausgeliefert. George Douglas hielt jedoch unbeirrbar an dieser Heirat fest.

Lizz konnte sich beim besten Willen nicht erklären, weshalb er das tat.

Ihr Blick fiel auf die Wand über ihrem Bett. Vor wenigen Minuten war er in sein Zimmer zurückgekehrt und sie wäre beinahe vor Schreck aus dem Bett gefallen, als sie das Klirren von zerbrochenem Glas gehörte hatte, das mit Wucht gegen die Mauer geschleudert worden war. Er war wirklich unglaublich wütend gewesen. Seither schritt er ruhelos wie ein gefangenes Tier im Raum auf und ab.

Die Erkenntnis, dass auch er keinen Schlaf fand, berührte sie und vermittelte ihr ein seltsames Gefühl von Verbundenheit.

Lizz biss sich zaghaft auf die Unterlippe, als sie spürte, wie sich etwas tief in ihrem Innern veränderte. Trotz seines unbändigen Zorns hatte er sie weder geschlagen noch ihre Familie der Schmach einer öffentlichen Demütigung ausgesetzt. In der Tat war er sogar wesentlich milder mit ihr umgesprungen, als sie es für ihren Verrat verdient hätte. Mit eben diesem Verhalten hatte er heute ihren tiefen Respekt und ihre Achtung gewonnen. Ihr war, als würde sie ihn plötzlich mit ganz anderen Augen sehen. Ohne den Schleier der Feindschaft und ohne dass David zwischen ihnen stand. Sie sah in ihm einen harten, beherrschten Mann von unbeugsamem Stolz, unerbittlich und kalt zu seinen Feinden. Und doch besaß er die Fähigkeit, des Öfteren unendlich zärtlich und humorvoll zu sein. Unglaublicherweise gefiel ihr dieses Bild. Schlimmer noch, die sanfte Zuneigung, die sie so plötzlich und völlig unerwartet für ihn empfand, jagte ihr große Angst und Schrecken ein. Denn eines war klar: George Douglas zählte sie zu ihren Feinden!

Langsam erwachte Stirling Castle aus tiefem Schlaf. Dienstboten eilten die Korridore entlang und leise Geräusche drangen aus der Küche herauf. Vereinzelt hörte Lizz Türen gehen. Ihr wurde schlagartig übel. Heute wurde ihr Schicksal besiegelt.

Ihren Hochzeitstag verbrachte Lizz in einem Zustand zwischen Nervosität und ängstlichem Bangen. Als ihre Mutter und ihre Schwestern früh morgens bei ihr eingetroffen waren, um die Braut zu baden und ihr beim Ankleiden zu helfen, hatte sie sich verzweifelt gefragt, wie sie diesen Tag nur überstehen sollte.

Diese Sorge hätte sie sich beileibe sparen können. Von dem Augenblick an, als ihr Vater sie in den riesigen Bankettsaal von Stirling Castle geleitete, vergingen die Stunden schwirrend schnell.

Nun stand sie mit bangem Herzen und zugeschnürter Kehle neben ihrem zukünftigen Ehemann vor dem Altar und fürchtete sich schrecklich vor der Zukunft. Obwohl die Kapelle von Stirling Castle weit größer war als üblich, fanden nicht einmal die Hälfte der Gäste Platz darin. Dicht an dicht in den Bänken gedrängt, lauschten sie den Worten des untersetzten, wohlgenährten Priesters.

Lizz beobachtete George unter gesenkten Augenwimpern hindurch. Mit unbeweglicher Miene und grimmig zusammengepressten Lippen stand er neben ihr und würdigte sie keines Blickes. Sie hatten den ganzen Tag noch kein Wort miteinander gewechselt.

George trug den traditionellen grün-blau karierten Kilt seines Clans, den er über die linke Schulter drapiert und mit dem uralten Emblem der Douglas' – dem gekrönten Herzen – befestigt hatte. Das dichte, nachtschwarze Haar hatte er zurückgebürstet, sodass es sich über seine mächtigen Schultern wellte. Mit seinem eckigen Kinn, den markanten Wangenknochen und den zinngrauen Augen unter dunklen Wimpern wirkte er vollkommen unnahbar und kalt.

Lizz schluckte schwer. Als junges Mädchen hatte sie sich diesen Tag oft vorgestellt – mit dem Versprechen auf den glücklichsten Tag ihres Lebens. Sie hatte sich vorgestellt, wie sie mit vor Freude klopfendem Herzen neben ihrem geliebten Ehemann stünde und es kaum erwarten könnte, mit ihm einer gemeinsamen Zukunft entgegenzugehen. Eine weitere zerstörte Illusion.

Nun stand sie mit vor Angst schwerem Herzen vor dem Altar und versuchte krampfhaft, nicht an die bevorstehende Hochzeitsnacht zu denken.

Ihr Blick suchte nach ihrem Vater, der zwei Reihen hinter ihr in der Bank saß. Sie wünschte sich jetzt dringend, ein geliebtes Gesicht zu sehen. Ein kleines Lächeln, das ihr stillschweigend versprach, dass doch noch alles gut werden würde.

Plötzlich wurde ihre Hand schmerzhaft gequetscht. Als sie erschrocken hochsah, blickte sie geradewegs in Georges Gesicht. Seine Zähne mahlten vor Zorn und seine zinngrauen Augen schienen sich in ihr Innerstes zu frieren.

Lizz versteifte sich augenblicklich. Himmel, was hatte sie jetzt schon wieder falsch gemacht? Sie war versucht, einem dringenden Impuls zu folgen und rasch den Blick zu senken, doch irgendetwas in ihr weigerte sich standhaft dagegen. Stattdessen reckte sie trotzig das Kinn vor. Schließlich war ihr Stolz alles, was ihr noch geblieben war. Nein, sie würde vor diesem Kerl nicht zu Kreuze kriechen. Niemals, schwor sie sich. Sie war eine Drummond. Und nichts und niemand konnte eine Drummond brechen.

Unter der Anleitung des Priesters legten sie die Gelübde ab, wobei beide starr vor sich hin blickten.

»Ihr dürft die Braut jetzt küssen«, verkündete der Gottesmann feierlich, als er den dicken Lederband zuschlug.

Lizzys Magengrube verknotete sich augenblicklich.

George zog sie an sich und verschloss ihren Mund mit seinen harten, strafenden Lippen. Er wollte ihr bedeuten, dass sie von nun an ihm gehörte und weder Sanftmut noch Vergebung von ihm zu erwarten hatte …

Als er jedoch das ängstliche Zittern ihrer weichen Lippen spürte, flackerte eine warme Zärtlichkeit in seiner Brust auf und sein Kuss veränderte sich automatisch. Seine Lippen glitten sanft und betörend tröstlich über ihren Mund, und er spürte, wie sich Lizzys Körper entspannte. Teufel und all seine Gehilfen, das hatte er nicht gewollt. Er wollte nichts für sie empfinden. Nicht, nachdem sie ihn so schmählich hintergangen hatte. Gleichgültigkeit und Verachtung ja, doch ganz sicher nicht dieses verzehrende Gefühl, sie beschützen zu müssen. Er war doch kein elender Weichling!

Lizzys Pulsschlag beschleunigte sich und sie erwiderte seinen Kuss.

Dies war nicht länger der Angriff eines Eroberers, der seinen Untertan in die Knie zwingen wollte. Vielmehr glichen seine Liebkosungen einem verheißungsvollen Versprechen. Sanft, fordernd – auf eine unbestimmbare Weise wild und doch beruhigend. Instinktiv schmiegte sie sich näher an seinen starken Körper.

Er duftete angenehm nach Sandelholzseife, und da war noch ein anderer Duft, den sie nicht genau zu benennen vermochte … Gefährlich, verwegen und unglaublich sinnlich.

Wie durch einen dichten Nebelschleier hörte Lizz das verlegene Hüsteln des Priesters.

»Fürwahr, dieser Bund ist besiegelt«, ließ sich der König mit lachender Stimme vernehmen.

Lizz fuhr wie unter einem Peitschenhieb vor George zurück und blickte entsetzt in die Runde. Sie errötete bis zu den Haarwurzeln, als sie Erstaunen, Belustigung und vereinzelt sogar Ärger in den Gesichtern der Gäste las.

Lizz bedachte George mit einem vorwurfsvollen Blick. Das hatte dieser Mistkerl absichtlich getan! Aber weshalb? Aus Rache? Oder wollte er allen Anwesenden beweisen, dass er nun ihr Herr und Meister war und sie beherrschen und demütigen konnte, wann immer ihm der Sinn danach stand?

Sie verfluchte den Mann, der nun ihr Gatte war – und sie verfluchte ihre eigene Schwäche, weil sie ihm so wenig entgegenzusetzen vermochte.

Bereits halb betrunken vor Kummer, dass seine Lieblingstochter nun die Frau seines ärgsten Feindes war, geleitete John Drummond Lizz durch den festlich geschmückten Bankettsaal. James hatte eigens für das Brautpaar einen Tisch auf einer erhöhten Plattform errichten lassen. Die übrigen Tische waren in einem Halbkreis vor ihnen aufgebaut. Lizz fühlte sich wie bei einem Spießrutenlauf, denn immer wieder verstellten ihnen Leute den Weg, um ihre Glückwünsche kundzutun. Entsetzt sah sie, dass auch David Flemming dies beabsichtigte. Großer Gott, hatte er den Verstand verloren? Er konnte doch nicht … Sie blickte ängstlich zu George hoch, der mit verschlossenem Gesicht und ungewöhnlich steif neben ihr stand. Seine zinngrauen Augen warnend auf David Flemming gerichtet, nickte er beinahe unmerklich. Als ob dies ein vereinbartes Signal wäre, trat David vor. »Guten Abend, Lady Douglas«, begrüßte er sie förmlich. »Alles Gute für die Zukunft.« Seine Stimme hörte sich krächzend an, und es war deutlich vernehmbar, dass ihm jedes Wort Schmerzen bereitete. Lizzys Blick fiel auf den weißen Schal um seinen Hals, der die Würgemale von Georges riesigen Händen verbarg.

»Danke«, erwiderte sie kühl. Sie wagte es nicht, ihn anzusehen. Zu tief waren ihre Enttäuschung und ihr Groll über sein falsches Spiel mit ihr. Nur zu gern hätte sie ihm zwei weitere Würgemale zugefügt. Erstaunt stellte fest, dass ihre Liebe zu ihm gänzlich erloschen war. Alles, was sie noch für ihn empfand, war tiefe Verachtung … und Mitleid.

»Das reicht«, erklärte George eisig und David floh unverzüglich aus seiner Reichweite.

Lizz reckte ärgerlich ihr Kinn höher, als sie erkannte, dass David unter Zwang gekommen war. »Das war nicht nötig, Mylord.«

»Doch, das war es. Ich will nicht, dass über meine Frau getratscht wird«, entgegnete George eisig und zog sie unbarmherzig weiter.

Im Nachhinein wusste Lizz nicht mehr, wie sie es geschafft hatte, auf ihren Platz zu kommen. Ihre Hand zitterte, als sie nach dem Weinkelch griff und einen tiefen Zug daraus nahm.

Große Schüsseln, randvoll mit frischen Austern und in Weißwein gegarten Garnelen, standen auf den Tischen. Platten mit gespickten Enten und goldbraun gebackene Tauben wurden von Pagen hereingetragen, saftiges Rindfleisch und kleine Pasteten folgten. Niemand musste Hunger oder Durst leiden.

Der König hatte wahrlich keine Kosten gescheut. Schließlich sah er in dieser Heirat eine Art Zeichen des Neubeginns. Eine Verbindung, die Streit und Fehden zwischen den mächtigsten Clanen beenden sollte.

Wie immer stieg mit der Menge des Alkohols auch die Lautstärke an. Bald war ein rauschendes Fest in Gange, das dem König ein wohlmeinendes Nicken abverlangte.

Ein Trinkspruch nach dem anderen wurde ausgebracht; mancher so vulgär, dass Lizz das Blut in die Wangen stieg, andere wiederum besinnlich oder heiter.

Aus dem Augenwinkel beobachtete Lizz, wie ihr Ehemann jeden mit einem knappen Nicken quittierte. Sie machte es ihm gleich, doch mit jeder Minute, die verstrich, sank ihr Herz immer tiefer. Alle schienen sich königlich zu amüsieren. Alle bis auf das Brautpaar.

21

»Das kann ich unmöglich anziehen!«, keuchte Lizz entsetzt, während sie mit hochroten Wangen das zarte Nichts in ihren Händen betrachtete – ein Geschenk des Königs. Es war ein schwarzes, duftiges Seidennachthemd von so hauchdünner Webart, dass es kaum etwas verbarg. Es besaß noch nicht einmal Ärmel! Sogar die schmalen Trägerchen weckten den Anschein, als würden sie bei der kleinsten Berührung ihren Dienst aufgeben.

»Nein. Auf keinen Fall«, wiederholte Lizz erneut. »Dieses Ding geht ja kaum bis über meine Pobacken.«

Mary kicherte leise. »Mylady, es ist genau richtig für Eure Hochzeitsnacht, das garantiere ich Euch. Lord Douglas wird begeistert sein.«

In den letzten Tagen war die junge Zofe für Lizz eine wahre Freundin geworden. Sie war ihr Trost und Stütze gewesen und hatte mit unermüdlicher Geduld sämtliche Gefühlsausbrüche ertragen. Mary war sogar noch weiter gegangen. Da Lizz nur sehr unzulänglich in den Dingen aufgeklärt worden war, die sich zwischen Mann und Frau abspielten, hatte sie diese Pflicht freudig übernommen. Lizz bezweifelte jedoch ernstlich, dass Marys euphorische Erzählungen wirklich der Wahrheit entsprachen. Gewaltige Stürme und Feuersbrünste schienen ihr dann doch etwas übertrieben. Jedenfalls hatte ihre Zofe an dieser peinlichen Tätigkeit ihre helle Freude gefunden.

Lizz rümpfte die Nase: »Ich lege nicht allzu viel Wert auf seine Begeisterung. Eigentlich möchte ich diese Angelegenheit nur noch ganz schnell hinter mich bringen.«

Mary horchte auf. »Ich glaube, die Männer kommen. Rasch, schlüpft in das Nachthemd.«

Lizzys Herz hämmerte wie wild, als sie sich das schwarze Nichts überstreifte. Sie begann am ganzen Körper vor Nervosität und Unsicherheit zu zittern.

Mary musste die Angst ihrer Herrin gespürt haben, denn sie griff liebevoll nach ihren kalten Händen und drückte sie sanft. »Kopf hoch, Mylady. Es wird nur ganz kurz wehtun. Soweit ich weiß, gelten die Douglas' als ausgezeichnete Liebhaber. Es wird Euch gefallen, mein Wort darauf.«

Lizz zwang sich zu einem kleinen Lächeln. Der Lärm im Korridor wurde immer schlimmer.

»Sie werden jeden Augenblick hier sein. Schlüpft schnell unter die Decken, Mylady.«

Das ließ sich Lizz nicht zweimal sagen. Sie verspürte wahrlich keine Lust, sich in diesem skandalösen Nachthemd den lüsternen Blicken der Männer auszusetzen.

Keinen Herzschlag später sprang die Tür auf und George wurde von einer Horde lachender und grölender Männer in den Raum geschoben. Die Meute zerrte und riss an seiner Kleidung, während sie ein derb anzügliches Lied johlte.

Lizz saß vollkommen erstarrt im Bett und zog sich die Decken bis unters Kinn hoch. Immer mehr Leute strömten in den Raum und begafften sie mit neugierigen und lüsternen Blicken.

Einige brüllten aufmunternde Rufe im Chor und schoben George auf das Bett zu. Lizzys Magen drohte sich vor Übelkeit umzudrehen. Großer Gott, sie hatte schon gehört, dass manche Ehen vor versammeltem Publikum vollzogen wurden …

George begegnete ihrem angsterfüllten Blick und erkannte, dass sie gegen ihre aufsteigende Verzweiflung ankämpfte. Verdammt noch mal, es sollte ihm egal sein …

»Das reicht jetzt«, verkündete er mit befehlsgewohnter Stimme. »Ihr hattet Euren Spaß und nun lasst uns allein«, forderte er die Leute barsch auf.

Sich gegenseitig stützend, stolperten sie aus dem Zimmer. Diejenigen, die immer noch nicht von ihrem anstößigen, lasterhaften Benehmen lassen konnten, riefen im Sprechchor: »Wir wollen die Braut nackt sehen, nackt sehen, nackt sehen!«

Erst als George warnend auf sie zutrat, begriffen sie, dass es nun tatsächlich besser war zu gehen.

Die Tür fiel krachend ins Schloss. Sie waren allein. George schob den Riegel vor.

Er tat es mit großer Sorgfalt und nutzte die Zeit, um sich innerlich gegen den verführerischen Anblick seiner hinterhältigen kleinen Frau zu stählen. Himmel noch mal, weshalb musste sie nur so unglaublich sinnlich und verletzlich in dem riesigen Bett wirken? George verbannte jegliche Gefühlsregung aus seinem Gesicht und wandte sich Lizz zu. Sie saß noch immer kerzengerade in den Kissen und rührte sich nicht. Das glänzende, dunkelrote Haar fiel ihr in weichen Wellen über die Schultern und ließ ihr blasses Gesicht schmaler und auf ergreifende Weise verletzlich wirken. Großer Gott, er sehnte sich beinahe schmerzlich danach, sie zu berühren. Sie war so unglaublich schön und wirkte so unschuldig und verängstigt ….

Sogleich rief er sich zur Vernunft. Natürlich war sie verängstigt. Sie musste schließlich befürchten, dass er in wenigen Minuten entdeckte, dass sie ohne ihre Jungfräulichkeit in sein Bett kam. Glaubte sie denn wirklich, er sei mit solcher Blindheit geschlagen? In Gedanken sah er wieder ihr zerrissenes Kleid vor sich und seine Hände ballten sich zu Fäusten. Er hatte von Anfang an geahnt, dass sie schon mit anderen Männern zusammen gewesen war. Vielleicht wäre er mit diesem Wissen sogar irgendwann fertig geworden … Aber dass sie es nur einen Tag vor ihrer Hochzeit noch einmal wild mit diesem Flemming treiben musste, das konnte er ihr einfach nicht verzeihen. Allein der Gedanke brachte ihn an den Rand seiner Selbstbeherrschung. Die Tatsache, dass sie sich sogar vor dem Altar suchend nach ihrem Liebhaber umgesehen hatte, ließ erneut heißen Zorn in ihm auflodern. Am liebsten hätte er sie vor aller Augen dafür geschlagen.

Lizz bewegte sich unbehaglich unter seinem eindringlichen Blick. Mit jeder Minute, die verging, nahm ihre Nervosität zu. Gefiel sie ihm nicht? Machte sie irgendetwas falsch? Vielleicht erwartete er ja, dass sie ihm beim Auskleiden half. Schon der bloße Gedanke daran ließ ihre Wangen vor Verlegenheit erglühen.

Das Schweigen hielt an und plötzlich konnte sie seinen stechenden Blick nicht länger ertragen. »Stimmt etwas nicht?«, erkundigte sie sich vorsichtig.

Seine zinngrauen Augen glitten beleidigend über sie und brannten sich voller Hohn in ihr Gesicht. »Das kann man wohl sagen. Ich hätte mir meine Hochzeitsnacht beileibe erfreulicher vorgestellt.«

Mit flammenden Wangen und tief getroffen verknotete Lizz ihre Finger ineinander. »Anstatt mein Vergnügen zwischen den weichen Schenkeln meiner Frau zu finden, bin ich gezwungen, hier auszuharren, bis ich endlich wieder gehen kann. Allein dein Anblick bereitet mir Verdruss.«

Wie grausam er doch war. Wie konnte er ihr den Mangel an Schönheit so sehr verübeln? Er war es doch gewesen, der auf dieser Ehe bestanden hatte. Er hatte gewusst, wie sie aussah …

Tief beschämt richtete sie ihren Blick auf einen Punkt hinter seinen Schultern. Sie konnte es nicht ertragen, ihn anzusehen, als sie sich die nächsten Worte abrang. »Mein Bruder hat einmal gesagt …« Sie hielt inne. Großer Gott, sie fühlte sich wie der letzte Abschaum. »Er hat gemeint, wenn man das Licht ausmacht … sei eine Frau wie die andere. Falls Ihr also meinen Anblick nicht ertragen könnt …« Sie erstickte beinahe an diesen Worten.

George stand wie vom Donner gerührt mitten im Raum. Er glaubte einfach nicht, was er da hörte. Sie musste ihn tatsächlich für einen ausgemachten Dummkopf halten. Namenlose Wut blähte seine Nasenflügel. »Was für ein elendes Spiel treibst du nun schon wieder, Weib?«, rief er wütend. »Du weißt verdammt genau, dass es nicht an deinem Aussehen liegt.«

Unsinnigerweise fühlte Lizz Erleichterung bei diesen Worten. Er fand ihr Äußeres also doch nicht abstoßend.

»Woran könnte es dann liegen?«, entfuhr es ihr aufrichtig verwirrt.

George stieß eine Salve wüster Flüche aus, kam mit langen Schritten auf Lizz zu und zerrte sie wütend aus dem Bett. Seine langen, kräftigen Finger gruben sich schmerzhaft in ihre nackten Oberarme und seine Augen glühten vor Zorn.

Lizz hielt entsetzt den Atem an. Himmel, so wütend hatte sie ihn noch nie erlebt.

»Woran, willst du wissen? Hältst du mich eigentlich für einen Idioten? Glaubst du wirklich, ich würde deine List nicht durchschauen?«

Lizz zog verwirrt die Stirn in Falten. Wovon, um alles in der Welt, sprach er bloß?

»Ich weiß verdammt genau, was zwischen dir und Flemming vorgefallen ist.«

Nun wurde auch Lizz wütend. »Ich habe noch nie ein Geheimnis daraus gemacht, dass ich David liebte. Das wusstest du doch von Anfang an«, gab sie ihm Bescheid.

»Du gibst es also zu?!«, rief George angewidert.

Lizz nickte entschieden. »Natürlich!«

»Und deshalb hast du es wohl auch so verdammt

eilig, mich in dein Bett zu bekommen, was? Glaubst du wirklich, ich lasse mir Flemmings Bastard unterschieben? Bevor ich diese Ehe mit dir vollziehe, werde ich sicherstellen, dass du nicht bereits von irgendeinem anderen Kerl schwanger bist.«

Lizz fühlte sich, als hätte er sie geschlagen. »Wie kannst du es wagen! Ich habe noch nie bei einem anderen Mann gelegen.«

George schnaubte abfällig und zog sich das zerrissene Hemd aus, um es gegen ein Neues zu tauschen. »Du erwartest hoffentlich nicht im Ernst, dass ich dir das glaube.«

Jetzt reichte es aber endgültig.

»Hör auf mit diesen lächerlichen Unterstellungen. Du bist hier derjenige, der herumhurt wie ein alter Ziegenbock, nicht ich.«

Er zuckte so gleichmütig mit den Schultern, dass sie ihm am liebsten die flache Hand ins Gesicht geschmettert hätte. »Wie du meinst.«

Plötzlich zog er seinen Dolch.

Lizz wich erschrocken einen Schritt zurück. »Was tust du da?«

Ungläubig sah sie zu, wie er seinen Hemdsärmel hochkrempelte und sich einen kleinen Schnitt an der Innenseite seines Unterarms zufügte. Sein Lächeln war so kalt wie Eis.

»Wir wollen schließlich den Schein wahren, oder?«, knurrte er verächtlich, zerrte das Laken vom Bett und wischte sich damit das Blut ab.

Erst jetzt verstand Lizz, was er beabsichtigte, und abgrundtiefer Hass stieg in ihr auf.

»Verschwinde. Verschwinde zu deiner Hure, du Bastard«, keuchte sie fassungslos.

»Es ist noch etwas früh. Isabella erwartet mich erst später.«

Großer Gott, das war doch nicht sein Ernst?! Er konnte doch unmöglich ihre Hochzeitsnacht bei seiner Hure verbringen. Lizz fühlte sich plötzlich ganz elend.

»Du gehst zu *ihr?*« Sie hätte sich selbst auf die Zunge beißen können, als sie den eifersüchtigen Klang ihrer Stimme hörte.

»Ich sehe keinen Sinn darin, meine Zeit noch länger hier zu vergeuden. Erst wenn ich sicher sein kann, dass deine Liebschaften keine Früchte tragen, werde ich die Ehe mit dir vollziehen.«

Lizz zuckte innerlich zusammen.

George wandte sich zur Tür, doch sie hielt ihn zurück.

»Douglas?«

Er drehte sich zu ihr um und erstarrte innerlich, als er sie mit stolz erhobenem Haupt mitten im Raum stehen sah. Sie kämpfte mit den Tränen, das konnte er deutlich erkennen, und doch stand sie mit solcher Würde vor ihm, dass es ihm seltsam eng ums Herz wurde. Der Anblick ihres verführerischen Körpers unter diesem durchsichtigen Seidenhemdchen ließ ihn auf der Stelle anschwellen.

Lizz suchte tapfer seinen Blick und erklärte mit beinahe unheimlich anmutender Ruhe: »Du kannst uns nicht beide haben, Douglas.«

»Ach nein? Und wer sollte mir das verbieten?«, erkundigte er sich seidenweich und baute sich warnend vor ihr auf. »Du vielleicht?«

Sie hob ihr Kinn noch etwas höher. »Nein, Douglas, das liegt nicht in meiner Macht. Aber ich werde meinen Mann mit keiner anderen Frau teilen. Du hast die Wahl. Geh zu Isabella, aber erwarte nicht, dass du danach in meinem Bett willkommen bist.«

»Du bist meine Frau. Es steht dir nicht zu, mir meinen rechtmäßigen Platz in deinem Bett zu verwehren.«

»Da irrst du dich gewaltig, Douglas, denn ich werde mich gegen dich wehren. Alles, was du von mir haben willst, wirst du dir mit Gewalt nehmen müssen. Und glaube mir, daran wirst du keine Freude finden.«

George bedachte sie mit einem selbstgefälligen Lächeln, als er seinen Zeigefinger aufreizend über ihre linke Brust gleiten ließ und sie sogleich heftig erbebte. »Ich habe nicht vor, dich mit Gewalt zu nehmen, Frau. Du bist so leidenschaftlich, dass du mich anflehen wirst, dein Verlangen zu stillen.«

»Ist das ein Versprechen?«, erkundigte sie sich mit flammend roten Wangen.

»Dass ich dein Verlangen stillen werde?«, verstand er sie absichtlich falsch.

»Nein, dass du dich mir nicht aufzwingen wirst.«

»Glaub mir, das wird gar nicht nötig sein.«

»Habe ich dein Wort?«, forderte Lizz seine Antwort.

George zögerte kurz. Sie schien es tatsächlich ernst zu meinen. »Das hast du.«

Er wandte sich erneut ab und schob den Türriegel zurück.

»Wir brechen morgen Mittag nach Tantallon Castle auf. Sieh zu, dass deine Sachen gepackt sind.«

Dann war er verschwunden.

Lizz fühlte sich wie betäubt, als sie die geschlossene Tür anstarrte. Er hatte seine Wahl getroffen. Sie blinzelte die Tränen zurück. Eigentlich sollte sie darüber doch erleichtert sein. Warum nur fühlte sie sich plötzlich so elend?

Ohne anzuklopfen betrat George Isabellas Räume.

»Mylord!«, rief sie erfreut. »Ich wagte nicht zu hoffen, dass du mich heute noch besuchst.«

Ihr triumphierendes Lächeln reizte seinen Unmut.

»Dann hast du also die Wahrheit gesagt.« Isabella schlug verführerisch die Bettdecke zurück und klopfte einladend mit der Hand auf den leeren Platz neben ihr. »Es wird sich nichts zwischen uns ändern. Du hast ihr ihre Jungfräulichkeit genommen und bist gleich wieder fortgegangen. Ich bin wirklich sehr erfreut.«

Das entsprach zwar nicht den wahren Begebenheiten, dennoch korrigierte er den Irrtum nicht. Aus irgendeinem ihm unerfindlichen Grund und obwohl er allein beim Gedanken an seine Ehefrau vor Wut zu schäumen begann, wollte er, dass seine Ehe als rechtskräftig galt.

»Deinem finsteren Gesicht nach zu urteilen konnte sie dir heute Nacht keine Erfüllung schenken«, spöttelte Isabella und ließ ihre Hände aufreizend über ihren nackten Körper gleiten, während sie einladend die Schenkel spreizte. »Komm zu mir. Ich werde dein Verlangen stillen.«

»Ich bin sicher, dass dir das gelingt«, knurrte George durch zusammengebissene Zähne hindurch. Heute Nacht würde dafür nicht viel vonnöten sein. Nicht in der Verfassung, in der er sich befand. Sein Blut rauschte immer noch wie Feuer durch seine Adern. Himmel, er hätte Lizz nicht aus dem Bett zerren dürfen. Der Anblick ihres schlanken, wohlgerundeten Körpers unter diesem Hauch von schwarzer Seide hatte sich unauslöschlich in sein Gehirn gebrannt und drohte ihn von innen her zu versengen. O ja, er sah sie deutlich vor sich. Diese festen, runden Brüste, die schlanke Taille und das sinnlich dunkle Dreieck zwischen ihren geschmeidig schimmernden Schenkeln. Und dieses wundervolle Haar. Wie züngelnde Flammen hatten die schweren, dunkelroten Locken ihren verführerischen Körper umschmeichelt. Georges mächtiger Körper barst fast vor unerträglicher Lust. Mit zitternden Händen entledigte er sich rasch seiner Kleider, und erneut stieg Ärger in ihm auf, als er Isabellas hoch erfreuten Blick sah. Sie leckte sich genüsslich mit der Zunge über die wulstigen Lippen, als sie seinen vollständig erregten, pulsierenden Schaft sah. »O Mylord, welch ein Kompliment.«

»Keine Spielchen«, knurrte er warnend.

Im nächsten Moment lag er auf ihr und drang mit einem einzigen, harten Stoß in sie ein. Wie immer war Isabella mehr als bereit für ihn.

Grässliche Schuldgefühle brannten sich in seine Eingeweide. Er konnte den Schmerz in Lizzys Augen einfach nicht vergessen. Weshalb hatte sie nur so unglaublich verletzt gewirkt?

22

Der kalte Wind hatte sich im Lauf der letzten zwei Stunden in eisige Böen verwandelt, die unbarmherzig über die karge Landschaft von Berwick hinweg fegten.

Dichte, schwarze Gewitterwolken ballten sich am Himmel zusammen und drohten jeden Augenblick ihre Regenfluten über dem Reitertrupp und den Gepäckwagen zu entladen. Gleißende Blitze und lautes Donnergrollen begleiteten das Unwetter und verwandelten es von Minute zu Minute in einen heftigeren Sturm. Lizz zuckte unter einem ohrenbetäubenden Donnerschlag zusammen und hüllte sich enger in ihren Mantel, während sie ängstlich die flatternden Planen des Gepäckwagens beobachtete, in dem sie mit Mary Zuflucht gefunden hatte. Sie hasste solche Unwetter! Als sie ein Kind gewesen war, hatte eines Nachts ein Blitz in den Ostturm von Stobhall Castle eingeschlagen. Niemals würde sie das Krachen der gewaltigen Mauern vergessen, als diese brennend in sich zusammengefallen waren. Seither fühlte sie sich stets unbehaglich, sobald sich die Natur von ihrer gewalttätigen Seite zeigte.

Lizz horchte den brüllenden Befehlen, die George seinen Männern durch den Sturm zurief, und verspürte einen leisen Stich in ihrer Brust. Sie waren nun seit zwei Tagen unterwegs zu seiner Burg und das beharrliche Schweigen zwischen ihnen hielt noch immer an.

»Seht nur, Mylady! Das muss Tantallon Castle sein«, rief Mary aufgeregt und spähte durch die vordere Öffnung der Plane.

Mit bangem Herzen blickte Lizz auf die mächtige Festung vor ihnen und ein dicker Kloß bildete sich in ihrem Hals. Tantallon Castle war ein beängstigender

Steinkoloss. Uneinnehmbar und mächtig trotzte es auf einem vorstehenden Felsen den Gewalten der See. Ihr Unbehagen nahm zu, als sie sich an die Geschichten erinnerte, die sich um diese Festung rankten. Ob es wohl stimmte, dass sie auf den Totenschädeln der Feinde des Douglas-Clans erbaut worden war?

»Mein Gott«, hauchte Mary ehrfürchtig. »Es ist viel größer, als ich erwartet hätte.«

Lizz beobachtete, wie George als Erster durch das schmale Tor ritt, gefolgt von den berittenen Douglas'. Als ihr Wagen endlich im Innenhof zum Stehen kam, war bereits ein fröhliches Treiben im Gange. Dienstboten und Burgbewohner hießen die Neuankömmlinge überschwänglich willkommen. Sie schienen sich tatsächlich über die Heimkehr ihres Herrn zu freuen.

Mary war bereits ausgestiegen, um beim Abladen zu helfen. Niemand bemerkte Lizz und plötzlich fühlte sie sich so einsam wie nie zuvor in ihrem Leben. Während sie noch immer auf ihrem Wagen saß, musste sie mit ansehen, wie alle Leute im Innern der Burg verschwanden.

Die darauffolgende Stille schien ihr beinahe unerträglich. Tränen brannten in ihren Augen. George hätte nicht deutlicher zeigen können, wie wenig sie in seinem Heim willkommen war.

Lizz stieg aus dem Wagen und hob in einer Geste des Trotzes das Kinn. Niemals würde sie jemandem zeigen, wie sehr sie unter dieser Abweisung litt. Ihr Blick glitt sehnsüchtig zum Tor.

»Früher oder später würde er deine Abwesenheit bemerken und dir folgen«, erklang plötzlich eine tiefe Stimme hinter ihr.

Lizz wandte sich Archibald Douglas zu und versuchte verzweifelt, die Tränen niederzukämpfen, als sie das Mitgefühl in seinen zinngrauen Augen sah. War er ihretwegen zurückgekehrt?

Sie bemühte sich tapfer um ein Lächeln. »Eher später, würde ich meinen. Mit etwas Glück wäre ich dann schon irgendwo in Frankreich oder Spanien.«

Archibald verfluchte im Stillen seinen gefühllosen Sohn.

»Er würde dich auch dort finden. George ist kein Mann, der sich kampflos von seinem Besitz trennen lässt.«

Diese Worte stachelten ihren Ärger an. »Ich bin kein elendes Möbelstück, auf das man Besitzansprüche erhebt. Auch wenn Euer Sohn das vielleicht glauben mag.«

»So ist es gut, Mädchen«, lobte er sie mit einem angedeuteten Lächeln. »Zorn weckt die Lebensgeister und verleiht die Kraft, auch ausweglosen Situationen mit hoch erhobenem Kopf zu begegnen.«

Lizz blickte verdutzt zu ihm auf. »Ihr habt mich absichtlich geärgert?«

Archibald hakte sich bei ihr unter. »Ist dir schon einmal aufgefallen, dass Zorn einen Menschen länger aufrecht erhält als Trost? Ich weiß, dass du kein Feigling bist, Mädchen. Also heb dein Kinn und wir begegnen deinen neuen Untertanen mit Stolz und Würde. Du wirst sehen, innerhalb kürzester Zeit wirst du die Herzen aller im Sturm erobern. Wir Douglas' sind nämlich gar nicht so übel, wie man uns gern nachsagt.«

Er legte nachdenklich die Stirn in Falten. »Dieses Geheimnis behältst du aber besser für dich.«

Lizz lachte leise auf. Ihr Herz fühlte sich nicht mehr ganz so beklommen an und sie atmete tief durch. »Na dann, auf in den Kampf.«

»So gefällst du mir, Mädchen.«

Archibald führte Lizz die wenigen Stufen zur großen Halle hinauf und betrat den Saal an ihrer Seite. Im Inneren waren bereits Bänke aufgestellt und der Lärmpegel dröhnte beinahe unerträglich laut. Bier und Wein wurde den Neuankömmlingen vorgesetzt und bald bogen sich die Tische unter der Last der Speisen. Ihr Mann musste wohl einen Reiter vorausgeschickt haben, um seine Ankunft anzukündigen. *Ihr Mann* ... wie seltsam unwirklich sich diese Worte anfühlten. Sie ließ den Blick durch den Saal wandern und entdeckte ihn beinahe augenblicklich. Kein Wunder, unter diesen Männern gab es zwar groß gewachsene Leute, doch George überragte sie alle mindestens um Haupteslänge. Auch seine muskulöse Gestalt hob sich deutlich von den anderen ab. Augenscheinlich gab er sich die größte Mühe, entspannt und gut gelaunt zu wirken, doch Lizz konnte er nicht täuschen. Er kochte innerlich vor Wut, als er sie in Begleitung seines Vaters erblickte. Dieser elende Mistkerl. Hatte er vielleicht geglaubt, sie würde die ganze Nacht im Hof warten, bis er sich endlich seiner Verpflichtung ihr gegenüber erinnerte? Instinktiv hob sie ihr Kinn noch ein wenig höher, als sich ihre Blicke begegneten.

In diesem Augenblick erhob Archibald Douglas die Stimme dicht neben ihr. »Seht her, was ich gefunden habe!«

Hundert Augenpaare richteten sich gleichzeitig auf Lizz und alle Anwesenden verstummten abrupt. Am liebsten hätte sie ihren Schwiegervater auf der Stelle erwürgt.

»George, mein Sohn, mir scheint, du hast etwas Wichtiges vergessen. Wollen wir hoffen, dass du bezüglich deiner anderen Verpflichtungen nicht ebenso nachlässig wirst.«

Leises Murmeln und Flüstern folgten auf diesen offenen Tadel des Clanältesten, und Lizz spürte beinahe körperlich, wie sich die neugierigen Blicke in Argwohn wandelten. Unbeweglich und bis in ihr Innerstes gedemütigt, stand Lizz mit hoch erhobenem Haupt da und sah, wie sich ihr Mann langsam erhob. Mit langen

Schritten durchquerte er den Raum und kam auf sie zu. Als sie die alles versengende Wut in seinen Augen las, wäre sie am liebsten laut schreiend wieder in den Hof hinaus gerannt. Himmel, er gab ihr die Schuld an dieser entsetzlichen Situation!

Wortlos nahm er ihren Arm und zog sie mit sich auf die erhöhte Plattform, auf welcher der Platz des Lords und seiner Gemahlin war. Er erhob seinen Kelch und rief mit volltönender Stimme: »Lasst uns auf Elizabeth Douglas, meine frisch angetraute Braut, trinken. Möge sie meine Vergesslichkeit verzeihen und mir trotzdem treu und ergeben dienen.«

Der Trinkspruch traf auf lauten Beifall und ausgelassenes Gelächter. Lizzys Wangen glühten vor Wut, als sie sich neben ihn an den Tisch setzte. »Was hältst du davon, wenn ich einen Trinkspruch auf meinen Ehemann ausbringe?«, zischte sie so leise, dass nur er es hören konnte. »Hoffen wir, dass er als Clanführer mehr taugt denn als Ehemann.«

Für jeden, der die beiden beobachtete, bot sich der Anschein, als würde George vertrauliche Worte mit seiner Frau wechseln, denn er beugte sich mit einem kühnen Lächeln näher zu ihr. »Wenn du das tust, werfe ich dich eigenhändig über die Klippen ins Meer, Weib.«

Obwohl Lizz innerlich erstarrte, schenkte sie ihm ihrerseits ein zuckersüßes Lächeln. »Du hast Recht, Douglas, vielleicht wäre ein anderer Trinkspruch eher zutreffend. Was hältst du von dem? Möge mein Ehemann vom Blitz erschlagen und auf ewig vom Erdboden getilgt werden.«

»Wahrlich die Worte …, die man von seiner kleinen Braut hören möchte«, erklärte er zynisch.

»Was hast du denn erwartet, Douglas? Dass ich dir für diese neuerliche Demütigung auf den Knien danke und dir die Stiefel lecke?«

George lehnte sich in seinem Stuhl zurück und fühlte

sich seltsam schuldig. Es war keine Vergesslichkeit gewesen, dass er sie nicht selbst in den Saal geführt hatte, sondern bittere Enttäuschung und Wut. Die Tatsache, dass sie sich geweigert hatte, an seiner Seite in Tantallon einzureiten, hatte ihm schwer zugesetzt. In seinen Augen war es eine deutliche Weigerung gewesen, ihn als ihren Beschützer und Ehemann anzuerkennen. Er hatte aus verletztem Stolz heraus gehandelt, nicht willens, sich vor seinen eigenen Leuten lächerlich zu machen.

23

Lizz lehnte sich im warmen Badewasser zurück und seufzte genüsslich auf. Welch eine Wohltat. Gelächter und Musik drangen gedämpft aus der Halle herauf. Sie hatte sich früh auf ihr Zimmer zurückgezogen und wäre Mary am liebsten dankbar um den Hals gefallen, als sie die elegante Wanne bei ihrem Eintreten entdeckt hatte. Lizz spürte, wie sich die Anspannung der letzten Tage in ihrem Körper langsam löste und schloss erleichtert die Augen. Wäre es nicht traumhaft, wenn sich auch die Probleme mit diesem Douglas so einfach lösen ließen? Lizz beschloss streng, nicht über ihren treulosen Ehemann nachzudenken. Der Tag war eine einzige Katastrophe gewesen und sie wollte sich die Nacht nicht auch noch verderben lassen.

»Soll ich Euch die Haare waschen?«, bot Mary freundlich an.

»Das wäre himmlisch«, gestand Lizz und ließ sich bereitwillig verwöhnen.

»Ich hoffe, deine Unterkunft gefällt dir. Ansonsten werde ich Douglas bitten, dass er dir eine andere zuweist.«

»Das ist wirklich nicht nötig, Mylady. Der Hausverwalter hat mir eine wunderschöne Kammer mit Blick aufs Meer zugeteilt.« Sie spülte Lizzys Haar mit klarem Wasser und bürstete es trocken. »Stellt Euch vor, wir teilen uns den Raum nur zu zweit.«

Lizz öffnete verblüfft die Augen. Gewöhnlich schliefen die persönlichen Zofen und Diener in einem Massenschlag. »Willst du damit sagen, dass hier alle Bediensteten eigene Räume haben?«

Mary nickte begeistert. »Diejenigen, die auch nachts

in der Burg bleiben, ja. Doch die meisten wohnen im Dorf vor den Toren. Übrigens gibt es hier sogar eine Kinderstätte, ist das zu glauben?« Sie tätschelte liebevoll ihren gewölbten Bauch. »Eine wunderbare Idee, wenn Ihr mich fragt. Martha, das ist meine Zimmergenossin, hat mir erklärt, dass Lord Douglas diese eigens für seine Bediensteten eingerichtet hat. Alte Frauen aus dem Dorf kümmern sich tagsüber um unsere Kinder. Das ist eine unglaubliche Erleichterung, Mylady.«

Lizz nickte zustimmend. Sie freute sich, dass es ihrer Zofe hier auf Tantallon gefiel.

»Möchtet Ihr jetzt aus der Wanne steigen?«

»Nein, noch nicht. Es ist gerade so angenehm. Ich wünsche dir eine gute Nacht, Mary.«

Die junge Zofe hängte ein Badetuch in Griffnähe und verabschiedete sich. Lizz schloss erneut die Augen und lauschte den fremden Geräuschen. Noch immer waren derbes Gelächter und Gesang aus der Halle zu hören, doch Lizz konzentrierte sich lieber auf das gleichmäßige Schlagen der Wellen, die an den Fels donnerten. Stetig, kraftvoll und seltsam beruhigend. Ein leiser Luftzug ließ sie frösteln.

George Douglas stand wie vom Donner gerührt mitten im Raum, unfähig, seinen Blick von der ebenmäßigen Schönheit seiner vor sich hin dösenden Frau zu lösen. Er hatte zwar vermutet, dass ihr schlanker Körper nackt köstlich anzusehen wäre, doch mit diesem brennenden Verlangen, das seinen Körper wie ein plötzliches Fieber befiel, hatte er bei Gott nicht gerechnet. Ihre Haut schimmerte wie reinster Alabaster und das Licht des stimmungsvoll knisternden Kaminfeuers verlieh ihr einen goldenen Schimmer. Die schwere, tiefrote Lockenflut ergoss sich nahezu auf den Boden und schien sich im Schein des Feuers in züngelnde Flammen zu verwandeln. Es juckte George in den Fingerspitzen, seine

Hände in dieser duftenden Masse zu vergraben. Seine Hände krampften sich zu Fäusten zusammen, als er seinen Blick begehrlich über ihr Antlitz gleiten ließ, von ihren leicht geöffneten Lippen über den schlanken Hals zu den sanft gerundeten Schultern, auf denen silberne Dampftropfen verführerisch glitzerten. Er schluckte hart und ließ seine Augen über die herrlich blassen Halbkugeln gleiten, deren rosa Spitzen neckisch die Wasseroberfläche durchbrachen. Georges Blut fühlte sich wie flüssige Lava an. Großer Gott, es war für ihn eine Qual zu beobachten, wie sich diese köstlich festen Brüste bei jedem Atemzug aus dem Badewasser erhoben, nur um gleich darauf vor seinen Augen zu verschwinden. Heiße Begierde ließ ihn erzittern und sein praller Schaft stemmte sich schmerzhaft gegen den zu engen Hosenbund. Sein Blick setzte die erotische Entdeckungsreise über ihren flachen Bauch fort, bis er schließlich bei dem neckenden, rotschwarzen Dreieck ihrer Scham verweilte. Großer Gott, er wollte diese Frau mit einer Inbrunst, die sein Innerstes zu versengen drohte. Es verlangte ihn danach, diesen zarten Körper aus dem Wasser zu heben, auf den weichen Mohairteppich zu legen und wie ein wildes Tier über sie herzufallen. Ja, er wollte ihre weiche Haut auf seiner fühlen, wollte tief in ihren Schoß eintauchen und sich dort in rasender Lust verlieren. Sie ist deine Frau, schrie sein Körper. Sie hatte kein Recht dazu, ihm diese Wonnen zu verwehren.

Ihr schriller Schrei riss ihn in die Wirklichkeit zurück.

»Douglas, verdammt, was hast du hier zu suchen?«, rief sie anklagend und fischte nach dem Badetuch, um ihre Blöße vor seinen Augen zu verbergen. »Hat deine Burg keine Türen, um anzuklopfen?«, forderte sie empört zu wissen und hektische Röte stieg ihr in die Wangen.

George setzte sich scheinbar ungerührt auf die Bettkante und betrachtete sie mit ausdruckslosem Gesicht. Ein wahrer Kraftakt. Lizz würde niemals auch nur erahnen, welches Maß an Selbstbeherrschung es ihn kostete, nicht gleich über sie herzufallen. Teufel und Verdammnis, er brannte heißer als sämtliche Höllenfeuer zusammen.

»Tantallon Castle hat sogar eine ganze Menge Türen, doch ich denke nicht daran, ausgerechnet an meine eigene zu klopfen«, erklärte er leichthin.

Lizz stieg umständlich aus der Wanne, peinlich darauf bedacht, mit dem Badetuch möglichst viel Haut vor seinem eindringlichen Blick zu verbergen. »Ich verstehe nicht ganz …«, gestand sie verwirrt.

George legte müßig seine Weste ab. »Dann werde ich es dir anders erklären. Dies hier sind die Gemächer des Clananführers und seiner Gattin. Ich bin der Clananführer und du die Gattin. Also, was schließt du daraus?«

Lizz stand da wie vom Donner gerührt. »O nein. Du wirst *nicht* hier nächtigen, Douglas. Hast du verstanden? Ich denke gar nicht daran, mit dir ein und denselben Raum zu teilen.«

Unbeeindruckt zog er sich die Stiefel aus. »Dann scheinst du ein Problem zu haben, Kätzchen. Denn andere Räume werden dir hier nicht zur Verfügung gestellt, und ich selbst denke gar nicht daran, mich aus meinem eigenen Bett verbannen zu lassen.«

Er öffnete sein Hemd und streifte es sich von den Schultern.

Lizz wandte ihm abrupt den Rücken zu und biss sich unsicher auf die Unterlippe. »Wir haben ein Abkommen, Douglas, schon vergessen? Unsere Ehe besteht nur auf dem Papier.«

Er hob erstaunt die Augenbrauen. »Haben wir das? Seltsam, das ist mir neu.«

Und außerdem war es völlig absurd. Er dachte gar nicht daran, seiner eigenen Frau fern zu bleiben.

»Das ist es nicht«, beharrte Lizz entsetzt. »Du hast es in unserer Hochzeitsnacht versprochen.«

»Soweit ich weiß, habe ich dir lediglich mein Wort gegeben, dich nicht gegen deinen Willen zu nehmen.«

Lizz stieß erleichtert den angehaltenen Atem aus. »Das läuft auf dasselbe hinaus, Mylord.«

»Da muss ich dir entschieden widersprechen«, knurrte George warnend.

»Daran kann ich dich kaum hindern. Wichtig ist für mich nur, dass du nicht wortbrüchig wirst«, erklärte sie unumwunden und bedachte ihn mit einem zögernden Lächeln.

»Ich halte stets mein Wort«, presste George mühsam hervor und fühlte sich in eine Falle gelockt.

»Das ist fein«, erklärte Lizz darauf leichthin. »Dann besteht vielleicht doch noch eine Chance für uns beide, ein halbwegs erträgliches Leben miteinander zu führen.« Sie hatte nämlich vorhin einen Entschluss gefasst. Vorhin – in der Badewanne. Sie hatte beschlossen, ihm eine gute Ehefrau zu sein. In allen Bereichen, außer im Bett.

»Das freut mich natürlich zu hören«, meinte George zynisch.

Himmel, sie stand wie eine verheißungsvolle Nymphe vor ihm. Das feuchte Badetuch klebte an ihrem Körper und hob ihre weichen, weiblichen Konturen deutlich hervor. Die dunkelroten Locken ergossen sich über ihre Schultern und umschmeichelten ihre Hüften.

»Vorausgesetzt, du ziehst dir endlich etwas an.«

Beinahe hätte er laut aufgelacht, als sie fliegenden Fußes hinter den Wandschirm huschte. Leider schmerzte ihn sein ungestilltes Verlangen so sehr, dass ihm überhaupt nicht nach Lachen zumute war.

Fest entschlossen, Lizz für die nächsten Minuten zu ignorieren, trat er vor die Porzellanwaschschüssel und spritzte sich kaltes Wasser ins Gesicht und auf die Brust.

Sein Verlangen ließ keine Spur nach und sein Zorn wuchs.

»Wo wirst du schlafen, Douglas?«, fragte Lizz verlegen und guckte hinter dem Wandschirm hervor.

»Diese Frage ist wohl bereits beantwortet«, fuhr er sie härter als nötig an. »In meinem Bett.«

Erst als er flinke, nackte Füße über den Boden tappen hörte, blickte er in ihre Richtung. »Was hast du jetzt schon wieder vor?«

Lizz presste ihr Kissen fest unter den Arm und hielt ein weiches Fell wie einen Schild vor sich. Ihre Augen funkelten trotzig. »Wenn du das Bett nimmst, wähle ich eben den Sessel.«

Sie nestelte sich auf dem großen Ledersessel vor dem Kamin ein und zog das Fell bis ans Kinn hoch.

George schüttelte ungeduldig den Kopf. »Morgen werden dir sämtliche Knochen wehtun.«

Falls sie jetzt erwartete, dass er den Gentleman spielte und an ihrer statt den Sessel nahm, hatte sie sich gründlich geirrt. George legte viel zu großen Wert auf Bequemlichkeit. Seit er von den Kämpfen in Frankreich heimgekehrt war, hatte er sich geschworen, niemals wieder auf einem unwürdigen Lager zu schlafen, außer in Notfällen. Die elende Sturheit seiner Frau zählte jedoch entschieden nicht dazu. Wenn sie den unbequemen Sessel seiner Gegenwart vorzog, dann konnte sie von ihm aus darin anwachsen.

Wortlos löschte er die Kerzen, entledigte sich seiner Stiefel und stieg ins Bett. Die Beinkleider ließ er absichtlich an. Den Anblick seines vor Lust geschwollenen Schaftes gönnte er Lizz nämlich ganz und gar nicht. Er wollte nicht, dass sie das ganze Ausmaß seines Verlangens nach ihr erkannte.

Lizz lag hellwach und zusammengerollt in ihrem Sessel und versuchte verzweifelt, nicht an den Mann zu denken, der nur wenige Meter von ihr entfernt in dem riesigen Bett lag – ein Ding der Unmöglichkeit, wie sie bald einsehen musste. Seine bloße Anwesenheit schien den ganzen Raum mit einer Energie aufzuladen, die Lizz sich nicht im Entferntesten erklären konnte. Es war, als würde die Luft jedes Mal leise knistern, wenn sich dieser Douglas auch nur bewegte. Lizz drehte sich in eine etwas bequemere Lage und schaute zum Bett hinüber. Das Kaminfeuer war beinahe heruntergebrannt, dennoch konnte sie im schwachen Schein der Glut Georges Gestalt erkennen. Sein mächtiger Körper zeichnete sich deutlich unter dem hellen Laken ab. Er lag vollkommen reglos auf dem Rücken, die Hände hinter dem Kopf verschränkt. Lizz konnte nicht erkennen, ob seine Augen offen oder geschlossen waren. Vielleicht hatte sie Glück und er schlief bereits. Dann musste sie sich zumindest nicht vor einem plötzlichen Angriff fürchten. Wer konnte schon sagen, ob er tatsächlich sein Wort hielt. Schließlich war er ein Douglas. Lizz stöhnte verhalten auf, als ihr Nacken sich immer steifer und verspannter anfühlte. Sie probierte eine neue Lage. Als dies nichts half, klopfte sie leise ihr Kissen auf, um bequemer zu liegen. Himmel, dieser Sessel sah wesentlich weicher aus, als er in Wirklichkeit war. Irgendetwas piekste ihr ständig in die Rippen.

»Verdammt, Weib, bei dem Lärm, den du vollführst, kann kein Mensch ein Auge zutun«, donnerte plötzlich Georges Stimme direkt über ihr.

Lizz stieß einen leisen Schreckensschrei aus und gleich darauf einen zweiten, als sie ziemlich unsanft mitsamt der Felldecke hochgehoben wurde.

»Lass mich sofort runter, Douglas«, forderte sie schrill und stemmte ihre Hände gegen seine nackte Brust. Ihr Herz raste plötzlich wie wild. O Gott, was hatte er vor? Beklemmende Angst stieg in ihr hoch, doch da war auch noch ein anderes Gefühl. Aufregend und elektrisierend, doch nicht weniger beängstigend. Instinktiv setzte sie sich zur Wehr. Sie zappelte und wand sich in seinen Armen.

»Verdammt, hör auf damit, bevor ich dich fallen lasse«, knurrte George und trug sie zum Bett.

»Du hast kein Recht …«, stieß Lizz aufgebracht hervor.

Im nächsten Augenblick verfing sich Georges Fuß in dem herunterhängenden Fell. Er stolperte, versuchte sein Gleichgewicht wieder zu erlangen … zu spät.

Gemeinsam segelten sie der Länge nach auf die weiche Matratze.

»Uff«, entwich es Lizz, als sein mächtiger Körper auf sie fiel und ihr die Luft aus den Lungen presste.

»Das hast du jetzt davon«, verkündete George ärgerlich. »Du verstehst es, sogar aus der einfachsten Handlung sogleich ein kompliziertes Unterfangen zu machen.«

»Wie praktisch, jetzt bin ich sogar an deinem Dickschädel schuld!«, konterte Lizz spitz und versuchte sich unter seinem muskulösen Körper hervorzuwinden. Ein Fels wäre bestimmt einfacher zu bewegen. Lizz wunderte sich insgeheim, dass er ihr nicht sämtliche Rippen brach. Die Art, wie sein Gewicht sie in die Matratze drückte, tat noch nicht einmal weh! Großer Gott, ganz im Gegenteil. Seine Nähe und die Hitze seiner nackten Haut, die sich durch ihr dünnes Nachthemd brannte, weckten eine seltsame Unruhe in ihr. Prickelnde Schauer jagten durch ihre Glieder.

»Du hast es gerade nötig, von Sturheit zu reden«, fuhr George sie an. »Alles, was ich will, ist endlich meine Ruhe.«

»Unsinn. Deinen Kopf willst du durchsetzen, Douglas. Deine Ruhe kannst du auch haben, wenn ich auf dem Sessel schlafe«, konterte Lizz schnaubend.

Nein, erkannte George schlagartig. Er würde nie wieder Ruhe finden, bis er seine widerspenstige Frau endlich mit Haut und Haaren besaß.

Überdeutlich war er sich des weichen, warmen Körpers bewusst, der sich verführerisch unter ihm wand. Augenblicklich erwachte sein sinnliches Verlangen erneut und sein schwerer Schaft presste sich hart und unnachgiebig gegen seinen Bauch.

Er wollte diese Frau. Seit er sie zum ersten Mal gesehen, seit er ihre Lippen das erste Mal gekostet hatte, verspürte er den brennenden Wunsch, sie zu besitzen. All sein Handeln war nur auf dieses eine Ziel ausgerichtet gewesen. Und nun lag sie unter ihm. Verführerisch, einladend ...

Auch Lizz erkannte die Veränderung, die plötzlich in George vorging. Der ärgerliche Glanz war aus seinen Augen verschwunden und nun betrachtete er sie mit einer Intensität, die ihr Innerstes erbeben ließ. Sie spürte die Anspannung seines mächtigen Körpers, nahm die schwere Sinnlichkeit seiner Lippen wahr ...

Lizzys Pulsschlag beschleunigte sich. Gleichzeitig erwachte jedoch auch ihre Wut. Er hatte kein Recht dazu, sie so anzusehen. Nicht nach allem, was er ihr angetan hatte. »Geh runter von mir, Douglas«, fauchte sie ihn an und stemmte sich mit aller Kraft gegen ihn.

»Ich fürchte, das kann ich nicht«, gestand George rau und ließ seine Lippen verführerisch über ihren Hals gleiten.

Lizz versteifte sich augenblicklich. Das war nicht gerecht, nicht nach all diesen Demütigungen. »O doch, Douglas, du kannst und du wirst mich in Ruhe lassen. Du selbst hast deine Wahl getroffen.«

George hob den Kopf und fixierte sie mit einem undefinierbaren Blick. »Was soll dieser Unsinn? Wovon sprichst du eigentlich?«

»Von Isabella natürlich. Du hast dich in unserer Hochzeitsnacht für sie entschieden. Also halte dich auch daran«, fuhr sie ihn wütend an. »Ich denke gar nicht daran, als zweitrangiger Ersatz einzuspringen, nur weil sie dir gerade nicht zur Verfügung steht.«

George sprang mit einem hässlichen Fluch aus dem Bett. »Verdammt, Weib, du weißt ganz genau, weshalb ich zu ihr gegangen bin. Ich war wütend auf dich. Oder glaubst du vielleicht, ich hätte nicht gesehen, wie du dich während der Trauung nach deinem Liebhaber umgedreht hast?«

Dieser Kerl war vollkommen verrückt! Lizz schnellte ebenfalls aus dem Bett hoch und funkelte ihn mit zorngeröteten Wangen an. »Oh, wenn das so ist, verzeihe ich dir natürlich alles. Du warst schließlich wütend. Da ist es ganz selbstverständlich, dass du mich einer Schwangerschaft bezichtigst«, zischte sie bissig.

George ballte zornig die Hände zu Fäusten. Dass sie ihn gerade jetzt an ihre Untreue erinnern musste, reizte ihn bis aufs Blut. »Ich pfeife auf deine elende Vergebung«, brüllte er sie an. »Ich bin das Clanoberhaupt der Douglas'. Bei meinem Erben muss ich sichergehen, dass er auch von meinem Blute ist. Du solltest mir eigentlich dankbar sein, dass ich dir deine Ausschweifungen lediglich auf diese Art vergelte.«

»Dankbar?«, rief sie mit sich überschlagender Stimme. Sie war außer sich vor Zorn. Das war ja wohl der Gipfel der Gemeinheit! »Du erwartest allen Ernstes, dass ich dir auch noch dafür danke, dass du mich als Hure abstempelst?«

George Hände ballten sich zu Fäusten. »Ich habe dich nie eine Hure genannt!«

»Das brauchst du auch nicht. Dein ganzes Verhalten und deine absurden Vorwürfe reichen dafür völlig aus. Ich weiß nicht, woher du diese Lügen nimmst, und es ist mir auch egal!« Sie bohrte ihm einen spitzen Finger in die Brust. »Aber du bist wohl der Letzte, der sich hier als Moralapostel hervortun muss. Du bist schließlich derjenige, der sich in fremden Betten vergnügt, nicht ich!«

»Ach ja? Und was war mit meinem Bruder?«

Diese Frage überrumpelte sie völlig. »Was soll mit ihm sein?«

»Du wolltest ihn im Stall verführen, schon vergessen?« Er trat bedrohlich näher. »Es müssen verdammt viele Liebhaber gewesen sein, wenn du dich nicht einmal mehr an die Einzelnen erinnern kannst.«

Er ragte nun so dicht vor ihr auf, dass sie den Kopf in den Nacken legen musste, um ihm ins Gesicht zu sehen. Trotzdem wich sie keinen Millimeter vor ihm zurück. »Dein Bruder wollte sich mir aufdrängen, von Verführung kann keine Rede sein.«

»Aber sicher doch«, fuhr er sie grob an. »Und was, zum Teufel, hattest du ohne jegliche Begleitung in diesem verdammten Stall zu suchen?«

Es war offensichtlich, dass er nicht an ihre intakte Ehre glauben wollte, und Lizz hatte diese dummen Vorwürfe nun endgültig satt. Sollte dieser arrogante Kerl doch denken, was er wollte.

»Es ist doch ganz egal, was ich sage, Douglas. Deine Meinung steht ohnehin fest«, zischte sie ihn wütend an und schnappte sich die Felldecke. »Ich bin nicht länger gewillt, diese alberne Diskussion weiterzuführen.« Sie drehte sich demonstrativ um und schritt hoch erhobenen Hauptes auf den unbequemen Sessel zu.

»Gute Nacht, Mylord.«

»Wenn du weißt, was gut für dich ist, machst du einen großen Bogen um diesen verdammten Sessel«, knurrte George gefährlich leise. »Reize mich nicht noch mehr. Du wirst im Bett schlafen.«

Lizz wirbelte wütend zu ihm herum, bereit, ihre Krallen erneut an ihm zu wetzen. Was glaubte dieser Kerl eigentlich? Dass sie ihm wie ein zahmes Hündchen gehorchte?

Die Schimpftirade blieb ihr jedoch in der Kehle stecken, als sie die pulsierende Ader auf seiner Stirn entdeckte. Großer Gott, er sah aus, als würde er sie gleich schlagen. Seine zinngrauen Augen waren beinahe schwarz vor Zorn, und Lizz erkannte mit bangem Herzen, dass er verzweifelt um Beherrschung kämpfte. Vielleicht war es tatsächlich klüger, diesmal nachzugeben. Ohne ihn eines Blickes zu würdigen, machte Lizz kehrt und stieg ins Bett. Sie deckte sich geräuschvoll zu und schloss fest die Augen.

Es schien ihr eine Ewigkeit zu verstreichen, bis er sich endlich auf seine Seite des Bettes begab. Leise Geräusche verrieten, dass er sich die Beinkleider auszog. Lizz furchte verwirrt die Stirn, als sich bei diesem Gedanken ein merkwürdiges Kribbeln in ihrem Körper ausbreitete.

Als George endlich ins Bett stieg, gab die Matratze unter seinem Gewicht so stark nach, dass sich Lizz am Rand der Bettstatt festhalten musste, um nicht zu ihm zu rollen.

Das zornige Schweigen zwischen ihnen hielt an und Lizz fühlte sich plötzlich ganz elend. Dies war kein sonderlich guter Anfang in ihrem neuen Zuhause.

»Douglas?«, flüsterte sie leise.

»Was?«, ließ George sich nach einer Weile genervt vernehmen.

»Bei unserer Trauung …«, sie zögerte kurz, weil sie nicht wusste, ob er gleich wieder wütend werden würde. »Ich habe mich nach meinem Vater umgedreht. Ich wusste gar nicht, dass David in der Kapelle war.«

Das darauffolgende Schweigen dauerte so lange an, dass sie nicht mehr mit einer Antwort rechnete. Trotzdem fühlte sie sich ein klein wenig erleichtert.

Als George endlich sprach, klang seine Stimme wesentlich freundlicher. »Schlaf jetzt, Kätzchen. Es war ein langer Tag.«

24

Am folgenden Morgen erwachte Lizz für ihre Verhältnisse ungewöhnlich spät. Gewöhnlich sprang sie schon beim ersten Tageslicht aus dem Bett.

Sie räkelte sich mit geschlossenen Lidern genüsslich unter den warmen Fellen und streckte sich wohlig. Sie hatte geschlafen wie ein Säugling. Dumpfes Donnern und Möwenschreie drangen an ihr Ohr. Möwen? Im nächsten Moment riss sie erschrocken die Augen auf. Sie hatte ja ganz vergessen, wo sie war! Ihr Kopf zuckte zu Georges Bettseite. Sie war leer.

»Guten Morgen, Mylady«, erklang Marys fröhliche Stimme. »Lord Douglas lässt ausrichten, dass er erst zum Mittagessen zurück sein wird«, erklärte sie und brachte ihrer Herrin das Frühstückstablett.

Lizz nickte als Zeichen, dass sie verstanden hatte, und ließ ihren Blick neugierig durch das Zimmer schweifen. Bereits am gestrigen Abend war ihr aufgefallen, dass dieser Raum äußerst elegant und geschmackvoll eingerichtet war, doch bei Tageslicht wirkte er noch viel einladender. Sie bewohnte ein helles, rundes Turmzimmer mit drei schmalen Fensteröffnungen und einem wunderschönen Kamin aus Sandstein. Sämtliche Wände waren mit herrlich bestickten Teppichen verkleidet. Vom Frisiertischchen über die Kleidertruhen bis hin zu den beiden riesigen Sesseln vor dem Kamin fügte sich alles zu einem harmonischen Bild zusammen.

»Wunderschön, nicht wahr, Mylady?«

Bald darauf schlenderte Lizz auf der Suche nach dem Haushofmeister durch die Burg. Sie brannte geradezu darauf, ihr neues Heim genauer in Augenschein zu nehmen. Urplötzlich hallte aufgeregtes Gebell von den Wänden wider. Kindliches Lachen und rasche Schritte wurden laut. Lizz blieb erstaunt stehen. Im nächsten Moment kam ein kleiner Bursche um die Ecke gesaust und prallte beinahe um ein Haar mit ihr zusammen. Zwei riesige Fellbündel befanden sich ihm dicht auf den Fersen.

Lizz erkannte den Jungen mit dem zerzausten, tiefschwarzen Haar und den funkelnden grauen Augen sofort wieder und ein kleines Lächeln hob ihre Mundwinkel. »Na, Archie, befindest du dich mal wieder auf der Flucht?«

Die beiden Wolfshunde schenkten ihr nur kurz Aufmerksamkeit und bedrängten gleich wieder den Jungen. Mit protestierendem Gebell und stupsenden Nasen forderten sie ihr Spielzeug zurück. Archies ausgelassenes Kichern wirkte unglaublich ansteckend, und Lizz konnte sich ein gutmütiges Grinsen nicht verkneifen, als der Junge blitzschnell einen angekauten Lederball aus seinem Hemd hervorzauberte und ihn weit von sich warf. Sogleich stoben Blitz und Donner davon und Ruhe kehrte ein.

»Was machst du hier?«, wollte Archie nun von Lizz wissen.

»Ich wohne jetzt hier.«

Seine Kinderaugen wurden groß vor Staunen. »Dann bist du Papas neue Frau?«

»Nein, Archie, ich bin George Douglas' Frau«, stellte sie richtig.

»Sag ich doch! Du bist Papas neue Frau.«

Der dumpfe Stich in ihrer Brust traf sie vollkommen unvorbereitet. George hatte einen Sohn? Es war zwar vollkommen absurd, doch sie fühlte sich irgendwie betrogen.

»Du bist Douglas' Sohn?«, erkundigte sie sich, nur um ganz sicher zu gehen.

Archie nickte bestätigend. »Klar doch! Wer sollte ich denn sonst sein?«

»Entschuldige, das war eine dumme Frage«, erklärte Lizz gezwungen fröhlich und betrachtete den Jungen genauer. Aber natürlich, die Ähnlichkeit war frappant. Archie war tatsächlich eine kleinere Ausgabe von ihrem Ehemann.

»Macht nichts. Ich stelle manchmal auch dumme Fragen.«

Er musterte sie mit zusammengezogenen Augenbrauen. »Und was machst du gerade?«

»Ich möchte mir die Burg ansehen. Sag mal, weißt du vielleicht, wer der Haushofmeister ist?«

Archie legte den Kopf schief und blickte fragend zu Lizz auf. »Was ist ein Haushofmeister?«

»Jemand, der für die Führung des Haushalts verantwortlich ist«, erklärte sie geduldig.

»Ach so, du meinst den Kapitän. Das ist Lachlan. Komm, ich bring dich zu ihm.«

Gemeinsam machten sie sich auf den Weg und Archie plapperte munter drauflos. Er erzählte ihr, dass dieser Lachlan früher einmal ein eigenes Schiff besessen hatte und ein großer und gefürchteter Kapitän auf hoher See gewesen war.

»Da vorn ist er. Kapitän!«

Lizz betrachtete den klein gewachsenen, hageren Mann, der bei Archies Gebrüll mürrisch aufblickte. Er besaß tatsächlich etwas von einem abgebrühten Seemann. Nicht nur die Art, wie er breitbeinig dastand, sondern auch die tief eingegrabenen Falten um seine Augenwinkel ließen den Gedanken aufkommen, dass er viele Jahre an Bord eines Schiffes gelebt und über die glitzernde Wasseroberfläche gespäht hatte.

Als er in Lizz die neue Hausherrin erkannte, trat der Ausdruck tiefer Erleichterung auf sein Gesicht.

»Ich habe Euch bereits erwartet, Mylady. Lord

Douglas gab mir den Auftrag, Euch alles zu zeigen.« Er kramte einen Schlüsselbund aus der Tasche und überreichte in ihr. »Damit stehen Euch alle Türen offen.«

Zögernd und mit einem mulmigen Gefühl in der Magengrube nahm Lizz die Schlüssel entgegen. Eigentlich hatte sie vorgehabt, die Burg zu besichtigen, und nicht gleich den ganzen Haushalt zu übernehmen!

Natürlich war ihr klar, dass dies von einer Ehefrau erwartet wurde … dennoch ärgerte sie sich über ihren Ehemann. Zumindest hätte er sie fragen können, bevor er ihr diese Verantwortung aufbrummte.

»Es ist gut, dass Tantallon Castle endlich wieder eine Herrin hat«, beschied Lachlan mit zackiger Stimme. »Mein Arbeitspensum ist auch ohne die Bürde eines Haushalts kaum zu bewältigen.«

Gemeinsam schritten sie von Raum zu Raum. Lachlan stellte sie den Bediensteten vor und unterrichtete sie von deren genauen Arbeitsbereichen.

Oberflächlich betrachtet lief der Haushalt tadellos, doch bei näherem Hinsehen gab es einiges, was dringend überarbeitet werden musste. Die Möbel bedurften einer Politur, die Wandteppiche mussten ausgeklopft und die Binsen auf dem Boden erneuert werden. In Gedanken notierte sich Lizz, als Erstes die Kerzenherstellung zu überprüfen. Der Gestank des ranzigen Talgs stach unangenehm in der Nase.

»Sehen wir uns auch die Verliese an?«, wollte Archie begeistert wissen.

»Nein, du weißt genau, dass du dort nichts verloren hast«, brummte Lachlan. »Beim letzten Mal hast du genug Schaden angerichtet.«

Archie stampfte wütend mit dem Fuß auf. »Das war nicht meine Schuld! Der Engländer hat versprochen, er würde mir einen Geheimgang zeigen.«

»Die Verliese werden noch immer benutzt?« erkundigte sich Lizz entsetzt.

Lachlan nickte. »Manchmal. Wir leben schließlich im Grenzgebiet, Mylady. Früher hat es hier von diebischen Engländern und Gesetzlosen nur so gewimmelt. Seit unser Lord jedoch für Ordnung sorgt, ist es wesentlich ruhiger geworden.«

»Das freut mich zu hören«, ließ sich Lizz unbehaglich vernehmen. Der Gedanke, dass sich im Schloss Diebe und Mörder befanden, gefiel ihr ganz und gar nicht. »Was war denn mit diesem besonderen Engländer?«

»Soweit ich weiß, handelte es sich bei ihm um einen hohen Offizier der englischen Krone. Ein überaus brutaler Kerl. Er hat Archie überlistet und als Geisel genommen, um sich so die Flucht zu sichern.«

»Und was ist dann geschehen?«, erkundigte sich Lizz entsetzt.

»Er hat es bis in den Burghof geschafft ...«

»Und dann ist Papa gekommen und hat ihm eine ganz üble Tracht Prügel verpasst«, verkündete Archie mit vor Stolz funkelnden Augen. »Papa lässt nämlich nicht zu, dass mir etwas geschieht.«

Lachlan tätschelte dem Jungen etwas ungelenk den Kopf. »Nein, natürlich nicht. Der Lord beschützt die, die ihm anvertraut worden sind. Hier wird dir nichts geschehen.«

Archie reckte stolz das kleine Kinn. »Das weiß ich doch. Darum hat Papa mir auch dieses Zauberschwert geschenkt.« Er klopfte beinahe ehrfürchtig auf das handgeschnitzte Holzschwert an seinem Gürtel. »So kann der Alte mich nicht mehr holen.«

Lizz zog verwirrt die Stirn in Falten. Dieses Gespräch mutete sie ziemlich seltsam an.

Als Lachlan ihren fragenden Blick sah, trat er unbehaglich von einem Fuß auf den anderen. »Der Lord wird es Euch bestimmt eines Tages erklären.«

»Nun kommt schon«, drängelte Archie. »Wir haben

die Küche und die Brauerei noch nicht gesehen. Vielleicht hat Nan sogar Kuchen gebacken.«

Bis zum Mittagessen waren sie mit der Besichtigung durch. Lizz war in der Tat angenehm überrascht. Mochte die Festung von außen her auch kalt und unfreundlich wirken, so besaß sie im Inneren durchaus einen gewissen Charme.

»Mylady«, begrüßte George sie kühl, als er sich neben sie an den Tisch setzte.

»Gewöhnlich geleitet der Hausherr die Lady an ihren Platz«, erklärte er vorwurfsvoll und dieser Tadel weckte augenblicklich Lizzys Unmut. Das war ja wieder einmal typisch für diesen Kerl. Er kümmerte sich keinen Deut um sie, mit Vorwürfen war er aber schnell zur Stelle.

»Wie schade, dass ich keine Gedanken lesen kann«, gab sie bissig zurück. »Vielleicht solltest du mir eine Liste mit deinen Hausregeln aufstellen. Es wäre doch wirklich zu ärgerlich, wenn mir erneut ein so fataler Fehler unterlaufen würde.«

George bedachte sie mit einem seltsamen Blick. »Bist du immer so zynisch beim Mittagessen?«

Lizz errötete zart. »Nur wenn man mich anstelle eines freundlichen Grußes mit Vorwürfen überschüttet.«

»Vielleicht habe ich mich tatsächlich etwas im Ton vergriffen«, gab er zu ihrem maßlosem Erstaunen zu. »Der heutige Morgen war wie verhext. Ein Problem jagte das andere und nun haben wir auch noch mit einer Mäuseplage in den Getreidekammern zu kämpfen.«

Er schüttelte angewidert den Kopf. Wenn es so weiterging, würden sie trotz der guten Ernte einen harten Winter vor sich haben.

»Gibt es denn nicht genügend Katzen hier?«, erkundigte sich Lizz zögernd. Sie war sich nicht sicher, ob er eine Einmischung in dieser Angelegenheit billigte.

George tat sich ein großes Stück Hammelfleisch und einige Kartoffeln auf das Schneidebrett und widmete sich seinem Mahl.

»Die elenden Biester sind bereits so fett, dass sie den Mäusen kaum mehr nachjagen können.«

Lizz tippte sich nachdenklich mit dem Zeigefinger gegen die Lippen. »Auf Stobhall hatten wir zwar nie eine richtige Plage, doch soweit ich mich erinnere, sind die Bauern mit den Nadeln der Eibe gegen die Nager vorgegangen.«

George horchte interessiert auf. »Mit Tannennadeln?«

»Ja, Mylord. Die Eibe besitzt hochgiftige Nadeln. Unsere Pächter haben getrocknete Apfelschnitze mit diesen präpariert und sie den Mäusen als Köder vorgesetzt. Das Gift wirkt unglaublich schnell.«

George kaute nachdenklich einen Bissen Fleisch.

»Eiben sind in dieser Gegend ziemlich selten. Aber einen Versuch wäre es zumindest wert.«

Dass er ihren Vorschlag tatsächlich in Betracht zog, freute Lizz ungemein. »Keine zwei Meilen vor dem Dorf habe ich eine Eibe gesehen. Wenn du möchtest, könnte ich sie dir zeigen.«

George wollte schon ablehnen, doch als er ihre vor Freude geröteten Wangen sah, konnte er es ihr einfach nicht abschlagen. Himmel, allein ihr Anblick brachte sein Blut in Wallung. Die vergangene Nacht hatte sie sich wärmesuchend an ihn geschmiegt. Noch jetzt glaubte er den weichen Druck ihrer festen, kleinen Brüste auf seinen Rippen zu spüren. Sie schienen sich regelrecht in seine Haut gebrannt zu haben … Nicht imstande, dieser süßen Qual länger standzuhalten, war er noch vor dem ersten Morgengrauen aus ihrer Nähe geflohen. Seither verfluchte er sich für seine eigene Dummheit. Er hätte sie in ihrer Hochzeitsnacht nehmen sollen. Hätte sich tief in ihrem Schoß verlieren sollen. George war sich sicher, dass er sich nur so von ihrem

Zauber befreien konnte. Er musste sich selbst beweisen, dass auch Lizz eine ganz gewöhnliche Frau war. Nur so würde sie endlich die Macht über ihn verlieren.

»In Ordnung. Wir werden uns gemeinsam auf die Suche machen.«

Lizz beobachtete ihn unter gesenkten Augenlidern hervor. Er schien heute wirklich in zugänglicher Stimmung sein. Vielleicht war der Zeitpunkt geeignet, um ihn auf Archie anzusprechen. Bisher hatte er noch kein Wort über ihn verloren.

»Heute Morgen hat Archie mir die Burg gezeigt«, erklärte sie in freundlichem Plauderton.

»Dann hast du mit Sicherheit auch den hintersten Winkel von Tantallon gesehen. Der kleine Bengel kennt die Burg besser als jeder andere«, gab er mit einem amüsierten Lächeln zurück.

»Wo ist eigentlich seine Mutter?«, erkundigte sie sich nun und bemühte sich, ihre Enttäuschung zu verbergen. Aus irgendeinem ihr selbst unerfindlichen Grund wünschte sie sich, er würde ihr von sich aus gestehen, dass Archie sein Sohn war.

»Sie ist bei seiner Geburt gestorben.«

»Oh, das tut mir Leid.« Sie wartete, doch keine weiteren Erklärungen folgten.

Mit einem lauten Knall schwang plötzlich die Tür auf und eine tiefe, lallende Stimme rief: »Seht her, der verlorene Sohn ist zurückgekehrt.«

Sämtliche Geräusche verstummten abrupt. Ein dunkles Schweigen legte sich über die ganze Halle und alle schienen gespannt den Atem anzuhalten. Im Türrahmen stand William Douglas. Sturzbetrunken, unrasiert und erbärmlich anzusehen, hielt er sich am Holzrahmen fest und versuchte sich wankend auf den Beinen zu halten.

»Ist das nicht dein Bruder?«, erkundigte sich Lizz flüsternd und für den Bruchteil einer Sekunde sah sie namenlosen Schmerz und Erleichterung in Georges Augen. Gleich darauf waren diese Gefühle jedoch hinter kaltem Zorn verborgen. Dennoch fühlte sich Lizz, als hätte sie soeben einen Einblick in seine Seele erhascht.

»Verdammt, das wird aber auch Zeit«, knurrte George und erhob sich von seinem Stuhl. Das Schweigen wurde immer bedrückender. Alle Augenpaare blieben erwartungsvoll auf George gerichtet, dessen Gesicht so grimmig wirkte, dass Lizz alarmiert aufsprang.

»Na, will mich denn niemand willkommen heißen?«, johlte William und lachte, als hätte er gerade einen urkomischen Witz erzählt. Mit unsicheren Schritten wankte er in den Saal.

George durchquerte den Raum so zügig, dass Lizz Mühe hatte, ihm zu folgen. Instinktiv wusste sie, dass sie ihm jetzt beistehen musste. Es war nur ein Gefühl, und doch …

»Ah, mein geliebter Bruder«, rief William, als er den zornigen Riesen auf sich zusteuern sah. Er breitete schwungvoll die Arme aus. »Auf dich ist doch immer Verlass. Nein, du wirst mich nie übersehen.«

»Halt den Mund, du Idiot«, knurrte George zwischen zusammengepressten Zähnen hindurch. »Du wirst mir einiges erklären müssen.«

Ein Funke des Wiedererkennens glimmte in den blutunterlaufenen Augen auf, als Williams Blick auf Lizz fiel.

»Was will *die* denn hier?«

Ein Muskel zuckte in Georges Wange. »Lizz ist meine Frau.«

»Deine was?« William verschluckte sich beinahe an seinem eigenen Gelächter. »Das glaube ich einfach nicht. Da lässt man dich nur kurz allein und schon bringst du uns eine Drummond ins Haus. Da soll noch mal einer sagen, ich sei das schwarze Schaf der Familie.«

Lizz legte George beschwichtigend die Hand auf den Unterarm, als sie sah, dass er drauf und dran war, seinen Bruder niederzuschlagen. »Tu es nicht, George. Er ist betrunken und weiß nicht, was er sagt.«

Er schien sich tatsächlich ein wenig zu beruhigen.

Williams Augen folgten dieser Geste und er lachte erneut auf.

»Ah, deshalb hast du mich also zurückgewiesen.« Er zwinkerte ihr verschwörerisch zu. »Du wolltest wohl ganz nach oben, was? Weshalb sich mit dem nichtsnutzigen Bruder begnügen, wenn man sich doch das Clanoberhaupt angeln kann?«

Lizz schaffte es gerade noch, dazwischen zu gehen, als George William für diese Beleidigung die Faust ins Gesicht rammen wollte. Wie ein Puffer stand sie zwischen diesen zornigen Riesen, die sich wütend über ihren Kopf hinweg anfunkelten.

»Schluss jetzt, und zwar alle beide!«, fauchte sie energisch.

»Geh aus dem Weg, Lizz, das geht dich nichts an«, zischte George.

»Und ob mich das etwas angeht.« Sie winkte zwei Soldaten, näher zu kommen. Diese dachten jedoch gar nicht daran, sich zu erheben. Es war offensichtlich, dass die Leute mit erwartungsvollem Staunen das Ende dieses Zweikampfs abwarten wollten. Doch diese Suppe würde sie ihnen gründlich versalzen.

Zu George und William gewandt, zischte sie leise: »Ich lasse nicht zu, dass ihr euch vor versammelter Meute prügelt. Ihr seid eine Familie, verdammt. Wenn ihr Probleme habt, dann löst sie gefälligst im Verborgenen.«

»Du sollst dich heraushalten«, fuhr jetzt auch William sie an. »Du hast keine Ahnung, was ich getan habe.«

Lizzys Kopf zuckte zu ihm herum. »Das brauche ich auch nicht zu wissen. Es ist schlimm genug, mit ansehen zu müssen, wie du dich dafür selbst bestrafst. Du *willst* doch, dass George dich niederschlägt und dich zum Gespött des ganzen Clans macht. Aber das werde ich nicht zulassen, verstanden? Es gibt genügend andere Möglichkeiten, um auf sich aufmerksam zu machen.«

Plötzlich stand derselbe Schmerz in seinen Augen, wie sie ihn zuvor bei George gesehen hatte. Sie lag also richtig mit ihrer Vermutung. Ihre Stimme wurde milder.

»Du wirst dich jetzt in deine Gemächer begeben und deinen Rausch ausschlafen. Wenn du wieder klar im Kopf bist, könnt ihr euch beide wie zivilisierte Menschen unterhalten.«

Sie wandte sich an ihren Mann, um ihm die endgültige Entscheidung zu überlassen. Als sie in sein attraktives Gesicht aufsah, erfüllte ein warmes Ziehen ihre Brust. Der Ärger war von ihm abgefallen und nun spiegelte sich aufrichtige Betroffenheit in seinem Blick. In einer Aufwallung von Zärtlichkeit hob Lizz liebevoll die Hand an seine Wange. »Mach dir keine Vorwürfe, George. Du konntest es nicht wissen.«

George presste sanft seine Lippen auf ihren Handrücken, ein Ausdruck seiner Dankbarkeit und all der wilden Gefühle, die gleichzeitig auf ihn einstürmten und ihn bis in die Grundfeste seines Selbst erschütterten. Einen verwirrenden Augenblick lang glaubte er sein, Herz müsste zerbersten vor Sehnsucht, als er in ihr zart geschnittenes Gesicht schaute. Ihre Augen – smaragdgrüne Seen voller Mitgefühl und Zärtlichkeit, ihre Lippen mit diesem unsicheren, liebevollen Lächeln … Großer Gott, es gab es noch: jenes Mädchen aus dem Wirtshausstall, nach dem er sich so schmerzlich verzehrte. Er las das tiefe Verstehen in ihren wunderschönen Augen und glaubte sich in jene Nacht zurückversetzt. Sie stand vor ihm. So dicht, dass er ihre Wärme spüren konnte. So nah, dass er ihren zarten Rosenduft wahrnahm. Urplötzlich verspürte er den heftigen

Drang, sie in seine Arme zu reißen. Er wollte sie festhalten, damit sie ihn nie wieder verlassen konnte …

Sekunden später jagten ihm diese Gefühle eine Heidenangst ein. Er durfte sich Lizz nicht ausliefern. Wenn sie jemals erfuhr, welche Macht sie über ihn besaß, wäre es sein Untergang.

George nickte den beiden Soldaten zu. »Helft meinem Bruder in seine Gemächer.«

25

Einen Großteil des Nachmittags verbrachte Lizz in der kleinen Bibliothek mit Briefeschreiben. Sie hatte sich vom ersten Augenblick an in diesen gemütlichen Raum verliebt; nicht der vielen Bücher, sondern der Aussicht wegen, die von hier schlichtweg atemberaubend war. Die Bibliothek befand sich im zweiten Stockwerk und hatte ein riesiges Fenster mit Sicht aufs Meer. Nichts als azurblaues Wasser, soweit das Auge reichte.

Lizz wartete ungeduldig auf Georges Rückkehr – doch er kam nicht.

Anscheinend hatte er sie wieder einmal vergessen. Die bittere Enttäuschung, die mit dieser Erkenntnis einher ging, zerrte an ihren Nerven.

Ärgerlich warf sie die Schreibfeder hin und marschierte in die Halle hinunter. Sie fand sie leer vor. Nicht einmal Bedienstete waren zugegen. Beim näheren Hinsehen entdeckte sie jedoch graues Fell unter einem der Tische. Eine kleine, schmutzige Hand lag auf dem struppigen Haar. Lizz trat näher und hob neugierig das Tischtuch an. Sogleich trat ein kleines Lächeln auf ihre Lippen. Archie schlief gottergeben inmitten seiner Freunde. Die beiden Wolfshunde hoben die mächtigen Köpfe und fixierten Lizz mit warnenden gelben Augen.

»Keine Angst, ich werde eurem Schützling nichts tun.«

Als sie Schritte von der Treppe her hörte, wandte sie sich um. William Douglas stand frisch gebadet, rasiert und reichlich verlegen dort.

»Mylord«, begrüßte sie ihn mit einem knappen Nicken.

»Ich nehme an, es ist an der Zeit, mich bei dir zu entschuldigen«, erklärte dieser und schlenderte unbehaglich näher.

Wenige Meilen entfernt biss George die Zähne fest zusammen. Schweißperlen glänzten auf seiner Stirn, während seine Armmuskeln deutlich hervortraten.

»Noch ein Stück!«

Gemeinsam mit vier anderen Männern bot er all seine Kraft auf, um den umgekippten Wagen anzuheben.

»Jetzt! Zieht ihn hervor«, keuchte er und beobachtete, wie man den verletzten Mann unter dem schweren Gefährt hervorzog. Dieser schrie auf vor Schmerz. Gleich darauf verlor er das Bewusstsein.

George erkannte auf den ersten Blick, dass beide Beine gebrochen waren. Verdammt und zugenäht, das war heute schon der vierte Unfall dieser Art. Das konnte doch nicht mit rechten Dingen zugehen. Bei jedem der verunglückten Fuhrwagen war eine Achse gebrochen. Bisher war zum Glück niemand verletzt worden. Doch nun hatte es diesen armen Teufel erwischt. Georges Blick glitt voller Ingrimm gen Himmel. Dicke Regenwolken ballten sich über ihnen zusammen und drohten die Ernte zu ruinieren, wenn sie nicht bald in die trockenen Vorratskammern gebracht wurde. Es war wirklich zum Verrücktwerden.

»Bringt ihn in sein Haus. Der Arzt erwartet ihn dort bereits.«

Er nahm seinen Freund beiseite, damit niemand seine Worte hören konnte. »Rob, ich will, dass alle Wagen genau untersucht werden. Diese Unfälle können kein Zufall sein.«

»Du glaubst, jemand sabotiert die Ernte?«

»Sagen wir, ich schließe es nicht aus.«

»Aber wer, um alles in der Welt, sollte arme Bauersleute für seine Angriffe benutzen?«

»Mit dieser Frage befasse ich mich, wenn wir stichhaltige Beweise für eine Sabotage finden.«

»Ich kümmere mich darum«, entschied Robert und schritt davon.

George blickte sich um. Hier konnte er nichts mehr tun, also schwang er sich auf seinen schwarzen Hengst und ritt nach Tantallon Castle zurück. Als er im Burghof sein Pferd zügelte, drängten sich ihm leise Schuldgefühle auf. Die Abenddämmerung brach bereits herein. Jetzt war es zu spät für einen Ausflug zu der alten Eibe. Lizz war bestimmt sehr enttäuscht. Sie hatte sich aufrichtig über diesen Ausritt mit ihm gefreut. Morgen, schwor er sich. Gleich morgen früh würde er mit ihr losreiten. Er würde sich genügend Zeit nehmen, um ihr die Gegend zu zeigen. Als kleine Entschädigung, sozusagen.

Höchst zufrieden mit diesem Entschluss überreichte er einem Knecht die Zügel und eilte die wenigen Stufen zur großen Halle hinauf. Er konnte es plötzlich kaum erwarten, Lizz wieder zu sehen.

Als er die schwere Holztür aufzog, blieb er jedoch wie vom Donner gerührt stehen. Kalte Wut und brennende Eifersucht ließen ihn am ganzen Körper erzittern, als er Lizz fröhlich lachen hörte. Er glaubte einfach nicht, was er da sah. Seine Frau war keineswegs zerknirscht, weil ihr gemeinsamer Ausritt verschoben wurde. Ganz im Gegenteil! Sie schien sich sogar außerordentlich gut zu amüsieren – mit William! Erneut erfüllte ihr helles Lachen den Raum und Georges Körper verspannte sich vor Zorn. Es klang wie Hohn in seinen Ohren. Ganz so, als würden sie über *ihn* lachen. Der bittere Geschmack von Verrat ätzte sich in seine Zunge. Lizz hatte ihm erzählt, dass auf Stirling nichts zwischen William und ihr vorgefallen war. Er hatte ihr geglaubt! Doch nun zeigte sich ihm ein ganz anderes Bild. Ihre Hand lag vertraulich auf Williams Unterarm.

»Also wirklich, William. Ich glaube dir kein Wort«, lachte Lizz. »Fische mit den bloßen Händen fangen …?«

»Ich schwöre es«, grinste William und ein Hauch von Stolz spiegelte sich in seinen Augen. »Als George hörte, dass manche Wilden auf diese Art jagen, wollte er sich unbedingt beweisen, dass auch er das konnte. Er ist dabei fast ertrunken, aber er hat nicht aufgegeben, bis er es geschafft hat. Ganz ehrlich, ich habe noch nie einen so riesigen Fisch gesehen.«

Lizz schüttelte lachend den Kopf. Ein zärtliches Gefühl erfüllte ihre Brust, als sie sich George als kleinen Jungen in einem kalten Flussbett stehend vorstellte. Mit wirrem Haar und wild entschlossen, es allen zu zeigen. Er musste genau wie Archie ausgesehen haben.

»Was, zum Teufel, geht hier vor?«, donnerte plötzlich eine eisige Stimme durch den Raum. Sie fiel vor Schreck beinahe vom Stuhl. Sie wirbelte herum und sah George in der Tür stehen; zornschnaubend und mit an der Seite geballten Fäusten kam er auf sie zugestürmt. Himmel, er sah aus, als würde er sie am liebsten erwürgen.

Verrückterweise empfand Lizz keinerlei Angst bei seinem Anblick. Vielmehr spürte sie ein sonderbares Gefühl von Erregung in sich aufsteigen.

»Verflucht noch mal, ich will wissen, was hier vorgeht«, brüllte er außer sich vor Zorn. Im nächsten Augenblick riss er Lizz aus ihrem Stuhl hoch und schüttelte sie grob. William sprang sogleich auf. »Verdammt, George, wir haben uns doch nur unterhalten!«

Georges Kopf zuckte wild zu seinem Bruder herum. »Mit dir befasse ich mich später.«

»Und wir zwei werden uns jetzt gleich unterhalten«, knurrte er Lizz an und zog sie mit sich fort.

William, hin und her gerissen zwischen dem Wunsch, seiner freundlichen Schwägerin zu helfen, und dem Wissen, dass seine Einmischung alles nur noch verschlimmern würde, blickte ihnen hilflos nach.

26

»Was soll dieser Unsinn?«, forderte Lizz von George zu wissen, als er sie die Stufen zum Turmzimmer hinaufschob. Sein rüdes Verhalten verärgerte sie zunehmend.

»Glaubst du, ich bin blind? Zwischen dir und Will läuft etwas, und ich will verdammt noch mal wissen, was!«

Augenblicklich leistete sie seinem Drängen Widerstand. »Das glaube ich einfach nicht! Du dichtest mir schon wieder eine schmutzige Affäre an? Mit deinem eigenen Bruder?!«

»Reize mich nicht noch mehr«, knurrte George und schob sie weiter die Treppe hinauf.

Lizz riss sich los und funkelte ihn erbost an. »Das ist ja wieder einmal typisch für dich! Dich soll man nicht reizen, aber du darfst mich beleidigen und demütigen, wie es dir gerade in den Sinn kommt!«

»Lizz …«, schnaubte er gedehnt.

»Nein, George. Ich habe es satt, ständig unter deinen Hirngespinsten zu leiden, und ich habe es satt, von dir wie ein Stück Dreck diese elende Treppe hinauf geschoben zu werden. Ich lasse mich nicht in irgendein Zimmer zerren, damit du mich erniedrigen kannst. Wenn du etwas von mir willst, findest du mich in der Bibliothek«, beschied sie spitz und ging davon.

Ihr Triumph währte jedoch nur kurz. Bevor sie überhaupt wusste, wie ihr geschah, warf George sie sich über die Schulter und stieg die Stufen wieder hinab.

»Lass mich runter, du Scheusal!« Seine harte Schulter drückte sich schmerzlich in ihren Bauch und vor unbändigem Zorn bekam sie kaum noch Luft. »Du sollst mich augenblicklich runter lassen, Douglas«, forderte sie schrill. Dieser Kerl war doch wirklich das Letzte! Sie hämmerte mit den Fäusten auf seinen Rücken ein, und als dies keine Wirkung zeigte, packte sie einen Haarbüschel und riss kräftig daran. Ein harter Schlag auf ihre Kehrseite war seine Antwort darauf.

George stieß mit einem heftigen Tritt die Tür hinter sich zu und stellte Lizz unsanft auf die Füße. »Jetzt bist du in deiner elenden Bibliothek. Zufrieden?«, brüllte er sie an.

»Nein, ich bin nicht zufrieden! Du hast kein Recht dazu, mich so zu behandeln. Ich habe nichts Schlechtes getan!«

»Das werden wir gleich feststellen«, stieß George hervor und riss Lizz in seine Arme. Gleich darauf verschloss er ihre Lippen mit einem leidenschaftlichen Kuss. Wild, Besitz ergreifend und unendlich köstlich eroberte er ihren Mund und entfachte erneut das schwelende Feuer in ihrem Innern. Lizz erzitterte an seiner Brust. Bevor sie jedoch reagieren konnte, war der Kuss auch schon vorbei.

»Was wollte Will von dir?«

Schwer atmend und mit klopfendem Herzen starrte sie in sein unergründliches Gesicht. Sie konnte es nicht fassen. Wie war es ihm möglich, sie so leidenschaftlich zu küssen und dabei so kalt zu bleiben?

»Ich habe dir eine Frage gestellt.«

Es war ihm ernst. Er glaubte tatsächlich, dass sie ihn mit seinem Bruder betrog. Augenblicklich stieg Wut in ihr auf und sie entwand sich seinen Armen. »Du arroganter Mistkerl«, stieß sie empört hervor und wich hinter den riesigen Schreibtisch zurück. Sie brauchte diesen Abstand. Seine Nähe wirkte sich nicht gerade vorteilhaft auf ihren Verstand aus.

Lizz schob trotzig das Kinn vor: »Er hat sich bei mir entschuldigt. Was dir übrigens auch gut stehen würde, Douglas.«

Als er drohend näher trat, hob sie ihr Kinn noch etwas höher. »Du solltest dich wirklich schämen. William ist dein *Bruder*. Von mir denkst du sowieso nur das Schlechteste, aber bist du wirklich so blind und siehst nicht, dass William dich liebt?«

»Erzähl keinen Unsinn. Seit Jahren bringt er mir nichts als Hohn und Verachtung entgegen«, gab George barsch zurück und umkreiste den Schreibtisch, während Lizz besorgt darauf achtete, den Abstand zwischen ihnen nicht zu verringern. Großer Gott, George der Unerbittliche hatte die Jagd aufgenommen. Er glich tatsächlich einem Raubtier und *sie* war seine Beute.

»Dann sieh genauer hin. Alles, was er will, ist deine Aufmerksamkeit. Die Art, wie er sie bekommt, ist ihm dabei ganz egal. Er will *beachtet* werden.«

»Unsinn«, erklärte er erneut und versuchte sie über die Schreibplatte hinweg zu packen. Doch Lizz wich ihm behände aus.

»Das ist überhaupt kein Unsinn. Gib William die Möglichkeit zu zeigen, was in ihm steckt, und er wird es dir beweisen.«

George lachte kalt auf. »Soll ich ihm noch mehr Geld geben, damit er es verprassen kann?«

Lizz schüttelte den Kopf. »Nein, George. Gib ihm Verantwortung.«

George verharrte einen Herzschlag lang mitten im Schritt, bevor er gefährlich sanft hervorstieß: »Du scheinst ihn ja verdammt gut zu kennen.« Es gefiel ihm überhaupt nicht, dass sie sich für seinen Bruder einsetzte.

Lizz stampfte wütend mit dem Fuß auf. »Verdammt, das ist nichts weiter als gesunder Menschenverstand. William ist der Zweitgeborene. Dein Schatten fällt so weit, dass für ihn gar kein Platz mehr bleibt.«

Als George den Wahrheitsgehalt ihrer Worte erkannte, stieg erneut Wut in ihm auf. Sie war noch nicht einmal zwei volle Tage hier. Sie hatte einfach kein Recht, Probleme zu lösen, die ihm seit Monaten auf dem Magen lagen.

»Halt dich aus meinen Familienangelegenheiten heraus. Das geht dich nichts an.«

Lizz spürte einen heftigen Stich in der Brust. Sie gehörte jetzt schließlich ebenfalls zu seiner Familie.

Erbost strich sie sich das dunkelrote Haar aus der Stirn. »Vermutlich ebenso wenig wie dein Sohn, was?«

George blickte verwirrt auf. »Mein was?«

»Wann wolltest du mir eigentlich von seiner Existenz erzählen? Ich glaube, ich habe ein Recht darauf, über solche Dinge Bescheid zu wissen«, erklärte sie schneidend.

»Sprichst du von Archie?«

»Gibt es denn noch andere?«, erkundigte sie sich gereizt.

»Setz dich«, befahl George milde. Aus irgendeinem unerfindlichen Grund freute ihn ihr Ärger. Beinahe glaubte er Eifersucht aus ihrer Stimme herauszuhören. Eine überaus angenehme Vorstellung.

Lizz war jedoch viel zu aufgewühlt, um sich zu setzten. Außerdem dachte sie gar nicht daran, die Sicherheit des Schreibtisches zwischen ihnen aufzugeben. Deshalb verschränkte sie entschieden die Arme vor der Brust und funkelte ihn trotzig an. »Ich ziehe es vor zu stehen.«

Zu ihrem Erstaunen verzogen sich seine Mundwinkel zu einem wissenden Lächeln. »Du gibst wohl niemals auf.« George stemmte seine Handflächen auf die Tischplatte und bedachte Lizz mit einem eindringlichen Blick. »Archie ist nicht mein Sohn. William ist sein leiblicher Vater. Ich habe den Jungen lediglich unter meinen Schutz genommen.«

Lizz blinzelte empört. »Du erwartest doch hoffentlich nicht, dass ich dir dieses Märchen glaube?«

»Tue es oder lass es bleiben«, erwiderte George ungerührt. »Jedenfalls ist es die Wahrheit. William hat sich geweigert, den kleinen Bengel zu sich zu nehmen, als wir von seiner Existenz erfuhren. Also habe ich es getan.«

»Aber Archie nennt *dich* Vater.«

George schüttelte den Kopf. »Nein, er nennt mich Papa. William hingegen nennt er Vater. Irgendwie scheint er zwischen diesen Titeln zu unterscheiden. Archie weiß jedoch genau, wer sein leiblicher Vater ist.«

Lizz trat unbehaglich von einem Fuß auf den anderen. »Da steckt noch mehr dahinter, nicht wahr? Irgendeine Gefahr droht dem Jungen.«

»Ich hoffe nicht. Du musst wissen, Archies Mutter war die Tochter eines religiösen Fanatikers. In seinem verworrenen Gehirn macht er den Jungen für die Unkeuschheit seines einzigen Kindes verantwortlich.« George trat schweigend ans Fenster und blickte aufs Meer hinaus. »Ich fand den Jungen vor drei Jahren. Er war in einem erbärmlichen Zustand.«

Er hielt kurz inne und Lizz erkannte, wie schwer es ihm fiel, darüber zu sprechen. Ganz offensichtlich liebte er diesen Jungen.

»Archie glich mehr einem verängstigten Tier als einem Kind.«

George trat wieder an den Schreibtisch und lehnte sich lässig gegen die Kante. »Es dauerte Monate, bis er endlich Zutrauen zu mir fasste. Nach einem halben Jahr – Archie hatte sich gerade richtig bei uns eingewöhnt – versuchte McDerrel ihn zu entführen. Blitz und Donner haben dieses Vorhaben glücklicherweise verhindert. Trotzdem schwärt seither in Archie die Angst, wieder weggeholt zu werden.«

Lizzys fein geschnittene Gesichtszüge zeigten deutliche Sorge. »Kann man denn gar nichts gegen diesen Kerl unternehmen?«

George bedachte sie mit einem eindringlichen Blick.

»Glaube mir, wenn ich den Alten ausfindig mache, wird die Lösung endgültig sein. Aber der Kerl taucht immer wieder in Klöstern unter.«

George verschwieg, dass McDerrel derjenige gewesen war, der sie auf Stirling Castle tätlich angegriffen hatte. Er wollte sie nicht beunruhigen, doch in Gedanken schwor er McDerrel Rache. Der alte Bastard würde es noch bereuen, jemals seine Hand gegen Lizz erhoben zu haben. Niemand legte ungestraft Hand an seine Frau.

Plötzlich bildete sich eine steile Falte auf ihrer Stirn. »Du blutest.«

George betrachtete achselzuckend die Unterseite seines linken Unterarms. Ein haselnussgroßer Blutfleck färbte das weiße Leinenhemd. »Das ist nur eine leichte Schürfwunde.«

Er sah, wie Lizz mit sich kämpfte, bevor sie sich einen Ruck gab und um den Tisch herum kam. »Ich möchte es mir ansehen. Vielleicht befinden sich Splitter oder Schmutz darin.«

»Das ist nicht nötig«, erklärte er brüsk; dennoch fühlte er eine zärtliche Wärme in seiner Brust aufkeimen. Die Situation erinnerte ihn an ihr erstes Zusammentreffen. Auch damals hatte sie sich um seine Verwundung gekümmert.

»Du hast die Schürfwunde nicht einmal ausgewaschen«, schimpfte sie wenig später empört.

Georges Herzschlag beschleunigte sich, als sie seinen Arm mit sanften Berührungen untersuchte. »Das habe ich wohl vergessen«, flüsterte er rau. Großer Gott, sie war so nah, dass er ihre Körperwärme spüren konnte. Ihr leichter Rosenduft stieg ihm zu Kopf und entfachte augenblicklich ein brennendes Verlangen nach ihr. Sie wirkte so zart und zerbrechlich und doch spürte er auch ihre innere Kraft …

»Vergessen? So etwas vergisst man doch nicht einfach«, schimpfte Lizz weiter und schüttelte anklagend den Kopf, während sie ein weißes Spitzentaschentuch aus ihrem Mieder zog und es in den Wasserkrug tauchte.

Tief in Gedanken machte sie sich daran, vereinzelte Holzsplitter aus seiner Wunde zu ziehen. »Armer Archie. Jetzt verstehe ich auch, weshalb er und die Hunde so unzertrennlich sind«, flüsterte Lizz bedrückt und setzte sich auf den Rand des Schreibtisches. Ganz vorsichtig säuberte sie die Wunde. Nach einiger Zeit legte sie den Kopf in den Nacken und sah ihm forschend ins Gesicht. »Hier auf Tantallon ist der Junge doch sicher, oder? Ich meine, McDerrel wird es bestimmt nicht wagen, hierher zu kommen, um Archie etwas anzutun?«

Die tiefe Sorge in ihrem lieblichen Gesicht berührte ihn.

Himmel, wusste sie eigentlich, wie verführerisch sie in diesem Augenblick aussah? Sie saß so dicht vor ihm, dass er nur einen kleinen Schritt näher zu treten brauchte, um ihre Beine auseinander zu schieben und …

Er räusperte sich. »Ich möchte dich nicht belügen, Kätzchen«, gestand er rau. »Auch wenn ich alles nur Erdenkliche zu Archies Schutz unternommen habe, wird McDerrel wohl kaum aufgeben. Niemand weiß, was in seinem kranken Gehirn vor sich geht.«

»Vielleicht wäre es von Vorteil, wenn alle Burg- und Dorfbewohner genau wissen, wie dieser Kerl aussieht. Somit wäre die Gefahr wesentlich geringer, dass er sich hier unerkannt Zutritt verschafft. Irgendjemandem würde er bestimmt auffallen«, gab sie ihm ernst zu bedenken.

George konnte seine Augen nicht von ihren weichen, sanft geschwungenen Lippen abwenden. Sie waren so verführerisch, so unglaublich köstlich …

»Das klingt sehr vernünftig«, stimmte er mit belegter Stimme zu und senkte den Kopf so weit, dass seine Lippen nur wenige Millimeter über ihrem Mund schwebten. »Aber eigentlich möchte ich jetzt nicht über McDerrel sprechen …«

Lizzys Pulsschlag raste plötzlich. Großer Gott, er war so nah. Stark und mächtig ragte er vor ihr auf, und sie spürte, wie sie seiner männlichen Anziehungskraft erneut verfiel. Weshalb musste ihr dummer Körper immer mit einer solchen Intensität auf seine Gegenwart reagieren? Allein der Gedanke, dass er sie gleich küssen würde, weckte die unbegreiflichsten Gefühle in ihr. Lizz fühlte sich plötzlich schrecklich hilflos. Hilflos und unglaublich verletzlich.

»Ich … ich habe noch viel zu tun«, versuchte sie abzulenken und rutschte von der Schreibtischfläche herunter. Im selben Augenblick erkannte sie jedoch ihren Fehler. Sie standen jetzt so dicht beisammen, dass sie sich am ganzen Körper berührten. Lizz stieß keuchend den Atem aus. »Mary braucht mich bestimmt …«

»Lügnerin«, lachte er heiser, und seine starken Arme umfingen sie mit einer Zärtlichkeit, die sie ganz schwindelig werden ließ.

Im nächsten Augenblick zog er sie an sich und bedeckte ihren Mund mit einem alles verzehrenden Kuss. Heiß glitten seine Lippen über die ihren, bis sie sich willenlos für ihn öffneten. Sogleich drang er mit seiner Zunge ein und plünderte sie, erforschte sie.

Lizzys Herz schien auszusetzen, nur um dann umso heftiger zu pochen. Ihr ganzer Körper schien sich in einen einzigen Pulsschlag zu verwandeln und der Atem zitterte in ihrer Kehle. Dieser leidenschaftliche Angriff auf ihre Sinne war einfach zu viel für sie. Sie konnte sich ihm nicht entziehen. O Gott, es geschah schon wieder. Dieses aufregende Prickeln, diese Wonneschauer … Lizz fühlte sich, als würde sie unter seinen Lippen dahinschmelzen. Wie von selbst schlangen sich ihre Arme um seinen kräftigen Nacken und sie zog sich auf die Zehenspitzen, um seinem Mund noch näher zu sein.

George stöhnte rau auf, als sie seinen Kuss leidenschaftlich erwiderte. Sie war so unglaublich süß. Ihr Mund schmeckte hinreißender als der köstlichste Nektar. Er konnte gar nicht genug von ihr bekommen. Dennoch schrie sein Körper vor brennendem Verlangen. Er wollte mehr! Er wollte sie berühren, wollte die Weichheit ihrer Brüste, ihrer Haut auf der seinen spüren. Von wildem Hunger getrieben, setzte er Lizz wieder auf den Schreibtisch und zwang sich mit sanfter Gewalt zwischen ihre Schenkel.

»George«, keuchte Lizz erschrocken auf, doch bevor sie irgendwelche Einwände vorbringen konnte, gruben sich seine kräftigen Finger tief in ihr Haar und zogen ihren Kopf nach hinten. »O Kätzchen, wie lange habe ich auf diesen Augenblick gewartet«, stieß er leidenschaftlich hervor. Seine Lippen zogen eine glühende Spur über ihren Hals, während er sich das Hemd von den breiten Schultern streifte. »Fass mich an, Kätzchen«, befahl er heiser und öffnete mit zitternden Fingern die Verschnürung ihres Mieders.

Lizzys Finger glitten begehrlich über seine stählernen Muskeln. Seine Haut fühlte sich heiß und glatt unter ihren Händen an. »Du bist wunderschön, George«, flüsterte sie beinahe ehrfürchtig. Ihre Lippen folgen den Spuren ihrer Finger, indem sie zarte Küsse auf seine breiten Schultern, seinen kräftigen Hals und die mächtige Brust hauchte. »So stark …«

Georges Kehle entwich ein kehliger Laut. Sein erregter Körper schien gleich zu explodieren. Großer Gott, sie liebkoste ihn wie eine erfahrene Kurtisane, und doch tat sie es mit einer derart scheuen Begeisterung, dass er fürchtete, jeden Moment die Beherrschung zu verlieren. »Sag, bist du mein Engel oder mein Verderben?«, stieß er zwischen zusammengepressten Zähnen hervor.

»Ich bin deine Frau«, murmelte Lizz abgelenkt.

Im nächsten Augenblick entwich George ein sonderbarer Laut. Es klang beinahe wie ein Lachen und Knurren zur selben Zeit. »O ja, das bist du, Kätzchen. Komm, schling deine Beine um mich.«

Lizz gehorchte und stieß einen leisen Schrei aus, als sich etwas Hartes, Mächtiges gegen ihre Scham presste. Die Intimität dieser Berührung wirkte wie eine gewaltige Erschütterung auf ihre Sinne und sie warf wild den Kopf in den Nacken. Nie zuvor hatte sie ihren Körper so intensiv gespürt wie in diesem Moment. Sie war verloren. Verloren im Netz seiner sinnlichen Leidenschaft, verloren in ihrer eigenen Wollust.

Es kümmerte sie nicht, dass George mit dem Arm den Schreibtisch leer fegte und eine Vase und andere Gegenstände klirrend zu Boden fielen. Im Gegenteil. Das Wissen, dass auch er dieses brennende Verlangen nach ihr verspürte, schürte ihre eigene Lust. Sie schrie leise auf, als er sie sachte auf die kühle Tischplatte drückte und in wilder Gier sein Gesicht zwischen ihren entblößten Brüsten begrub.

»George«, stöhnte sie heftig, als ein wahrer Sinnestaumel über ihr hereinbrach.

»Ich will dich!«, verlangte dieser rau und rieb sich verlangend an ihrem Körper. »Ich muss dich haben! Jetzt gleich!«

»George! Antworte endlich, verdammt noch mal! Es ist dringend«, brüllte Robert Douglas entnervt die verschlossene Tür zur Bibliothek an. Sein Mund war zu einer grimmigen Linie verzogen, als er erneut mit der Faust auf das massive Holz einhämmerte.

Im nächsten Moment erklangen wüste Flüche und die Tür wurde aufgerissen.

George Douglas stand mit nacktem Oberkörper und zorngerötetem Gesicht im Rahmen. Seine zinngrauen Augen loderten vor Wut. »Ich hoffe, du hast verdammt gute Gründe für diese Störung.«

»Die habe ich«, brummte Robert finster und versuchte sich seine Verlegenheit nicht anmerken zu lassen. Insgeheim verfluchte er William für diese peinliche Situation. Als er zuvor in der Halle nach George gesucht hatte, war William ihm überaus besorgt entgegen geeilt. Er hatte ihm erzählt, dass George völlig außer sich gewesen war vor Zorn. Er habe Lizz mit sich fortgezerrt, und William hatte ernstlich befürchtet, dass sein Bruder dem Mädchen etwas antun könnte. Natürlich hatte Robert keine Sekunde lang daran geglaubt. Er kannte seinen Freund und Clansherrn. George würde niemals die Hand gegen einen Schwächeren erheben. Dennoch war seine Meinung ins Wanken geraten, als er die klirrenden Geräusche zerspringenden Glases gehört hatte. Roberts Wangen röteten sich leicht. Ein Blick in Georges frustriertes Gesicht genügte, um zu wissen, dass hier eine ganz andere Art von Kampf stattgefunden hatte.

»Also?«, herrschte George ihn an.

Robert fing sich wieder. »Es gibt Probleme, und zwar gleich mehrere.«

George tat einen tiefen Atemzug. »Dann komm herein. Was ist es denn diesmal?«

Robert nickte Lizz knapp zu, die mit glühenden Wangen hektisch damit beschäftigt war, ihre Kleidung zu ordnen. »Dein Verdacht bezüglich der Sabotage hat sich bewahrheitet.«

»Verdammt, das habe ich befürchtet«, gestand George und streifte sich sein Hemd über, bevor er sich hinter den mächtigen Schreibtisch setzte. »Was hast du herausgefunden?«

»Vielleicht sollten wir diese Angelegenheit unter vier Augen besprechen«, hob Robert unbehaglich hervor und bedachte Lizz mit einem viel sagenden Blick.

»Natürlich«, meinte diese rasch. Gewöhnlich würde sie sich gegen ein solches Verhalten energisch zur Wehr setzen. In diesem besonderen Fall fühlte sie sich jedoch zutiefst erleichtert. Sie wollte nur noch schnell weg von hier.

»Da es sich um das Dorf handelt, kannst du offen vor Lizz sprechen. Schließlich ist sie die Herrin«, erklärte George gelassen und freute sich diebisch, als er ihr Zusammenzucken sah. *O nein, Mädchen. So schnell entkommst du mir nicht.* Er informierte sie in knappen Worten über die verschiedenen Unfälle, die sich am heutigen Tage auf den Feldern zugetragen hatten.

»Irgendjemand sabotiert die Ernte«, vollendete Robert Georges Bericht. »Wir haben die vier Wagen untersucht. Die Achsen waren alle angesägt. Es gibt auch noch drei andere Karren, an denen sich jemand zu schaffen gemacht hat.«

Georges Gesicht verfinsterte sich. »Verdammt, das habe ich geahnt. Der alte James soll sich alle Fahrzeuge genau ansehen, bevor sie wieder in Gebrauch genommen werden. Und stell Wachen auf. So etwas darf nicht wieder geschehen.«

An Lizz gewandt, erklärte er: »James McFerget ist eigentlich der Dorfschmied, aber die meisten dieser Wagen hat er selbst angefertigt.«

»Ich verstehe.«

»Ich gehe davon aus, dass es sich bei dem Saboteur um eine einzelne Person handelt. Rund um die Wagen fand ich dieselben Stiefelabdrücke«, berichtete Robert weiter. »Leider verliert sich die Spur im Wald.«

»Wem könnte daran liegen, so etwas Schreckliches zu tun?«, erkundigte sich Lizz betroffen.

»George ist ein mächtiger Mann. Und mächtige Männer haben nun mal Feinde«, beschied Robert streng. Ihm war deutlich anzusehen, dass er Lizzys Einmischung in dieser Angelegenheit gar nicht schätzte. Doch Lizz ließ sich von seiner Feindseligkeit nicht abschrecken. Die Abneigung bestand schließlich gegenseitig.

»Vielleicht solltest du die Vorratskammern ebenfalls bewachen lassen«, meinte sie nachdenklich an George gewandt. »Wenn jemand die Ernte tatsächlich stören will, wird er vermutlich auch nicht davor zurückschrecken, sie gänzlich zu vernichten.«

George nickte zustimmend und ein stolzes Lächeln hob seine Mundwinkel an. »Sehr klug durchdacht, Kätzchen. Zu demselben Entschluss bin ich auch gekommen. Ich habe bereits je vier Wachposten aufgestellt.«

Lizz errötete zart über dieses unerwartete Kompliment und sekundenlang verwoben sich ihre Blicke fest ineinander. Augenblicklich spürte Lizz wieder dieses elektrisierende Kribbeln. Ihr war, als könnte sie noch immer seine Lippen auf ihrer Haut fühlen …

George zwang sich gewaltsam, seine Augen von Lizz zu nehmen. Großer Gott, allein ihr Anblick setzte ihn erneut in Flammen. »Du hast von mehreren Problemen gesprochen, Rob.«

»Ja, das stimmt.« Er warf Lizz einen unbehaglichen Blick zu. »Das andere Übel ist etwas heikel. Eine Horde … *Wildschweine* ist in McGregors Dorf eingefallen. Wir sollten uns das genauer ansehen.«

George nickte knapp. »Ich verstehe. Wissen die Männer Bescheid?«

Robert nickte. »Sie warten nur auf dein Zeichen.«

Lizz zog skeptisch eine hübsch geschwungene Augenbraue hoch. Wildschweine? Was sollte dieser Unsinn? Ihr Blick glitt fragend zu George, doch zu ihrem Erstaunen vermied er es, sie anzusehen. Plötzlich verspürte sie das untrügliche Gefühl, dass die beiden etwas vor ihr verheimlichten. Wildschweine! Etwas Besseres fiel ihnen wohl nicht ein? Lizz hätte zu gern gewusst, was hinter diesem Geheimnis steckte.

27

Es dämmerte bereits, als George das schwere Kettenhemd abstreifte und sich im Burgbrunnen wusch. Der Regen hatte endlich aufgehört und die helle Mondsichel warf ein fahles Licht auf die zwölf erschöpften Männer.

»Glaubst du, wir haben alle erwischt?«, erkundigte sich Robert flüsternd.

George nickte düster. »Kein Engländer hat die Lichtung lebend verlassen. Im aufgeweichten Boden wäre es ein Leichtes gewesen, ihre Spuren zu finden.«

»Ich hoffe nur, McGregor ist bald wieder auf den Beinen. Die Wunden sahen recht übel aus.«

»McGregor ist ein harter Brocken. So schnell gibt er sich nicht geschlagen«, beschied George seinem Freund zuversichtlich. Danach wandte er sich an die übrigen Männer. »Ihr habt heute Nacht gute Arbeit geleistet. Schlaft euch tüchtig aus. Morgen will ich keinen von euch auf dem Übungsfeld sehen.«

Wenige Minuten später stieg George müde die Stufen zu seinem Zimmer hinauf. Bei jedem Schritt protestierten seine Muskeln so heftig, dass er die Zähne fest aufeinander biss. Früher hätte er sich diese Strapazen erspart und hätte in seinem Arbeitszimmer geschlafen, doch nun nicht mehr. Er konnte es kaum erwarten, Lizz in seinem Bett zu sehen. Allein der Gedanke bot ihm köstlichen Trost.

Lautlos betrat er das Zimmer, schloss die Tür und schob den Riegel wieder vor. Das fast heruntergebrannte Kaminfeuer knisterte leise und vermochte den Raum nur spärlich zu erhellen. Dennoch konnte er den zarten Frauenkörper nur zu deutlich unter der Decke erkennen. George legte einige Scheite nach. Rasch entledigte er sich seiner Kleider und schlüpfte neben Lizz unter die Felle. Ganz vorsichtig zog er sie in seine Arme, worauf sie protestierend murrte.

Lizz hob schlaftrunken den Kopf. »George?«

»Schlaf weiter, Kätzchen«, flüsterte er zärtlich.

»Du zitterst«, murmelte sie undeutlich und legte ihre Wange wieder auf seine Brust.

»Ich friere auch erbärmlich.«

Zu seinem maßlosen Erstaunen schmiegte sie sich noch näher an seine Seite und schob wärmend ein Bein über seine Lenden. Ihre feingliedrige Hand lag über seinem Herzen.

»Warm ... bald ...«, murmelte sie leise und die gleichmäßigen Atemzüge verrieten, dass sie bereits wieder tief und fest schlief.

George sog tief den leichten Rosenduft ein, der ihrem zarten Körper anhaftete, und spürte, wie die Anspannung der letzen Stunden Stück für Stück von ihm abfiel. Nein, diese Nacht würde er nicht von Kampf und Blut träumen. Er schlang die Arme zärtlich um seine Frau und wusste, dass er heute Frieden finden würde.

28

Oh, diese Hitze. Lizz bewegte sich stöhnend im Schlaf. Ihre Haut schien in Flammen zu stehen und dieser quälend sanfte Druck an ihren Brüsten sandte gleißende Blitze durch ihren Körper. Oder lag es an dem harten Etwas, das sich heiß und pulsierend an ihre Weiblichkeit presste?

Lizzys Traum wurde immer intensiver. Sie glaubte kräftige Finger zu spüren, die verführerisch über ihren Rücken strichen, um sich dann in das weiche Fleisch ihrer Hinterbacken zu graben. Erneut entwich ihr ein leises Stöhnen. Es war so berauschend, so erregend. Sie spürte eine Bewegung neben sich und öffnete verträumt die Augen.

Im selben Moment erstarrte sie vor Schreck.

George Douglas' zinngraue Augen fixierten sie aus nächster Nähe mit solcher Intensität, dass heiße Schauder über ihren Rücken rieselten. Großer Gott, sie lag eng an ihn geschmiegt auf der Seite, ein Bein über seinen nackten Hüften gelegt …

»Was … was tust du da?«, rief Lizz anklagend und sprang aus dem Bett. Hochrot und mit wild klopfendem Herzen stand sie da und starrte auf George hinunter. Dieser zerrte wütend das Laken über seine voll erregten Lenden.

»Wonach sieht es denn aus?«, schnauzte er sie wütend an.

»Aber du … du hast es versprochen!«

Himmel, musste sie so enttäuscht klingen? Er war schließlich auch nur ein Mann aus Fleisch und Blut. Was erwartete sie denn? Die ganze Nacht hindurch hatte sie sich verführerisch weich an ihn geschmiegt, bis sein gepeinigter Körper vor Verlangen nach ihr regelrecht aufgeschrien hatte.

»Zum Teufel mit meinem Versprechen! Du bist meine Frau! Und ich will endlich meine ehelichen Rechte einfordern.« Die krampfartigen Schmerzen in seinem Unterleib machten ihn unausstehlich.

Lizzys Brüste hoben und senkten sich ruckartig unter schnellen, flachen Atemzügen. Ihre Haut schien vor innerer Hitze zu lodern, und sie spürte, wie ihr Unterleib vor Sehnsucht bebte. Es war ja nicht so, dass sie diesen Mann nicht begehrte. In der Tat wünschte sie sich in diesem Augenblick nichts mehr, als wieder in seine Arme zu stürzen. Ihr Körper sehnte sich nach seinen Händen, nach seinen Lippen … Aber sie hatte sich so erschrocken und nun … nun wirkte er so wütend.

Sie zuckte zusammen, als er mit einem hässlichen Fluch auf den Lippen aus dem Bett hochfuhr und zornig in seine Beinkleider schlüpfte.

»Wie lange willst du dieses Spiel noch mit mir treiben?«, herrschte er sie an.

Lizz schüttelte benommen den Kopf. »Es … es ist kein Spiel. Ich … ich kann nicht.«

Er trat zornig auf sie zu und packte sie grob an den Oberarmen. »Du kannst nicht oder du *willst* nicht? Nein, lass mich raten. Jetzt kommt sicher wieder die alte Leier von deiner Liebe zu diesem elenden Flemming.«

Lizz öffnete den Mund … doch George stieß sie verächtlich von sich.

»Schweig. Ich will es gar nicht hören. Ich habe genug von deinen Lügen. Du behauptest, den einen zu lieben, und beschützt einen ganz anderen. Was soll ich also glauben?«, tobte er.

Lizz schlang schützend die Arme um ihren Oberkörper. »Du machst mir Angst, George.«

Obwohl nur ein Flüstern, wirkten ihre Worte wie ein Eimer kaltes Wasser auf seine Wut. George strich sich frustriert die Haare aus der Stirn. »Im Augenblick mache ich mir selbst Angst, Kätzchen.«

Er wirkte so verwirrt und schuldbewusst, dass sie plötzlich den Drang verspürte, ihn tröstend in die Arme zu ziehen. Lizz unterdrückte diesen unsinnigen Impuls und fragte stattdessen. »Wovon hast du eben gesprochen? Wen soll ich beschützt haben?«

George stieß geräuschvoll den Atem aus und beruhigte sich allmählich wieder. Bedächtig fischte er nach seinem Leinenhemd, das über dem Sessel hing, und erklärte: »James schrieb mir von deinem Besuch bei ihm. Weshalb bist du für den schwarzen Ritter eingetreten?«

Lizz versteifte sich. »Das war ein vertrauliches Gespräch! Er hatte kein Recht, mit dir darüber zu reden.«

»Alles, was du tust, geht mich etwas an. Du bist jetzt meine Frau.«

Er zog sich das Hemd an und fixierte sie mit einem unergründlichen Blick.

»Weshalb hast du versucht, den schwarzen Ritter zu schützen?«

Lizz fühlte sich peinlich berührt, dennoch spürte sie, dass diese Frage ihn schon längere Zeit belastete. »Er ist ein Held. Es genügt, wenn die Engländer hinter ihm herjagen. Es ist nicht gerecht, wenn ihm auch noch Gefahr aus den eigenen Reihen droht. Das hat er einfach nicht verdient.«

George hob mit unerwarteter Sanftheit ihr Kinn an, damit sie ihm ins Gesicht sehen musste. »Ich glaube, da steckt noch mehr dahinter. Kennst du ihn vielleicht?«

Lizz drehte rasch den Kopf weg. »Weshalb diese Frage? Willst du auch noch Jagd auf ihn machen?«

»Nein, aber ich möchte wissen, gegen wie viele Männer ich eigentlich antrete. Du kennst den schwarzen Ritter, nicht wahr?«

Das hatte sie geglaubt, ja. Doch sie war schändlich betrogen worden. »Nein«, antwortete sie deshalb ehrlich.

Der dumpfe Stich der Enttäuschung kam völlig unerwartet für George.

»Ich bin ihm nur ein einziges Mal begegnet.«

»Ah, dann kennst du ihn also doch.«

»Ich weiß weder seinen Namen, noch habe ich je sein Gesicht gesehen. Wie könnte ich also behaupten, diesen Mann zu kennen?«

George beobachtete sie einige Zeit schweigend, bevor er leise wissen wollte: »Empfindest du etwas für ihn?«

Lizz wich unbehaglich seinem Blick aus. »Er ist ein Held. Mit seinem Mut hat er vielen guten Schotten das Leben gerettet. Natürlich empfinde ich ... großen Respekt für ihn.«

»In deinen Augen sind aber ganz andere Gefühle zu lesen. Du liebst diesen Mann.«

Sie fühlte sich unangenehm in die Ecke gedrängt und Ärger keimte in ihr auf. »Weshalb dieses plötzliche Interesse an meinem Gefühlsleben? So weit ich mich erinnere, war es dir bisher herzlich egal. Ich bin nun deine Frau und ich habe dir Treue geschworen. Was spielt es da für eine Rolle, ob ich ihn liebe oder nicht?«

George war überrascht über ihre Ehrlichkeit. Dennoch fühlte er sich auf irrwitzige Weise betrogen.

»Es spielt sogar eine große Rolle. Wie kannst du behaupten, den schwarzen Ritter zu lieben, wenn du ständig mit deiner Liebe zu diesem Flemming prahlst?«

»Weil ... weil ...« Lizz warf hilflos die Hände in die Luft. Als sie jedoch in sein verschlossenes Gesicht blickte, schüttelte sie ergeben den Kopf. »Na schön. Wenn du es genau wissen willst ... Ich habe immer nur einen Mann geliebt und das war der schwarze Ritter.« Sie erzählte ihm in kurzen Worten, was sich zugetragen hatte. »David wusste alle Einzelheiten über meine Begegnung mit dem schwarzen Ritter. Also ... weshalb hätte ich ihm nicht glauben sollen?«

George war vollkommen sprachlos über ihre Offenheit. Er konnte nur erahnen, wie viel Überwindung sie dieses Geständnis gekostet hatte. »Wie bist du ihm auf die Schliche gekommen?«

Lizz errötete bis zu den Haarwurzeln. »Ist das jetzt noch wichtig?«

George nahm ihr Kinn sanft zwischen die Finger und zwang sie, ihn anzusehen. »Ja, das ist es, Kätzchen«, erklärte er mit rauer Stimme, während seine Augen forschend ihr zartes Gesicht liebkosten.

»Als David darum bat, mir den Hof machen zu dürfen … haben wir uns geküsst.«

Lizz spürte sogleich, wie sich der Griff seiner Finger verstärkte.

»Und?«

Sie errötete noch eine Nuance tiefer und erklärte tapfer: »Ich fand seinen Kuss abscheulich.«

Lizz blinzelte verwirrt, als sie einen Anflug von Freude in seinen Augen erkannte. »Das finde ich überhaupt nicht komisch, Douglas«, fuhr sie ihn aufgebracht an. In der Tat war es sogar ganz schrecklich gewesen. Tief in ihrem Inneren war ihr vermutlich bereits damals bewusst gewesen, dass David nicht der war, für den er sich ausgegeben hatte.

George ließ sie los und kleidete sich fertig an.

»Sei in einer Stunde bereit für unseren Ausritt, Kätzchen«, meinte er mit einem leichten Augenzwinkern und verließ den Raum.

Lizz fühlte sich völlig überrumpelt. Was, um alles in der Welt, erheiterte diesen Kerl derart?

29

Das schottische Wetter zeigte sich an diesem Tag von seiner schönsten Seite. Die dicken Regenwolken waren verschwunden und hatten einen strahlend blauen Himmel hinterlassen. Obwohl die Sonnenstrahlen es nicht mehr vermochten, den Boden zu erwärmen, tauchten sie die Felder von Berwick in die herrlichsten Farbschattierungen: saftig grüne Wiesen und leuchtend gelbe Blumen, wohin das Auge blickte.

Doch nicht nur die wunderschöne Umgebung ließ Lizzys Herz höher schlagen, sondern auch Georges angenehme Gesellschaft. Sie hatte ihn noch nie so entspannt und heiter erlebt. Es war wirklich kaum zu glauben, aber sie genoss jede einzelne Minute mit ihm. Seit sie Tantallon Castle verlassen hatten, unterhielt er sie mit spannenden Geschichten und lustigen Anekdoten aus seinen Kindertagen. Es gab keinen Baum, keinen Bachlauf und keinen Felsbrocken, zu dem ihm keine Geschichte einfiel. Auch berichtete er ihr von den Veränderungen, die er noch vornehmen wollte. Eine neue Mühle, die Zucht einer widerstandsfähigeren Rinderherde und selbst eine Schule für die Dorfkinder plante er. Lizz vermochte kaum ihre Augen von ihm abzuwenden, als sie seinen Stolz und seine tiefe Verbundenheit mit diesem Land erkannte. Ja, hier war er eins. Er schien jeden Stein und jeden Grashalm zu lieben. Urplötzlich wünschte sie sich, auch ein Teil dieses Ganzen zu sein. Wie mochte es wohl sein, einen Platz in seinem Herzen einzunehmen?

Viel zu bald erreichten sie die alte Eibe und schnitten einen Vorrat an Zweigen ab. Danach ritten sie geschwind ins Dorf zurück. George zügelte seinen mächtigen Hengst vor einer riesigen Scheune und half Lizz, von Lady Lous Rücken zu steigen. »Ich hoffe, du fürchtest dich nicht vor Mäusen. Gleich wirst du hunderte von ihnen sehen.«

Lizz schenkte ihm ein zögerndes Lächeln. »Falls ich laut kreischend und wild um mich schlagend davon laufe, ignorier mich einfach.«

George lachte leise auf, als er sich dies bildlich vorstellte. »Das würde mir wohl ziemlich schwer fallen.«

»Sie sind da! Sie sind da«, erklang plötzlich eine aufgeregte Kinderstimme und ein kleines Mädchen hing sich an Georges Bein.

»Nicht so stürmisch, Magon«, lachte dieser und hob sie hoch. Im nächsten Augenblick strömten unzählige Dorfbewohner aus den Häusern und hießen George und Lizz herzlich willkommen. »Wir haben Euch bereits erwartet«, verkündete ein ältlicher Mann mit nur einem Bein. Er stützte sich schwer auf seine Krücke und reichte Lizz mit einem freundlichen Lächeln die Hand zum Gruß. »Wir freuen uns sehr, Euch kennen zu lernen, Lady Douglas. Ich bin James McFerget, der Dorfälteste.«

Lizz erwiderte seinen Gruß. »Ihr seid der Schmied, nicht wahr?«

James wandte sich mit stolzgeschwellter Brust an die Umstehenden. »Seht ihr? Mein guter Ruf eilt mir wieder einmal voraus.«

»Wohl eher dein großes Mundwerk«, hielt seine Frau dagegen und stellte sich ebenfalls vor. »Ich bin Mary McFerget. Herzlich willkommen in Berwick, Mylady.«

»Vielen Dank.« Lizz nahm die unzähligen Glückwünsche zu ihrer Hochzeit mit einem freundlichen Lächeln entgegen und warf George einen verstohlenen Blick zu. Er zerzauste gerade liebevoll dem kleinen Mädchen die roten Haare.

»Also wirklich, Magon«, ließ sich ein junger Mann namens Jason vernehmen. Mit seinem ebenfalls leuchtend roten Haar und den blauen Augen war er unleugbar der Vater des kleinen Mädchens. »Du sollst unseren Lord doch nicht immer belästigen.«

Magon schob schmollend die kleine Unterlippe vor. »Warum nicht? Er mag mich doch.«

»Das stimmt«, erklärte George grinsend, drückte sie kurz und stellte sie wieder auf die Beine. Magon blickte aus großen, erwartungsvollen Augen zu ihm auf. »Hast du mir etwas mitgebracht?«

»Ganz die Mutter«, stöhnte Jason mit einem verlegenen Grinsen.

»Das habe ich gehört«, mischte sich nun auch seine Frau ein und strafte ihn mit einem strengen Blick.

Nachdem Lizz den Dorfbewohnern gezeigt hatte, wie sie die Mäuseköder herstellen mussten, wurden sie und George zu einem deftigen Mittagessen eingeladen. Lizz fühlte sich unglaublich wohl unter diesen freundlichen Menschen, und leiser Stolz erfüllte ihr Herz, wann immer sie ihren Mann betrachtete. Die Dorfbewohner liebten und ehrten ihren Lord.

Zwei Stunden später stand Lizz mit nachdenklich gefurchter Stirn im Getreideschuppen. George hatte nicht übertrieben. Es mussten hunderte von Mäusen sein. »Ich fürchte, mit diesen Ködern allein werden wir die Plage nicht in den Griff bekommen.«

George senkte vertraulich den Kopf zu ihr. »Weshalb? Das Gift scheint rasant zu wirken.«

Lizz nickte. »Trotzdem … Was fällt dir auf, wenn du dir die toten Mäuse ansiehst?«

George betrachtete die Nager eingehend, entdeckte jedoch nichts Außergewöhnliches. »Eigentlich nur, dass sie tot sind.«

»Es sind aber ausschließlich ausgewachsene Mäuse«, stellte Lizz richtig. »Oder siehst du irgendwo ein Jungtier?«

»Tatsächlich«, entfuhr es George, als er die toten Nager genauer besah. »Und was schließt du daraus?«

Lizz furchte nachdenklich die Stirn. »Da bin ich mir noch nicht schlüssig. Aber eines steht fest: Diese plötzliche Mäuseplage hat nichts damit zu tun, dass sie sich so rasant vermehrt hätten. Auch kann ich nirgends Mäuselöcher entdecken.«

»Ihr habt Recht, Lady Douglas«, verkündete Jason. »Seht nur, hier ist ein Loch in der Wand.«

Lizz trat neugierig näher. »Wohin führt es? Nach draußen?«

»Nein, in einen weiteren Schuppen. Dort bewahren wir die Werkzeuge für die Felder auf«, erklärte Jason freundlich.

Lizz raffte entschieden ihre Röcke und marschierte in den besagten Schuppen. George blieb ihr dicht auf den Fersen. »Eigenartig, hier ist keine einzige Maus zu sehen.«

»Das dachte ich mir schon«, nickte Lizz und bedachte George mit einem mitfühlenden Blick. »Ich fürchte, diese Plage ist nicht zufällig ausgebrochen.«

»Du vermutest wiederum Sabotage?«, erkundigte sich George verblüfft.

Lizz beobachtete gerade, wie eines der Nagetiere aus einem schmalen Spalt im Erdreich hervor kam. »Das werden wir gleich feststellen.«

Und tatsächlich, als sie sich dem Loch in den Holzplanken näherte, erklang plötzlich ein hohles Geräusch unter ihrem Schuh.

»Verdammt«, fluchte George und wischte mit dem Stiefel die oberste Dreckschicht weg. Darunter kam der Deckel einer Holzkiste zum Vorschein. »Da haben wir unser Nest. Du hattest Recht, Lizz. Die Mäuse wurden hier ausgesetzt.«

Er wandte sich an die Dorfbewohner, die mittlerweile neugierig hinzugetreten waren. »Ist in den letzten

Tagen irgendjemand durch das Dorf gekommen, der nicht hierher gehört? Oder habt ihr sonst etwas Verdächtiges gesehen?«

Nach kurzem Überlegen schüttelten jedoch alle den Kopf. »Nur zwei Bettler waren hier, aber die sind gleich weitergezogen«, bemerkte McFerget nachdenklich.

»Einer hatte hübsche Schuhe«, piepste Magon bewundernd. »Aber er war gar nicht nett.«

»Du hast mit ihnen gesprochen?«, erkundigte sich Lizz freundlich.

Magon schüttelte heftig den Kopf. »Ich wollte ihnen einen Apfel schenken. Aber der mit den stechenden Augen hat mich einfach zur Seite geschubst.«

»So kommen wir leider nicht weiter«, gab George verdrossen von sich und klopfte mit dem Fuß auf die Holzkiste. »Am besten kümmern wir uns zuerst um dieses Problem.«

Kaum zwei Stunden später zügelte Lizz ihre Stute am Rand der Klippen und blickte neugierig hinunter. »Ist das eine Höhle?«

Sie sah einfach umwerfend aus, fuhr es George durch den Kopf. Mit vom Wind zerzausten Haaren und vor Aufregung geröteten Wangen wirkte sie wie eine richtige Entdeckerin. Was sie ja auch war. Seit sie vom Dorf aufgebrochen waren, ritten sie nun schon durch ganz Berwick. Sie konnte sich gar nicht sattsehen und stellte ihm Fragen über Fragen, anfangs noch etwas zögernd, doch in den letzten Minuten war sie regelrecht aufgetaut. Sie sprühte geradezu vor Lebendigkeit und Humor. George genoss diese neue Seite an ihr ungemein.

»Ja, das ist der Teufelsschlund. Angeblich diente die Höhle früher Schmugglern als Versteck.«

Lizzys Augen leuchteten vor Begeisterung. »Wie aufregend!«

Ein kleines Lächeln legte sich um Georges Lippen.

»An dir ist wohl eine Abenteurerin verloren gegangen. Möchtest du hinuntersteigen?«

»O ja, sehr gern.«

Sie ritten einige Meter weiter. »Hier ist der beste Weg für einen Abstieg.« Ohne auf Georges Hilfe zu warten, rutschte Lizz aus dem Sattel und befestigte die Zügel an einem niedrigen Strauch.

George ging vor ihr her. »Sei vorsichtig, die Steine sind ziemlich glatt.«

»Es ist wunderschön hier«, gestand Lizz, während sie kurz stehen blieb und auf das Meer hinaus blickte. Von hier aus wirkte Tantallon wie ein verwunschenes Schloss aus einer alten Sage. Sie beeilte sich, George zu folgen, da dieser bereits unten auf sie wartete. Plötzlich rutschte sie jedoch aus und prallte mit ihm zusammen. Lizz lachte perlend auf. »Welch ein Glück, dass wir beide einen solchen Dickschädel haben.«

Gemeinsam schritten sie über den Kiesstrand. »Hast du diese Höhlen schon einmal erforscht?«, erkundigte sich Lizz gespannt.

»Aber natürlich. William und ich waren als Kinder oft hier, obwohl unser Vater es streng verboten hatte.« Er bedachte sie mit einem ernsten Blick. »Es kann hier sehr gefährlich werden.«

Sie erreichten die Höhle und Lizz trat neugierig ein. Es war ein ganz gewöhnlicher Hohlraum, der noch nicht einmal besonders groß war. »Gefährlich?«, erkundigte sie sich leicht enttäuscht. »Hier kann man sich doch höchstens eine Erkältung holen.«

George lachte leise auf. »Wir befinden uns hier erst in einer Art Vorhöhle.«

Er hielt inne und entzündete die Fackel, die er sich auf dem Weg hierher gebastelt hatte. »Bleib dicht hinter mir. Die Gänge sind wie ein Labyrinth. Man kann sich leicht verirren.« Lizz folgte George fasziniert durch die schwarze Öffnung in den schmalen Gang hinein.

»Hier liegen überall Muscheln!«

»Der größte Teil dieser Höhle steht bei Flut unter Wasser«, erklärte George. »Deshalb heißt sie auch Teufelsschlund. Wer sich abends hierher verirrt, wird den nächsten Morgen nicht mehr erleben.«

Lizz erschauderte unwillkürlich. »Dann sollten wir uns lieber beeilen.«

Wenige Augenblicke später tat sich vor Lizz eine riesige, kreisrunde Höhle auf. In der Mitte ragte ein schräg abfallender Fels aus dem Boden.

»Wie herrlich«, rief sie erfreut. »Sieh nur, dort oben ist eine Feuerstelle. Irgendjemand muss hier gewesen sein.«

George schenkte Lizzys Fund keine große Beachtung. »Vermutlich einige der Dorfkinder.« Viel mehr faszinierte ihn ihr hübsches kleines Gesäß, als sie vor ihm einen Fels hochkletterte. George lehnte sich lässig an die feuchte Mauer und beobachtete Lizz. Sie zeigte die gleiche Begeisterung wie einst er, als er mit Will diese Höhle zum ersten Mal erforscht hatte.

»Riechst du auch Schwefel?« Ohne eine Antwort abzuwarten, leuchtete Lizz in die schwarzen Öffnungen der Gänge hinein. »Es ist fantastisch«, rief sie erfreut und hielt die Fackel gegen die Decke.

»Das solltest du besser nicht tun.«

»Weshalb nicht?«

Im nächsten Moment kreischte sie gellend auf, als sich hunderte von Fledermäusen von der Decke lösten und um sie herumflatterten. Sie ließ die Fackel fallen und stürzte Schutz suchend an Georges Brust. Sogleich legten sich zwei muskulöse Arme um sie. Sekunden später war alles wieder ruhig.

George blickte mit einem warmen Lächeln auf Lizz nieder, die noch immer ihr Gesicht an seiner Brust verbarg. Als er jedoch das leise Zucken spürte, das durch ihren Körper ging, erstarb sein Lächeln augenblicklich. Sie weinte doch nicht etwa?

»Kätzchen?«

Lizz hob langsam den Kopf und schaute mit vor Belustigung funkelnden Augen zu ihm auf. »Fledermäuse«, rief sie fassungslos und lachte perlend auf. »Ich hasse Fledermäuse!« Sie schlug ihm spielerisch vor die Brust. »Du Schuft, beim nächsten Mal könntest du mich zumindest vorwarnen.«

»Hab ich doch«, erklärte George mit Unschuldsmiene.

»Ja, aber erst, als diese hässlichen Biester auf mich losgegangen sind.«

»Du kannst mir doch jetzt keine Schuldgefühle einreden, Kätzchen«, bat er leise und zog sie noch etwas näher an seinen Körper. Sie fühlte sich so unglaublich gut an in seinen Armen.

Lizz legte ihre Hände flach auf seine Brust und lachte erneut auf. »Und ob ich das kann. Zur Strafe musst du auch dort hinaufsteigen und die Fackel schwingen.«

Sie machte noch immer keinerlei Anstalten, sich von ihm zu lösen.

»Was für eine rachsüchtige Frau du doch bist, Kätzchen«, lachte er dunkel und streifte ihren Mund hauchzart mit seinen Lippen. Lizz erschauderte sogleich in seinen Armen, wich jedoch nicht vor ihm zurück.

»Du möchtest wohl deiner Strafe entgehen«, flüsterte sie mit einem unsicheren Lächeln.

»Meinst du, das könnte mir mit einem Kuss gelingen?«, erkundigte er sich verführerisch und küsste zart ihre Mundwinkel.

Lizz befeuchtete sich nachdenklich die trockenen Lippen, wobei sie seinen Mund nicht aus den Augen ließ. »Ich weiß nicht … Manchmal kann ich reichlich nachtragend sein.«

»Du bist unglaublich«, stöhnte George im nächsten Moment und nahm ihren Mund mit einem wilden, alles verzehrenden Kuss gefangen. Lizz keuchte erschrocken auf, doch dann öffnete sie willig ihre Lippen und überließ sich den ungezähmten Gefühlen, die ihr Innerstes aufwühlten. Erst jetzt wurde ihr bewusst, dass sie den ganzen Tag nur auf diesen einen Moment gewartet hatte. Sie hatte sich nach seiner Nähe, nach seinem Mund und seinen Händen auf ihrem Körper gesehnt. Ja, sie wollte, dass er endlich diese brennende Sehnsucht in ihr löschte. Lizz war vielleicht zu unerfahren, um zu ahnen, wie er dies anstellen sollte, doch instinktiv wusste sie, dass nur er es vermochte. Und plötzlich, als hätte jemand die Schleusen ihrer Leidenschaft geöffnet, krallte sie ihre Finger in sein rabenschwarzes Haar, zog sich auf die Zehenspitzen und klammerte sich wie eine Ertrinkende an ihn.

George keuchte überrascht auf und sein Herz begann zu rasen. Er spürte, wie sich die Hitze in seinen Lenden sammelte, ihn schwer und so hart werden ließ, dass es an Schmerz grenzte.

Lizz so zu küssen, ihre natürliche, ungekünstelte Leidenschaft zügellos zu genießen war mehr, als er ertragen konnte. Er wollte sie besitzen. Wollte sich in sie versenken, bevor er noch den Verstand verlor.

»Kätzchen«, keuchte er mit kehliger Stimme und drückte sie mit dem Rücken an die Wand. Mit zitternden Fingern schob er ihren Umhang auseinander und löste die Verschnürung ihres Mieders, ohne die Lippen von ihrem Mund zu nehmen. Großer Gott, er sehnte sich so sehr danach, endlich ihre samtweiche Haut zu spüren, dass er beinahe geflucht hätte, als unter dem Mieder ein dünnes Hemdchen zum Vorschein kam. Mit einem Ruck war dieses Problem gelöst und George begrub sein glühendes Gesicht zwischen ihren nackten Brüsten.

Lizz schrie leidenschaftlich auf, als plötzlich gleißende Funken der Lust hinter ihren Augen tanzten.

»O Kätzchen, du bist so wunderschön«, stöhnte George wild, während seine Hände die herrlichen Halbkugeln drückten und massierten. Großer Gott, ihre köstlich harten Brustspitzen schienen sich in seine Handflächen zu brennen, schienen geradezu nach seinen Liebkosungen zu lechzen. Gierig schloss er die Lippen um eine dieser süßen Kirschen und sog sie tief in seine Mundhöhle.

»George«, keuchte Lizz entzückt und drückte bebend den Rücken durch, als glühende Blitze durch ihren Schoß zuckten. Ihre Beine drohten unter ihr nachzugeben. Es war Himmel und Wahnsinn zugleich. Ihr Liebesspiel hatte nichts mit Sanftheit oder Zärtlichkeit zu tun. Nein, es war die verzweifelte Sehnsucht zweier Liebender, die viel zu lange ohne Erfüllung geblieben waren.

Lizzys Hände stahlen sich unter Georges Hemd und glitten gierig von seinen breiten, muskulösen Schultern zu der mächtigen Brust. Heiße Haut über stahlharten Muskeln.

»Ja, Liebes, berühr mich«, forderte George mit einem kehligen Laut und streifte sich das Hemd ab. Lizz spürte, wie sich seine Bauchmuskeln anspannten, als sie ihre Finger tiefer gleiten ließ. Die Erkenntnis, dass auch sie ihm Lust schenken konnte, machte sie mutiger. Sie tastete sich weiter hinunter zu jenem mysteriösen harten Etwas, das sich wie eine Lanze gegen seinen Hosenbund presste. Beängstigend, verführerisch und riesig pulsierte sein harter Schaft in ihrer Handfläche, als sie die Finger darum schloss. George warf wild den Kopf in den Nacken und stieß einen beinahe animalischen Laut aus. Im nächsten Moment schloss er sie wieder fest in die Arme, überschüttete sie mit leidenschaftlichen Küssen, während er langsam ihr Bein an seiner Seite hochzog. Ihr Geschmack verzauberte ihn, erregte ihn in einem Maß, wie er es noch nie zuvor erlebt hatte. Sie war so unglaublich süß. Ihr Duft war betörender als alles, was er jemals gerochen hatte. Großer Gott, er wollte sie. Er musste sie haben. Jetzt, auf der Stelle!

»Lizz«, stöhnte er an ihrem Hals und rieb in wilder Gier seinen erregten Penis an ihrer Scham.

»Ich kann nicht länger warten«, keuchte er rau. »Sag, dass du mich willst, Kätzchen. Sag, dass du mich begehrst.«

Doch Lizz war nicht mehr fähig, irgendetwas zu sagen. Sie konnte nicht mehr denken. Alles, was sie noch empfand, war diese versengende Glut.

Mit einer fließenden Bewegung breitete er seinen Mantel auf dem kalten Boden aus und legte Lizz darauf.

Er sah, wie sie sich unsicher auf die Lippen biss, doch bevor sie einen Einwand erheben konnte, lag er neben ihr und küsste sie mit der Gier eines Verdurstenden. Sein ganzer Körper zitterte vor Lust, als er sie beinahe grob aus den Röcken schälte und sich selbst ungeduldig die Kleider vom Körper riss. Großer Gott, alles in ihm verlangte danach, endlich ihre warme, zarte Haut an seiner zu spüren.

»Du bist so schön, Kätzchen, so unglaublich schön«, flüsterte er drängend, streckte sich neben ihr aus und zog sie begehrlich in die Arme. Die Berührung ihres nackten Fleisches war beinahe mehr, als er ertragen konnte. »Wie lange habe ich auf diesen Augenblick gewartet«, stöhnte er kehlig. Begehrlich streichelte er ihre samtig weichen Schenkel.

Während er sie leidenschaftlich küsste, glitt seine Hand zu dem kleinen Haardreieck und öffnete die zarten Blütenblätter ihrer Scham. Sogleich versteifte sie sich.

»George, nicht!« Sie wollte sich ihm entziehen, versuchte diesem schmerzlichen Sehnen in ihrem Unterleib zu entkommen, doch George blieb unerbittlich. Mit der Sicherheit eines erfahrenen Liebhabers fand er die empfindliche Knospe ihrer Leidenschaft.

»George!«, stieß Lizz hervor, erstaunt, als Wogen des höchsten Genusses ihre Scham wie Blitze durchzuckten. Sie krallte sich in Georges Schultern.

Schweißperlen bildeten sich auf seiner Stirn. Er rieb sie, bis Lizz ihm lustvoll ihr Becken entgegenhob. Wie köstlich eng und heiß sie war. Ein unkontrollierbares Zittern erfasste seinen Körper, als er den feuchten Beweis ihres Verlangens spürte. Großer Gott, sie wollte ihn, war bereit für ihn …

Doch plötzlich wurde George bewusst, dass er sie hier und heute nicht nehmen konnte. Nein, er wollte diese Ehe nicht auf einem kalten Höhlenboden vollziehen. Auch wenn sie keine Jungfrau mehr wahr, so hatte sie doch etwas Besseres verdient.

Lizz schluchzte hilflos auf, als sich Woge um Woge der köstlichsten Gefühle im Zentrum ihrer Weiblichkeit sammelten und zu einem gewaltigen Sturm zusammenballten. George war sich sicher, noch nie etwas Schöneres gesehen zu haben als Lizz, die sich in wilder Lust unter seinen Händen wand.

»Ja, Kätzchen, schenk mir deine Leidenschaft«, forderte er sie rau auf. Und sie tat es. Rückhaltlos und vollkommen gefangen in ihrem sinnlichen Verlangen, drängte sie sich an seinen harten Körper.

Oh, diese Hitze! Seine Stimme, seine Berührungen … Lizz ließ sich von diesem Sinnestaumel mitreißen. Die Welt schien sich immer schneller zu drehen … Seine dunklen Augen glänzten vor Verlangen. Das Begehren galt ihr und dieses Wissen steigerte ihre sonderbare, schmelzende Hitze ins Unerträgliche. Aber er hielt sich zurück. Sie konnte es deutlich spüren. Er gab ihr seinen Mund, seine Hände … aber sie wollte mehr. Sie brauchte mehr! Sie wollte, dass er sie unter dem Gewicht seines mächtigen Körpers begrub, wollte ihn voll und ganz spüren.

»George, bitte …« Lizz wusste nicht, worum sie bat,

und dennoch musste sie es haben, bevor sie diese sündige Folter nicht länger ertragen konnte.

»Worum bittest du mich, Kätzchen?«, stieß er durch zusammengebissene Zähne hervor, während er seine eigene Begierde kaum noch unter Kontrolle zu halten vermochte. Er war gefangen im Anblick ihrer Leidenschaft. Großer Gott, wenn er nicht aufpasste, würde er sich nicht mehr zurückhalten können.

Lizz wand sich unter seinen Liebkosungen. »Ich weiß es nicht«, rief sie verzweifelt und drängte sich seinen Händen entgegen. »Bitte …!«

»Willst du das?« Im nächsten Moment rammte er einen Finger tief in ihren Leib.

Lizz schrie auf und bäumte sich ihm wild entgegen. Sie hätte weinen können vor leidenschaftlicher Frustration. Es war nicht genug. Seine Berührungen schürten ihr heißes Sehnen nur, löschten es jedoch nicht. Unkontrolliert wand sie sich und suchte die Nähe seines harten Körpers. Sie vermochte diesen quälenden Schmerz der Leere in ihrem Inneren kaum mehr zu ertragen. Wie konnte er nur so grausam sein? Er musste doch wissen, was zu tun war!

»Liebe mich George, bitte«, schluchzte sie hemmungslos.

George vergrub zitternd sein Gesicht an ihrem Hals und stöhnte gequält auf. »Ich kann nicht, Kätzchen. Nicht hier! In einem sauberen, weichen Bett, aber nicht hier! »

Es war verrückt, doch seine Weigerung schien die Glut in ihrem Körper nur noch mehr zu schüren. Sie nahm sein Gesicht zwischen beide Hände und küsste ihn mit all der Hingabe, all der Sehnsucht, die ihr junges Herz erfüllte. »Liebe mich! Hier … Jetzt!«

Ein heftiger Ruck ging durch Georges Körper und seiner Kehle entrang sich ein gefährliches Stöhnen. Im nächsten Moment lag er auf ihr und küsste sie mit solch verzweifelter Leidenschaft, dass Lizz glaubte, vor Wonne sterben zu müssen.

»Du hast es so gewollt«, keuchte er rau, als sein Mund sich gierig um eine ihrer harten Brustspitzen schlossen. Seine Hände waren überall auf ihrem Körper, schienen ihre Haut in Flammen zu setzen. Verschwommen nahm Lizz wahr, dass er ihre Beine auseinander schob. Und dann fühlte sie es. Hart, beharrlich und unglaublich verführerisch drängte sich die seidige Spitze seines Speers an ihre Scham. Lizz schnappte erschrocken nach Luft.

George sah den Anflug von Furcht in ihren Augen, doch nun war es zu spät. Es gab kein Zurück, jetzt nicht mehr!

Seine Lippen senkten sich zu einem alles verzehrenden Kuss auf die ihren, während er langsam in sie eindrang. Großer Gott, dieses Gefühl war so unsäglich köstlich. Schweißperlen bedeckten seine Stirn, als er sich verzweifelt darum bemühte, die Kontrolle nicht zu verlieren. Sie schloss sich so herrlich eng und heiß um seinen mächtigen Schaft, dass er befürchtete, sie in Stücke zu reißen, wenn er sich nicht vorsah.

Lizz biss sich auf die Lippen, um nicht zu schreien. Es war so herrlich und beängstigend zugleich. Sie fühlte, wie er sie dehnte, wie er sie vollkommen ausfüllte.

Plötzlich stieß George gegen die hauchdünne Barriere in ihrem Innern und verharrte auf der Stelle. Sein Gehirn weigerte sich zu akzeptieren, was er soeben bestätigt bekam: Lizz war noch unberührt.

»Lizz?« Er blickte verwirrt in diese unglaublich grünen Augen, die von Leidenschaft verschleiert waren, und plötzlich durchzuckte ihn eine wilde Freude. Sie hatte noch bei keinem anderen Mann gelegen! Großer Gott, seine vernichtende Eifersucht, all diese quälenden Gedanken, die ihn gemartert hatten, waren völlig umsonst gewesen. Beinahe hätte er laut gelacht vor Glück. Sie gehörte ihm! Ihm ganz allein.

»Oh, Kätzchen, ich habe dir so Unrecht getan«, flüsterte er schuldbewusst. Doch dann verschloss er ihren Mund mit einem leidenschaftlichen Kuss. Mit einem einzigen, mächtigen Stoß machte er sie zu der Seinen.

Sein Mund dämpfte Lizzys erschrockenen Schmerzensschrei und er strich ihr beruhigend eine schweißnasse Haarsträhne aus dem Gesicht. »Nicht bewegen, Liebes, es ist gleich vorbei.«

George verharrte, wartete pulsierend in ihrem weichen Leib, bis sie sich an seinen Schaft gewöhnt hatte, und bedeckte ihr Gesicht mit unzähligen Küssen. Jeder für sich eine Entschuldigung, dass er ihr Schmerzen zugefügt hatte. Ganz langsam bewegte er sich erneut in ihrem Schoß und Lizz schnappte überwältigt nach Luft. Der Schmerz war verschwunden und an seiner Stelle erwachte ein neues, wühlendes Gefühl in ihrem Schoß. »George!«

Beinahe hätte George gelächelt, als er ihren erstaunten Gesichtsausdruck bemerkte, und er stieß sachte tiefer in sie hinein.

Wieder und immer wieder drang er in sie ein, hart und unnachgiebig.

Lizz schrie vor unglaublicher Lust auf und gleißende Funken stoben hinter ihren geschlossenen Augenlidern. Dies musste der Tod sein. Kein Mensch konnte solche Wonnen überleben, fuhr es ihr durch den Kopf. Und dann kam die Erlösung mit solch ungeheurer Heftigkeit, dass sie laut Georges Namen rief.

Mit einem letzten Blick auf das eng umschlungene Liebespaar wandte sich McDerrel angewidert ab und verschwand in einem der finsteren Gänge der Höhle. Er hatte genug gesehen. Dieses lüsterne Weibsbild hatte selbst seine schlimmsten Befürchtungen übertroffen. Sie war eindeutig die Saat des Bösen. Die Fleisch gewordene Sünde – von Satan eigens auf die Welt gesandt, um rechtschaffene Männer ins Unglück zu stürzen. Dieser George Douglas schien es zu lieben, sich mit Luzifers Kindern zu umgeben. Zuerst der Junge und nun auch noch dieses Weibsbild … McDerrels gichtgekrümmte Finger schlossen sich um das goldene Kreuz an seiner Brust. Seine Zeit war bald gekommen. Er wusste, was zu tun war. Mit Feuer und Schmerz würde er ihre verkommenen Seelen zurück in die Hölle schicken. Bald, schwor er sich. Schon sehr bald.

30

Lizz lehnte sich behaglich an Georges mächtige Brust, während sie in gemächlichem Tempo nach Tantallon Castle ritten. Ganz selbstverständlich hatte George Lady Lous Zügel an seinem Sattelknauf befestigt und Lizz zu sich auf seinen Hengst gezogen. Sie genoss die stählernen Arme, die sie schützend und liebevoll umfingen. Lizz konnte noch immer nicht fassen, was vor wenigen Minuten in der Höhle geschehen war. Es war einfach unglaublich. Niemals hätte sie auch nur geahnt, dass es solche Wonnen zwischen Mann und Frau geben konnte. Lizz seufzte zufrieden und schmiegte sich noch näher an Georges mächtige Brust.

Als Dank küsste er sie auf den Scheitel. »Du schnurrst wie ein zufriedenes Kätzchen«, flüsterte er ihr mit lachender Stimme ins Ohr.

Lizz errötete sanft, dennoch breitete sich ein schalkhaftes Lächeln auf ihren Lippen aus. »Glaub bloß nicht, du könntest deiner gerechten Strafe entgehen. Die Fledermäuse warten noch immer auf dich.«

Sein dunkles Lachen sandte ihr wohlige Schauer über den Rücken. »Wie nachtragend du doch bist«, murmelte er zärtlich und presste ihr einen sanften Kuss auf den Scheitel. »Ich muss mir wohl noch einiges einfallen lassen, um meine Strafe bei dir abzugelten.«

Lizz nickte mit einem seligen Lächeln auf den Lippen. Sie hatte ihn noch nie so entspannt erlebt. Dieser neue George Douglas gefiel ihr ungemein. Er scherzte, neckte sie und schien seine Finger nicht mehr von ihr lassen zu können. Lizz fühlte deutlich, dass sich zwischen ihnen etwas geändert hatte – auch in ihrem Innern. Nicht nur, dass sie seine Nähe genoss und nicht genug von seinen Zärtlichkeiten bekommen konnte ... Nein, es war ein Gefühl tiefer Verbundenheit. Urplötzlich fürchtete sie sich nicht mehr vor der Zukunft, sondern blickte ihr mit einem Lächeln entgegen.

Viel zu bald erreichten sie Tantallon Castle. Die Abenddämmerung brach bereits herein und unzählige Fackeln erhellten den Burghof.

Lizz errötete, als sie in einigen Gesichtern der Burgbewohner echte Freude entdeckte. Dennoch schienen sie zugleich verunsichert.

George zügelte seinen Hengst vor dem Hauptportal und stieg ab.

»Mylady«, bat er mit einem sanften Lächeln auf den Lippen und umfasste ihre Hüften. Ohne zu zögern ließ sich Lizz in seine Arme gleiten.

Sie standen so dicht beisammen, dass sie sich der Länge nach berührten. George hob sanft ihr Kinn an und suchte ihren Blick. »Ich habe diesen Tag sehr genossen, Kätzchen.«

Lizz errötete zart und ein kleines Lächeln lag auf ihren Lippen. »Auch ich fand diesen Ausflug höchst genüsslich. Ich glaube, wir sollten unserer Höhle bald wieder einen Besuch abstatten.« Es war wirklich unglaublich. Sie schämte sich noch nicht einmal für diese Worte.

Georges Gesicht hellte sich erfreut auf. »Die Ebbe setzt erst im Morgengrauen wieder ein ... Ich fürchte, so lange kann ich nicht warten. Du wirst also mit meinem Bett vorlieb nehmen müssen.«

Lizz stellte sich lachend auf die Zehenspitzen. »Das klingt ja richtig abenteuerlich.«

George gab ihr einen flammenden Kuss und flüsterte: »Hinein mit dir, Frau, bevor ich mich vergesse.«

Plötzlich flog das Hauptportal hinter ihnen auf. Ein weiblicher Freudenschrei erklang und Isabella stürzte sich in Georges Arme.

»Ah, mein Liebster«, rief sie erfreut und bedeckte

Georges Gesicht mit ungestümen Küssen. »Wie sehr habe ich mich nach dir verzehrt! Ich bin so schnell gekommen, wie ich nur konnte.«

Lizz stand fassungslos daneben. Nicht imstande, sich zu bewegen, musste sie mit ansehen, wie George seine Hure umarmte. Sie rang mühsam nach Atem, als ein gleißender Schmerz ihre Brust durchbohrte. *Er hat sie nachkommen lassen. Er hat nach ihr geschickt,* hallte die hässliche Wahrheit durch ihren Kopf.

Aus dem Augenwinkel erkannte Lizz, dass einige Dienstboten und Burgbewohner stehen geblieben waren und die Szene schockiert verfolgten. Augenblicklich hob sie ihr Kinn etwas höher. Nein, niemand sollte ihren Kummer sehen. Diese Genugtuung würde sie keinem gönnen. Am wenigsten ihrem untreuen Ehemann und seiner Hure.

Lizz schluckte tapfer den Kloß in ihrem Hals hinunter. »Lasst euch durch meine Anwesenheit bitte nicht stören.«

Endlich gelang es George, sich aus Isabellas unerwünschter Umarmung zu lösen. Verdammt noch mal, er hatte ganz vergessen, dass er sie nach Tantallon Castle eingeladen hatte.

Er wandte sich an Lizz, um ihr alles zu erklären, doch noch bevor er irgendetwas sagen konnte, kam Isabella ihm mit einem entschuldigungsheischenden Lächeln zuvor. »Oh, ich bitte um Vergebung. Ich habe Euch gar nicht gesehen, Lady Douglas.«

Elendes Biest, und ob du das hast, fuhr es Lizz durch den Kopf. Dennoch zwang sie sich zu einem zuckersüßen Lächeln. »Das glaube ich Euch natürlich aufs Wort.« Unfähig, Isabellas niederträchtiges Grinsen noch länger zu ertragen, nickte sie den beiden hoheitsvoll zu. »Wenn Ihr mich jetzt entschuldigt.«

»Warte, Lizz«, bat George und wollte ihr nacheilen, doch Isabella warf sich ihm erneut an den Hals.

»Lass sie doch gehen. Du bedeutest ihr sowieso nichts.«

»Hör auf mit diesem Unsinn.« Diesmal war es ihm egal, ob er ihr wehtat. Er packte grob ihre Arme und zwang sie so, ihn loszulassen. Danach eilte er Lizz hinterher. Sie stieg bereits die Treppe auf der anderen Seite der Halle hinauf.

»Lizz, warte!«

Lass mich in Ruhe, schrie ihr Herz und sie beschleunigte ihren Schritt. Sie wollte ihn nicht sehen, wollte keine fadenscheinigen Ausflüchte hören. Großer Gott, sie fühlte sich innerlich ganz wund. Lizz biss sich fest auf die Unterlippe, um die Tränen zurückzudrängen.

»Verdammt, Lizz, bleib endlich stehen«, forderte George dicht hinter ihr und griff nach ihrem Ellbogen.

Sogleich wirbelte sie zu ihm herum. Der wilde Schmerz in ihren Augen ließ George einen Schritt zurücktaumeln.

»Fass mich nicht an, Douglas. Nie wieder, hörst du!« Sie eilte die wenigen Stufen zu ihrem Gemach hoch und warf die Tür hinter sich zu. Beinahe augenblicklich wurde diese wieder aufgerissen und George trat ein.

»Du wirst mir jetzt zuhören. Das mit Isabella ist nichts als ein großes Missverständnis. Ich habe keinerlei Interesse mehr an ihr.«

Lizzys Magengrube verknotete sich schmerzhaft. Wie ehrlich er doch bei diesen Lügen wirkte. Sie hatte schließlich gesehen, wie er Isabella in die Arme geschlossen hatte. Die Wiedersehensfreude war nur zu offensichtlich gewesen! Waren seine Worte in der Höhle vielleicht auch nichts als Lügen gewesen? Dass sie schön sei, dass er sie begehre und seit Tagen nur auf diesen Augenblick gewartet habe? Lüge? Nur ein Mittel zum Zweck?

»Willst du mir allen Ernstes weismachen, dass Isabella ohne dein Wissen hier ist?«

George trat näher. »Es stimmt zwar, dass ich sie eingeladen habe … Aber das war, bevor …«

»Wann?«, wollte sie schneidend wissen. »Wann hast du sie hierher gebeten? In unserer Hochzeitsnacht, die du mit *ihr* verbracht hast?«

Als er tatsächlich errötete, hätte sie ihm am liebsten ihre Reitstiefel um den Kopf geschlagen. Großer Gott, weshalb konnte er nicht einfach gehen und sie allein lassen? War es wirklich nötig, dass er sich in ihrem Kummer suhlte? Blinde Wut stieg in ihr auf.

»Du Mistkerl! Wie oft willst du mich eigentlich noch demütigen?«, schrie sie ihn an und zu ihrem eigenen Entsetzen brannten Tränen in ihren Augen. »Zuerst diese Farce von einer Hochzeitsnacht, dann unsere Ankunft hier und nun auch noch das! Wann hast du endlich genug davon, auf meinen Gefühlen und auf meinem Stolz herumzutrampeln? Wann bist du endlich zufrieden?«

George erkannte voller Schuldgefühle, dass er ihren Vorwürfen nichts entgegenzusetzen hatte. Obwohl er sein Verhalten damals für gerechtfertigt befand, wusste er nun, dass er ihr Unrecht getan hatte. Sein Benehmen ihr gegenüber war unentschuldbar und dieses Wissen setzte ihm schwer zu.

»Es tut mir Leid, Lizz. Ich habe mich wie ein Esel benommen …«, gestand er leise. Wie sollte er ihr sagen, dass er in ihrer Hochzeitsnacht rasend vor Eifersucht gewesen war? Dass allein der Gedanke, dass dieser Flemming sie berührt hatte, ihm körperlichen Schmerz zufügt hatte? Ja, wie sollte er ihr all dies erklären, ohne zu viel von seinen Gefühlen preiszugeben?

»Es tut mir Leid.«

Lizz lachte bitter auf. »Ja, Douglas, mir tut es auch Leid. Ich war tatsächlich so dumm zu glauben, wir könnten einen neuen Anfang wagen.«

»Das können wir immer noch, Kätzchen«, erklärte

George mit einem Anflug von Erleichterung und trat auf Lizz zu.

Ihr Herz krampfte sich schmerzlich zusammen. *Geh doch endlich!*

Ihre Augen blitzten voller Abscheu, als sie ihm ins Gesicht schrie: »Dafür ist es jetzt endgültig zu spät, Douglas. Geh nur zu deiner Hure! Ich will dich nicht mehr in meiner Nähe haben. Nie wieder, hörst du!«

»Verdammt noch mal, ich habe dir doch gesagt, dass ich Isabella nicht hier behalten werde. Gleich morgen früh wird sie nach Stirling zurückkehren!«, donnerte er ungeduldig. Die Tatsache, dass sie ihn in Isabellas Arme schicken wollte, ärgerte und verletzte ihn zutiefst. Himmel noch mal, bedeutete ihr dieser Nachmittag denn gar nichts?

»Damit du wenigstens diese eine Nacht noch mit ihr verbringen kannst?«, fauchte Lizz wütend. Sie hätte sich auf die Zunge beißen können, als sie die Eifersucht in ihren eigenen Worten hörte.

George strich sich wütend die schwarzen Haare aus der Stirn. »Zum Teufel noch mal, du kannst kaum erwarten, dass ich ihr noch heute Abend die Tür weise.«

»Ich erwarte überhaupt nichts mehr von dir. Behalte sie doch, das ist mir ganz egal. Es interessiert mich nicht mehr, mit wem du ins Bett steigst. Hauptsache, du hältst dich von mir fern«, rief Lizz mit blutendem Herzen.

»Fein, wenn das dein Wunsch ist«, brüllte George zurück. Ihre Gleichgültigkeit fühlte sich wie glühende Nadelspitzen in seiner Haut an. Was war sie doch für ein kaltherziges Biest! Blinder Zorn ließ ihn seine nächsten Worte ausspucken. »Dann bleibt Isabella also hier. Falls du dich doch noch entschließen solltest, mir eine echte Ehefrau zu sein, sag mir einfach Bescheid.«

Mit diesen Worten stürmte er aus dem Zimmer und warf die Tür mit einem berstenden Knall hinter sich zu.

»Darauf kannst du lange warten! Ich hasse dich!«, schrie sie ihm nach.

Die darauf folgende Stille war kaum zu ertragen. Lizz ließ sich kraftlos auf die Bettkante sinken und barg ihr Gesicht in den Händen. Endlich durfte sie ihren Tränen freien Lauf lassen. *Bitte schick Isabella fort,* bat ihr Herz leise.

31

Lizz verbrachte die folgenden zwei Wochen damit, Tantallon Castle zu neuem Glanz zu verhelfen. Von den obersten Zinnen bis hin zum hintersten Kellergewölbe entging kein Staubkörnchen ihrem wachsamen Blick. Die Wände wurden neu getüncht, die Kamine gesäubert, Teppiche und Wandbehänge in den Hof geschleppt und ausgeklopft … Doch alles half nichts. Der Schmerz blieb. Bohrend und allgegenwärtig. George hatte Isabella nicht fortgeschickt. Im Gegenteil. Wie sie von Lord Hamilton erfahren hatte, bewohnte sie nun ein hübsches Häuschen gleich vor den Toren von Tantallon Castle. Lord Hamilton, dieser alte Griesgram, war gleich am Morgen nach Isabellas Ankunft in Tantallon eingetroffen und hatte um Gastfreundschaft gebeten. Seither ließ er keine Gelegenheit aus, um Lizz mit seinen Spitzfindigkeiten zuzusetzen. Es schien ihm ein besonderes Vergnügen zu sein, ihr Georges Untreue unter die Nase zu reiben. Natürlich alles unter dem Deckmantel des tiefsten Mitgefühls. Sie konnte diesen aalglatten Kerl nicht ausstehen, vermutlich deshalb, weil sie wusste, dass seine hässlichen Worte der Wahrheit entsprachen. Sie wusste, dass George jede Nacht mit Isabella verbrachte. Wo sollte er denn sonst sein? In sein Gemach kam er nur, wenn er neue Kleider benötigte. William versuchte sie jedoch immer wieder vom Gegenteil zu überzeugen. Seiner Ansicht nach verbrachte George seine Nächte nicht mit seiner Hure, sondern jagte dem Schurken nach, der die Ernte sabotierte, oder er ritt an der Grenze entlang. So dankbar sie ihm auch für diese Lügen war, so glaubte sie doch die bittere Wahrheit viel besser zu kennen. Isabella wäre längst verschwunden, wäre Georges Interesse an ihr erloschen.

Obwohl sich Lizz immer wieder einredete, dass es sie nicht weiter kümmerte, was ihr treuloser Ehemann tat, litt sie unermesslich unter diesem Zustand. Der dumpfe Schmerz in ihrer Brust war zu einem ständigen Begleiter geworden. Zuerst hatte sie geglaubt, er würde von ihrem verletzten Stolz zeugen, doch mit jedem Tag wurde ihr klarer, dass dies nicht stimmte. Wie sehr sie sich auch dagegen wehrte, dieser Schmerz war nichts anderes als brennende Eifersucht und Enttäuschung. Es war Wahnsinn, geradezu selbstzerstörerisch, doch in jenen wenigen glücklichen Augenblicken in der Höhle hatte sie sich in George verliebt. Was war sie doch für eine Närrin.

Abrupt zwang Lizz ihre Gedanken in die Gegenwart zurück. Sie stand auf dem obersten Treppenabsatz und blickte auf das emsige Treiben in der großen Halle hinunter. Sie trug ihr ältestes, braunes Wollkleid, und mit dem einfachen Zopf und den kleinen Schmutzflecken auf den Wangen war sie kaum von den Dienstboten zu unterscheiden.

»Noch etwas höher«, delegierte sie gerade zwei Burschen, die das neu gesäumte Banner der Douglas' wieder an seinen Platz über dem riesigen Kamin hängten.

»Ja, genau so«, nickte sie zufrieden. *Wenn ich schon keine erfüllte Ehe führen kann, will ich zumindest ein gemütliches Zuhause,* dachte sie mit einem Anflug von Trotz.

Sie stieg die wenigen Stufen zur Halle wieder hinunter. »Nan, wie weit sind wir mit dem Kerzenziehen?«

Die ältliche Frau mit den samtbraunen Augen und dem freundlichen Lächeln kam ihr entgegen. »Wenn wir noch mehr Kerzen herstellen, werden wir Tantallon Castle vergrößern müssen, Kindchen.«

Lizz hatte die mollige Frau auf Anhieb in ihr Herz geschlossen. Irgendwie schien Nan für alle auf der Burg eine Art Mutter zu sein. Wie Lizz erfahren hatte, war sie auch Georges und Williams Amme gewesen und noch heute konnte man die tiefe Zuneigung zwischen ihnen erkennen. Kein Wunder, Nan war eine unglaublich herzliche Frau und sie kümmerte sich auch rührend um den kleinen Archie.

»Du übertreibst wieder einmal schamlos, Nan.«

»Nicht die Spur. Übrigens, hast du William schon gesehen? Er war auf der Suche nach dir.«

Lizz schüttelte erstaunt den Kopf. »Nein, wir sind uns noch nicht begegnet. Soweit ich weiß, hatte er heute Morgen eine Unterredung mit … seinem Bruder.«

Plötzlich spürte Lizz ein vertrautes Kribbeln und blickte zur Eingangstür hinüber. George stand dort und beobachtete sie. »Dieser *Bruder* ist dein *Ehemann*«, erklärte er verdrossen, während er sie nicht aus den Augen ließ.

Lizzys Herzschlag beschleunigte sich augenblicklich. Dennoch zuckte sie bemüht unbekümmert mit einer Schulter. »Wenn du das sagst.«

Da Lizz die Mahlzeiten auf ihrem Zimmer einnahm, waren es mehr als vier Tage her, seit sie ihn das letzte Mal gesehen hatte.

Er wirkte müde und doch strahlte er diese unglaublich männliche Anziehungskraft aus, die Lizz jedes Mal von neuem in ihren Bann zog.

Irrsinnigerweise wünschte sie sich, sie würde ein schöneres Kleid tragen. Und erst ihr Haar! Sie musste ja schrecklich aussehen.

In Georges Augen war sie jedoch wunderschön. Unfähig, seinen Blick von ihr abzuwenden, sog er ihren Anblick tief in sich auf. Mein Gott, wie sehr er diese Frau doch begehrte. Er hatte sich eingeredet, dass seine Besessenheit nachlassen würde, wenn er sich nur einige Zeit von ihr fern hielt … doch genau das Gegenteil war der Fall. Die letzten Tage und vor allem die

Nächte hindurch war er durch die Hölle gegangen. Er verzehrte sich nach ihr. Allein das Wissen, dass sie nachts ganz in seiner Nähe friedlich in ihrem Bett schlief, während er sich ruhelos auf einer schmalen Pritsche im Arbeitszimmer herumwälzte, genügte, um die verführerischsten Träume in ihm zu wecken. Sie jetzt so nah vor sich zu sehen war geradezu eine Qual. Wie so oft in den letzten Tagen verfluchte er seine eigene Nachlässigkeit. Wenn er nur Isabellas Ankunft nicht vergessen hätte … Georges Hände ballten sich zu Fäusten. Himmel noch mal, wenn er Isabella nur nie eingeladen hätte …

Dann wären Lizz und er jetzt ein glückliches Ehepaar.

Er wusste, wie wunderbar es zwischen Lizz und ihm sein konnte. Ihm war gerade so, als hätte sie ihm an jenem Nachmittag in der Höhle einen überwältigenden Sonnenaufgang gezeigt, einen Vorgeschmack dessen, was sein könnte – nur um ihn sogleich in die Finsternis zurückzustoßen. Alles, was zurückblieb, war diese kalte, zerstörerische Leere in seiner Brust und das Wissen, dass er allein die Schuld daran trug.

Verdammt. In letzter Zeit schien er das Pech wirklich gepachtet zu haben.

Wenigstens bot Archie ihm einen kleinen Trost. Der Junge hing ständig an Lizzys Rockzipfeln. Er verbrachte jede freie Minute mit ihr und war so ein sprudelnder Quell an Informationen.

»Lady Douglas! Lady Douglas! Gerade ist ein Bote mit Antworten zurückgekehrt«, rief Mary aufgeregt und winkte mit einem kleinen Stapel Briefe.

Lizz riss sich gewaltsam von Georges Anblick los. »Komm, setz dich zu mir, Mary. Wir sehen sie gleich durch.«

Das ließ sich die junge Zofe nicht zweimal sagen. Hoffnungsvoll und mit vor Anspannung geröteten Wangen setzte sie sich neben Lizz an den Tisch.

Lieber Gott, bitte lass diesmal einen Hinweis dabei sein, betete Lizz stumm und brach ein Siegel nach dem anderen auf. Nichts. Niemand wusste etwas von einem Leibeigenen namens Jack.

»Mary, es tut mir so Leid«, flüsterte Lizz betrübt und bedeckte die zitternde Hand ihrer Zofe mit der ihren. »Aber gib nicht auf. Es stehen noch einige Antworten aus. Wir werden deinen Jack finden.«

»Ja, natürlich«, schniefte Mary pflichtergeben, doch in ihren feuchten Augen stand nichts als Hoffnungslosigkeit. »Ich werde mich jetzt um Euer Bad kümmern, Lady Douglas.«

Lizz blickte ihr traurig nach, sie hatte so sehr gehofft, endlich einen Hinweis auf Jacks Verbleib zu bekommen. Je näher Marys Niederkunft rückte, desto melancholischer wurde ihre Zofe. Wenn sie ihr doch nur helfen könnte.

»Was sind das für Briefe?«, erkundigte sich eine tiefe, volltönende Stimme direkt hinter ihr.

Lizz konnte sich gerade noch beherrschen, um nicht aufzuspringen, als er ihr neugierig über die Schultern spähte. Himmel, er war so nah, dass sie seinen warmen Atem an ihrer Wange spürte.

»Ich versuche, Marys Ehemann zu finden.«

George ließ sich neben sie auf die Bank sinken und lehnte sich mit dem Rücken gegen den Tisch. »Weshalb? Hat er sie verlassen?«

Es gibt auch liebende Ehemänner, rief ihr Herz empört. »Nein. Jack wurde verkauft«, antwortete sie ruhig. »Ach, es ist so aussichtslos. Ich habe schon mehr als dreißig Briefe geschrieben, aber niemand kann mir Auskunft über seinen Verbleib geben.«

George nahm die Briefe und las sie dann sorgfältig durch. Zumindest versuchte er es. Lizzys Nähe wirkte sich nicht gerade fördernd auf seine Konzentration aus.

»Vielleicht suchst du ja am falschen Ort. Hast du es schon in den Gefängnissen versucht?«

»Das ist hoffentlich nicht dein Ernst«, entrüstete sich Lizz. »Jack ist ein durch und durch anständiger Mann. Er *liebt* Mary! Mit Sicherheit würde er keine Gaunerei begehen, um Gefahr zu laufen, noch länger von ihr getrennt zu sein.«

Georges Finger krampften sich fester um die Briefe. Himmel, wie gern würde er diesen kleinen Schmutzfleck von ihrer Wange küssen. Er räusperte sich verhalten, als sich das unangenehme Ziehen in seinen Lenden verstärkte. »Das habe ich auch nicht gemeint. Aber wenn es stimmt, dass dieser Jack deine Zofe liebt, ist er seinem neuen Herrn vielleicht weggelaufen. Du weißt so gut wie ich, dass ein solches Vergehen hart bestraft wird.«

»Gütiger Himmel. Daran habe ich ja noch gar nicht gedacht«, meinte Lizz entsetzt und biss sich nachdenklich auf die Unterlippe.

Wie gebannt hingen Georges Augen an ihren Lippen. Diese unschuldige Geste wirkte so unglaublich sinnlich und verletzlich … Großer Gott, er sehnte sich danach, Lizz in seine Arme zu reißen. Er wollte sie küssen, wollte ihr nahe sein und diese unerträgliche Kluft zwischen ihnen endlich überwinden. Es verlangte ihn so sehr nach ihr, dass es schmerzte.

»Ich vermisse dich, Kätzchen«, flüsterte er rau und erschrak im selben Moment. Himmel, die Worte waren ihm einfach entschlüpft.

Lizz schnappte gepeinigt nach Luft. Wie glühende Dolchstöße bohrten sich seine Worte in ihr Herz. Oh, wie gern würde sie ihm glauben. Sie wünschte es sich so sehr. Die Eindringlichkeit seines Blicks ließ sie erzittern.

»Lord Douglas, ich gratuliere!«, verkündete Lord Hamilton in diesem Augenblick und enthob Lizz glücklicherweise einer Antwort.

»Wie ich höre, habt Ihr die Mäuseplage im Dorf hervorragend bewältigt. Mein Kompliment.«

Ein Muskel zuckte in Georges Wange. Dieser Kerl steckte doch seine Nase in Dinge, die ihn wahrlich nichts angingen. Überdies war der Zeitpunkt miserabel gewählt.

»Richtet Eure Glückwünsche an meine Frau. Es ist ihr Verdienst.«

Lizz errötete sanft, als sich Lord Hamiltons wässrigblaue Augen vorwurfsvoll auf sie richteten »Mylady, ich bin erstaunt, dass Ihr über solche Dinge Bescheid wisst. Mir scheint, das Wissen um die Herstellung von giftigen Mäuseködern ist für eine junge Lady nicht sonderlich angebracht.«

Lizz errötete erneut, doch diesmal vor Ärger. »Aber es ist überaus praktisch, wie Ihr zugeben müsst.« Sie hasste diese männliche Ignoranz.

Ein verschlagenes Lächeln hob Hamiltons Mundwinkel an. »Praktisch, für wahr.« Er wandte sich an George. »Ich hörte von Lady Isabellas Unfall. Ich hoffe, es ist nichts Ernstes.«

Lizz versteifte sich augenblicklich, und obwohl sie sich keinen Millimeter bewegte, spürte George, dass sie sich von ihm zurückzog. Verdammt, am liebsten hätte er diesen Mistkerl dafür erwürgt.

»Niemand stirbt an einem verstauchten Knöchel«, gab er gereizt zurück. Das Thema Isabella lag ihm in der Tat schwer auf dem Magen. Er wurde dieses Weibsbild einfach nicht los! Sie weigerte sich hartnäckig dagegen, mit ihrem verletzten Fuß die Rückreise nach Stirling anzutreten.

»Nein, das nicht.« Hamilton schüttelte bedauernd den Kopf. »Aber Lady Isabellas Unpässlichkeit ist für Euch gewiss recht ärgerlich.«

»Haltet den Mund«, fuhr George ihn wütend an. »Lizz, warte!«

Doch Lizz floh bereits in die Küche hinaus. Keine Sekunde länger hielt sie es in seiner Gegenwart aus. Dieser Mistkerl! Das war also der wahre Grund für sein plötzliches Auftauchen. Isabella war unpässlich. Sie nutzte ihm nichts. Dieser kaltherzige Bastard. *Ich vermisse dich, Kätzchen.* Sie wischte sich eine Träne von der Wange. Glaubte er tatsächlich, einige schmeichelnde Worte genügten und schon würde sie sich ihm erneut hingeben? Sie war doch kein Ersatzspielzeug!

Lizz fühlte sich plötzlich ganz krank vor Kummer. Himmel, aber genau so war es doch. Ein Blick aus seinen herrlich grauen Augen genügte und sie vergaß alles um sich herum. Sie würde ihm alles verzeihen, wenn er sie nur wieder in seine Arme schließen würde.

»Lizz, da bist du ja«, rief William erfreut und kam mit einem strahlenden Lächeln auf sie zu. »Ich habe dich überall gesu ... Stimmt etwas nicht?«

Als Lizz die tiefe Besorgnis in seinem Blick sah, zwang sie sich zu einem kleinen Lächeln. Sie wollte nicht, dass er sich ihretwegen Gedanken machte. »Es ist alles in Ordnung, William. Du hast mich gesucht?«

»Ja«, antwortete dieser, doch seine dunkelblauen Augen ruhten noch immer auf ihrem Gesicht. »Du hast geweint.«

»Unsinn. Ich habe nur etwas ins Auge bekommen. Das ist alles«, beschied Lizz gezwungen heiter.

Und dieses Etwas heißt George, dachte William grimmig. Er konnte seinen Bruder beim besten Willen nicht verstehen. Er war doch sonst so klug ... Weshalb benahm er sich dann in letzter Zeit wie ein hirnverbrannter Idiot? Selbst ein Blinder konnte sehen, dass er sich nach seiner Frau verzehrte. Was sollte dann dieses ganze Theater?

»Komm, William, lass uns einen kleinen Spaziergang machen und dann erzählst du mir alles«, bot Lizz ihm an.

»In Ordnung.«

Gemeinsam schlenderten sie über den Burghof bis zu den niedrigen Mauern hinaus, hinter denen die Klippen steil ins Meer hinab fielen. Lizz ließ ihren Blick über das weite Meer gleiten und verspürte plötzlich schreckliches Heimweh. Sie sehnte sich nach ihrem Vater – oder nach Allan. Mit ihnen würde sie über ihre schreckliche Ehe sprechen können. Einer von beiden wüsste bestimmt Rat. Doch nicht nur aus diesem Grund wünschte sie sich, sie wären hier. Lizz fühlte sich so unendlich einsam.

Sie schob diese tristen Gedanken entschieden beiseite und konzentrierte sich ganz auf William. »Also, worüber wolltest du mit mir sprechen?«

»Ich habe dich schon überall gesucht, weil ich dir unbedingt danken wollte«, erklärte William strahlend vor Freude.

»Wofür denn?«, wollte Lizz erstaunt wissen.

Er winkte mit einem breiten Grinsen ab. »Du brauchst es gar nicht zu leugnen. Wie du weißt, hatte ich heute Morgen eine Unterredung mit George. Ich befürchtete schon, er würde mich für meine Taten ins Exil schicken.«

»Unsinn. George würde dir niemals etwas so Grässliches antun. Ihr seid Brüder«, erklärte Lizz entschieden.

William nickte, von Staunen erfüllt. »Stattdessen hat er mir die Verwaltung von Castle Dirleton übertragen«, fuhr er fort.

»Wirklich?«, rief Lizz begeistert. »Ich freue mich ja so für dich, William.«

Dieser schenkte ihr ein wissendes Lächeln. »Das habe ich nur dir zu verdanken, Lizz. George hat mir erklärt, dass dies dein Vorschlag war.«

Lizzys Wangen röteten sich zart vor Freude. George hatte tatsächlich auf ihren Rat gehört. »Aber nein, William. George ist ein durchaus vernünftiger Mensch. Es war nur eine Frage der Zeit, bis er endlich erkannte, was in dir steckt.«

William wusste es jedoch besser und drückte Lizz einen dankbaren Kuss auf den Handrücken. »Du wirst dein Vertrauen in mich nicht bereuen, Lizz. Ich werde aus Dirleton einen für den Handel unentbehrlichen Hauptsitz machen.«

32

»Blitz! Donner! Benehmt euch!«, schimpfte Lizz und unterdrückte ein kleines Lächeln, als sie sah, wie die beiden riesigen Wolfshunde schuldbewusst ihre Pfoten vom Tisch nahmen.

»Archie, du weißt doch, dass die beiden in der Küche nichts zu suchen haben.«

»Ich kann nichts dafür«, verteidigte sich der Junge ernst und mampfte genüsslich ein Stück Apfelkuchen. »Ich habe ihnen nicht gesagt, dass sie mitkommen sollen.«

»Du hast ihnen aber auch nicht das Gegenteil befohlen«, tadelte Lizz freundlich und zerzauste dem Jungen liebevoll das schwarze Haar.

»Ich werde dann Mary herunterschicken, um mein Abendessen zu holen«, teilte sie Nan mit.

Nan wischte sich die mehligen Hände an ihrer Schürze ab. »Wie du willst, Kindchen. Dennoch finde ich es nicht richtig, dass du dich in deinem Zimmer verkriechst.«

»Ich verkrieche mich nicht. Ich ziehe es einfach vor, meine Mahlzeiten allein einzunehmen«, protestierte Lizz schwach.

»Unsinn. Du lässt keine Möglichkeit aus, um George aus dem Weg zu gehen, und das weißt du auch ganz genau.«

Lizz strich sich eine dunkelrote Haarsträhne aus dem Gesicht. Ja, sie wusste es. Aber was sollte sie sonst tun? Sie konnte seine Gegenwart einfach nicht ertragen. Allein sein Anblick schien ihr Herz in tausend Teile zerspringen zu lassen. Sie sehnte sich so sehr nach ihm, dass es wehtat. Was war sie doch für eine Närrin. Weshalb musste sie sich ausgerechnet in den kaltherzigsten, untreuesten Mann auf Gottes Erden verlieben?

»Es ist wirklich an der Zeit, dass ihr diese Angelegenheit klärt«, fuhr Nan ärgerlich fort. »Der ganze Haushalt leidet unter eurem stillschweigenden Krieg.«

Lizzys Brust fühlte sich bleischwer an. Auch ihr war aufgefallen, dass die Bediensteten sehr schweigsam geworden waren. Es war, als würde eine düstere Wolke über Tantallon Castle hängen.

»Was ist ein stillschweigender Krieg?«, wollte Archie neugierig wissen und hüpfte von seinem Holzhocker herunter. Sofort waren Blitz und Donner an seiner Seite und leckten die Kuchenkrümel von seinen Fingern.

Nan zog angewidert die Nase kraus. »Wasch dir die Hände, Archie.«

Der Junge betrachtete erfreut seine nassen Finger. »Schon geschehen.«

Dicht gefolgt von Blitz und Donner, verließen Lizz und Archie wenig später die Küche. »Wirst du uns heute die Geschichte von deinem Großpapa zu Ende erzählen?« Archie blickte mit flehenden Augen zu ihr hoch. »O bitte, es war ja so spannend.«

Lizz lächelte ihn liebevoll an. »Also schön. Wenn das Abendessen abgetragen wird, komme ich herunter.«

»Au fein.«

Plötzlich ließen die Wolfshunde ein bedrohliches Knurren hören und Lizz blickte verwirrt auf. Im nächsten Moment stöhnte sie innerlich auf vor Widerwillen. Lord Hamilton kam auf sie zu. Was wollte der schon wieder?

»Blitz, Donner, seid ruhig«, befahl Lizz, doch die Hunde stellten die Nackenhaare auf und legten angriffslustig die Ohren an.

»Sie können ihn nicht leiden«, flüsterte Archie ihr zu und tätschelte beruhigend seine haarigen Freunde.

Die Hunde besaßen Lizzys vollstes Verständnis. »Dann solltest du sie besser in den Hof hinaus bringen.«

»Was für Bestien«, schnaubte Lord Hamilton kopfschüttelnd, als er dem Dreiergespann nachblickte. »Ihr solltet den Jungen nicht mit diesen Ungeheuern spielen lassen. Sie könnten ihn verletzen.«

»Wohl kaum. Blitz und Donner würden sich eher die Pfoten abbeißen, als dem Jungen ein Leid zuzufügen«, beschied Lizz energisch. Weshalb musste sich dieser Kerl in alles einmischen?

Lord Hamilton schnippte sich einen imaginären Fussel von den Schultern. »Ich bin froh, dass Ihr den Jungen fortgeschickt habt, Mylady. Dann können wir ungestört reden.«

»Das würde ich natürlich schrecklich gern, aber leider werde ich von Mary in meinem Gemach erwartet«, log Lizz ohne jegliche Gewissensbisse. »Wenn Ihr mich entschuldigt.«

Er betrachtete sie voller Mitleid. »Ich bewundere Eure Haltung, Lady Douglas. Eure Eltern wären gewiss stolz auf Euch.«

Was sollte das nun wieder bedeuten? Lizz stieß entnervt den Atem aus. »Ich weiß nicht, wovon Ihr redet, Lord Hamilton.«

»Oh, ich verstehe«, er zwinkerte ihr verschwörerisch zu. »Ihr wart also damit einverstanden.« Sein Gesicht verwandelte sich in eine Maske des Mitgefühls, doch seine blassblauen Augen funkelten boshaft. »Dann müsst Ihr doch sehr enttäuscht sein, dass der König die Bitte ausgeschlagen hat.«

»Der König?! Wovon, um alles in der Welt, sprecht Ihr?«

Lord Hamilton zog Lizz beiseite, damit niemand ihr Gespräch belauschen konnte.

»Von Lord Douglas' Gesuch um die Scheidung natürlich.«

»Scheidung?« Lizz fühlte sich, als hätte ihr jemand einen Tritt in die Magengrube gegeben. *George wollte die Scheidung?*

»O du meine Güte«, entfuhr es Lord Hamilton entsetzt, als er Lizzys farblose Wangen sah. »Ich dachte, Ihr wüsstet davon. Welch ein Desaster! Ich bitte Euch inständig, erzählt Lord Douglas nicht, dass Ihr es von mir wisst. Er würde mich bestimmt in eines der Verliese werfen.«

»Ich glaube Euch kein Wort«, flüsterte Lizz tonlos und straffte die Schultern.

Lord Hamilton machte ein betroffenes Gesicht. »Welche Gründe sollte ich haben, Euch zu belügen, Lady Douglas?«

Darüber war sie sich selbst nicht im Klaren, doch eines wusste sie mit Sicherheit: Lord Hamilton genoss jeden einzelnen Seitenhieb, den er austeilte. Der Spott und die Niederträchtigkeit schienen ihm aus allen Poren zu strömen.

»Versprecht mir, kein Wort darüber zu verlieren, und ich werde Euch alles erzählen, was ich weiß.«

Lizz zögerte. Sie war sich nicht sicher, ob sie es wirklich wissen wollte. Dennoch stimmte sie zu.

»Ich verbrachte in den letzten Tagen einige Zeit mit Lady Isabella. Von ihr weiß ich, dass Lord Douglas um die Scheidung gebeten hat. Anscheinend soll er dem König eine ungeheure Summe Geld dafür geboten haben.«

»Isabella ist ein Flittchen. Sie würde alles sagen, nur um die Aufmerksamkeit auf sich zu ziehen«, hielt Lizz dagegen.

»Das ist natürlich möglich«, räumte Lord Hamilton nachdenklich ein und plötzlich erhellte sich sein Gesicht. »Vielleicht ist das auch die Lösung. Da die Ehe sowieso nicht geschieden wird, ist es wohl das Beste, wenn wir die ganze Angelegenheit vergessen. Lady Isabella ist nichts als eine geschickte Lügnerin. Bitte vergebt mir, Lady Douglas. Ich war ein solcher Narr.«

»Wenn Ihr mich jetzt entschuldigt«, beschied Lizz ihn brüsk.

Sie wollte gerade gehen, als er sie am Arm zurückhielt. »Seid aber trotzdem ständig auf der Hut, Lady Douglas. Gerüchte sagen, dass Lord Douglas sich auch weiterhin mit dem Gedanken trägt, Lady Isabella zu ehelichen.«

Lizz schüttelte angewidert den Kopf. »Das ist wohl kaum möglich. Wie Ihr selbst sagt, wird es keine Scheidung geben.«

Lord Hamilton nickte bedrückt. »In der Tat. Aber ein so mächtiger Lord wie Euer Mann braucht Erben. Es ist ein offenes Geheimnis, dass Ihr ihn aus Eurem Bett verbannt habt. Deshalb auch mein Rat: Gebt gut auf Euch Acht. Als Witwer kann der Lord heiraten, wen immer er will.«

Lizz schnappte empört nach Luft. »Ihr meint …«

»Unfälle geschehen immer wieder«, erklärte Lord Hamilton Unheil verkündend.

»Jetzt reicht es aber endgültig«, fuhr Lizz ihn scharf an. »Noch ein Wort und ich werfe Euch eigenhändig aus der Burg. Solch üble Verleumdungen werde ich nicht länger dulden. Guten Tag.«

Mit vor Zorn geröteten Wangen stieg Lizz die Stufen zu ihrem Gemach empor. Das wurde ja immer schlimmer. Zuerst der Schock wegen dieser angeblichen Scheidung und nun auch noch Morddrohungen. Dieser Hamilton konnte doch nicht ganz bei Sinnen sein. George würde doch niemals …

Dennoch blieb ein ungutes Gefühl zurück. Die Saat des Zweifels war gesät. *Ich werfe dich eigenhändig über die Klippen …* Das waren seine Worte gewesen, gleich nach ihrer Ankunft auf Tantallon, als sie einen boshaften Trinkspruch auf ihn hatte ausbringen wollen.

War die Drohung am Ende doch ernster gemeint, als sie angenommen hatte?

War es wirklich möglich, dass ihm alle Mittel recht waren, nur um sie loszuwerden? Lizzys Herz schrie nein, doch ihr Verstand erkannte, dass George aus dieser Heirat tatsächlich keinerlei Nutzen zog.

33

»Was ist denn hier los?«, erkundigte sich Lizz verblüfft, als sie am nächsten Abend ihre Gemächer betrat. Mary stand mit vor Angst weit aufgerissenen Augen an der Wand und hielt das Tablett mit dem Abendessen krampfhaft umklammert. Blitz und Donner standen mit aufgestellten Nackenhaaren und angelegten Ohren vor ihr und knurrten bedrohlich.

»Dem Himmel sei Dank, Lady Douglas. Bitte ruft diese Ungeheuer zurück«, forderte Mary mit schriller Stimme. »Die Biester sind einfach auf mich losgegangen.«

»Blitz, Donner, hierher«, befahl Lizz streng. »Ihr könnt Mary doch nicht so erschrecken.«

Nur zögernd kamen die Hunde ihrem Befehl nach und setzten sich direkt vor ihre Füße. Dabei ließen sie die Zofe keine Sekunde lang aus den Augen.

»Ich habe ihnen doch gar nichts getan«, beklagte sich Mary zerknirscht.

Auch Lizz verstand ihr seltsames Gebaren nicht. Zugegeben, die beiden konnten ziemlich rau sein, wenn sie einem ihre Zuneigung bezeugten, dennoch verhielten sie sich stets friedlich. »Ich verstehe das auch nicht. So verhalten sie sich sonst nur Lord Hamilton gegenüber«, gestand sie leise und tätschelte den Hunden den Kopf.

Unter Blitz' und Donners argwöhnischen Augen deckte Mary unbehaglich den Tisch.

»Das Essen ist angerichtet.«

»Ich bin eigentlich nicht hungrig«, meinte Lizz. »Hast du schon gegessen, Mary?«

Diese nickte, doch ein sehnsüchtiges Lächeln lag auf ihren Lippen. »Ich glaube, ich könnte vierundzwanzig Stunden am Tag nichts anderes tun als essen.«

»Dann greif ruhig zu.«

Mary wollte sich gerade setzen, als sie mit einem entsetzten Schrei zurückwich. Blitz und Donner waren einen Satz nach vorn gesprungen und standen nun quer vor ihr.

Ihr Knurren galt jedoch nicht Mary, sondern dem Teller.

»Warte mal«, hauchte Lizz entsetzt. »Ich glaube, sie wollen uns etwas zeigen.«

Lizz nahm den Teller und hielt ihn den Hunden unter die Nase. Beide fletschten knurrend die Zähne.

»Was hat das zu bedeuten?«, rief Mary.

Lizz roch an dem Teller und Übelkeit stieg in ihr hoch. »Eibennadeln!«

»Was … was ist das?«

Lizz ließ den Teller klirrend fallen und setzte sich, am ganzen Körper zitternd, auf die Bettkante. Ihr Gesicht war aschfahl. »Damit haben wir die Mäuse vernichtet.«

Mary kreischte entsetzt auf. »Gift! Ihr meint, das Essen ist vergiftet?!«

Lizz nickte schwach. Tränen der Hilflosigkeit und der Enttäuschung brannten in ihrer Kehle. »Die Hunde haben uns gerade das Leben gerettet«, flüsterte Lizz tonlos und umarmte Blitz und Donner. Voller Verzweiflung vergrub sie ihr Gesicht in ihrem weichen Fell. Lord Hamilton hatte sie gewarnt. Sie war ja so dumm. Selbst jetzt noch, da sie den Beweis in den Händen hielt, konnte sie es einfach nicht glauben. George … Um Himmels willen … Sie selbst hatte ihn überhaupt auf diese Idee gebracht!

»Wir müssen sofort zu Lord Douglas«, erklärte Mary entschieden.

Lizz erhob sich. »Nein. Kein Wort darüber. Ich will nicht, dass irgendjemand davon erfährt. Hast du mich verstanden, Mary?«

Nein, sie verstand kein Wort, das war ihr deutlich

anzusehen. »Aber wir müssen! Was ist, wenn alle Speisen vergiftet sind?«

Lizz schüttelte erneut den Kopf. »Das ist unwahrscheinlich. Das Gift war für mich bestimmt. Jeder weiß, dass ich nicht zum Essen hinuntergehe. Ebenso wie jeder weiß, dass ich mein eigenes Geschirr benutze. Du siehst also, es war kein Zufall.«

»Aber weshalb wollt Ihr dann Lord Douglas nicht informieren?«, rief Mary ängstlich.

Weil er es vielleicht selbst war!, schrie ihr Herz verzweifelt auf. *Als Witwer kann der Lord heiraten, wen immer er will.*

»Der Lord würde Euch beschützen, Mylady.«

»Ich möchte nicht, dass er sich Sorgen macht. Er hat bereits genug Kummer«, log Lizz. »Wir werden dieser Sache selbst auf den Grund gehen. Sag mir, hast du dich mit jemandem unterhalten, als du das Essen heraufgetragen hast?«

»Nein, Mylady. Ich wollte die Speisen warm servieren.«

Lizz überlegte einen Augenblick, bevor sie sich wieder an ihre verängstigte Zofe wandte. »Dann möchte ich, dass du mir einen Gefallen tust. Höre dich bitte unauffällig in der Küche um und finde heraus, wer heute Nachmittag alles dort gewesen ist. Aber zu niemandem ein Wort. Hast du mich verstanden, Mary?«

»Ich werde mich gleich darum kümmern«, nickte diese und verschwand.

Es dauerte unglaublich lange, bis sich der Schlaf endlich ihrer erbarmte und Lizz in süßes Vergessen tauchte. Doch die Ruhe währte nicht lange. Bald fand sie sich in einem schrecklichen Albtraum wieder. Sie saß in ein weißes Gewand gehüllt an einer erhöhten Tafel in Stobhall Castle. Vor ihr stand John Drummond und reichte ihr einen goldenen Kelch.

»Auf dein Glück, kleiner Wildfang«, meinte er lächelnd. Lizz nahm den Kelch und trank den Wein. Nach ihrem Vater kam Allan ebenfalls mit einem goldenen Kelch. »Auf deine Schönheit.« Lizz trank wieder. Danach sprach David seinen Toast aus. Eine ganze Reihe Männer folgten. Trinkspruch um Trinkspruch. Ganz am Ende der Reihe stand George. Sein Kelch wies eine giftgrüne Farbe auf, und Lizz wusste, dass es ihren Tod bedeutete, wenn sie daraus trank.

»Auf die Freiheit, Kätzchen«, flüsterte er dunkel und schenkte ihr ein sinnliches Lächeln. Tränen glitten über Lizzys Wangen. Trotzdem führte sie den Kelch an ihre Lippen. Gleich darauf versengte das Gift ihre Zunge. Wie Feuer fraß es sich ihren Hals hinunter ... Lizz schrie und schrie. Doch sie hörte nur sein Lachen. Er lachte und bald gesellte sich ein Frauenlachen hinzu. »Endlich sind wir frei.«

Mit einem Schrei schreckte Lizz aus dem Schlaf hoch. Schweiß glänzte auf ihrer Stirn und sie holte rasselnd Atem. »Es war nur ein Traum«, versuchte sie sich zu beruhigen. »Nur ein Traum.« Sie zitterte am ganzen Körper.

Das Kaminfeuer brannte noch immer. Sie konnte also nicht lange geschlafen haben. Ihr Blick fiel auf die Tür. Hoffentlich hatte sie nicht laut geschrieen. Plötzlich fiel ihr Blick auf ein Stück Pergamentpapier. Offensichtlich war es unter der Türe hindurchgeschoben worden. Mit bangem Herzen schlug Lizz die Decke zurück und holte das Papier.

Das Gift war erst der Anfang.
Verschwinde von hier,
solange du noch kannst.

34

Am nächsten Morgen fühlte sich Lizz völlig zerschlagen. Eine bleierne Müdigkeit hatte sich ihrer bemächtigt und jede Bewegung empfand sie als Qual. Kein Wunder, dachte Lizz bitter. Die ganze Nacht hindurch hatte sie sich den Kopf darüber zerbrochen, was sie nun tun sollte. Das Vernünftigste wäre natürlich, wenn sie nach Stobhall zurückkehrte. Dort würde sie sich zumindest nicht mehr in unmittelbarer Gefahr befinden. Aber was dann? Sie war immer noch eine verheiratete Frau … Auch George zur Rede zu stellen war keine Lösung. Wenn er wirklich hinter diesen Geschehnissen steckte, würde er es wohl kaum offen gestehen. Ein kleiner Winkel ihres Herzens hoffte noch immer, dass George unschuldig war. Jedenfalls blieb ihr nur eine Möglichkeit: Sie musste auf eigene Faust herausfinden, wer ihren Tod wünschte.

Lizz wusch sich energisch das Gesicht und flocht ihr dunkelrotes Haar zu einem einfachen Zopf.

Obwohl allein der Gedanke an Essen genügte, um Übelkeit in ihr hervorzurufen, verspürte sie seit Stunden einen nagenden Hunger. Sie schlüpfte rasch in ein dunkelgrünes Tageskleid und beschloss, dass es wohl sicherer war, in der Halle zu speisen. Leider war dann auch die Gefahr größer, George zu begegnen. Dieser Gedanke ließ sie kurz zögern, doch dann siegte ihr Stolz. O nein, seinetwegen würde sie ganz bestimmt nicht hungern. Es gab genügend Tische im Saal. Sie würde einfach denjenigen nehmen, der am weitesten von George entfernt war.

Zufrieden mit diesem Entschluss, stieg Lizz die Stufen hinunter und atmete erleichtert auf. Nebst William und einigen Soldaten hielt sich niemand in der Halle auf.

»Darf ich mich zu dir setzen?«

William war so vertieft in ein Buch, dass er erschrocken zusammenzuckte.

»Großer Gott, Lizz«, keuchte er und hielt sich die Hand aufs Herz. »Jetzt bin ich bestimmt um zehn Jahre gealtert vor Schreck.«

»Das wollte ich wirklich nicht«, entschuldigte sie sich rasch.

»Setz dich doch«, bot William fröhlich an und rückte ihr den Stuhl zurecht.

»Was liest du denn da?«

William strahlte vor freudiger Aufregung. »Ich eigne mir gerade Wissen über die Landwirtschaft an. Schließlich muss ich als Burgherr über solche Dinge Bescheid wissen. Ich hatte ja keine Ahnung, wie viele verschiedene Sorten desselben Getreides es gibt. Wirklich erstaunlich.«

Lizz freute sich aufrichtig für William. Er schien richtiggehend aufzugehen in seiner neuen Herausforderung. Während des ganzen Frühstücks erzählte er ihr von seinen zukünftigen Pflichten als Burgherr, beschrieb ihr sein neues Zuhause und erzählte von seinen regelmäßigen Besuchen beim jetzigen Verwalter von Dirleton Castle.

»Noch vor Ende dieser Woche werde ich dort einziehen können«, verkündete er aufgeregt.

»So bald schon?« Lizz zwang sich zu einem Lächeln. William war ihr wirklich ans Herz gewachsen. »Ich werde dich vermissen.«

»Du kannst mich doch jederzeit besuchen kommen. Meine Burg liegt nur eine knappe Stunde von hier entfernt. Ich kann es kaum erwarten, bis George von der Grenze zurückkehrt. Er ist kurz vor Tagesanbruch losgeritten, um dort nach dem Rechten zu sehen. Wenn er wieder zurück ist, wird er mir die Bücher von Dirleton Castle übergeben.«

Als Lizz die Bedeutung dessen nicht verstand, erklärte er eindringlich: »Das heißt, dass das Wohl von Dirleton Castle von nun an in meinen Händen liegt.«

Lizz schnappte plötzlich heftig nach Luft, als sich ihr Magen vor Übelkeit zu überschlagen drohte.

»Lizz? Du bist ja leichenblass«, rief William besorgt. »Soll ich dich nach oben bringen?«

Lizz schüttelte den Kopf und atmete einige Male tief durch. »Das ist ja seltsam. Es ist schon wieder vorbei.«

»Wir sollten besser ein wenig an die frische Luft gehen«, erklärte William und führte sie in den Burghof hinaus.

Gemeinsam schlenderten sie an den Mauern entlang und ließen ihre Augen übers Meer schweifen.

Lizz atmete tief die salzige Meerluft ein. »Dieser weiße Felsen dort draußen fasziniert mich immer wieder.«

»Der Fels heißt Bassrock. Wenn du genau hinsiehst, erkennst du ein Kloster. Es steht schon seit Jahrhunderten dort. Jeden Monat fahren einige Fischer hinaus, um den Mönchen Lebensmittel zu bringen.«

»Ich meinte eher das weiße Gestein«, gestand Lizz und furchte verwirrt die Stirn, als William laut auflachte.

»Die weiße Farbe verdankt er den Möwen, Lizz. Eigentlich ist der Fels ebenso schwarz wie all die anderen, die du hier siehst.«

»Du meinst, das sind alles Federn?«, wollte Lizz verblüfft wissen.

»Nicht ganz«, lachte William. »Eher Vogelschei … ich meine Exkremente.«

»Igitt«, stieß Lizz empört hervor. »Das ist ja widerlich.«

»Ich fürchte, jetzt habe ich dir die Faszination daran

verdorben«, neckte er sie und erntete dafür einen Rippenstoß.

»Ganz entschieden hast du das.« Lizz rieb sich die Arme. »Es wird kalt. Lass uns wieder hineingehen.«

Sie schlenderten gerade auf das Burgtor zu, als William Lizz plötzlich grob zur Seite stieß. Im nächsten Moment landete ein riesiger Steinbrocken genau dort, wo sie noch eben gestanden hatte.

»Großer Gott, Lizz, bist du verletzt?«, keuchte William entsetzt und blickte in ihr kalkweißes Gesicht.

Unfähig, ein Wort zu sagen, schüttelte sie den Kopf.

William blickte verwirrt hoch. »Verdammt, wie konnte sich ein solcher Brocken unbemerkt lösen? Wir hatten wirklich verteufeltes Glück.«

Lizzys Gedanken überschlugen sich, während ihre Augen die Zinnen nach George absuchten. Ja, sie hatte Glück gehabt, aber wie lange noch? Am liebsten hätte sie laut aufgeschrieen vor Pein. Wie konnte er ihr das antun? *Unfälle geschehen immer wieder*. Die Worte hallten wie ein Schreckgespenst durch ihren Kopf. Aber das war kein Unfall gewesen! Großer Gott, er schreckte nicht einmal davor zurück, sie mit einem Felsbrocken zu erschlagen!

»Ich bringe dich besser in deine Gemächer. Du zitterst ja am ganzen Leib. Soll ich einen Arzt rufen?«, erkundigte sich William voller Sorge.

Lizz schüttelte gelähmt vor Schock den Kopf. »Ich … ich brauche nur etwas Ruhe.«

Ohne den Aufruhr und das Entsetzen der Augenzeugen dieses vermeintlichen Unfalls zu bemerken, ließ sich Lizz von William in die große Halle geleiten.

Doch kaum waren sie dort angelangt, da schlenderte Isabella mit einem zuckersüßen Lächeln auf sie zu. »Ah, meine Liebe. Wie schön, dass Ihr Euch wieder einmal sehen lasst.« Sie trug ein blassrosa Samtkleid mit üppigen Rüschenverzierungen und einem so tiefen Ausschnitt, dass ihre fülligen Brüste jeden Moment herauszuspringen drohten.

»Isabella, verschwinde von hier. Du weißt verdammt genau, dass du in der Burg nichts zu suchen hast«, fuhr William sie zornig an.

Isabella schürzte die Lippen und musterte Lizz beleidigend lange. »Da irrst du dich, William. Dein Bruder ist ein überaus wollüstiger Mann. Er braucht eine Frau wie mich, die ihm all seine sinnlichen Wünsche erfüllt. Kein blasses, stummes Mäuschen wie die da.«

Das war zuviel! »Verschwinde aus meinem Haus, du schäbiges Flittchen«, schrie Lizz voller Hass. Ihre Augen sprühten Funken. All der Zorn, all die Angst der letzten Tage brachen sich in einem gewaltigen Ausbruch Bahn. »Du wirst weder diese Burg noch das Dorf je wieder betreten oder bei Gott, ich prügle dich höchst persönlich von meinem Land hinunter, du boshaftes Weibsbild. Ich gebe dir genau zwei Tage, um deine Sachen zu packen und von hier zu verschwinden.«

In der Halle war es plötzlich mäuschenstill. Dienstboten und Soldaten hoben erstaunt die Köpfe. Niemand hätte je einen solchen Ausbruch von ihrer Herrin erwartet.

Vor allem Isabella war vollkommen überrumpelt und wich entsetzt zurück. Bisher war es dieser Frau doch herzlich egal gewesen, dass sie es mit ihrem Mann trieb. Auch wenn George sie nicht ein einziges Mal besucht hatte, war es für Isabella sehr wichtig gewesen, den Anschein aufrecht zu erhalten. Sie hatte absichtlich wilde Gerüchte in die Welt gesetzt.

»Glaubst du wirklich, George würde das zulassen? Er wird mich niemals gehen lassen«, versuchte Isabella ihr die Luft aus den Segeln zu nehmen.

Lizzys Stimme war schrill vor Zorn. Sie hatte keine Ahnung, was ihr abtrünniger Ehemann unternehmen würde, und es war ihr auch herzlich egal. Sie brauchte eine Genugtuung. Sie brauchte einen Sieg, und zwar jetzt gleich!

»Nach einer Woche am Pranger wirst du dich selbst nicht mehr erkennen, und glaub mir, weder George noch irgendein anderer Mann würde dich noch eines Blickes würdigen. Wer will schon ein kahlköpfiges Flittchen?«

»Das würdest du nicht wagen«, kreischte Isabella entsetzt.

Lizz bedachte sie mit demselben beleidigenden Blick, wie Isabella es zuvor mit ihr gemacht hatte. »Ich bin die Ehefrau des Douglasoberhauptes. Wer, glaubst du, könnte mich davon abhalten?«

Isabella blickte Hilfe suchend zu William, doch dieser stellte sich demonstrativ neben Lizz.

»Reize niemals ein Mäuschen, es könnte sich in eine Löwin verwandeln.«

Tief beschämt wandte sich Isabella ab. »Ich werde George berichten, wie Ihr mich gedemütigt habt. Dafür wird er Euch bestrafen.«

»Zwei Tage«, rief Lizz ihr nach. Das hatte gut getan.

Lizz wandte sich mit einem triumphierenden Lächeln um und errötete verlegen, als sie die grinsenden Gesichter ringsum sah, allen voran die liebe Nan. Sie klopfte sich anerkennend auf die Schenkel. »Das wurde aber auch Zeit, Kindchen.«

Lizzys Hochgefühl schwand, als sie die Tür zu ihren Räumen schloss. Sie war allein und fühlte sich todunglücklich. Sie wollte in George keinen üblen Meuchelmörder sehen. Sie konnte es einfach nicht. Obwohl alle Beweise gegen ihn sprachen, weigerte sich ihr Herz nach wie vor, daran zu glauben. *Ich vermisse dich, Kätzchen*. Lizz holte zittrig Atem. Er hatte so ehrlich geklungen.

»Großer Gott, Lizz! Er will dich umbringen!«, schalt

sie sich selbst. Aber was, wenn nicht? Was, wenn jemand anderes dahinter steckte? Lord Hamilton zum Beispiel? Er war es schließlich gewesen, der den Verdacht auf George gelenkt hatte. Oder auch Isabella. Sie würde am meisten von ihrem Tod profitieren.

Leise Hoffnung ließ Lizzys Herz schneller schlagen. Nachdenklich schritt sie im Zimmer auf und ab. Sie brauchte einen Beweis. Irgendetwas, was George in ihren Augen entlastete. Er befand sich seit dem Morgengrauen an der Grenze, erinnerte sie sich. Nein, das reichte nicht aus. Er konnte sich genauso gut irgendwo in der Burg verborgen halten. Sie brauchte etwas Handfesteres. Lizz fühlte, wie der Trübsinn von ihr abfiel und ein Gefühl von prickelnder Aufregung ihren Körper erfasste.

»Das ist es«, rief sie erfreut.

Rasch eilte sie zu ihrem Nachttischchen und holte den Drohbrief der letzten Nacht heraus. Sie würde die Handschriften vergleichen. Mehr Beweise benötigte sie nicht.

Sie schlich sich in Georges Arbeitszimmer und suchte hektisch seinen Schreibtisch ab. Irgendwo musste doch ein Schriftstück sein, das von Georges Hand geschrieben war. Die meisten Briefe stammten jedoch von den Verwaltern der verschiedenen Burgen des Clansherrn. Endlich fand sie ein Rechenbuch, in dem ein kurzer Brief mit Georges Unterschrift lag. Sie zog ihn mit zitternden Fingern hervor und überflog die wenigen Zeilen.

Im nächsten Moment füllten sich ihre Augen mit Tränen und sie ließ sich kraftlos in den Sessel hinter ihr fallen. Leises Schluchzen drang über ihre Lippen.

Drei Dinge wusste sie nun mit Bestimmtheit. Erstens: George besaß mit Abstand die unleserlichste Schrift, die sie jemals gesehen hatte. Zweitens: Die gradlinigen, mit fester Hand geschwungenen Buchstaben hatten absolut nichts mit der akribisch genauen Schrift auf dem Drohbrief gemein. Und drittens: George benötigte dringend Hilfe bei seiner Korrespondenz. Hier lagen Briefe, die bereits vor Wochen hätten beantwortet werden müssen.

Lizz schloss vor Erleichterung die Augen. Dies war der Beweis, den sie zu finden gehofft hatte. George war es nicht, der ihr nach dem Leben trachtete. Er war unschuldig.

Als sie sich gerade erheben wollte, fiel ihr Blick auf das Siegel des Königs. Der Brief lag unter einem der Rechenbücher verborgen und weckte augenblicklich Lizzys Neugierde. War dies die Antwort auf Georges Gesuch um die Scheidung? Sie fühlte sich wie ein gemeiner Spion, dennoch zog sie das Schriftstück hervor und las.

»Das glaube ich ja nicht«, entfuhr es ihr wütend. Erneut überflog sie die unfassbaren Worte. »Dieser hinterhältige Schuft.« Jetzt wurde ihr einiges klar. »George ist der schwarze Ritter!« Sie sprang aufgebracht aus dem Sessel hoch. Der Brief des Königs war eindeutig. Er warnte darin ihren treulosen, hinterhältigen und verlogenen Gatten, dass Henry das Lösegeld auf seinen Kopf erneut erhöhen würde, und bat ihn, sich in nächster Zeit etwas zurückzuhalten.

Oh, jetzt wurde ihr einiges klar. Georges boshafte Anspielungen auf Stirling Castle. Das wissende Lächeln des Königs. Ihr eigenes Entsetzen, als Georges Küsse sie gleichermaßen entflammt hatten wie die des schwarzen Ritters ... und natürlich seine Belustigung, als sie ihm gestanden hatte, David nur deshalb geliebt zu haben, weil sie ihn für den schwarzen Ritter gehalten hatte. Kein Wunder, dass er sich über ihre Naivität lustig gemacht hatte.

Lizz schleuderte den Brief wütend zu Boden und verließ das Arbeitszimmer.

Sekunden später kehrte sie jedoch zurück und hob

ihn wieder auf. Wusste dieser Idiot von einem König eigentlich nicht, wie gefährlich ein solches Schriftstück war? Wenn es nun in die falschen Hände geraten wäre?! Weshalb band er ihm nicht gleich eine Tafel um den Hals: ICH BIN DER SCHWARZE RITTER. ÜBERGEBT MICH DEN ENGLÄNDERN.

35

Mitternacht war längst vorbei und tiefe Ruhe war in der Burg eingekehrt.

Robert betrat das Arbeitszimmer und schüttelte im Geiste den Kopf. Der Raum lag beinahe gänzlich im Dunkeln. Nur ein schwaches Feuer knisterte im Kamin und erhellte gerade noch die beiden Ledersessel und das Abstelltischchen, die davor standen. Dort saß auch George. Sein weißes Leinenhemd stand offen und bildete einen deutlichen Kontrast zu der düsteren Umgebung. Er wirkte sehr müde. Mit einem gefüllten Weinkelch in der Hand starrte er nachdenklich ins Feuer. Robert schüttelte erneut den Kopf. So konnte es nicht weitergehen.

»Was willst du?«, fragte George, ohne aufzusehen.

Robert setzte sich in den freien Sessel und fixierte seinen Freund mit ernstem Blick. »Wir müssen über deine Frau reden.«

George prostete ihm spöttisch zu. »Damit bist du der Dritte im Bunde. Will und Nan waren auch schon hier, um mir ins Gewissen zu reden.«

»Mit wenig Erfolg, wie mir scheint«, gab Robert verdrossen zurück und seine bernsteinfarbenen Augen funkelten ärgerlich. »Dann weißt du vermutlich, dass sie Isabella aus der Burg geworfen hat.«

George nickte bedächtig. »Der Pranger. Ist mein Kätzchen nicht originell?«

Robert legte verwirrt die Stirn in Falten. Die warme Zärtlichkeit, die aus den Worten seines Freundes sprach, verblüffte ihn ungemein. »Du weißt, dass ich mich eigentlich nicht in deine Angelegenheiten einmische. Aber ich kann nicht länger zusehen, wie ihr beide unter eurem Schweigen leidet. Verdammt noch mal, George, ihr hattet Streit. Na und? Das kommt in den besten Ehen vor. Wichtig ist nur, dass ihr euch jetzt endlich wieder zusammenrauft.«

George gab keine Antwort, sondern starrte weiterhin schweigend in die Flammen.

»Ich verstehe dich einfach nicht«, rief Robert erbost. »Himmel noch mal, du begehrst diese Frau. Du verzehrst dich geradezu nach ihr, und jeder sieht, dass Lizz dir dieselben Gefühle entgegenbringt. Also, weshalb beendest du diesen Unsinn nicht endlich? Solchen Kummer habt ihr beide nicht verdient.«

»Ich dachte immer, du könntest Lizz nicht leiden.«

»Ich habe meine Meinung geändert«, gab Robert zu. »Lizz ist eine wundervolle Frau. Sieh dir nur an, was sie aus Tantallon Castle gemacht hat. Sie kümmert sich um die Dorfleute, um die Kinder, und selbst den kleinen Archie hat sie in ihr Herz geschlossen. Himmel Herrgott noch mal, was willst du eigentlich mehr?«

George fuhr sich mit den Fingern durchs Haar und stieß aufgebracht hervor: »Glaubst du vielleicht, ich wüsste das nicht? Lizz ist alles, was ich mir jemals von einer Frau erträumt habe. Sie ist einfach vollkommen. Großer Gott, jede verfluchte Nacht, die ich auf dieser Pritsche verbringe, ist die Hölle für mich. Ich würde alles dafür geben, nur um wieder in ihrer Nähe sein zu können.«

»Warum unternimmst du dann nicht endlich etwas?«

»Weil ich es nicht *kann*«, rief George gequält. Tiefe Verzweiflung und Ratlosigkeit sprachen aus seinen Augen. »Ich weiß nicht, *wie!* Solange ich zurückdenken kann, wurde ich zum Clanherrn erzogen. Regeln, Gesetze und das Schlachtfeld … das ist meine Welt, Rob. Davon verstehe ich etwas.« Er schüttelte frustriert den Kopf und gestand leise: »Aber ich habe nie gelernt, wie man mit verletzten Gefühlen umgeht. Ich habe Lizz verletzt, Rob. Mehr als du dir vorstellen kannst. Und ich weiß einfach nicht, wie ich diesen Schaden wieder gutmachen kann.«

»Du liebst sie, nicht wahr?«

Ein schwaches Lächeln hob Georges Mundwinkel an, als er langsam nickte. »Mehr als mein Leben.«

»Dann geh zu ihr. Sprich mit ihr!«, forderte Robert.

George schüttelte den Kopf. »Das kann ich nicht.« Nachdenklich drehte er den Weinkelch in seinen Fingern. »Das erste Mal in meinem Leben verspüre ich wirklich Angst, Rob. Ich will Lizz nicht verlieren.«

Zur selben Zeit, nur wenige Meter entfernt, saß Lizz in eine warme Decke gehüllt am Westfenster ihres Gemachs und blickte versonnen in die Nacht hinaus. Es regnete in Strömen und nur vereinzelte Blitze erhellten den menschenleeren Burghof. In diesem Anblick lag etwas Trostloses, das ausgezeichnet zu Lizzys düsterer Stimmung passte. Sie war noch immer zu aufgewühlt, um Schlaf zu finden. Wenigstens war ihre Wut auf George abgeflaut. Zurückgeblieben war nur dieser schale Geschmack des Verrats. War es nicht eine Ironie des Schicksals? Sie hatte sich gleich zweimal in denselben Mann verliebt. Zuerst in den schwarzen Ritter und dann in George Douglas. Die bittere Ironie bestand jedoch darin, dass keiner von beiden diese Liebe erwiderte.

Leises Stimmengewirr auf dem Burghof ließ Lizz neugierig aufhorchen. Sie spähte hinunter und erkannte Isabella und Lord Hamilton, die soeben aus der Kapelle traten.

»Die beiden haben christlichen Beistand dringend nötig«, murmelte sie angewidert. Plötzlich zerriss ein gellender Schrei die Stille.

»Archie!« Lizz fuhr wie ein Pfeil aus ihrem Sessel hoch und flog zur Tür hinaus. Barfuß und nur in ein dünnes Nachthemd gehüllt, rannte sie den Flur entlang. Ein weiterer Schrei erklang und ließ ihr das Blut in den Adern gefrieren. »Ich komme, Archie«, rief sie bebend vor Angst. Gleich darauf stieß sie seine Zimmertür auf, bereit, es mit jedem aufzunehmen, der sich an ihrem Jungen vergreifen wollte.

»Archie«, rief sie im nächsten Moment erleichtert und eilte an seine Seite. »Du meine Güte, was ist denn geschehen? Hattest du einen Albtraum?«

Der Junge saß kerzengerade und schweißgebadet im Bett und starrte Lizz aus vor Entsetzen weit aufgerissenen Augen an. »Er war hier!«

Lizz entzündete die dicke Kerze auf dem Nachttisch und zog den zitternden Jungen schützend in die Arme. »Wer, Archie? Von wem redest du?«

Archie klammerte sich ängstlich an sie und weinte schluchzend in ihre Halsbeuge. »Er war hier, Lizz … Der Alte war hier. Er wollte mich holen.«

Sie sah sich suchend um, doch nebst den Kleidertruhen und einigen herumliegenden Spielzeugen war nichts zu erkennen.

»Schsch, niemand war hier, mein Junge. Es war nur ein böser Traum. Nur ein Traum«, flüsterte sie sanft und wiegte den aufgelösten Jungen beruhigend in den Armen.

»Aber er *war* hier«, beharrte Archie schluchzend. »Er stand direkt neben meinem Bett.«

»Das hast du nur geträumt«, erklärte sie erneut und drückte ihm einen liebevollen Kuss auf den Scheitel. »Tantallon Castle wird von so vielen mutigen Kriegern bewacht … Hier könnte nicht einmal ein kleines Mäuschen unbemerkt hereinschlüpften. Ganz zu schweigen von einem erwachsenen Mann.«

»Glaubst du wirklich?«

»Ganz bestimmt. Leg dich wieder hin, Archie.«

Der Junge gehorchte etwas verkrampft und Lizz begann leise ein Wiegenlied zu singen, dasselbe Lied, das ihre Mama oft für sie gesungen hatte, wenn sie als Kind aus einem bösen Traum hochgeschreckt war. Es war eine alte schottische Weise, die von einem tapferen Elfenkind erzählte.

Eine leichte Bewegung ließ Lizz aufsehen und sie verspannte sich sogleich. George Douglas stand breitbeinig im Türrahmen. Barfuß, mit schwarzen Beinkleidern, offen stehendem Hemd und gezogenem Schwert stand er dort und starrte sie an. Lizzys Pulsschlag beschleunigte sich augenblicklich. Großer Gott, er wirkte so stark und verwegen, dass heiße Schauder ihren Körper erbeben ließen. Hinter ihm stand Robert. »Was ist geschehen?«, erkundigte sich dieser mit besorgter Miene.

»Es war nur ein Albtraum«, erklärte Lizz leise.

»Dem Himmel sei Dank«, flüsterte er erleichtert und senkte das Schwert. »Auf diesen Schrecken brauche ich dringend einen Schluck Whisky.« Robert nickte Lizz knapp zu und schritt davon.

George hingegen machte keinerlei Anstalt, sich ebenfalls zurückzuziehen. Er stand noch immer im Türrahmen und seine zinngrauen Augen betrachteten Lizz mit einer Intensität, die sie verunsicherte. Sie bewegte sich unbehaglich und wünschte sich plötzlich einen Morgenmantel herbei, um ihren bebenden Körper vor seinen eindringlichen Blicken verbergen zu können.

Seine unzulängliche Kleidung deutete darauf hin, dass Archies Schreie ihn aus dem Bett geholt hatten. Heiße Stachel der Eifersucht bohrten sich in ihr Fleisch. Vielleicht wartete Isabella ja bereits auf ihn. Der dumpfe Stich in ihrer Brust verwandelte sich in hilflosen Ärger. »Lass dich nicht aufhalten, Douglas. Ich habe die Situation sehr wohl unter Kontrolle«, verkündete sie ärgerlich und wandte ihm demonstrativ den Rücken zu. »Archie ist bei mir in Sicherheit.«

Georges kräftige Finger schlossen sich fester um den

Schwertgriff. Das mochte vielleicht für den Jungen zutreffen, doch er selbst war nun endgültig verloren.

Als er Archies Schrei gehört hatte, war er sicher gewesen, McDerrel hier vorzufinden. In blinder Wut war er von seinem Arbeitszimmer heraufgerannt, um den alten Bastard ein für alle Mal aus dem Weg zu räumen …

Doch der Anblick, der sich ihm beim Betreten des Zimmers geboten hatte, hatte ihn bis in sein Innerstes erschüttert. Ein sehnsuchtsvolles Ziehen erfüllte seine mächtige Brust. Lizz hier zu sehen, nur in ein züchtig hochgeschlossenes, weißes Nachthemd gehüllt, während ihre dunkelrote Haarflut offen über ihrem Rücken lag, war mehr, als er ertragen konnte. Ihre tröstlichen Worte, der sanfte Klang ihrer Stimme … Der Himmel mochte ihm beistehen, aber er konnte keinen Tag länger ohne sie leben. Er brauchte ihre Nähe, brauchte ihre Wärme, wie er die Luft zum Atmen benötigte. Robert hatte Recht: Er musste diese entsetzliche Kluft zwischen ihnen endlich überbrücken, bevor es zu spät war.

Georges Brust zog sich schmerzlich zusammen, als er beobachtete, wie Lizz Archie liebevoll zudeckte und ihm einen Kuss auf die Stirn hauchte.

Die Minuten verstrichen und Archies gleichmäßige Atemzüge verrieten, dass er wieder eingeschlafen war.

Lizz strich sich müde eine Locke aus der Stirn und wandte sich zum Gehen. Im nächsten Moment verharrte sie mitten in der Bewegung.

»Du bist noch hier?«, entschlüpfte es ihr überrascht.

»Ich habe auf dich gewartet«, erklärte George leise und legte das Schwert aus der Hand.

Lizz versteifte sich sogleich, als sie dem eindringlichen Blick seiner zinngrauen Augen begegnete. Sie hob stolz das Kinn. »Das war nicht nötig.« Plötzlich kam ihr ein Gedanke und Ärger keimte in ihr auf. »Falls du hier bist, um mir wegen Isabellas Demütigung Vorwürfe zu machen, muss ich dich enttäuschen. Du wirst dich bis morgen gedulden müssen. Im Augenblick verspüre ich nicht die geringste Lust, mich mit dir über deine Hure zu unterhalten.« Es bedurfte ihrer ganzen Selbstbeherrschung, um die wenigen Schritte bis zur Tür auf ihn zuzugehen. »Wenn du mich jetzt entschuldigst. Ich bin müde.«

Stolz erhobenen Hauptes wollte sie an ihm vorbeigehen, doch er versperrte ihr mit dem Arm den Weg. »Du weißt, dass ich deinetwegen hier bin, Kätzchen. So kann es zwischen uns nicht weitergehen.«

»Diese Regeln hast du aufgestellt. Und nun lass mich durch«, forderte sie erbost. Ihr Ärger richtete sich jedoch hauptsächlich gegen sich selbst. Seine Nähe und der tiefe Klang seiner Stimme riefen eine sinnliche Sehnsucht in ihr wach, gegen die sie sich einfach nicht wehren konnte. Großer Gott, weshalb gelang es ihr nicht, einen Schlussstrich zu ziehen? Weshalb konnte sie ihre Liebe zu ihm nicht endlich begraben? Sie hob das Kinn noch etwas höher. »Lass mich gehen. Wir haben nichts mehr miteinander zu schaffen.«

»Da irrst du dich, Kätzchen.« Er trat dicht vor sie hin und hob langsam die Hand.

Lizz war wie hypnotisiert und unfähig, sich zu bewegen, als er seine Finger in ihre dunkelrote Haarflut grub.

»Wir sind verheiratet. Du bist meine Frau«, flüsterte er rau. Er zögerte leicht, bevor er leise hinzufügte: »Ich wünsche mir wirklich, dass wir eine richtige Ehe führen, Kätzchen.«

Lizz zuckte wie unter einem Fausthieb zusammen und wich einen Schritt vor ihm zurück. Mein Gott, war dieser Kerl grausam. »Ach tatsächlich? Ich nehme an, dieser Wunsch ist dir bestimmt im Bett deiner Hure gekommen.«

Sie wollte wütend an ihm vorbeirauschen, doch George hielt sie erneut zurück. »Seit wir auf Tantallon Castle sind, habe ich außer dir keine andere Frau angerührt.

Himmel noch mal! Du bist die Einzige, die ich wirklich will.«

»Lügner!«, keuchte Lizz. Ihre Augen schimmerten feucht vor Kummer. Für wie dumm hielt er sie eigentlich? Sie zerrte an seinem Arm, damit sie ihm endlich entfliehen konnte. »Lass mich durch, bevor ich dich mit deinem eigenen Schwert erschlage.«

»Du glaubst mir also nicht?«, erkundigte sich George seidenweich.

Lizz schüttelte wild den Kopf. »Von deinen Lügen habe ich die Nase gestrichen voll.«

Bevor sie noch wusste, wie ihr geschah, lag sie bereits quer über seinen mächtigen Schultern. »Lass mich runter, du Mistkerl«, zischte sie und hämmerte wütend auf seinen Rücken ein.

»Da du mir nicht glaubst, werde ich es dir wohl beweisen müssen«, verkündete George entschlossen und eilte mit ausholenden Schritten den Gang entlang. Er stieß mit dem Fuß die Tür zum Arbeitszimmer auf und stellte Lizz wieder auf die Beine.

»Das ist ja wohl das Letzte«, schimpfte sie empört und strich sich wütend die wilden Locken aus dem Gesicht.

George deutete auf die schmale Pritsche. Die Laken waren zerwühlt und auch im Kissen konnte man deutlich einen Kopfabdruck erkennen.

»Hier habe ich meine Nächte verbracht, Kätzchen. Allein und in dem schmerzlichen Wissen, dass du keine zehn Meter von mir entfernt in deinem Bett liegst.«

Lizz blinzelte verwirrt. Leise Hoffnung erfüllte ihr Herz wie ein warmer Sonnenstrahl nach langen Regentagen. War es möglich, dass er die Wahrheit sagte? Sie wehrte sich entschieden dagegen. Nein, er hatte ihr bereits zu viele Lügen erzählt. Die Tatsache, dass Isabella noch immer hier war, sprach ebenfalls für sich.

»Ich glaube dir kein Wort, Douglas! Weshalb solltest

du dich mit diesem Bett begnügen, wenn deine Hure doch in unmittelbarer Nähe ist?«, rief sie aufgebracht und wirbelte auf dem Absatz herum, um aus dem Zimmer zu stürmen.

George packte sie jedoch am Arm und hielt sie zurück. »Verdammt noch mal, Lizz, weshalb wohl? Ich will keine andere Frau mehr. Seit ich dich das erste Mal in meinen Armen hielt, gehst du mir nicht mehr aus dem Kopf.«

»Lügner«, schrie Lizz erneut auf und versuchte sich verzweifelt aus seinem Griff zu befreien. »Ich weiß alles über dich! Vom ersten Tag an hast du mich belogen. Du hast mich benutzt und betrogen!«

»Das ist nicht wahr, Kätzchen«, keuchte George rau. Die schimmernden Tränen in ihren Augen drohten ihm das Herz aus der Brust zu reißen. »Sieh mich an, Lizz. Sieh mich an.«

»Wen von euch soll ich denn ansehen?«, erkundigte sie sich bitter und die Tränen rannen ihr ungehindert über die Wangen. »Dich oder den schwarzen Ritter? Entscheide dich.«

George zog sie fest in seine Arme und schloss verzweifelt die Augen. »Wir sind ein und dieselbe Person, Kätzchen.«

Lizz schluchzte auf und wehrte sich wild gegen seine Nähe. »Ja, das seid ihr. Oh, wie musst du dich über mich amüsiert haben. Das dumme Mädchen aus dem Wirtshausstall. Deshalb all deine Sticheleien auf Stirling Castle. Deshalb all die Demütigungen. Wolltest du mich aus dem Grund heiraten? Als Strafe dafür, dass ich mich in einen Fremden verliebt habe? Oder wolltest du mich einfach nur als Hofnarr, damit du dich an meiner Dummheit jederzeit erfreuen kannst?« Sie schlug mit der Faust kraftlos gegen seine Brust. »Weshalb? Sag es mir!«

George nahm erschüttert ihr Gesicht zwischen seine

Hände und zwang sie, ihn anzusehen. »Mein Gott, Lizz, ich habe mich doch nie über dich lustig gemacht. Ich habe mich nach dir verzehrt. Von jenem ersten Tag an wollte ich dich wiederhaben. Verdammt noch mal Lizz, *ich liebe dich.*«

Die drei Worte trafen Lizz wie ein Fausthieb mitten ins Herz. Heiße Tränen versengten ihre Kehle. Sie schluchzte verzweifelt. Seine Augen blickten sie so voller Gefühl und Überzeugung an, dass sie ihn gequält anschrie: »Du gemeiner Kerl! Wie könnte ich dir das glauben, nach allem, was du mir angetan hast? Du weißt doch gar nicht, was Liebe ist!«

Er ließ sie so unvermittelt los, dass sie erschrocken einen Schritt zurück taumelte.

Wut und Enttäuschung standen ihm ins Gesicht geschrieben, bevor er sich schweigend umdrehte und zur Tür ging. »Du hast Recht, Lizz«, antwortete er gedämpft und lehnte die Stirn gegen das Holz der Tür. »Ich wusste nie, was Liebe ist. Ich war sogar überzeugt, dass ein solches Gefühl überhaupt nicht existiert.« Er atmete tief durch, verriegelte die Tür und wandte sich entschlossen Lizz zu. »Bis ich dich getroffen habe.«

»Was … was hast du vor?«, stotterte sie nervös, als er mit der Zielstrebigkeit eines Raubtiers auf sie zukam.

»Ich werde dir beweisen, dass du dich irrst«, erklärte er, zog sein Hemd aus und riss es in Streifen.

Lizzys Pulsschlag beschleunigte sich augenblicklich. Furcht, Entsetzen und Erregung ließen sie am ganzen Körper erbeben, während sie Schritt um Schritt vor ihm zurückwich, bis das Bett ihrem Rückzug ein Ende bereitete. »Ich will nicht, dass du mir irgendetwas beweist. Lass mich gehen«, forderte sie aufgewühlt und wollte der Bettstatt ausweichen, doch George stand bereits vor ihr.

»Es tut mir Leid, Kätzchen. Aber ich sehe keine andere Möglichkeit.«

Noch bevor sie sich einen Reim auf diese Worte machen konnte, lag sie bereits rücklings auf dem Bett. Blitzschnell schlang George einen weißen Stoffstreifen um ihr linkes Handgelenk und befestigte es am Bettpfosten. Das andere Handgelenk folgte und ehe sie es sich versah, lag sie mit weit von sich gestreckten Armen gefesselt auf dem Bett.

»Was soll das?«, keuchte sie entsetzt und zerrte wild an ihren Fesseln. »Bist du verrückt geworden?«

»Nein, Kätzchen, aber ich werde diese elenden Streitigkeiten zwischen uns jetzt beenden.« Er setzte sich neben sie und strich ihr mit einer zärtlichen Geste eine rote Locke aus dem Gesicht.

»Noch bevor der Morgen graut, wirst du keinen Grund mehr haben, um an meiner Liebe zu zweifeln.«

Lizz zerrte erneut an ihren Fesseln und versuchte entsetzt, von ihm abzurücken, als er den obersten Knopf ihres Nachthemds öffnete. Plötzlich wusste sie, was er vorhatte, und ihr Herz setzte einen Schlag lang aus. »Du glaubst das zu erreichen, in dem du mich vergewaltigst«, keuchte sie mit vor Entsetzen geweiteten Augen.

»Nein, Kätzchen. Ich würde dir niemals Gewalt antun. Ich komme erst zu dir, wenn du mich darum bittest.«

»Das wird nie geschehen«, rief Lizz empört.

Georges Finger glitten hauchzart über ihre Brustspitzen, die sich ihm sogleich sinnlich entgegenreckten. »Doch, das wirst du. Du sehnst dich nach meinen Berührungen«, flüsterte er rau. »Solange dein Körper mich liebt, besteht die Möglichkeit, dass dein Herz es auch tun wird.«

Großer Gott, er meinte es ernst. Lizzys Pulsschlag beschleunigte sich augenblicklich. Sie erkannte es deutlich in seinen dunkelgrauen Augen: Er würde sie quälen, würde ihr die sinnlichsten Freuden schenken und ihr dennoch den höchsten Genuss vorenthalten, bis sie sich ihm vollkommen ergab. Lizz schluckte schwer, als sich ein verräterisches Prickeln in ihrem Körper ausbreitete. »Ich … ich werde gar nichts empfinden«, erklärte sie tapfer.

»Dann werde ich mir wohl besondere Mühe geben müssen«, flüsterte George mit einem sinnlichen Lachen in der Stimme. Plötzlich bildete sich eine ärgerliche Falte auf seiner Stirn. »Wozu um alles in der Welt brauchst du so viele Knöpfe an deinem Nachthemd?«

Im nächsten Moment schnappte Lizz erschrocken nach Luft, als er dieses Problem mit einem heftigen Ruck löste.

»Douglas!« Sie erschauderte heftig, als die kalte Luft ihre nackte Haut streifte. Oder lag es vielleicht an Georges Blick, der bewundernd über ihren entblößten Körper glitt?

»Du bist wunderschön, Kätzchen«, stöhnte er rau.

Großer Gott, sie spürte die Liebkosungen seiner Augen, als würde er sie tatsächlich berühren. Glühende Röte überzog ihre Wangen, als sie zusah, wie er sich die Beinkleider abstreifte. Prall und mächtig ragte die Lanze seines Verlangens aus dem schwarz gelockten Dickicht hervor und verdeutlichte ihr, dass es kein Zurück gab.

Himmel, ihre Hilflosigkeit war ebenso beängstigend wie erregend.

»Binde mich sofort los«, forderte sie mit schriller Stimme, als eine Woge schmelzender Hitze ihren Schoß erreichte. Sie würde ihm nicht lange stand halten können.

Doch George schüttelte mit einem sinnlichen Grinsen den Kopf und kniete sich rittlings über sie. Sie war gefangen zwischen seinen stählernen Schenkel, die jede Gegenwehr ihrer Beine verhinderten. »Nein Kätzchen. Ich kann dich vielleicht nicht mit Worten von meiner Liebe überzeugen …« Seine Hände glitten wieder verführerisch über ihren schlanken Hals hinunter zu den bebenden Brüsten. »Aber ich kann es dir auf meine Art zeigen.«

Im nächsten Moment schrie Lizz leise auf, als sich seine warmen Lippen um eine ihrer kirschroten Brustspitzen schlossen und sachte daran saugten. Hitze und Lust durchzuckten ihren Körper wie gleißende Speere und plötzlich spürte sie eine wilde Freude in sich aufsteigen. Er liebte sie! Er wollte ihr beweisen, dass er sie liebte! Himmel, was war sie doch für eine Närrin! Weshalb wehrte sie sich dagegen, wenn es doch genau das war, wonach sie sich seit Wochen sehnte?

Urplötzlich verspürte sie den unwiderstehlichen Drang, ihn zu berühren. Sie wollte ihn festhalten, wollte seinen mächtigen Körper streicheln und ihm ihrerseits zeigen, wie sehr sie ihn liebte. Sie zerrte heftig an ihren Fesseln. »George, binde mich los«, keuchte sie flehentlich.

»Nein«, stöhnte er entschieden. »Du bist mein, Lizz. Ich beweise dir, dass wir zusammengehören.«

Noch bevor sie ihm zustimmen konnte, verschloss er ihren Mund mit einem alles verzehrenden Kuss. Heiß und fordernd teilte er ihre Lippen und eroberte ihren Mund im Sturm, während seine Hände ihren Körper gierig erkundeten.

Lizz erbebte vor Lust, und Tränen des Glücks quollen unter ihren geschlossenen Lidern hervor, während sie seinen Kuss leidenschaftlich erwiderte. In verzweifeltem Ungestüm bäumte sie sich seinem harten Körper entgegen.

George fürchtete, jeden Moment die Kontrolle über sich zu verlieren. Lizz zu berühren, ihre zarte Haut zu spüren, ihren Mund zu schmecken ... Sein Verlangen steigerte sich zu wahrer Raserei. Er konnte nicht genug von ihr bekommen. Wieder und wieder musste er sie küssen. Er durfte sie nicht losbinden, wollte sie nicht gehen lassen. Er würde es nicht ertragen, wenn sie sich erneut von ihm zurückzog.

Ein heftiger Ruck ging durch Lizzys Körper und plötzlich spürte George eine Hand in seinem Haar. Sie hielt ihn fest, zog ihn näher, glitt gierig über seinen Rücken zu seinem festen Gesäß.

»Ich liebe dich, George«, stöhnte sie kehlig an seinem Ohr.

Er hob heftig atmend den Kopf und schaute verwundert auf Lizz hinunter. Ihm stockte der Atem, als er die wilde Lust sah, die ihre smaragdgrünen Augen verschleierte. »Was sagst du da?«

Endlich war auch ihr zweites Handgelenk frei. »Ich liebe dich. Lass mich dich spüren«, schluchzte sie verzweifelt.

Ein unkontrollierbares Zittern erfasste seinen Körper. »Großer Gott, ja, Lizz«, stöhnte er heiser. Er kniete sich zwischen ihre Schenkel und drang mit einem harten Stoß in sie ein. Lizz schrie auf vor unsäglicher Wonne und klammerte sich an seine breiten Schultern, um nicht im Strudel ihrer eigenen Gefühle zu ertrinken. Sie wand sich unter ihm, krallte sich in sein schwarzes Haar und küsste ihn so voller Verlangen, dass es ihm den Atem nahm.

»Ich liebe dich«, flüsterte er rau und plötzlich bewegte er sich mit animalischer Wildheit. Wieder und wieder drang er in sie ein. Kreiste, zuckte … Innerhalb kürzester Zeit schrie Lizz erleichtert auf und erschauerte, als sich Wogen des höchsten Genusses in ihr Bahn brachen. George spürte das heftige Beben in ihrem Innern und es übertrug sich augenblicklich auf ihn. Mit einem Schrei der Erlösung zerbarst er und brach bebend auf Lizz zusammen.

Sie legte ihm liebevoll die Arme um den Hals und strich ihm zärtlich durch sein schweißnasses Haar.

George hob den Kopf und lächelte sie so zufrieden an

wie ein satter Kater. »Lass mich los, Kätzchen. Ich bin zu schwer für dich.«

Sie schüttelte lächelnd den Kopf. »Nein. Noch nicht.«

George rollte sich mit ihr in den Armen auf den Rücken und gemeinsam gaben sie sich dem süßen Nachbeben hin.

»Ich muss dich für so vieles um Verzeihung bitten«, hob George betrübt an. »Ich war ein solcher Narr.«

Lizz legte ihm den Zeigefinger auf die Lippen, damit er nicht weitersprechen konnte.

»Ich liebe dich, George«, flüsterte sie mit einem scheuen Lächeln. »Lass uns die Vergangenheit vergessen.«

Georges Gesicht hellte sich vor ungläubigem Staunen auf. »Sag das noch einmal, Kätzchen.«

»Wir sollten die Vergang …«

»Nicht das! Das davor!«, forderte er mit einem strahlenden Lächeln. »Ist es wirklich wahr?«

Lizz nickte und hauchte ihm einen sanften Kuss auf die Lippen. »Natürlich liebe ich dich, George. Ich liebe euch beide. Dich und den schwarzen Ritter.«

George rollte sie lachend auf den Rücken. »Sag es noch einmal.«

Lizz lachte ebenfalls glücklich auf und wiederholte die drei Zauberworte so oft, bis sie in leidenschaftlichem Stöhnen untergingen.

36

Die erste Morgenröte kündigte den neuen Tag an, als ein lautes Poltern George aus dem Schlaf riss. Lizz bewegte sich leise neben ihm und schnurrte genüsslich: »Schon wieder? Du bist wirklich unersättlich.«

George lachte leise auf und hauchte ihr einen sanften Kuss auf die Wange. Er konnte es noch gar nicht glauben. Diese wundervolle Frau liebte ihn. »Das klingt zwar äußerst verlockend, Liebling … Aber da ist jemand an der Tür. Schlaf weiter.«

Er streifte sich rasch eine Hose über und öffnete die Tür.

»Rob? Ist etwas geschehen?«

Robert nickte düster, seine Miene ließ auf nichts Gutes schließen. »Pater Ignatius ist tot. Lachlan hat ihn vor wenigen Minuten gefunden.«

George schloss betroffen die Augen. Seit er denken konnte, war der Pater stets ein Teil von Tantallon Castle gewesen.

»Wie ist er gestorben?«

Robert räusperte sich unbehaglich. »Alles deutet darauf hin, dass er mit einem Kerzenleuchter erschlagen wurde.«

»Was? Du glaubst, Pater Ignatius wurde ermordet?«

»Ein Mord?«, erkundigte sich Lizz entsetzt und drängte sich neugierig an George vorbei. Den warmen Morgenmantel ihres Gatten fest vor der Brust zugezogen, errötete sie zart, als sie Roberts erstaunten Gesichtsausdruck sah. Sogleich zeigte sich ein wohlwollendes Lächeln auf seinen Lippen. Er schien ehrlich erfreut zu sein, sie hier in Georges Arbeitszimmer vorzufinden.

»Raubmord, um genau zu sein«, korrigierte Robert und sein Gesicht verfinsterte sich wieder. »Es wurden einige sehr wertvolle Reliquien gestohlen.«

»Wo ist William?«, wollte George sofort wissen.

»Ich habe noch nicht nachgesehen.«

Lizzys Blick glitt empört von George zu Robert. »Das ist doch hoffentlich nicht euer Ernst. Ihr könnt unmöglich William für diese schreckliche Tat verantwortlich machen.«

»Es wäre nicht das erste Mal, dass er seinen eigenen Clan bestiehlt, um seine Spielsucht zu finanzieren«, erklärte George grimmig. »Vielleicht hat Pater Ignatius ihn dabei ertappt und William hat reflexartig zugeschlagen.«

»Nein! Das glaube ich keine Sekunde lang«, rief Lizz und schüttelte energisch den Kopf.

George zog sich fertig an und wollte in blinder Wut und Enttäuschung aus dem Raum stürmen, um seinen Bruder zur Rechenschaft zu ziehen, doch Lizz verstellte ihm den Weg. »Hör mir zu, George. Gestern Nacht habe ich Isabella und Lord Hamilton gesehen. Sie kamen gerade aus der Kapelle. Ich bin mir ziemlich sicher, dass die beiden etwas damit zu tun haben.«

»Ach ja? Trugen sie vielleicht goldene Kerzenständer und Reliquien unter den Armen?«, fragte George bitter.

Lizz wandte sich flehentlich an Robert. »Ich weiß, dass William nichts damit zu tun hat, Lord Robert. Bitte glaubt mir.«

Georges Augen verengten sich gefährlich. »Und woher willst du das wissen? Warst du vielleicht bei ihm?«

Lizz stemmte energisch die Hände in die Hüften. »Sei kein Schaf. Ich war bei dir, wie du sehr wohl weißt. William kann es kaum erwarten, endlich nach Dirleton aufzubrechen. Die letzten Tage hat er von nichts anderem gesprochen. Glaubst du wirklich, er würde diese Chance für einige lächerliche Goldstücke aufs Spiel setzen?«

»Ich wünschte, ich könnte dein Vertrauen in ihn aufbringen«, gestand George betrübt und schob Lizz von der Tür weg.

»Es gibt noch etwas, das du wissen solltest«, hob sie erneut an und eilte den beiden Männern in den Flur nach. »William hat mir gestern das Leben gerettet.«

Georges Gesichtszüge wurden sofort milder und er schloss Lizz fest in seine Arme. »Ich weiß, Kätzchen. Ich hörte von dem Unfall und ich werde ihm bis ans Ende meiner Tage dafür danken, dass er dich gerettet hat.« Seine Arme schlossen sich enger um ihren schlanken Körper, als ob er sich noch einmal versichern müsste, dass Lizz tatsächlich bei ihm war. Großer Gott, wenn ihr etwas geschehen wäre … wenn er sie verloren hätte … er durfte gar nicht daran denken.

Lizz befreite sich sachte aus seiner Umarmung und blickte dann ernst zu ihm auf. »George, es war kein Unfall.«

»Was?«, riefen Robert und er gleichzeitig.

»Dieser Felsbrocken war nicht der erste Anschlag auf mein Leben«, gestand sie leise.

George fühlte sich, als hätte man ihm einen Tritt in die Magengrube verabreicht. Er fröstelte plötzlich. »Wovon, um alles in der Welt, sprichst du?«

Lizz führte die beiden in ihr Gemach und holte den Drohbrief aus dem Nachttischchen. »Vor einigen Tagen versuchte mich jemand zu vergiften. Mein Essen war gespickt mit Eibennadeln. In derselben Nacht schob man dieses Schriftstück unter meiner Tür hindurch.«

George las die wenigen Zeilen und eine eisige Hand krallte sich in seinen Nacken. Blass vor Entsetzen und Selbstvorwürfen starrte er Lizz an. »Weshalb weiß ich nichts davon? Warum bist du nicht zu mir gekommen?«, forderte er erschüttert zu wissen.

Lizz errötete heftig. »Zu dieser Zeit musste ich annehmen … dass du dahinter steckst.«

»Ich!«, brüllte George fassungslos, doch Lizz hob beschwichtigend die Hände.

»Heute weiß ich natürlich, dass das nicht stimmt.« Sie erzählte den beiden Männern, wie Lord Hamilton ihr von Georges abgelehntem Scheidungsgesuch berichtet hatte. Von seiner Warnung und dem Gerücht, dass Isabella die nächste Lady Douglas werden sollte.

»Was für ein himmelschreiender Unsinn«, fuhr George wütend auf. »Kein einziges Wort davon ist wahr!«

Lizz schenkte ihm ein liebevolles Lächeln. »Das weiß ich, George. Aber du musst zugeben, dass Lord Hamiltons Lügen unter diesen Umständen nicht leicht zu durchschauen waren.«

»Ihr glaubt also, Lord Hamilton steckt hinter diesen Mordanschlägen auf Euch?«, meldete sich Robert nachdenklich zu Wort.

Lizz nickte ernst. »Ich bin mir ziemlich sicher. Leider kann ich es nicht beweisen. Etwas gibt mir jedoch zu denken. Wenn er mich wirklich töten wollte, warum dann diese Warnungen?«

»Vielleicht, weil er den Verdacht auf George lenken wollte«, half Robert aus.

Lizz schüttelte ernst den Kopf. »Nein, das bezweifle ich. Vielmehr bin ich überzeugt, dass dies nur die Spitze des Eisbergs ist. In letzter Zeit sind zu viele seltsame Dinge geschehen.«

»Du meinst die Sabotagen bei der Ernte«, erkundigte sich George verblüfft. Er war sich nicht sicher, worauf Lizz hinaus wollte.

»Ja, die angesägten Achsen, die Mäuseplage, die Anschläge auf mich und nun der tote Priester. Ich glaube, da muss es einen Zusammenhang geben.«

»Und welchen?«, hakte Robert nach.

»Das weiß ich noch nicht«, gestand Lizz.

»Die Sabotagen begannen vor Lord Hamiltons Ankunft auf Tantallon«, gab George zu bedenken. Die Aussicht, Opfer einer Verschwörung zu sein, gefiel ihm ganz und gar nicht. Dennoch musste er Lizz zustimmen. Irgendjemand gab sich ausgesprochene Mühe, Verwirrung zu stiften und zwischen Lizz und ihn einen Keil zu treiben.

»Deshalb bin ich auch überzeugt, dass Lord Hamilton nicht allein vorgeht. Erinnerst du dich an die kleine Magon aus dem Dorf? Sie sprach von zwei Bettlern. Einer von ihnen trug angeblich schöne Schuhe. Ich bezweifle, dass ein gewöhnlicher Bettler sonderlichen Wert auf gepflegtes Schuhwerk legt.«

»Ich schlage vor, wir nehmen Hamilton in die Mangel. Wenn er etwas weiß, dann bringen wir ihn auch zum Reden«, erklärte Robert kalt.

»Nicht unbedingt. Hamilton ist zu dumm, um sich eine solche Verschwörung selbst auszudenken«, erklärte George und seine stahlgrauen Augen verrieten, dass er soeben einen Entschluss gefasst hatte. »Ich stimme Lizz zu. Es muss noch jemand anderer dahinterstecken. Wenn wir Hamilton festnehmen, wird dieser vermutlich untertauchen.«

»Was sollen wir also tun?«, wollte Robert wissen.

George richtete sich zu seiner vollen Größe auf. »Zuerst sehen wir uns in der Kapelle um. Vielleicht finden wir etwas, das uns weiterhilft. Hamilton wird von nun an Tag und Nacht beschattet. Irgendwann nimmt er bestimmt Verbindung mit dem Kopf dieser Verschwörung auf und dann schlagen wir zu.«

37

Die nächsten zehn Tage und vor allem die Nächte glaubte sich Lizz im Himmel. Sie fühlte sich so glücklich wie nie zuvor in ihrem Leben. Mit jedem Tag, mit jeder Stunde schien sie sich mehr in George zu verlieben.

Lizz zog den warmen Wollplaid enger um die Schultern und ließ ihren Blick sehnsüchtig über die flachen Ebenen von Berwick in Richtung Castle Dirleton gleiten. Dies war nun schon das neunte Mal, dass sie zum Wehrgang hinaufstieg, um nach George Ausschau zu halten. Sie vermisste ihn ganz schrecklich. Er war heute Morgen zu Williams Burg aufgebrochen, um ihn bei der ersten Rechtsprechung zu unterstützen. Ein kleines Lächeln hob ihre Mundwinkel. William nahm seine neuen Aufgaben wirklich sehr ernst und zu ihrer unermesslichen Freude schienen sich die Brüder wieder näher zu kommen. Lizz atmete tief die kalte Meerluft ein. War das Leben nicht herrlich? Isabella war abgereist, die Ernte ohne weitere Schwierigkeiten eingebracht, und seit Lord Hamilton Tag und Nacht bewacht wurde, gab es auch sonst keinerlei unangenehme Überraschungen mehr. Es war, als würden die Dinge nun endlich ihren rechten Lauf nehmen.

Zumindest die meisten. Leider waren sie den Ganoven noch immer nicht auf die Spur gekommen. Lizz kramte das Wachsstück aus ihrer Rocktasche. Es war der einzige Hinweis, den sie in Bezug auf den Mörder von Pater Ignatius besaßen. Wie Robert vermutet hatte, war der arme Geistliche mit einem schweren Kerzenleuchter erschlagen worden. Lizz erschauderte, als sie an den Schauplatz des Verbrechens zurückdachte. George, Robert und sie waren gleich nach ihrem Gespräch in die Kapelle geeilt, um sich dort umzusehen. Glücklicherweise war der Leichnam des Paters bereits hinausgetragen worden. Dennoch hatte eine dunkle Blutlache auf den Steinfliesen vor dem Altar verraten, wo sich das Grauen zugetragen hatte. Die dicken Wachstropfen rundherum hatten davon gezeugt, dass die Kerzen noch gebrannt hatten, als der Leuchter sein Opfer tödlich getroffen hatte. Vermutlich wäre ihnen nichts Ungewöhnliches an diesem Anblick aufgefallen, wenn Georges geschärftes Auge nicht auf etwas gestoßen wäre. Lizz betrachtete den Wachsklumpen eingehender. Deutlich war der Abdruck eines Siegelrings zu sehen – eine Rose, die sich um ein Schwert rankte. Der Mörder musste sich nach seiner schrecklichen Tat über den Pater gebeugt haben, um sich von dessen Tod zu überzeugen. Dabei hatte er sich vermutlich im weichen Wachs abgestützt und so seine Visitenkarte hinterlassen. Es war wirklich zum Verrücktwerden. Lizz kannte dieses Motiv, sie war sich ganz sicher, doch es wollte ihr partout nicht einfallen, woher. Ihr erster Verdacht hatte sich leider nicht bestätigt. Obwohl die Rose mit Lord Hamiltons Siegelring übereinstimmte, befand sich dummerweise kein Schwert in seinem Familienwappen. Es war in der Tat äußerst ärgerlich.

Plötzlich rang Lizz heftig nach Atem, als sich ihr Magen vor Übelkeit zu überschlagen drohte. Sie schloss rasch die Augen und konzentrierte sich aufs Luftholen. Mittlerweile wusste sie, was in diesem Fall zu tun war. Nach wenigen Sekunden war der Spuk wieder vorbei und ein glückliches Lächeln erhellte ihr Gesicht, als sie zärtlich an ihr kleines Geheimnis dachte. Natürlich war es noch etwas früh, um wirklich Gewissheit zu haben, dennoch zweifelte sie keine Sekunde daran. Sie trug Georges Kind unter dem Herzen.

Nun hast du aber lange genug getrödelt, schalt sie sich selbst. Heute war schließlich Waschtag und da wurde jede helfende Hand gebraucht. Sie eilte die steilen Stufen hinunter und prallte um ein Haar mit Mary zusammen, die gerade mit einem Korb schmutziger Tischtücher aus der Küche trat.

»Mary, du sollst doch nicht so schwer tragen«, tadelte sie ihre hochschwangere Zofe vorsichtig. Seit einigen Tagen neigte das Mädchen nämlich dazu, wegen jeder Kleinigkeit in Tränen auszubrechen.

Lizz packte mit an und gemeinsam schleppten sie die Wäsche über den Burghof.

»Lady Douglas, was für ein Segen, dass ich Euch treffe«, begrüßte Pater Rudolpho sie freundlich und eilte ihr schwerfällig entgegen. Seine imposante Leibesfülle zeugte nicht gerade von einem Leben in Abstinenz. Er war in den mittleren Jahren und mit seinem quirligen Schnauzbärtchen und den buschigen Augenbrauen erinnerte er Lizz stark an einen Seelöwen. Pater Rudolpho war der neue Priester auf Tantallon Castle. Wenige Tage nach Pater Ignatius' Beerdigung war er vom nahen Kloster gesandt worden, um für das Seelenheil der Burgbewohner zu sorgen.

»Pater Rudolpho, was kann ich für Euch tun?«, erkundigte sie sich freundlich und stellte den Wäschekorb ab. »Ihr hinkt ja. Seid Ihr verletzt?«

»Die Gicht, Lady Douglas. Ab und an fährt sie mir ins Bein.« Er deutete viel sagend gen Himmel. »Ihr wisst ja. Wen Gott liebt, den prüft er. Aber ein warmes Schwefelbad wirkt manchmal Wunder.«

Lizz nickte zustimmend. Das erklärte auch diesen seltsamen Geruch, der ihm stets anhaftete.

Er senkte demütig die Augen. »Ich wollte mit Euch die Abendmesse besprechen, Lady Douglas. Wäre es Euch recht, wenn ich sie in Gedenken an Pater Ignatius gestalte?«

»Das ist eine wundervolle Idee«, stimmte Lizz ehrlich erfreut zu.

»Dann soll es so sein. Übrigens, ich nehme heute Nachmittag die Beichte ab. Falls Ihr etwas auf dem Herzen habt, Lady Douglas, seid Ihr natürlich jederzeit willkommen.« Er verneigte sich ehrerbietig und hinkte davon.

Mary pfiff leise durch die Zähne. »Das war schon wieder ein Wink mit dem Zaunpfahl.«

Lizz nickte vergnügt. »Ja. Der gute Pater scheint ganz versessen auf meine Sünden zu sein.«

»Öffnet das Tor«, rief einer der Wachposten. »Der Lord kehrt heim.«

Augenblicklich hüpfte Lizzys Herz vor Freude und sie tastete eifrig nach ihrer Frisur, um die widerspenstigen Locken zu ordnen. »Nicklaus, bring doch bitte diesen Korb ins Waschhäuschen«, bat sie einen jungen Knappen und eilte mit Mary über den Hof zum Burgeingang. Klappernde Hufschläge kündigten die Reiter an, allen voran ihr Ehemann. Lizzys Herz quoll über vor Stolz. George bot wirklich einen prächtigen Anblick auf seinem schwarzen Streitross. Groß, kräftig und von einer dunklen, männlichen Dominanz umgeben, war er der attraktivste Mann, den sie jemals gesehen hatte. *Und er gehört mir*, dachte Lizz glücklich.

Plötzlich kreischte Mary schrill neben ihr auf und schlug die Hände vor den Mund. Ihr Gesicht war aschfahl und sie taumelte benommen.

Lizz legte ihr rasch den Arm um die Mitte, um sie zu stützen. »Großer Gott, Mary, kommt das Baby?«, wollte sie hektisch wissen.

»Jack«, rief die Zofe im nächsten Augenblick und rannte einem jungen Mann entgegen, der mit George geritten war. Die beiden umarmten und küssten sich überglücklich, dann betrachteten sie sich gegenseitig und fielen einander wieder in die Arme. Die Wiedersehensfreude trieb Lizz beinahe die Tränen in die Augen.

»Und wo bleibt meine Begrüßung?«, erkundigte sich

George grinsend und hob sie mühelos vor sich in den Sattel. »Ich habe dich vermisst, Kätzchen«, flüsterte er rau und senkte seinen Mund verlangend auf ihre willig dargebotenen Lippen.

Lizz schmiegte sich eng an ihn. »O George, du bist einfach wundervoll. Wo hast du Marys Jack gefunden?«

»Im Tower von Dunbar. Er wollte tatsächlich fliehen, um wieder mit Mary vereint zu sein. Seit Tagen streifen zwei meiner besten Männer umher und durchsuchen jede Grafschaft und jedes Gefängnis.«

Obwohl Lizz ihrer Zofe dieses Wiedersehen von Herzen gönnte, verspürte sie dennoch einen leisen Stich in der Brust. Wie gern wäre sie diejenige gewesen, die Marys geliebten Ehemann zurückgebracht hätte. Sie hatte so viele Briefe geschrieben … hatte sich so sehr bemüht, diesen Jack ausfindig zu machen …

Lizz schürzte leicht beleidigt die Lippen. »Dann ist es natürlich kein Wunder, dass du ihn vor mir gefunden hast. Du hattest schließlich Hilfe.«

George lachte leise auf und flüsterte ihr zärtlich ins Ohr: »Ich wüsste da einen wesentlich angenehmeren Wettstreit zwischen uns, Kätzchen.« Seine Augen glühten vor Verlangen, als er sie noch näher an sich zog. »Ich lasse dich auch gewinnen.«

Robert lenkte sein Pferd neben sie und räusperte sich grinsend. »Ich störe euch wirklich nur ungern, aber wir sollten uns wieder auf den Weg machen, George.«

»Du musst wieder fort?«, erkundigte sich Lizz enttäuscht.

George nickte mit einem liebevollen Lächeln auf den Lippen. »Wir müssen noch ins Dorf, um den Aufbau der neuen Mühle zu begutachten. Aber ich verspreche, wir sind noch vor dem Abendessen wieder zurück.«

Der Nachmittag neigte sich dem Ende zu, als Lizz das Waschhaus wieder verließ. Sie fühlte sich völlig erschöpft. Die feuchte Hitze und der dichte Dampf in der kleinen Hütte hatten ihr schwer zugesetzt. Obwohl sie sich ein Tuch vor Mund und Nase gebunden hatte, war ihr dennoch übel vom beißenden Gestank der Bleichmittel, mit denen sie die weißen Leinentischtücher bearbeitet hatten.

Lizz strich sich eine feuchte Haarsträhne aus dem Gesicht und betrat die Küche. Der verführerische Duft von frisch gebackenem Brot ließ ihr das Wasser im Mund zusammenlaufen. Nan war gerade dabei, Fleischpasteten für das Abendessen vorzubereiten.

»Ist George schon aus dem Dorf zurückgekehrt?«, erkundigte sich Lizz.

Nan schüttelte lächelnd den Kopf. »Er ist doch gerade erst weggeritten. Du wirst dich schon noch etwas gedulden müssen.«

Lizz rümpfte leicht die Nase. Die Aussicht, noch länger auf George warten zu müssen, gefiel ihr ganz und gar nicht.

»Weshalb reitest du ihm nicht entgegen? Ein kleiner Spazierritt würde dir nach der mühevollen Arbeit im Waschhaus bestimmt gut tun.«

Lizz gähnte hinter vorgehaltener Hand. »Ich fürchte, dazu bin ich zu müde. Ich glaube, ich ziehe mich in die Bibliothek zurück und lese noch ein bisschen.«

Als Lizz jedoch auf der Treppe war, entschied sie sich plötzlich anders. Nan hatte Recht. Etwas frische Luft würde ihr gut tun und George würde sich bestimmt sehr über ihren kleinen Besuch freuen.

Als sie sich zum Gehen wandte, sah sie Lord Hamilton auf sich zukommen. Wenige Schritte hinter ihm folgten zwei von Georges Soldaten. »Lady Douglas, wollt Ihr mir nicht etwas Gesellschaft leisten? Ich langweile mich entsetzlich.«

»Dazu habe ich leider keine Zeit. Ich bin gerade auf dem Weg ins Dorf. Wenn Ihr mich entschuldigt.«

Wenige Minuten später spazierte Lizz am Rand der steil abfallenden Klippen entlang und genoss die frische Meeresbrise. Die Abenddämmerung setzte bereits ein und dichter Nebel legte sich wie eine Wolkendecke übers Meer. Es war ein atemberaubender Anblick. Sie war ganz in Gedanken versunken, als ein plötzliches Geräusch sie aufschreckte. Es war nicht weit von ihr. Lizz sah sich hektisch um, doch sie konnte nichts erkennen. Lizz hielt ängstlich den Atem an und wünschte sich, sie hätte den direkten Weg ins Dorf genommen. Urplötzlich tauchte ein Kopf unterhalb der Klippen auf.

»Pater Rudolpho«, rief Lizz erleichtert und sah zu, wie der neue Priester einen schmalen Steg heraufstieg. »Gütiger Himmel, Ihr habt mich fast zu Tode erschreckt.«

Der Priester blickte verwirrt drein, bevor ein Anflug ehrlicher Freude über sein Gesicht huschte. »Das war natürlich nicht meine Absicht, Lady Douglas. Ich bitte um Verzeihung.«

Lizz furchte nachdenklich die Stirn. »Wart Ihr am Strand unten?«

Pater Rudolpho schüttelte bedauernd den Kopf. »Ich habe es versucht, aber leider ist der Steg zu schmal für einen so fülligen Mann wie mich. Ich bin nicht weit gekommen.«

Lizz nickte mitfühlend. Bei seinen Körpermassen wunderte sie sich keineswegs darüber. Selbst für eine schlanke Person wie sie es war, barg dieser Weg einige gefährliche Tücken.

Pater Rudolpho blickte sinnend die Klippen hinunter zum Teufelsschlund. »Ich bin zwar neu in dieser Gegend, Lady Douglas, aber ist es nicht gefährlich, sich um diese Zeit in den Höhlen dort unten herumzutreiben?«

Lizz nickte entschieden.«Ja, sehr sogar. Mein Mann erzählte mir, dass sie bei Flut mit Wasser voll laufen.«

»Wie schrecklich«, rief Pater Rudolpho entsetzt und

bekreuzigte sich eilig. Er deutete auf die schwarze Öffnung des Teufelsschlunds. »Vor wenigen Minuten habe ich beobachtet, wie ein schwarzhaariger Junge dort unten verschwunden ist. Er hatte zwei riesige Hunde bei sich.«

»Archie?«

»Ja, ich glaube, das war sein Name. Dies war auch der Grund, weshalb ich hinuntersteigen wollte. Ihr wisst ja, wie Kinder sind. Wenn sie spielen, kennen sie keine Gefahr.« Er blickte erneut hinunter. »Bisher ist er nicht wieder herausgekommen.«

»Großer Gott«, keuchte Lizz entsetzt und plötzlich klang das Zischen der Gischt wie eine bedrohliche Warnung in ihren Ohren. »Die Flut hat bereits eingesetzt.«

Ihre Augen glitten angstvoll zum Höhleneingang. Der Nebel stieg immer höher, in wenigen Minuten würde die schwarze Öffnung völlig im Verborgenen liegen.

Ihr Pulsschlag beschleunigte sich vor namenloser Angst um Archie. »Ich muss sofort hinunter.«

»Ich werde Euch begleiten, Lady Douglas«, bot sich der Priester an, doch Lizz schüttelte entschieden den Kopf.

»Nein, Pater Rudolpho. Geht Ihr ins Dorf und benachrichtigt meinen Ehemann. Ich versuche derweil, Archie aus der Höhle zu holen. Bitte beeilt Euch, Pater.«

»Ich werde ihn unverzüglich aufsuchen.« Er wandte sich eilig um, damit Lizz sein selbstgefälliges Grinsen nicht sehen konnte. *Und der Herr sprach: Die Rache ist mein.*

Lizz rannte so schnell sie konnte den steilen Weg hinunter. Der dichte Nebel behinderte ihre Sicht, sodass sie kaum die eigenen Füße sehen konnte. Immer wieder stolperte sie über Felsbrocken oder rutschte auf glitschigen Steinen aus, doch sie zügelte ihr Tempo nicht. Archie! Sie musste zu Archie! Ihr Herz hämmerte so wild, dass jeder Atemzug wie Feuer in ihrer Lunge brannte. Sie missachtete das heftige Stechen in ihren Seiten, missachtete die schmerzhaft aufgeschürften Handflächen. Alles, was sie hörte, war das Schlagen der Wellen, das beängstigend nahe wirkte. *Großer Gott, bitte lass Archie in der vorderen Höhle sein,* flehte sie innerlich. Georges Warnung, dass man sich in den vielen Gängen leicht verirren konnte, schien ihr Flügel zu verleihen.

»Archie!«

Eisiges Wasser umspülte bereits ihre Füße, als sie die Höhle endlich erreichte.

»Archie, wo bist du?« Lizz horchte in den finsteren Schlund der Höhle hinein. Vielleicht war der Junge ja schon auf dem Heimweg. In diesem Nebel konnten sich ihre Wege leicht gekreuzt haben, ohne dass sie einander gesehen hätten. Aber die Hunde hätten sie doch bestimmt wahrgenommen!

»Blitz, Donner, hierher!«

Nichts geschah. Sie wünschte sich sehnlichst, George wäre jetzt bei ihr. Allein der Gedanke, tiefer in den Teufelsschlund vordringen zu müssen, bereitete ihr Übelkeit.

»Archie?«

Nichts. Plötzlich fiel ihr Blick auf einen Gegenstand am Boden und das Blut gefror ihr in den Adern. Archies Zauberschwert.

Im selben Moment wusste Lizz, dass hier etwas nicht stimmte. Archie würde sich niemals freiwillig von seinem Holzschwert trennen.

Entschlossen raffte sie die Röcke und watete durch das bereits knöcheltiefe Wasser den schmalen Gang entlang. Plötzlich hörte sie ein leises Wimmern.

»Archie?«

Das Wimmern verwandelte sich in verzweifeltes Stöhnen.

»Ich komme, Archie. Hab keine Angst, ich bin gleich bei dir!«, rief sie schrill vor Angst. Kurz darauf erreichte sie die große Innenhöhle und erstarrte vor Entsetzen. Der Raum war von unzähligen Fackeln erleuchtet. Archie saß geknebelt und an einen dicken Pfahl gefesselt auf der Anhöhe und starrte sie aus furchtgeweiteten Augen an. Tränenspuren glänzten auf seinen schmutzigen Wangen.

»Wir haben auf dich gewartet«, ertönte plötzlich eine krächzende Stimme direkt neben ihr. »Endlich schließt sich der heilige Kreis.«

Lizz wirbelte herum, doch da war es schon zu spät. Im nächsten Augenblick traf ein harter Schlag ihre Schläfe und sie verlor das Bewusstsein.

38

George sah sich suchend in der großen Halle um. Die Burgbewohner versammelten sich gerade zum Abendessen, doch von Lizz fehlte jede Spur. »Hast du meine Frau gesehen?«, wandte er sich an Nan.

Sie verdrehte lachend die Augen. »Vor wenigen Minuten hat sie mich das Gleiche nach dir gefragt.« Sie schüttelte fröhlich den Kopf. »Der Gegenstand deiner Sehnsucht wollte sich ein wenig in der Bibliothek ausruhen. Vermutlich steckt Archie auch bei ihr. Wenn Lizz dem Jungen aus einem dieser Abenteuerromane vorliest, vergessen sie jede Mahlzeit.«

Ein liebevolles Lächeln hob Georges Mundwinkel an. »Dann werde ich die beiden wohl vor dem Hungertod retten müssen.«

Immer zwei Stufen auf einmal nehmend, stieg George die Treppe zur kleinen Bibliothek hinauf. Er konnte es kaum erwarten, Lizz wieder zu sehen. Es war wirklich erstaunlich. Sie waren nur zwei oder drei Stunden voneinander getrennt gewesen, doch ihm erschien es wie eine Ewigkeit. Ein breites Grinsen verzog seine Lippen. Er war wirklich süchtig nach seinem Kätzchen. In Gedanken malte er sich bereits aus, wie er die Tür zur Bibliothek öffnete. Lizz würde mit einem kleinen Freudenschrei aufspringen und sich in seine Arme stürzen. Das tat sie immer und er liebte sie dafür.

Als er die Tür jedoch aufstieß, fand er den Raum leer vor. Tief enttäuscht machte er sich auf den Weg in ihre Gemächer. Doch dort fand er nur eine überglückliche Zofe vor. »Mylord, ich weiß gar nicht, wie ich Euch danken kann. So viele Monate waren Jack und ich getrennt …«

»Eure Freude aneinander ist mir Dank genug. Hast du meine Frau gesehen?«

Mary schüttelte den Kopf. »Nein, Mylord. Lady Douglas war noch nicht hier, um sich fürs Abendessen umzuziehen.« Sie zögerte kurz. »Ihr warmer Umhang fehlt.«

Eine steile Falte bildete sich auf Georges Stirn. »Dann ist sie vielleicht ins Dorf gegangen, um einige Krankenbesuche zu machen.«

Mary nickte unsicher. »Das ist natürlich gut möglich, aber weshalb trägt sie dann nicht ihre Stiefel? Die Tasche mit den Salben und Kräutern ist ebenfalls noch hier.«

»Was?« Plötzlich überkam George ein beklemmendes Gefühl. Eine namenlose Furcht trieb ihn zur Eile an und er rannte zurück in die Halle hinunter. »Weiß irgendjemand, wo meine Frau oder Archie sich aufhalten?«, rief er quer durch den Raum. Augenblicklich erstarben die Gespräche und alle blickten sich verduzt um. Robert, Hamilton und Nan traten auf ihn zu. »Das letzte Mal, als ich Archie sah, betrat er gerade die Kapelle. Lizz war jedoch nicht bei ihm«, erklärte Robert.

»Ich habe ihr einen kleinen Ausritt vorgeschlagen«, warf Nan besorgt ein. »Aber Lizz würde doch niemals ohne Begleitung ausreiten.«

George wandte sich an Hamilton. »Habt Ihr eine Ahnung, wo meine Frau sich aufhalten könnte?«

»Nicht die geringste.«

Er log. George erkannte es an diesem selbstgefälligen Lächeln. Dennoch fehlte ihm jetzt die Zeit, sich mit Hamilton auseinander zu setzen.

»Ich wollte mich eigentlich nur verabschieden. Nach dem Abendessen trete ich die Heimreise an«, verkündete Hamilton freundlich.

»Ihr geht nirgendwo hin, bis ich meine Frau und den Jungen wieder bei mir habe«, erklärte George kalt. Ohne auf Hamiltons Einwände zu hören, winkte er zwei seiner Soldaten heran.

»Nehmt ihn in Gewahrsam.«

Dann wandte er sich an alle Anwesenden. »Durchsucht die ganze Burg!«, befahl er den Leuten. »Nan, du siehst dich in Archies Zimmer um. Rob, schau nach, ob Lizzys Stute fehlt, und danach verhörst du Hamilton. Der Mistkerl weiß mehr, als er vorgibt.«

Mit diesen Worten verließ George die Halle und stürmte in die Kapelle hinaus. Verdammt noch mal, sie hatten den Kerl noch immer nicht gefunden, der Lizz nach dem Leben trachtete. Auch McDerrel war wieder wie vom Erdboden verschwunden. Was, wenn er hinter alldem steckte? Was, wenn Lizz und Archie sich nun in McDerrels Händen befanden? Großer Gott, er durfte nicht einmal an diese Möglichkeit denken.

Systematisch suchte George die kleine Kapelle ab. Nur wenige Kerzen erhellten den Altar und tauchten den Raum in ein schummriges Licht. Von Pater Rudolpho war keine Spur zu entdecken. Hier war niemand.

George wollte gerade wieder die Kapelle verlassen, als er leise Kratzgeräusche hörte. Sofort zog er sein Schwert und folgte dem Geräusch. Das Scharren kam aus der kleinen Kammer, in der sich der Priester für die Messe vorbereitete. George stieß die Tür auf und erstarrte. Blitz und Donner lagen wie Geschenkpakete verpackt mitten im Raum. Die Schnauzen waren mit dicken Seilen zusammengebunden.

»Teufel und Verdammnis«, fluchte George und die Angst klammerte sich wie eine eisige Hand in seinen Nacken. Lizz und Archie waren in Gefahr. Er spürte es mit jeder Faser seines mächtigen Körpers.

Eilends befreite er die Hunde von ihren Fesseln. »Los, zeigt mir den Weg. Sucht Archie.« Sogleich stoben Blitz und Donner davon.

Zur selben Zeit kämpfte sich Lizz mit aller Macht aus den finsteren Fängen der Bewusstlosigkeit frei. Ihre Schläfe pochte entsetzlich vor Schmerz und sie stöhnte leise auf. Als sie die Hand an die Stirn heben wollte, spürte sie die Fesseln um ihre Handgelenke. Schlagartig war sie hellwach und Panik drohte sie zu übermannen. Sie zerrte und riss an den Fesseln, doch die Seile schnitten sich nur tiefer in ihr Fleisch. »Archie«, keuchte sie leise und versuchte sich zu dem Jungen umzudrehen, doch der Pfahl, an dem sie angebunden war, versperrte ihr die Sicht. Sie hörte nur die leisen, schluchzenden Laute des geknebelten Jungen.

»Wie ich sehe, hat mein Schlag dich doch nicht getötet, Dirne«, erklang eine krächzende Stimme vom Höhleneingang her.

Lizzys Kopf zuckte sogleich zu ihrem Angreifer herum und sie erkannte Pater Rudolpho. Doch irgendetwas war anders an dem Mann. Er trug wie immer die grob gewobene, braune Kutte eines Priesters, doch der Stoff hing seltsam lose an seinem Körper herab. Die üppige Leibesfülle war verschwunden und er war plötzlich sehr dünn …

Ihre Augen wurden von mehreren Strohkissen angezogen, die am Boden lagen.

»Was sollte diese Verkleidung? Wer seid Ihr wirklich?«, forderte Lizz zu wissen und bemühte sich krampfhaft, die Angst nicht überhand gewinnen zu lassen.

»Ich bin dein Scharfrichter, du Dirne. Durch meine Hand wirst du zur Hölle fahren, denn das ist der Ort, an den du gehörst. Douglas und du, ihr hattet kein Recht dazu, mir den Jungen zu entreißen. Ich hätte seine Seele vor dem Höllenfeuer retten können. Aber ihr habt alles zerstört.«

»McDerrel«, keuchte Lizz entsetzt.

»Genau der.« Er zog sich das falsche Schnurrbärtchen

und die buschigen Augenbrauen vom Gesicht. »Ich wurde von Gott gesandt, um euch beide zu richten.«

Seine funkelnden Augen fixierten Lizz mit so tiefem Abscheu, dass es ihr beinahe den Atem nahm. Großer Gott, dieser Kerl war wahnsinnig. Sie konnte es deutlich an dem fanatischen Glanz in seinem Blick erkennen. Lizzys Brust zog sich vor Entsetzen zusammen und jeder leise Schluchzer von Archie schnitt sich wie scharfe Dolchspitzen in ihr Herz. Wie gern würde sie ihn tröstend in die Arme schließen und ihm versichern, dass alles wieder gut werden würde … Aber wie konnte sie das? McDerrel machte kein Geheimnis daraus, dass er sie beide töten wollte.

»Damit werdet Ihr nicht durchkommen. Lord Hamilton weiß, wo ich bin. Er wird meinen Mann darüber in Kenntnis setzen und …«

McDerrels hässliches Lachen verriet, dass er ihre Lüge durchschaute, und sie verstummte mitten im Satz.

»Aber natürlich weiß mein Bruder, wo du bist. Zumindest jetzt in diesem Augenblick. Schließlich haben wir diesen Plan gemeinsam ausgeheckt.«

Lizz fühlte sich, als hätte ihr jemand einen Tritt in die Magengrube verpasst. »Bruder? Lord Hamilton ist Euer Bruder?«

Erneut ließ er ein grunzendes Lachen hören und stieg die Anhöhe zu ihr hinauf. »Mein Halbbruder, um es genau zu sagen. Du siehst also, niemand wird dir und dem Jungen zu Hilfe kommen.«

Grenzenlose Angst erfasste Lizz, als sich McDerrel neben sie kniete und seine Faust in ihrem Haar vergrub. »Du wirst deiner gerechten Strafe nicht entgehen, Dirne. Ich habe zu viele Jahre auf diesen Augenblick gewartet. Jetzt endlich bist du mein.«

Lizz biss fest die Zähne zusammen, als er so stark an ihrem Haar zog, dass sie am liebsten aufgeschrien hätte. Instinktiv wusste sie jedoch, dass er sich an ihrem

Schmerz weiden würde, und diesen Triumph wollte sie ihm nicht gönnen.

»Was soll das heißen? Weshalb viele Jahre? Wir kennen uns doch gar nicht.«

McDerrels schwielige Finger glitten beinahe zärtlich über ihre Wangen. Dieser Mistkerl genoss seine Machtposition ungemein.

»Du irrst dich schon wieder. Ich habe dich beobachtet. Ich habe auch gesehen, wie du herangewachsen bist …«

Lizz hielt unwillkürlich den Atem an. Bisher hatte sie geglaubt, McDerrel sei ausschließlich hinter Archie her. Sie hatte geglaubt, ihr Erscheinen hier sei McDerrel nur deshalb willkommen, weil er sich an George rächen wollte. Die Erkenntnis, dass dem nicht so war, erwies sich als nicht halb so erschreckend wie das Wissen, dass sie seit Jahren von diesem Irren beobachtet wurde.

»Ja, da staunst du, nicht wahr? Seit dem Tag deiner Geburt verfluche ich dich. Du siehst deiner Mutter so ähnlich, dass mir allein bei deinem Anblick übel wird.«

Lizz schüttelte benommen den Kopf. »Was, um alles in der Welt, hat Mama mit Euch zu tun?«

Plötzlich fiel es ihr wie Schuppen von den Augen. Die Entführung ihrer Mutter! Margarete hatte ihr davon erzählt. »Ihr wart das! Ihr habt versucht, meine Mutter zu entführen, weil sie sich für Papa entschieden hatte. Ihr konntet es einfach nicht ertragen, dass sie Papa liebte und nicht Euch …«

»Liebe!?«, brüllte McDerrel außer sich vor Zorn und Lizz erkannte das ganze Ausmaß seines Wahnsinns in seinen blutunterlaufenen Augen. »Mit Liebe hatte das nichts zu tun. Deine Mutter hat mich verhext, bis all mein Denken nur noch ihr galt, und dann hat sie sich einfach abgewandt und John Drummond geheiratet. O ja, sie war ein ebenso verkommenes Weibsbild, wie du es heute bist.«

Old Pegs Worte fielen Lizz plötzlich wieder ein. *Hüte dich vor der Vergangenheit eines Nahestehenden.*

McDerrel redete sich regelrecht in Rage. »Du brauchst es gar nicht zu leugnen. Auch du hast den Teufel in dir. Ich habe es mit eigenen Augen gesehen. Mit deiner Wollust verhext du die Männer um dich herum.«

»Das ist doch lächerlich«, verteidigte sich Lizz, doch er packte erneut ihr Haar. »Ich habe es mit eigenen Augen gesehen. Damals in jenem Wirtshausstall. Du hast dich dem schwarzen Ritter geradezu in die Arme geworfen.«

»Ihr wart da?«, keuchte Lizz erschrocken auf.

»Aber natürlich. Woher sollte dieser Feigling von einem Flemming sonst wissen, was dort geschehen war?«

»Ihr habt David auf mich angesetzt?«

»Ja, ich wusste von seiner perversen Veranlagung. Er liebt es, sich seine Frauen durch Schläge gefügig zu machen. Er wäre genau der richtige Mann für dich gewesen, Dirne. Dieser Flemming hätte dir die Wollust schon ausgetrieben«, erklärte McDerrel bereitwillig.

Lizz fühlte sich bis in ihr Innerstes gedemütigt und tiefer Hass loderte in ihr empor. »Wie gut, dass der König Euch einen Strich durch die Rechnung gemacht hat.«

McDerrel richtete sich auf und ging zum Höhleneingang zurück. »Ganz im Gegenteil. Der König hat mir sogar einen großen Gefallen erwiesen. Wie sonst wäre es mir möglich gewesen, die ganze Satansbrut auf einen Schlag zu vernichten?« Dabei deutete er auf Archie und sie. »Hier und heute werde ich meine Mission erfüllen und kann zudem endlich Rache an George Douglas nehmen.«

Er nahm eine Fackel aus der Wandhalterung und trat auf sie zu. »Durch die Feuer der Hölle seid ihr geboren. Durch das Feuer werdet ihr auch sterben.«

Urplötzlich gefror Lizz das Blut in den Adern, als sie ihr näheres Umfeld genauer betrachtete. Um Himmels willen, Archie und sie saßen auf einem Scheiterhaufen! Dicke Reisigbündel stapelten sich zu einem flachen Haufen unter ihnen. Großer Gott, dieser Kerl wollte sie bei lebendigem Leibe verbrennen!

Mit aller Macht versuchte sie die neu aufkommende Panik zu bezwingen. Sie durfte nicht den Kopf verlieren, sonst waren Archie und sie dem sicheren Tod geweiht. Denk nach, Lizz, befahl sie sich. Die Fledermäuse. Nein, die waren längst verschwunden. Die einzige Chance bestand darin, Zeit zu gewinnen. Auch ohne Hamiltons Hinweis war George bestimmt schon auf der Suche nach ihr. Er würde sie finden. Ganz bestimmt, versuchte sie sich selbst Hoffnung zu machen. Aber wie sollte er ihnen zu Hilfe eilen? Das Meer hatte die vorderen Eingänge beinahe vollständig überflutet. Dennoch, sie musste es zumindest versuchen.

»Wartet! Einiges verstehe ich immer noch nicht. Weshalb habt Ihr die Ernte sabotiert? Ihr wart es doch, oder?«

McDerrels Gesicht verzog sich zu einem hässlichen Grinsen. »Das war lediglich ein Ablenkungsmanöver. Ich musste George Douglas von dir fern halten, damit er nicht deinem sündigen Zauber verfällt.« Sein Grinsen wurde noch breiter und entblößte faulende Zähne. »Welch eine Ironie des Schicksals, nicht wahr? Vor wenigen Wochen hast du es mit diesem Douglas genau an dem Ort getrieben, an dem du heute brennen wirst. Gottes Wege sind wirklich unergründlich.«

Lizzys Gesicht verlor sämtliche Farbe. Der Kerl hatte ihnen dabei zugesehen?! In diesem Augenblick wäre sie ihm am liebsten an die Kehle gesprungen. Dieser Bastard hatte kein Recht, in ihrem Leben herumzuschnüffeln, wie es ihm gerade gefiel. Allein der Gedanke, dass McDerrel irgendwo ganz in der Nähe gestanden hatte, während George und sie sich geliebt hatten, bereitete ihr Übelkeit.

»Wolltet Ihr mich deshalb vergiften? Weil wir Eure Pläne durchkreuzt und trotzdem zusammengefunden haben?«

»Glaubst du vielleicht, ich hätte dir den Tod so einfach gemacht? Die Eibennadeln waren so offensichtlich über deinen Teller gestreut, dass du sie sehen musstest. Ich wusste, dass du das Gift erkennen würdest. Ebenso den Felsbrocken. Es befanden sich genügend Leute im Hof, die dich warnen konnten.«

»Aber weshalb dann die ganzen Umstände, wenn Ihr zu dem Zeitpunkt gar nicht die Absicht hattet, mich zu töten? Und warum wollte Lord Hamilton den Verdacht auf George lenken?«

»Vielleicht, weil er seine eigenen Pläne verfolgte?«, erkundigte sich McDerrel gedehnt.

»Ach ja, und welche?«

»Nun, uns beiden liegt viel an deinem Tod, wenn auch aus unterschiedlichen Gründen. Aber zunächst einmal mussten wir dich aus Tantallon herausholen. Die Burg ist besser bewacht als der Tower in London. Du hättest uns die ganze Angelegenheit wesentlich einfacher gemacht, wenn du vor Douglas geflohen wärst. Ich hätte dich abgefangen und getötet. Einige Tage später wäre dann deine Leiche angespült worden und hätte Douglas zum Witwer gemacht.«

»Und damit wäre George wieder frei gewesen«, beendete Lizz bitter den Satz.

»Aber für wen? Ich bezweifle ernstlich, dass Ihr diesen ganzen Aufwand für ein Flittchen wie Isabella betrieben habt.«

Ein boshaftes Grinsen erschien auf seinem hässlichen Gesicht. »Du weißt es wirklich nicht, oder? Dabei ist es doch so offensichtlich. Isabella ist nicht irgendein Flittchen. Sie ist die Tochter meines Bruders.«

»Was?« Plötzlich fiel es Lizz wie Schuppen von den Augen. »Der Siegelring! Natürlich! Daher kannte ich das Motiv. Isabella trug ihn am Finger. Die Rose aus dem Wappen der Hamiltons und das Schwert der Knights.«

»Mein Bruder trägt sich mit der festen Absicht, seine einzige Tochter mit dem mächtigen George Douglas zu vermählen. Als trauernder Witwer wird er ihren liebevollen Trost bestimmt willkommen heißen.«

Brennender Hass ließ Lizz wild an ihren Fesseln zerren. »Niemals! George wird Euer falsches Spiel durchschauen und Rache nehmen.«

McDerrel umklammerte die Fackel mit beiden Händen. »Darum brauchst du dich nicht mehr zu kümmern.«

»Und was war mit dem armen Priester? Weshalb musste er sterben?«

»Damit hatte ich nichts zu tun. Alles, was ich wollte, war dieses Kreuz«, erklärte er gelassen und deutete auf eine goldene Reliquie, die auf einem Felsvorsprung stand. »Ich brauche es für die Zeremonie. Aber du kannst dir sicher sein, ich werde meinen Bruder dafür zur Rechenschaft ziehen. Dennoch war es eine glänzende Möglichkeit für mich, ins Burginnere zu gelangen. Es hat einiges vereinfacht. Aber nun genug der Worte. Es ist Zeit.«

Lizz musste hilflos mit ansehen, wie er beschwörend die Fackel hob und ein lateinisches Gebet vor sich hin murmelte, bevor er sich an sie und Archie wandte. »Aus Sünde seid ihr geboren und durch Feuer werdet ihr von eurem Leid erlöst.«

»*Nein!*«, schrie Lizz auf, doch McDerrel stieß die Fackel zwischen die Reisigbündel und setzte sie in Brand. Augenblicklich entzündete sich das trockene Holz und die Flammen leckten immer näher an die beiden Gefangenen heran.

Lizz zerrte und zog an ihren Fesseln, doch es half nichts. Archie wimmerte verzweifelt vor sich hin.

»Um Himmels willen, lasst wenigstens den Jungen gehen. Er hat niemandem etwas getan!«

McDerrels Augen funkelten vor Genugtuung. Seit Jahren wartete er nun auf diesen Augenblick. »Du irrst dich. Der Junge trägt die Sünde in sich. Sein Vater ist ein Teufel, der meine geliebte Tochter schändlich missbraucht und verführt hat. Sie ist bei der Geburt dieses Kindes qualvoll gestorben. Verstehst du? Der Junge hat sie umgebracht und dafür wird er brennen.«

Lizz versuchte sich verzweifelt aus den dicken Seilen zu befreien und rief: »Ihr seid verrückt! Ihr wisst ganz genau, dass es nicht Archies Schuld war.«

McDerrel weidete sich an ihrer Angst und verneigte sich spöttisch. »Wie schade, dass ich nicht mehr länger bleiben kann. Aber wenn es Euch beiden ein Trost ist, ich werde morgen zur Stelle sein, wenn Eure verkohlten Leichen aus der Höhle geschwemmt werden.«

Hilflos musste Lizz mit ansehen, wie McDerrel in einem der dunklen Gänge verschwand. »Kommt zurück! *McDerrel!*«

39

George gefror das Blut in den Adern, als Lizzys angstvoller Schrei hundertfach von den feuchten Wänden widerhallte. Großer Gott, sie waren tatsächlich in der Höhle!

»McDerrel«, knurrte George hasserfüllt und ließ Archies Holzschwert achtlos in die Fluten zurück fallen, die ihn bereits bis über die Knie umspülte. Blitz und Donner winselten unsicher vom Eingang her, als sie versuchten, ihrem Herrn zu folgen.

»Raus mit euch«, befahl George, bevor er in dem finsteren Schlund des Ganges verschwand. Je tiefer er vordrang, desto höher stieg der Wasserspiegel. Es erreichte nun schon seine Hüften und die Strömung zerrte so stark an seinen Beinen, dass er nur langsam voran kam. Wilde Angst erfasste ihn. Er war zu langsam. Schritt für Schritt kämpfte er sich durch die eiskalten Wassermassen, während die Dunkelheit um ihn herum so undurchdringlich war, dass er sich seinen Weg ertasten musste. Plötzlich stand er vor einer Wand. Verdammt, der letzte Gang stand unter Wasser. Ohne zu zögern holte er tief Luft und tauchte unter der Öffnung hindurch. Nach wenigen kräftigen Schwimmzügen erhellten sich die schwarzen Wasserfluten in orangefarbenem Licht. Feuer!

Georges Herz krampfte sich vor panischer Angst zusammen. Seine Lungen brannten unerträglich vor Anstrengung, doch er achtete kaum darauf. Alles, was er wusste, war, dass die zwei Menschen, die er am meisten auf dieser Welt liebte, im Feuer gefangen waren.

Wie ein Pfeil schoss er aus dem Wasser empor. Beißender Rauch erfüllte den Raum. Er sah den riesigen

Scheiterhaufen, sah die Flammen, die sich wie eine undurchdringliche Wand vor ihm aufbäumten.

»Lizz?! Archie?!«, brüllte er entsetzt. Seine Stimme klang so qualvoll wie die eines verwundeten Tieres.

Er hörte schwaches Husten, doch keine Antwort.

»Ich bin gleich bei Euch. Haltet durch!« Georges Blick fiel auf ein rotes Häufchen Stoff, dass zur Hälfte im Wasser schwamm. Lizzys Umhang! Damit musste es gehen.

Rasch tränkte er ihn mit Wasser und eilte die kleine Anhöhe hinauf. Wie ein Besessener schlug er mit dem Mantel auf das Feuer ein, bis sich eine schmale Schleuse bildete, durch die er Lizz sehen konnte. Sie saß mit hängendem Kopf an einen Pfahl gebunden.

Eine grässliche Furcht umklammerte seine Brust wie mit Stahlbändern. Sie bewegte sich nicht!

»Lizz!«, schrie er auf.

Endlich hob sie den Kopf. »George«, formten ihre Lippen lautlos seinen Namen. Ein Strom von Tränen hinterließ helle Spuren auf ihren russgeschwärzten Wangen. Im nächsten Augenblick kippte ihr Kopf wieder vornüber und sie verlor das Bewusstsein.

»Großer Gott, bitte halte durch, Kätzchen. Verlass mich nicht«, flehte George, holte Anlauf und sprang mitten durch die Feuersbrunst. Wenige Sekunden später durchschnitt er Lizzys Fesseln, hob sie auf seine Arme und brachte sie in Sicherheit.

Ihre Kleider hatten Feuer gefangen. Ohne zu zögern sprang George mit Lizz ins Wasser.

»Archie. Bitte hilf ihm«, flüsterte Lizz leise, ohne die Augen zu öffnen.

George tränkte den Mantel erneut mit Wasser und hüllte sich darin ein. Er durfte keine Zeit verlieren. Die Hitze des Feuers brannte in seinem Gesicht, als er zum zweiten Mal die Wand aus Feuer durchbrach, um auch Archie zu retten.

Der Junge weinte bitterlich in seinen Armen, als er mit ihm ins Wasser sprang.

»George«, schluchzte Lizz unendlich dankbar und klammerte sich an seine Brust. »Ich dachte, ich sehe dich nie wieder. Ich hatte solche Angst, du würdest uns nicht finden … und ich könnte dir nicht mehr sagen, wie sehr ich dich liebe.«

»Schsch, ich bin hier, Kätzchen. Es ist alles gut. Ihr seid in Sicherheit«, keuchte George rau und schloss voller Dankbarkeit die Augen, während er Lizz und Archie fest an sich drückte. Er musste sie fühlen, musste sich versichern, dass sie tatsächlich noch bei ihm waren. Großer Gott, nie zuvor in seinem Leben hatte er solche Angst ausgestanden. Wenige Minuten später, und er hätte sie nicht mehr retten können.

Er bedeckte Lizzys Lippen mit einem alles verzehrenden Kuss. Ein Kuss, der ihr all seine Dankbarkeit, seine Angst und seine tief empfundene Liebe zeigen sollte.

Den weinenden Jungen drückte er liebevoll an sich und küsste ihn auf den Scheitel. Doch Archie wand sich weinend aus seinen Armen. »Du hast mich belogen, Papa. Wie konntest du mich so belügen?«, schrie er vorwurfsvoll. »Das Zauberschwert hat mich gar nicht beschützt.« Er war völlig aufgelöst. »Ich habe mich damit gegen den Alten gewehrt, aber es hat nichts genutzt!«

Lizzys Herz zog sich schmerzlich zusammen, als sie die tiefe Betroffenheit in Georges Gesicht sah. Er litt unermesslich unter diesen verzweifelt hervorgestoßenen Vorwürfen.

Lizz nahm Archie in den Arm und er klammerte sich sofort an ihren Hals. »Er hat mich belogen, Mama.« Sie schluckte schwer. Es war das erste Mal, dass Archie sie so nannte. *Mama*.

»Archie, hör mir zu.« Sie hob sein russverschmiertes Gesichtchen an, damit er ihr in die Augen sehen musste. »Dein Papa hat dich nicht belogen, Archie.«

»Doch.«

»Nein. Dein Zauberschwert hat uns den Weg zu dir gezeigt. Zuerst mir und dann deinem Papa.«

Archie blickte verwundert auf. »Wirklich?«

»Ja, mein Junge. Wie hätten wir dich sonst so schnell finden können? Die Spitze deines Zauberschwerts hat genau in die Höhle hinein gezeigt.«

Archie wischte sich die Tränen aus den Augen und blinzelte zu George hoch. »Ist das wahr?«

George nickte, tief gerührt, dass sich Lizz in einem solchen Augenblick so liebevoll um das Vertrauen des Jungen kümmerte.

»Es stimmt, Archie.«

Da war die Welt für den kleinen Jungen wieder in Ordnung und er streckte die dünnen Arme nach George aus. »Tut mir Leid, dass ich dich geschimpft habe, Papa.«

»Dann kommt! Wir müssen hier so schnell wie möglich verschwinden«, erklärte George und sah sich nach dem Verbindungsgang um. Er stand vollkommen unter Wasser. »Verdammt, das Wasser schneidet uns den Rückweg ab. Wir können nicht hinaus tauchen. Ihr seid zu schwach, um so lange den Atem anzuhalten.« In der Höhle konnten sie jedoch auch nicht bleiben. Der Rauch war bereits so dicht, dass sie innerhalb kürzester Zeit ersticken würden.

»McDerrel muss einen anderen Weg aus der Höhle gefunden haben. Er hat diesen Gang hier genommen«, erklärte Lizz, die seine Gedanken nur zu deutlich lesen konnte.

Es blieb ihnen keine andere Wahl. George nickte entschlossen.

»Dann versuchen wir denselben Weg. Steigt da hoch«, befahl er den beiden sanft und half ihnen, den hinteren Teil der Anhöhe zu erklimmen. Die Hitze des Feuers war inzwischen beinahe unerträglich geworden und der dicke Qualm reizte die Atemwege. Es wurde wirklich höchste Zeit für sie.

Mit gezogenem Schwert und einem brennenden Holzscheit in der anderen Hand ging George ihnen voran.

»Das Glück scheint auf unserer Seite zu sein«, erklärte er wenig später erleichtert, als er Markierungen an den Wänden fand. McDerrel musste den Weg gekennzeichnet haben. »Bleibt dicht hinter mir.«

Stück um Stück stiegen sie in den feuchten Gängen höher und mit jedem Schritt wurde der Rauch dünner. Nach wenigen Minuten spürte Lizz den ersten Windzug. Sie hätte am liebsten geweint vor Erleichterung. »Wir haben es geschafft, George. Da vorn ist ein Ausgang.«

»Wir sind frei!«, rief Archie glücklich und flitzte an beiden vorbei.

»Warte, bleib stehen«, brüllte George entsetzt, doch da war es schon zu spät.

Archie war McDerrel direkt in die Arme gelaufen.

»Ihr seid hartnäckig«, fauchte der falsche Priester erbost und hielt dem Jungen einen Dolch an die Kehle. Das scharfe Metall blitzte bedrohlich im fahlen Mondlicht auf und Lizz sog scharf den Atem ein.

»Kommt heraus, und zwar langsam«, forderte McDerrel und zog Archie einige Schritte rückwärts.

George und Lizz traten vorsichtig aus dem dunklen Gang heraus und stellten fest, dass sie sich irgendwo in einem Wäldchen befanden.

»Lass den Jungen los und kämpfe gegen mich«, forderte George kalt und ging einen Schritt auf McDerrel zu.

Augenblicklich drückte dieser die Klinge fester an Archies Hals. »Bleib, wo du bist, Douglas. Du bist nicht wichtig. Ich will den Jungen und deine Frau.«

»Dann hast du ein Problem, McDerrel. Denn die beiden bekommst du nur über meine Leiche.« Eisige Entschlossenheit sprach aus Georges Stimme.

Der falsche Priester fixierte Lizz mit seinen vor Wahnsinn funkelnden Augen. »Wenn dir das Leben deines Liebhabers etwas bedeutet, kommst du jetzt hier her.«

»Das wird sie nicht tun«, erklärte George kalt und hielt Lizz am Arm zurück.

»Ich bring den Jungen um, wenn die Dirne nicht gleich gehorcht«, kreischte McDerrel außer sich vor Zorn und sein Dolch presste sich bedrohlich an Archies Kehle.

Der Junge schluchzte leise vor sich hin, und Lizz glaubte, mit jedem verzweifelten Laut würde ihr das Herz aus der Brust gerissen. Wie konnte ein Mensch nur so grausam sein? Wie konnte sich ein erwachsener Mann an einem Kind vergreifen, das ihm nur knapp bis zum Bauch reichte? Plötzlich hatte sie eine Idee.

Sie nahm George die Fackel aus der Hand. »Archie, du brauchst dich nicht zu fürchten«, hob sie sanft an. »Es wird alles wieder gut. Denk nur an den kleinen Frederick. Weißt du noch? Er steckte einmal in der gleichen Klemme und am Ende wurde doch noch alles gut.«

Archie schniefte ängstlich: »Ja, ich weiß.«

»Was soll der Unsinn?«, fuhr McDerrel dazwischen und fuchtelte wild mit seinem Dolch herum. »Keine Tricks, Dirne, oder ich schlitze dem Jungen gleich hier die Kehle durch.«

»Ich versuche ihn lediglich ein wenig zu beruhigen«, erklärte Lizz gelassen und erkannte aus dem Augenwinkel, dass George ihre Ablenkung genutzt hatte, um sich näher an McDerrel heranzuschleichen. Sie konnte nur hoffen, dass auch Archie ihren Wink verstand. »Also, Archie, mach es genau wie der kleine Frederick. Glaube ganz fest daran.« Ihre Finger schlossen sich fester um die Fackel und sie sandte ein kleines Stoßgebet zum Himmel. »Jetzt, Archie!«, schrie sie auf und warf die Fackel McDerrel mitten ins Gesicht. Im selben Augenblick holte der Junge mit seinem Ellbogen aus und rammte ihn dem kreischenden Priester mit voller Wucht in die Genitalien. George sprang vor, zog den Jungen mit sich zu Boden und rollte sich mit ihm außer Reichweite. Im Bruchteil einer Sekunde stand er wieder vor McDerrel, der sich die schützend die Arme vors Gesicht hielt, und rammte ihm das Schwert mitten in sein schwarzes Herz.

»Nein!«, kreischte dieser ungläubig und fiel auf die Knie. Sekundenlang starrte er den harten Stahl an, der in seinem Körper steckte. »Meine Mission …«, keuchte er wütend.

»Deine Mission ist hiermit ein für alle Mal beendet«, erklärte George frostig und stieß sein Schwert durch McDerrel hindurch. Mit einem Gefühl tiefster Genugtuung beobachtete er, wie der Lebensfunke in dessen Augen erlosch. Ganz langsam glitt McDerrels toter Körper von der Klinge und kippte rückwärts in den Dreck. Es war vorbei. Endlich.

George schloss die Augen und atmete tief durch, bevor er sich wieder Lizz zuwandte. Sie kniete vor Archie und hielt den zitternden Jungen tröstend an sich gedrückt. Großer Gott, es war das Schönste, was er jemals gesehen hatte: seine Familie. Als ob Lizz seinen Blick spüren würde, hob sie den Kopf und schenkte ihm ein befreites Lächeln. »Endlich hat der Spuk ein Ende.«

Urplötzlich fühlte George, wie die schwere Last der letzten Jahre von ihm abfiel. McDerrel war tot. Lizz und Archie befanden sich in Sicherheit. Heiße Freude erfüllte seine Brust und er zog die beiden fest in die Arme.

Minutenlang standen sie schweigend und eng umschlungen beisammen.

»Ich liebe euch«, flüsterte George überwältigt. Noch immer konnte er es kaum glauben, die beiden gesund und munter in seinen Armen zu halten.

Lizz hob ihre Lippen den seinen entgegen und küsste ihn zart. »Ich liebe dich, mein Herz. Wir wussten, dass du uns findest.«

Archie nickte tapfer, doch seine Augen glitten immer wieder zu McDerrel. »Ist es jetzt wirklich vorbei, Papa?«

»Ja, mein Junge. Der Alte wird dich nie wieder belästigen.« Plötzlich bildete sich eine nachdenkliche Falte auf seiner Stirn. »Aber wer, um alles in der Welt, ist dieser Frederick?«

Strahlend weiße Zähne blitzten in Archies rußgeschwärztem Gesicht auf. »Das ist der Held aus einem Abenteuerroman«, grinste er breit. »Mama liest mir jeden Tag daraus vor.«

George blickte fassungslos von Lizz zu dem Jungen, dann warf er den Kopf in den Nacken und lachte aus voller Kehle auf. »Ein Abenteuerroman!«

Plötzlich erklang lautes Gebell und Hufgetrampel hinter ihnen. Im nächsten Moment flitzten Blitz und Donner herbei und sprangen aufgeregt an ihnen hoch. Robert, Nan und eine Hand voll Soldaten folgten ihnen und zügelten erleichtert die Pferde neben den drei Vermissten.

»Dem Himmel sei dank, wir haben euch gefunden«, entfuhr es Nan. Sie zog Archie vor sich in den Sattel und umarmte ihn überschwänglich. »Großer Gott, mein Junge, fehlt dir auch nichts?«, fragte sie besorgt und musterte ihn von Kopf bis Fuß.

George nickte Robert zu, um ihm zu bedeuten, dass es ihnen gut ging, bevor er sich wieder Lizz zuwandte und ihr einen leidenschaftlichen Kuss schenkte. »Ich liebe dich, Kätzchen«, hauchte er.

Lizz schmiegte sich überglücklich in seine Arme. »Und ich liebe dich, mein starker Held.«

Plötzlich lachte George erneut auf und schüttelte den Kopf. »Der kleine Frederick.« Seine Brust schwoll an vor Stolz. »Meine Familie. Nicht einmal der Teufel persönlich kann es mit uns dreien aufnehmen«, lachte er erleichtert auf.

»Mit uns vieren«, korrigierte Lizz sanft und lächelte strahlend zu ihm auf.

George starrte sie fassungslos vor Glück an. »Du meinst ... du bekommst ein Kind?« Sein Blick glitt zu ihrem flachen Bauch. »Aber wie ist das möglich?«

Lizz lachte jetzt fröhlich auf. »Das, mein lieber Gemahl ...«, sie hakte sich schwungvoll bei ihm unter, »werde ich dir heute Nacht noch einmal ganz ausführlich erklären.«